Colleen Oakley habite à Atlanta. Elle écrit de nombreux articles pour la presse américaine. Avant de devenir auteure, Colleen Oakley était rédactrice en chef de *Women's Health & Fitness* et rédactrice chez *Marie Claire*. *La première fois qu'on m'a embrassée, je suis morte* est son deuxième roman.

Colleen Oakley

LA PREMIÈRE FOIS QU'ON M'A EMBRASSÉE, JE SUIS MORTE

Traduit de l'anglais (États-Unis) par Alix Paupy

Milady

Milady est un label des éditions Bragelonne

Titre original : *Close Enough to Touch*

ISBN : 978-2-8112-3210-8

Bragelonne – Milady
60-62, rue d'Hauteville – 75010 Paris

E-mail : info@milady.fr
Site Internet : www.milady.fr

À ma grande sœur, Megan. Merci pour tout.

« Je ne veux ni la connaissance, ni la dignité, ni la respectabilité.
Je veux cette musique, et cette aurore, et la chaleur de ta joue contre la mienne. »

Rumi

PREMIÈRE PARTIE

« Vous aurez beau vous faire aussi discret que possible, un jour, quelqu'un finira bien par vous trouver. »

Haruki Murakami, *1Q84*

(Vingt ans plus tôt)

New York Times

LA FILLE QU'ON NE POUVAIT PAS TOUCHER

Par William Colton

À première vue, Jubilee Jenkins est une élève de CE2 ordinaire. Elle peut nommer les trois Super Nanas qui ornent son tee-shirt – et le fait sans hésiter si on lui pose la question–, et ses chaussettes sont dépareillées comme la mode semble l'imposer à l'école primaire de Griffin. Des chouchous colorés empêchent sa fine chevelure brun-roux de retomber devant ses yeux.

Tout comme beaucoup d'autres élèves de CE2 en Amérique, Jenkins souffre d'une allergie. D'après plusieurs études de l'Organisation mondiale de l'allergie, les allergies et l'asthme chez l'enfant sont en constante augmentation depuis le milieu des années 1980 – y compris les allergies alimentaires, ce qui représente un sujet d'inquiétude grandissant pour les experts.

Mais Jenkins n'est pas allergique aux arachides. Ni aux piqûres de guêpe. Ni aux poils de chat. Pas plus qu'à tous les autres allergènes communs.

Jubilee Jenkins est allergique aux autres personnes.

Née en 1989 d'une mère célibataire, Victoria Jenkins, Jubilee était un bébé ordinaire. « Elle était en parfaite santé. Elle faisait ses nuits à sept semaines et marchait à dix mois, rapporte sa mère. Ce n'est qu'à l'âge de trois ans que les ennuis ont commencé. »

Ce jour-là, Mme Jenkins, qui venait d'être promue gérante d'une boutique Belk à Fountain City, dans le Tennessee, remarqua des rougeurs sur la peau de Jubilee. Et pas seulement quelques petits boutons.

« C'était horrible. Des éruptions purulentes qui la démangeaient comme une folle, de grandes zones de peau squameuse sur le visage et les bras. Elle hurlait de douleur. »

En l'espace de six mois, Mme Jenkins se rendit plus de vingt fois chez le médecin de famille ou aux urgences. En vain. À trois reprises, Jubilee dut être ranimée à l'adrénaline après un choc anaphylactique.

Ce calvaire dura trois ans, au cours desquels Jubilee fut soumise à tous les tests allergiques existant au monde.

« Ses petits bras ressemblaient à des pelotes d'épingles, nous confie Mme Jenkins. On a tout essayé à la maison : changer de détergents, tenir un journal de ses repas, enlever tous les tapis, repeindre les murs. J'ai même cessé de fumer ! »

Ce ne fut que lorsqu'elles rencontrèrent le docteur Gregory Benefield, allergologue et professeur associé à l'université Emory d'Atlanta, qu'elles obtinrent quelques réponses.

(À suivre p. 19B.)

Chapitre premier

JUBILEE

Un jour, un garçon m'a embrassée et j'ai failli en mourir.

Je me rends compte qu'on peut facilement prendre cette phrase pour le début du récit mélodramatique d'une adolescente, raconté d'une voix stridente et ponctué de cris perçants. Mais je ne suis pas une adolescente. Et je le dis dans un sens on ne peut plus littéral. Voilà comment ça s'est passé.

Un garçon m'a embrassée.

Mes lèvres ont commencé à me picoter.

Ma langue a enflé pour emplir ma bouche.

Ma trachée s'est fermée, me coupant le souffle.

Tout est devenu noir.

C'est déjà assez humiliant de tourner de l'œil juste après son premier baiser, et encore plus quand on apprend que le garçon en question ne vous a embrassée que pour gagner un pari ; que votre bouche est si intrinsèquement inembrassable qu'il lui a fallu 50 dollars pour le convaincre de poser ses lèvres sur les vôtres.

Pire que tout : j'avais parfaitement conscience que ce baiser pouvait me tuer. Du moins, en théorie.

À l'âge de six ans, on m'a diagnostiqué une dermatite de contact de type IV aux cellules cutanées humaines étrangères. C'est le jargon médical pour dire que je suis allergique aux autres gens. Oui, aux gens. Eh oui, c'est rare : nous ne sommes qu'une poignée dans toute l'histoire de l'humanité à en avoir été atteints.

En substance, je me couvre de plaques purulentes dès que la peau de quelqu'un entre en contact avec la mienne. Le médecin qui a fini par me diagnostiquer a également émis la théorie que mes réactions les plus graves – les épisodes anaphylactiques – étaient dues soit à une réaction de mon corps à un contact cutané prolongé, soit au fait que j'avais partagé une boisson avec quelqu'un et que sa salive était arrivée dans ma bouche. « Ne plus jamais partager ni nourriture ni boisson. Plus de câlins. Plus de contacts. Plus de baisers. Tu pourrais en mourir », m'avait-il dit. Malheureusement pour moi, j'étais une jeune fille de dix-sept ans, aux mains moites, aux jambes flageolantes, à quelques centimètres des lèvres de Donovan Kingsley, et je ne songeais pas vraiment aux conséquences potentiellement funestes. Sur le moment – ces quelques secondes où le souffle me manque, où ses lèvres se posent sur les miennes – j'avoue que ça semblait presque valoir le coup.

Jusqu'à ce que j'apprenne pour le pari.

En rentrant de l'hôpital, je suis allée droit dans ma chambre. Je n'en suis pas ressortie, même s'il ne restait que deux semaines avant de finir ma terminale. Mon diplôme m'a été envoyé par courrier pendant l'été.

Trois mois plus tard, ma mère a épousé Lenny, directeur d'une chaîne de stations-service de Long Island. Elle a fait sa valise – une seule – et s'en est allée.

C'était il y a neuf ans. Depuis, je n'ai plus quitté la maison.

Je ne me suis pas réveillée un matin en me disant : « Je vais devenir un ermite. » Je n'aime pas le mot « ermite ». Il me fait penser à cette araignée mortelle qui reste tapie dans l'ombre, à attendre le premier animal qui passe pour y plonger ses crochets venimeux.

Simplement, après l'incident de mon premier baiser suivi d'une expérience de mort imminente, je ne voulais plus quitter la maison de peur de croiser quelqu'un du lycée. Alors, je me suis cloîtrée chez moi. J'ai passé tout l'été dans ma chambre, à lire en écoutant Coldplay en boucle. J'ai beaucoup lu.

Maman se moquait de moi pour ça : « Tu as toujours le nez plongé dans un livre, » disait-elle en levant les yeux au ciel. Mais ce n'étaient pas que des livres. Je lisais des magazines, des journaux, des tracts… Tout ce qui traînait. Et, sans vraiment le faire exprès, je retenais la plupart des informations.

Ça, en revanche, maman aimait bien. Elle me faisait réciter devant des amis – elle en avait peu – ou des petits amis – elle en avait trop – les informations insolites que j'avais amassées avec le temps. Comme le fait que le mérion superbe est l'oiseau le moins fidèle au monde, que la prononciation originale de docteur Seuss rime avec « Joyce », ou que Léonard de Vinci avait inventé la première mitrailleuse – ce qui ne devrait être une surprise pour personne, puisqu'il est l'auteur de milliers d'inventions.

À la fin de mon petit numéro, elle m'adressait un grand sourire et haussait les épaules, puis soupirait : « Je ne sais pas de qui elle tient ça. » Je me suis toujours demandé si ce n'était pas un petit peu vrai, car chaque fois que j'ai osé lui poser la question sur l'identité de mon père, elle me répondait sèchement quelque chose comme : « Qu'est-ce que ça peut te faire ? Il n'est pas là. »

En gros, j'étais un phénomène de foire. Et pas seulement parce que je ne connaissais pas mon père, ni parce que je pouvais réciter mot pour mot des informations sorties de nulle part. Ces caractéristiques étaient loin d'être uniques. Ce qui me mettait à part, c'était mon « état », comme disaient les gens. Mon « état » était la raison pour laquelle, à l'école primaire, mon bureau se trouvait toujours à au moins deux mètres de ceux des autres. C'était mon « état » qui m'obligeait à rester assise seule sur un banc à la récré, en regardant les autres enfants jouer au train sur le toboggan et à l'épervier ou au cochon pendu. C'était mon « état » qui me contraignait à demeurer en permanence engoncée dans des manches longues, des pantalons et des moufles, la moindre parcelle de peau soigneusement recouverte, de peur qu'un des enfants dont on me tenait pourtant si éloignée ne brise la frontière de ma bulle personnelle. Et c'était pour ça que j'observais, bouche bée, les mères qui embrassaient leurs petits à la sortie de l'école, essayant de me rappeler ce que ça faisait.

Bref, combinez tous ces ingrédients (mon « état », l'incident du baiser qui avait failli me tuer et le départ de ma mère) et hop ! la recette parfaite pour devenir un ermite.

Ou peut-être que ça n'a rien à voir. Peut-être que j'aime seulement la solitude.

Quoi qu'il en soit, voilà où j'en suis aujourd'hui.

Je crois que je suis devenue le Boo Radley du voisinage. Je ne suis pas pâle et maladive, mais je crois bien que les gamins du quartier ont commencé à se poser des questions. Je regarde peut-être un peu trop souvent par la fenêtre quand ils passent en scooter. J'ai commandé des panneaux japonais bleus, que j'ai installés devant toutes les fenêtres il y a quelques mois, et j'essaie de rester cachée derrière quand je regarde au-dehors. J'ai peur de passer pour une folle si je suis repérée, mais je ne peux pas m'en empêcher. J'aime les voir jouer. Je sais que ça semble malsain dit comme ça, mais j'aime les contempler s'amuser, être témoin d'une enfance normale.

Une fois, un enfant m'a regardée droit dans les yeux avant de se tourner vers son ami pour lui dire quelque chose à l'oreille. Ils ont ri. Comme je ne les entendais pas, j'ai voulu croire qu'il s'était exclamé : « Regarde, Jimmy, la jolie dame derrière la fenêtre. » Mais j'ai bien peur que ce ne fût plutôt : « Regarde, Jimmy, c'est la folle qui mange des chats. » Pour information, je ne fais pas ça. Manger des chats. D'ailleurs, Boo Radley était un homme bon. C'était ce que tout le monde disait de lui.

Le téléphone sonne. Je lève les yeux de mon roman et caresse un instant l'idée de ne pas répondre. Mais je sais que je répondrai. Même si pour ça, je vais devoir m'extraire du creux tiède de mon fauteuil et parcourir les dix-sept pas – oui, j'ai compté – qui me séparent de la cuisine pour décrocher le combiné jaune moutarde du téléphone fixe – je n'ai pas de portable. Même si c'est probablement un de ces démarcheurs téléphoniques qui cherchent régulièrement à joindre ma mère, laquelle, d'ailleurs, n'appelle que trois ou quatre fois par an. Même si j'en suis au passage où le détective et le meurtrier se retrouvent enfin dans la même église après avoir joué au chat et à la souris pendant deux cent soixante-quatorze pages. Je vais répondre pour la même raison que d'habitude : j'aime entendre la voix de quelqu'un d'autre. Ou peut-être que j'aime le son de ma propre voix.

« Driiiiiiiiiinnnnng ! »

Je me lève.

Pose mon livre.

Dix-sept pas.

— Allô ?

— Jubilee ?

C'est une voix masculine que je ne reconnais pas. Je me demande ce que cet homme veut me vendre. *Un appartement ? Un nouveau service Internet avec des téléchargements huit fois plus rapides ? Ou peut-être fait-il un sondage ?* Une fois, j'ai parlé de mes parfums de sorbet préférés avec un inconnu pendant trois quarts d'heure.

— Oui ?

— C'est Lenny.

Lenny. Le mari de ma mère. Je ne l'ai rencontré qu'une fois, il y a des années, pendant les cinq mois qu'il a passés à courtiser ma mère avant qu'elle parte pour Long Island. Ce qui m'a le plus marquée chez lui : sa moustache. Il la caressait souvent, comme s'il s'agissait d'un gentil petit chien accroché à son visage. Je me souviens aussi de ses manières si protocolaires que ç'en devenait gênant. J'avais presque envie de lui faire la révérence, même s'il était tout petit. Comme si j'avais affaire à un membre d'une quelconque famille royale.

— OK.

Il s'éclaircit la voix.

— Comment allez-vous ? demande-t-il.

Je me creuse la tête. Je suis certaine qu'il ne s'agit pas d'un simple appel de courtoisie, puisque Lenny ne m'a encore jamais appelée.

— Ça va.

De nouveau, il se racle la gorge.

— Autant vous le dire tout de suite. Victoria... Vicki...

Sa voix se brise. Il tente de le dissimuler par un toussotement, qui se mue en une véritable quinte de toux. Le combiné serré entre mes mains, je l'écoute tousser. Je me demande s'il porte toujours la moustache.

Sa quinte de toux passée, Lenny prend une grande inspiration. Puis :

— Votre mère est décédée.

Je laisse la phrase s'insinuer dans mon oreille et s'y loger, comme une balle qu'un magicien aurait rattrapée avec les dents.

Sans lâcher le combiné, je m'appuie contre le papier peint couvert de joyeuses cerises rouges et je me laisse glisser jusqu'à tomber assise sur le lino craquelé. Puis je repense à la dernière fois que j'ai vu ma mère.

Elle portait un ensemble chandail et pantalon deux tailles trop petit pour elle, avec un collier de perles. C'était trois mois après le Baiser de la Mort, et comme je l'ai déjà expliqué, j'avais passé le plus clair de l'été dans ma chambre. J'avais aussi consacré un temps considérable à envoyer des piques à ma mère dès que je la croisais dans le couloir : après tout, cette histoire n'aurait jamais eu lieu si elle ne nous avait pas fait déménager de Fountain City à Lincoln, dans le New Jersey, trois ans auparavant.

D'ailleurs, en toute franchise, c'était là le moindre de ses défauts en tant que mère. Ce n'était que ma raison la plus récente et la plus tangible de lui en vouloir.

— C'est la nouvelle moi, a-t-elle déclaré en tournoyant sur elle-même au bas de l'escalier.

Le mouvement a fait flotter dans l'air l'odeur écœurante de son déodorant à la vanille.

J'étais assise dans mon fauteuil en velours, occupée à relire *Northanger Abbey* en mangeant des biscuits à la menthe que je piochais dans une pochette en plastique.

— Ça ne fait pas un peu trop « femme de millionnaire » ? s'est-elle enquise.

Pas du tout. Ça faisait plutôt « Bree Van de Kamp au bordel ». J'ai replongé le nez dans mon livre.

J'ai entendu le froissement familier du Cellophane quand elle a fouillé dans sa poche arrière à la recherche de son paquet de cigarettes, et le « clic » de son briquet.

— Je pars dans quelques heures, tu sais.

Elle a poussé un soupir et s'est installée sur un coussin du canapé, en face de moi.

J'ai levé les yeux et elle m'a montré la porte, à côté de laquelle l'attendait son unique valise. (« C'est tout ce que tu prends ? » avais-je demandé ce matin-là. « De quoi d'autre j'aurais besoin ? » avait-elle répondu. « Lenny a tout. » Puis elle s'était mise à glousser, ce qui était aussi bizarre venant d'elle que de porter des perles et un ensemble chandail, ou de tournoyer sur elle-même.)

— Je sais, ai-je rétorqué.

Nos regards se sont croisés, et j'ai repensé à la veille au soir. Étendue sur mon lit, j'avais entendu la porte de ma chambre s'ouvrir doucement. Je savais que c'était elle, mais j'étais restée immobile en faisant semblant de dormir. Elle était demeurée là un long moment, si long que je crois m'être vraiment endormie avant son départ. J'ignore si c'est le fruit de mon imagination, mais je crois que je l'ai entendue renifler. Pleurer. Aujourd'hui, je me demande si elle essayait de trouver le courage de me dire quelque chose – un grand moment d'intimité mère-fille. Ou au moins, de reconnaître ses piètres talents maternels. Et on aurait ri en proférant une banalité comme : « Au moins, on a survécu. »

Mais assise sur le canapé, elle a tiré sur sa cigarette et m'a dit :

— Tu sais, tu n'es pas obligée d'être aussi méchante.

Oh.

Comme je ne savais pas quoi répondre, j'ai enfourné un nouveau gâteau en m'efforçant de ne pas trop penser à quel point je haïssais ma mère. Et je me sentais si coupable de la haïr que je me haïssais moi-même.

Elle a poussé un nouveau soupir et exhalé un nuage de fumée.

— Tu es sûre que tu ne veux pas venir avec moi ? m'a-t-elle demandé, même si elle connaissait déjà la réponse.

Pour être honnête, je dois préciser qu'elle m'avait posé la question à de multiples reprises les semaines précédentes, testant chaque fois une méthode différente :

« Lenny a une grande propriété, tu sais ? Tu aurais sûrement toute une dépendance rien que pour toi. Tu ne vas pas te sentir seule, ici ? » Cette dernière tentative m'avait fait rire. Peut-être n'était-ce qu'un symptôme de l'adolescence, mais je n'avais qu'une hâte, c'était d'être loin de ma mère.

— Sûre et certaine, ai-je répondu en tournant une page.

Nous avons passé notre dernière heure ensemble en silence – elle à fumer cigarette sur cigarette, moi à faire semblant d'être plongée dans mon livre. Puis, quand la sonnette a retenti, annonçant l'arrivée du chauffeur, elle a sauté sur ses pieds, s'est tapoté les cheveux et m'a regardée une dernière fois.

—J'y vais, a-t-elle déclaré.

J'ai hoché la tête. Je voulais lui dire qu'elle était élégante, mais les mots se sont coincés dans ma gorge.

Je suis restée assise là, un livre sur les genoux, un paquet de biscuits vide à côté de moi. Une demi-cigarette se consumait lentement dans le cendrier sur la table basse, et j'avais très envie de la prendre. D'y poser mes lèvres. Même si je savais que ça pouvait me tuer. Prendre une dernière bouffée de ma mère.

Mais je n'en ai rien fait. Je l'ai juste regardée brûler.

Et maintenant, neuf ans plus tard, ma mère est morte.

La nouvelle n'était pas vraiment une surprise : il y a environ dix mois, elle m'a annoncé que cette croûte suspecte qu'elle avait repérée sur son crâne, et qui refusait de guérir, était en fait un mélanome. Elle a ajouté avec un petit rire qui ressemblait à une toux :

—J'ai toujours cru que ce seraient mes poumons qui me tueraient.

Mais maman avait une légère tendance au mélodrame – comme la fois où elle s'était fait piquer par un moustique, s'était mis dans la tête qu'elle avait attrapé le virus du Nil et était restée couchée sur le canapé pendant trois jours – et je ne savais pas trop s'il s'agissait d'un véritable diagnostic ou d'un nouveau procédé élaboré visant à attirer l'attention.

Apparemment, la première option était la bonne.

— L'enterrement aura lieu jeudi, m'informe Lenny. Voulez-vous que je vous envoie un chauffeur ?

L'enterrement. À Long Island. J'ai l'impression qu'un poing géant me serre la poitrine. Il serre et serre encore, jusqu'à me couper le souffle. *Est-ce le début d'une phase de deuil ? Ou est-ce l'idée de quitter la maison qui comprime ainsi mes organes vitaux ? Je n'en sais rien.*

Tout ce que je sais, c'est que je ne veux pas y aller – je n'ai eu envie d'aller nulle part en neuf ans – et que le dire à voix haute ferait de moi un monstre. Quel genre de personne refuse de se rendre à l'enterrement de sa mère ?

Je sais aussi que la Pontiac de maman, qui n'a pas bougé de l'allée depuis neuf ans, ne pourra jamais faire la route.

J'essaie de prendre une grande bouffée d'air, espérant que Lenny n'entende pas les efforts que je déploie pour respirer.

Enfin, je réponds :

— Inutile de prévoir un chauffeur. Je me débrouillerai.

Une seconde de silence.

— C'est à 10 heures, jeudi matin. Je vous enverrai l'adresse par mail.

À cet instant, je sens un changement d'atmosphère s'opérer : sa voix se fait plus ferme, comme s'il dirigeait une réunion professionnelle et ne parlait plus de la mort de sa femme avec la belle-fille qu'il n'a jamais reconnue.

— Je sais que ce n'est pas le moment, mais je voulais vous informer que votre mère vous a légué la maison, sans rien à payer de votre part. J'ai réglé les dernières mensualités de l'emprunt et vous ferai transférer l'acte de propriété. Elle vous a également laissé sa voiture, si vous l'avez toujours. En revanche, les chèques qu'elle vous envoyait… Autant vous avertir tout de suite que je ne poursuivrai pas cette tradition. Vous devrez trouver un autre… euh… arrangement.

À ces mots, je me sens rougir. J'ai envie de raccrocher. Je me sens nulle. Comme ces hommes de trente ans qui vivent dans le sous-sol de leurs parents, avec leur mère qui lave leurs caleçons et leur apporte des sandwichs au fromage fondu. Et après tout, je n'en suis pas si loin.

Le premier chèque est arrivé une semaine après son départ.

Je l'ai posé sur la table de la cuisine et l'ai longuement contemplé pendant trois jours, chaque fois que je passais devant. J'étais résolue à le jeter. Maman voulait peut-être vivre aux crochets de Lenny pour le restant de ses jours, mais moi non.

Puis la facture d'électricité est arrivée. Et la facture d'eau. Et la mensualité de la maison.

J'ai encaissé le chèque.

J'avais dix-huit ans, j'étais sans emploi et je ne savais pas ce que j'allais faire de ma vie. Mon projet le plus précis était d'aller à la fac, puis de trouver un emploi. Mais je me suis promis que c'était la première et la dernière fois. Que je n'accepterais plus d'argent.

Lorsque le chèque suivant est arrivé, trois semaines plus tard, je n'avais toujours pas de travail. Mais comme je n'avais pas envie de quitter la maison pour l'encaisser, je me suis dit que c'était la fin. Puis, lors d'une pause au milieu d'une intense partie de *Bejeweled* sur l'ordinateur, j'ai effectué une rapide recherche en ligne et appris que je pouvais simplement expédier le chèque à ma banque : l'argent apparaîtrait sur mon compte comme par magie.

Alors, en me remettant à cliquer sur mes gemmes colorées, je me suis demandé ce que je pouvais faire d'autre sans sortir.

Il est apparu que je pouvais faire beaucoup de choses.

C'est devenu une sorte de jeu. Un défi qui consistait à voir tout ce que je pouvais accomplir en pyjama de mon fauteuil.

Les courses ? Livraison à domicile.

La fac ? J'ai décroché une licence de lettres en dix-huit mois grâce à un cours en ligne. Je ne sais pas vraiment si mon diplôme est officiel, mais le papier qu'on m'a envoyé paraît assez authentique selon moi. Je voulais continuer, obtenir un master et peut-être même un doctorat, mais les 400 dollars requis par unité d'enseignement dépassaient largement mon budget. J'ai préféré suivre les quelques cours en ligne que l'université de Harvard propose gratuitement chaque semestre. *Gratuitement.* On se demande bien pourquoi tous ces génies paient des centaines de milliers de dollars pour leur diplôme de l'Ivy League !

Le dentiste ? Je me passe régulièrement le fil dentaire, et je me brosse les dents après chaque repas. Je n'ai pas eu une seule fois mal aux dents en neuf ans, ce que je mets sur le compte de mes bonnes habitudes dentaires. Je commence presque à me demander si les soins dentaires ne sont pas une arnaque.

Le jour où un voisin a laissé un mot sur ma porte pour me faire remarquer que ma pelouse atteignait des hauteurs inqualifiables et qu'il souhaiterait que je m'en occupe pour « maintenir l'intégrité » du quartier ? J'ai fait appel à une société de jardinage pour qu'on vienne la tondre une fois par mois, et je laisse un chèque sous le paillasson.

Les ordures ont constitué un défi un peu plus difficile. Je voyais mal comment sortir les poubelles sans sortir moi-même. J'aurais pu m'y résigner, bien sûr, mais j'étais résolue à ne pas le faire. À dénicher la dernière pièce du puzzle. Je n'en suis pas très fière, mais j'ai appelé le service d'enlèvement des déchets et ai raconté que j'étais handicapée. On m'a dit que je pouvais mettre mes ordures dans la poubelle à côté de ma porte de derrière, et que les éboueurs feraient le tour pour la vider tous les jeudis matin. J'avoue avoir ressenti un petit accès de fierté pour cet acte de truanderie.

Six mois ont passé. Puis un an. Parfois, je me demandais si c'était tout. Si j'allais vivre ainsi, sans plus jamais voir personne. Mais la plupart du temps, je me réveillais chaque matin et vivais ma vie comme tout le monde : sans songer à la vue d'ensemble. Je me contentais de suivre mes cours, faire la cuisine, regarder les infos, me mettre au lit et me lever le lendemain pour tout recommencer. De ce point de vue, je ne pensais pas mener une existence très différente du reste du monde.

Ma mère me téléphonait quelquefois pour se plaindre du temps qu'il faisait, d'un serveur grossier ou de la fin d'une série télévisée, pour se vanter des nombreux voyages qu'elle faisait avec Lenny ou pour m'inviter en vacances – même si elle savait pertinemment que je refuserais – mais nous n'avons jamais parlé de l'argent qu'elle m'envoyait. Même si j'avais honte de l'accepter, j'étais parvenue à me convaincre que je le méritais. Qu'elle avait une dette envers moi pour avoir été une mère aussi égoïste.

Mais je n'avais pas prévu que ça durerait si longtemps.

— Je suis au courant pour ton « état », dit Lenny, mais nous n'avons jamais vraiment vu…

— Je comprends.

Je me sens un peu plus humiliée à chaque seconde, mais une part de colère vient s'ajouter à l'équation. Je suis en colère parce que ma mère ne m'a pas laissé d'argent en plus de la maison et de la voiture – tout en étant consciente de la parfaite ingratitude de cette pensée. Ou peut-être suis-je en colère contre moi-même, pour m'être laissée aller à dépendre entièrement de ce chèque mensuel. Ou peut-être que ça n'a rien à voir avec l'argent. Peut-être suis-je en colère parce que je n'ai pas accepté une seule fois de lui rendre visite. Je ne l'ai même pas invitée à la maison. C'est amusant, comme on oublie les fautes des gens dès l'instant où ils meurent. Comme le fait qu'une simple conversation téléphonique avec elle était si émotionnellement épuisante que je n'avais même pas envie de la voir en personne. *Mais maintenant… maintenant, il est trop tard.*

— Très bien, lâche Lenny.

Nous n'avons rien de plus à nous raconter, alors j'attends qu'il me dise « au revoir ». Mais le silence dure si longtemps que je me demande s'il n'a pas déjà raccroché.

— Lenny ? l'appelé-je, au même moment où il reprend la parole.

— Jubilee, ta mère était vraiment…

Il s'interrompt un instant.

— Enfin, tu sais…

Non, je ne sais pas. Ma mère était vraiment quoi ? Accro aux chemisiers moulants ? Une fumeuse invétérée ? Impossible à gérer ? Je reste pendue au téléphone longtemps après qu'il a raccroché, espérant contre toute logique entendre ce qu'il a voulu dire. Comme si ses mots étaient perdus quelque part entre nous, prêts à se matérialiser à chaque seconde. Quand enfin je comprends que ça n'arrivera pas, je laisse le combiné tomber par terre à côté de moi.

Des minutes passent. Peut-être des heures. Je ne bouge pas, même lorsqu'un staccato de « bip » s'élève du combiné, insistant pour que je le repose.

Ma mère est morte.

Je parcours la cuisine du regard, en quête de subtiles différences. Je compare l'avant et l'après. Si quelque chose a changé, ce sera la preuve que je suis entrée dans un univers parallèle. Que peut-être, maman est toujours en vie dans l'autre dimension, dans la réalité. Ou peut-être que j'ai trop lu *1Q84*.

Je prends une grande inspiration, et les larmes me montent aux yeux. Je ne suis pas encline aux démonstrations d'émotion d'habitude, mais aujourd'hui, je laisse tout sortir.

Il y a de bons côtés à être ermite. Par exemple, je ne mets que six minutes à laver l'assiette, la tasse et la fourchette dont je me sers à chaque repas – oui, j'ai chronométré. Et je n'ai même pas besoin de faire la conversation. Je n'ai pas à hocher la tête en souriant quand quelqu'un me dit : « Il paraît qu'il va pleuvoir aujourd'hui », ni à marmonner une réponse inepte comme : « C'est ma pelouse qui va être contente ! » En fait, je n'ai même pas à m'inquiéter du temps qu'il fait. *Il pleut ? Peu importe. Je ne sors pas.*

Mais il y a aussi de mauvais côtés. Parfois, tard le soir, dans mon lit, j'écoute le silence de la rue et je me demande si je suis la dernière survivante sur terre. Ou s'il y a eu une guerre civile, une épidémie ou une apocalypse zombie et que nul n'a pensé à m'avertir puisque personne ne se souvient que j'existe. Ces soirs-là, je pense à ma mère. Elle m'appellera. Me parlera. Se rappellera. Et une vague de réconfort passe sur moi.

Mais maintenant, elle n'est plus là. Et dans mon lit, alors que j'écoute le silence de la nuit, je me demande : *Qui se souviendra de moi ?*

Le jeudi commence comme n'importe quel autre jour : je descends dans la cuisine et me fais deux œufs sur le plat avec des toasts – coupés en petits morceaux depuis que j'ai failli m'étouffer avec il y a quatre ans –, que je mange en lisant les infos sur Internet. Mais après ça, au lieu de cliquer sur mon nouveau cours de Harvard – cette semaine : « Shakespeare après tout : ses dernières pièces » –, je dois affronter la réalité : ce jour n'est pas comme les autres.

Je vais quitter la maison.

À cette seule idée, mon cœur bat la chamade. Je tente de me distraire avec un problème plus immédiat : je n'ai rien à me mettre pour l'enterrement de ma mère. Les seuls vêtements noirs dont je dispose sont un pantalon de jogging et le sweat assorti. *Pas vraiment ce qu'on pourrait appeler une tenue correcte pour l'occasion.*

À l'étage, je m'aventure au bout du couloir, jusqu'à la chambre de ma mère. Je m'arrête sur le pas de la porte. Pendant neuf ans, j'ai laissé la pièce exactement telle qu'elle était quand ma mère est partie. Pas d'une manière flippante, à la Miss Havisham. Il n'y a pas de gâteau de mariage posé sur une table, ni rien de ce genre-là. J'ai réussi à me convaincre que c'était parce que je ne savais pas quoi faire de ses affaires, mais une partie de moi aimait l'idée qu'elles restent à leur place. Comme si elle allait revenir un jour.

Sauf que maintenant, je comprends bien qu'elle ne reviendra pas.

Devant le placard de ma mère, j'examine longuement sa collection de tailleurs des années 1990, du temps où elle travaillait comme vendeuse dans un supermarché. Je me souviens d'avoir essayé ses habits quand j'étais petite, pendant qu'elle était au travail. Je nageais dedans, respirant l'odeur sucrée de son parfum. J'étais même montée dans son lit pour m'envelopper dans ses couvertures, en me figurant qu'elle me prenait dans ses bras. C'était interdit :

les médecins m'avaient prévenue que même s'il semblait que je ne réagissais qu'au contact peau contre peau, je devais prendre garde aux objets qui demeuraient en contact prolongé avec la peau d'autres personnes, comme les draps ou les serviettes. « Les allergies sont sournoises », disaient-ils. Mais j'avais pris le risque et, heureusement, n'avais jamais réagi. C'était ma petite rébellion, mais c'était aussi autre chose : le seul moyen pour moi de me sentir proche d'elle.

Je sors un tailleur noir et l'enfile par-dessus le débardeur blanc que je mets pour dormir. Je me tourne et me retourne devant le miroir ornementé qui surplombe la commode. Je m'observe pour la première fois depuis des années. Je me rends compte que des gens vont me regarder – me verront comme je vois mon reflet – et une boule se forme dans mon ventre. Ça fait des années que je ne suis pas allée chez le coiffeur, que je me contente de couper les pointes avec mes ciseaux à ongles. Et ça se voit. Mes cheveux n'ont jamais été disciplinés, mais ces années de liberté les ont rendus particulièrement sauvages et indomptables. Des boucles brunes partent dans tous les sens du sommet de ma tête jusqu'à mes épaules. J'essaie de les lisser du plat de la main, en vain.

Puis je me souviens que je porte une veste. J'examine les épaulettes : j'ai l'air de hausser les épaules en permanence. La veste, d'ailleurs, n'est pas vraiment taillée pour moi. Ma mère était une brindille dotée d'une imposante poitrine. Je ne suis pas beaucoup plus épaisse, mais les manches sont un peu trop courtes et la jupe se révèle trop serrée à la taille. *Tant pis, je vais devoir faire avec.*

En me penchant pour chercher une paire de chaussures au bas de son placard, je jurerais avoir senti une bouffée de son déodorant à la vanille. Mon estomac se noue. Je m'assieds sur le plancher, porte à mes narines le revers de ma veste et prends une grande inspiration.

Mais je ne sens qu'une odeur de renfermé.

Au rez-de-chaussée, je récupère mon sac à main posé sur le guéridon à côté de la porte d'entrée. Je fouille à l'intérieur et aperçois les deux EpiPen jaune fluo tout au fond. Ils ont expiré il y a des années, mais je me convaincs qu'ils fonctionneront toujours en cas d'urgence. Puis je prends mes gants. Je me demande si je dois les mettre. Plus jeune, j'ai toujours trouvé ça excessif, ces gants en laine jaune que je portais à l'école primaire, puis les gants en cuir plus adultes mais tout aussi bizarres que j'arborais dans le secondaire. Ce n'était pas comme si j'allais toucher des gens. Ou qu'ils allaient me toucher. Ce n'est pas si difficile de garder ses mains chez soi, surtout quand on est traité en paria. Puis je pense aux mille et une manières dont les gens se touchent sans même y penser : les échanges d'argent à la caisse d'une boutique ; une poignée de main ; une personne pressée qui vous dépasse en vous frôlant le bras.

J'enfile mes gants.

Et là, sans me laisser le temps de changer d'avis, j'attrape mes clés sur le guéridon, tourne la poignée de la porte et pose un pied sur le seuil.

L'éclat du grand ciel bleu de septembre me fait plisser les yeux. Je lève la main en visière pour mieux voir. Il est 7 h 34 du matin, et je suis dehors. Sous le porche. J'ouvre souvent la porte en pleine nuit pour ramasser les colis laissés par le facteur ou ma livraison de provisions hebdomadaires, mais je ne me souviens même pas de la dernière fois où je me suis tenue là. *En plein jour.*

Le sang me monte à la tête. Je me raccroche au chambranle, étourdie. Je me sens exposée. Comme si un millier d'yeux étaient posés sur moi. L'air qui m'entoure est trop léger, trop changeant. J'ai peur qu'un courant ne m'entraîne et me projette contre mon gré dans le vaste monde.

J'ordonne à mes pieds de bouger. D'avancer.

Mais ils refusent. J'ai l'impression d'être en haut d'une falaise, à un pas du vide. À un pas de me faire avaler tout entière par le monde.

C'est alors que je l'entends.

Le fracas métallique du camion-poubelle qui tourne dans la rue.

Je me fige.

C'est jeudi. Le jour des poubelles.

Mon cœur bat à tout rompre, comme s'il voulait sortir de ma poitrine.

Je cherche à tâtons la poignée dans mon dos, la tourne, fais volte-face pour rentrer et claque la porte derrière moi.

Maintenant, appuyée contre le battant, je me concentre pour ralentir mon souffle et faire repasser mon rythme cardiaque à la normale.

Normale.

Normale.

Je baisse les yeux sur mes mains gantées et lâche un petit ricanement. Puis un grand éclat de rire s'échappe de mes lèvres, que je couvre aussitôt de mes doigts.

Qu'est-ce que j'avais cru ? Que je pourrais sortir de la maison et me rendre à l'enterrement de ma mère, comme une personne normale ?

Si j'étais normale, j'aurais fait un signe de la main aux éboueurs. Ou dit « bonjour ». Ou j'aurais pu simplement les ignorer et monter dans ma voiture, comme les gens le font une centaine de fois par an sans même y réfléchir.

Je sens mes épaules trembler, et mon rire se mue en pleurs.

Je n'irai pas à l'enterrement de ma mère. Lenny va se demander où je suis. Tout ce que ma mère a pu lui raconter sur mon ingratitude sera confirmé.

Et au milieu de cette tourmente, une autre pensée flotte en périphérie de mon esprit, attendant que je la laisse entrer. Une pensée terrifiante. Une pensée qui était là depuis le début, tout au fond, et que j'ai refusé d'entendre. Mais je n'arrive plus à rester dans le déni, appuyée contre la porte d'entrée, incapable de ralentir les battements de mon cœur, de sécher mes larmes ou de cesser de trembler.

Il y a peut-être une autre raison pour laquelle je ne suis pas sortie depuis neuf ans.

Peut-être que j'en suis incapable.

Chapitre 2

ÉRIC

Le poisson agonise.

Je ne pense pas qu'il soit déjà mort : quand je le tapote doucement avec la gomme d'un crayon, il remue ses nageoires et zigzague au hasard dans le petit bocal pendant une dizaine de secondes avant d'abandonner et de se laisser de nouveau flotter à la surface. Il ne flotte pas sur le dos, cependant, et ne dit-on pas que c'est là le signe révélateur ?

Je parcours des yeux l'appartement minimaliste, comme si la solution pour sauver la vie de ce poisson allait se présenter d'elle-même. Mais les murs beiges, bien entendu, sont nus. Le reste du petit salon ne contient que mon canapé, une table basse en verre et quelques cartons avec « SALON » écrit au marqueur noir sur le côté. Le crayon semble être mon seul espoir.

Je tapote derechef le poisson et jette un coup d'œil coupable par-dessus mon épaule, comme si un agent de la SPA risquait d'apparaître derrière moi en agitant un index désapprobateur. Je suis sûr que ce que je fais relève de la maltraitance animale, mais ce poisson doit vivre. *Au moins pendant un quart d'heure. Et le crayon est mon seul espoir.*

Le poisson termine sa drôle de petite danse et se remet à flotter.

Bon sang!

—Qu'est-ce que tu fais? me demande une petite voix qui me fait sursauter.

—Rien, réponds-je en envoyant une dernière chiquenaude au poisson avant de reposer le crayon. Je nourris Squidboy.

—Je l'ai déjà nourri. Hier soir. Je le nourris tous les soirs.

Je me retourne pour affronter les grands yeux noirs et accusateurs d'Aja, dissimulés derrière ses lunettes à monture métallique. Je m'étonne, une fois encore, de sa capacité à me donner l'impression que je suis l'enfant et que lui est l'adulte. Même s'il est le portrait craché de son père, Dinesh – peau mate, cheveux noirs et soyeux, cils assez longs pour apparaître dans la pub d'un mascara –, leurs personnalités ne pourraient être plus différentes. Là où Dinesh était impulsif, charmeur, avenant, Aja est prudent, calme, introverti. Un peu comme moi, j'imagine.

—Je sais, dis-je en me mettant devant le bocal pour le cacher.

La vie d'Aja a été suffisamment bouleversée ces deux dernières années: la mort de ses parents, son adoption, son déménagement de la seule ville qu'il ait jamais connue dans le New Hampshire pour s'installer avec moi à Lincoln, dans le New Jersey. Si je peux le protéger de la mort de son poisson, au moins pour aujourd'hui, je le ferai.

— Mais il avait l'air d'avoir faim, ajouté-je. D'ailleurs, moi aussi. On prend le petit déj' ?

Le regard d'Aja reste suspicieux, mais il se traîne vers la cuisine, les mains dans les poches et les épaules un peu voûtées, ce qui le rend encore plus petit qu'il ne l'est déjà pour ses dix ans.

— Prêt pour ton premier jour à l'école ? lui demandé-je en me dirigeant vers l'évier pour rincer le café d'hier.

Peut-être qu'aujourd'hui, je retrouverai enfin les autres tasses. J'ai déjà défait tous les cartons marqués « CUISINE », et elles n'étaient pas là. Les déménagements sont les seuls moments où je suis capable de suspendre ma croyance dans les lois de la nature et d'envisager l'existence de puissances occultes. *Magie noire ? Téléportation ? C'est l'unique explication. Les tasses à café auraient dû se trouver dans les cartons marqués « CUISINE ». Là où je les avais mises. Et pourtant...*

J'attrape la poignée de la cafetière, et me sers une tasse du liquide sombre et aromatique. Je n'aurais pas dû faire toute une cafetière. Après avoir lu quelques articles sur les conséquences funestes d'une trop grande consommation de café, je me suis juré que le nouveau « moi » du New Jersey ne boirait qu'une tasse par jour. Je ne me souviens plus vraiment des conséquences. Probablement le cancer et la mort, puisque cela semble être le résultat de toutes les études médicales du moment. À ce stade de mes réflexions matinales, je me rends compte qu'Aja n'a pas répondu à ma question.

— Mec ?

Il est occupé à mesurer avec précision la portion de céréales à mettre dans son bol. Je sais qu'ensuite, il versera une demi-portion de lait, comme c'est indiqué sur la boîte.

Quand il a terminé, il prend une cuillère.

J'essaie encore :

— Aja ?

Je me rends compte que j'ai l'air un peu désespéré, mais c'est parce que je le suis. Parce que même à l'autre bout du pays, j'entends toujours sa voix à mon oreille : « Tu ne sais même pas parler à ton propre fils. »

C'est l'une des choses les plus gentilles que Stéphanie m'ait dites depuis le divorce. Quand on était mariés, elle se plaignait toujours de mon incapacité à comprendre les allusions et les sous-entendus – et peut-être avait-elle raison : est-ce trop demander aux gens d'exprimer simplement ce qu'ils veulent dire ? –, mais je n'ai eu aucun mal à comprendre ce qu'elle avait voulu signifier ce soir-là.

« Tu n'es pas un bon père. »

Je n'ai pas protesté. C'est dur d'être un bon père quand on ne voit sa fille qu'un week-end sur deux et qu'elle passe tout son temps avec ses écouteurs dans les oreilles, ses doigts se déplaçant à la vitesse de la lumière pour écrire Dieu sait quoi à Dieu sait qui sur son téléphone. Depuis que j'ai lu un article à ce sujet dans le *Washington Post*, j'essaie parfois de regarder par-dessus l'épaule d'Ellie pour m'assurer qu'elle n'envoie pas de sextos. Mais si elle le faisait, je ne le saurais même pas : tout ce que j'ai réussi à lire, c'est une suite incompréhensible de lettres en majuscule. On aurait dit du code, et je me suis imaginé un instant qu'elle avait peut-être un avenir à la Silicon Valley.

Quoi qu'il en soit, quand Ellie et moi avons eu notre grosse dispute il y a quatre mois, j'ai compris un autre sous-entendu sans l'aide de Stéphanie – mais je me suis bien gardé de le lui signaler : tout était ma faute.

J'aurais dû faire plus d'efforts. J'aurais dû être plus présent. J'aurais dû trouver le moyen de faire enlever ces écouteurs à ma fille de quatorze ans et d'avoir une vraie conversation avec elle. Parce que maintenant, elle ne me parle plus. Pas même par textos codés.

C'est peut-être pour ça que je tiens tant à ce qu'Aja réponde à toutes mes questions. Je suis officiellement son père depuis deux ans – *Deux ans ? Ça fait si longtemps que Dinesh n'est plus là ?* – mais je sais que le lien parent-enfant est extrêmement fragile, comme une bulle de savon, et qu'il suffit d'un rien pour le briser.

— Éric ? lance Aja sans quitter des yeux la boîte de céréales.

— Oui, mec ? dis-je d'une voix beaucoup trop enthousiaste.

— Tu as trouvé le fauteuil roulant ?

Je prends une longue gorgée de mon café. Je ne veux pas parler de ça si tôt le matin. Ni plus tard. Aja s'est mis en tête de se déguiser en professeur Xavier des X-Men pour

Halloween. (Halloween qui, je me dois de le préciser, a lieu dans quasiment deux mois. Aja aime tout planifier à l'avance.) J'ai tout de suite accepté, sans comprendre que le costume nécessitait un fauteuil roulant. J'ai dit à Aja que je ne savais pas trop si c'était convenable, que ça risquait d'offenser un vrai handicapé. « Mais le professeur Xavier est un vrai handicapé », a-t-il rétorqué d'un ton neutre. J'ai laissé tomber, fatigué à la seule idée d'un débat avec lui.

— Pas encore, réponds-je.

Avant qu'il puisse répliquer par une autre question, je m'avance vers lui et me penche pour me mettre à sa hauteur. Nos yeux sont à présent rivés sur la boîte de céréales.

— Tu y arrives, aujourd'hui ? lui demandé-je.

C'est tout le contraire de ce que m'a conseillé la psy chez qui j'ai emmené Aja après la mort de ses parents. « N'encouragez pas son délire », avait-elle déclaré de son insupportable voix nasillarde. Mais cet avis m'avait paru excessif. Ou peut-être étaient-ce les pilules qu'on lui donnait, ce Risperdal qui le rendait si somnolent, le faisait dormir dix-sept heures par jour et lui coupait l'appétit. J'ai cessé de lui donner les pilules et n'ai jamais regretté ma décision. *Aja a de l'imagination. Et alors ? Quel mal à ça ?*

Il secoue la tête.

— Pas même une petite étincelle, sans parler d'une flamme.

— « Une flamme » ? répété-je, un peu inquiet. Je croyais que tu essayais de la déplacer par l'esprit.

— Non. Cette semaine, je travaille sur les niveaux plus avancés, en particulier la destruction télékinétique.

Ça veut dire faire exploser des trucs, ajoute-t-il en levant le regard vers moi.

Oh. Je me gratte la joue, me redresse et parcours des yeux la petite cuisine. Mon regard se pose sur l'annuaire téléphonique que j'ai trouvé sur le plan de travail quand on est arrivés. Je me demande où j'ai fourré le numéro de la psy.

Peut-être avec les tasses à café.

Pendant qu'Aja se brosse les dents et termine de se préparer pour l'école, je regarde comment va Squidboy. Il flotte maintenant sur le dos. Je décide de lui accorder le bénéfice du doute et le tapote avec mon crayon, mais il ne se passe rien. Je pousse un soupir. Avec un peu de chance, peut-être qu'Aja ne regardera pas dans son bocal avant de partir. Comme ça, j'aurai le temps d'aller à l'animalerie et de choisir un nouveau Squidboy en espérant qu'il ne remarque pas la différence.

Mon téléphone sonne dans ma poche. Je pose le crayon sur l'étagère à côté du bocal et décroche.

— Salut, Connie, dis-je à ma sœur.

Elle est la raison de mon emménagement dans cette ville tranquille, à seulement treize kilomètres de Manhattan. New York était hors de question à cause des loyers indécents et des écoles publiques infréquentables, mais j'aurais probablement choisi une ville plus populaire – et plus peuplée – comme Hoboken ou Elizabeth si Connie ne vivait pas à Lincoln depuis huit ans. « C'est comme se retrouver dans une autre époque, affirmait-elle. Le centre est adorable, avec de mignonnes petites boutiques et une vue sublime sur la rivière. Et les écoles sont très réputées. » Je me fichais de la rivière, mais l'argument des écoles avait retenu mon attention – ça et le fait que ma sœur vivait à quelques kilomètres et pourrait passer m'aider en cas de problème avec Aja.

— Premier jour d'école, déclare-t-elle sans s'embarrasser de formalités, à sa manière d'avocate.

Oui, mes parents ont élevé un comptable et une avocate, et même s'ils nous disent souvent lors des rassemblements familiaux à quel point ils sont fiers de nous, je me demande parfois s'ils ne sont pas un peu déçus qu'on soit si ennuyeux.

— Il est prêt ?

Je jette un coup d'œil dans le couloir. Aja est toujours dans la salle de bains.

— Presque. En revanche, je crois qu'il est en train de développer une nouvelle passion potentiellement dangereuse pour les explosions.

— Comme tous les petits garçons, non ?

J'essaie de mobiliser le souvenir d'une fascination pour les explosifs dans mon enfance. En vain.

— Pas moi, en tout cas.

— Non, ricane-t-elle. Je crois que tu fais figure d'exception en matière de prise de risque.

— Ah, oui ? Oh, au fait… Comment s'est passé ton saut en parachute du week-end dernier ? Et la ferme de serpents à sonnette ? Tu en as caressé beaucoup ?

— Ha ha. Très marrant.

— Je dis ça, je dis rien. L'hôpital, la charité, tout ça...

— Ouais, mais ce n'est pas de moi qu'on parle.

— Non. On ne parle pas beaucoup de toi, dernièrement.

Je cherche mon café sur l'étagère à côté du bocal de Squidboy et me rends compte que je l'ai oublié dans la cuisine.

— Ce n'est pas ma vie qui a implosé.

— Merci. Ça m'aide beaucoup.

— Je t'en prie, réplique-t-elle. Mais sérieusement... comment tu te sens ?

— Ça va.

J'entre dans la cuisine et repère ma tasse sur la table. J'avale les ultimes gorgées et tends la main vers la cafetière pour me servir une seconde tasse. *(J'arrête à deux aujourd'hui. Réduire les doses progressivement est sûrement beaucoup plus efficace que de tout arrêter d'un coup.)*

— J'ai perdu mes tasses à café, ajouté-je avec un petit rire.

Comme si les tasses disparues étaient mon pire problème. J'ai déménagé à quatre États de mon ex-femme et de ma fille, qui refuse de m'adresser la parole. J'ai déraciné mon fils – qui, admettons-le, gère très mal le changement – de la seule ville qu'il ait jamais connue, des seuls amis qu'il ait jamais eus. De la ville où sont enterrés ses parents, pour l'amour de Dieu ! Et je l'ai inscrit dans une toute nouvelle école où il ne connaît personne. Oh, et il s'est pris de passion pour les explosions.

Et le poisson est mort.

— Ce n'est que pour six mois, dit Connie en ignorant mon commentaire sur les tasses à café pour aller droit au but, comme toujours. C'était la bonne chose à faire.

« La bonne chose à faire. » Ce saumon insaisissable au milieu d'un torrent que j'ai passé ma vie à tenter d'attraper à mains nues. « La bonne chose à faire », c'était épouser Stéphanie juste après le lycée, quand elle a découvert qu'elle était enceinte d'Ellie. « La bonne chose à faire », c'était adopter Aja quand Dinesh et Kate sont morts dans un crash d'avion, même si Stéphanie n'était pas d'accord. « La bonne chose à faire », c'était de laisser Ellie vivre avec sa mère après le divorce, même si je ne supportais pas l'idée de vivre sans elle.

Mais ma décision de déménager à Lincoln pour travailler dans les bureaux new-yorkais de mon entreprise en remplacement de l'analyste financière pendant son congé maternité commence à me paraître un petit peu égoïste, même si je me suis convaincu qu'en plus de favoriser mon avancement, ça ferait une aventure pour Aja tout en me rapprochant de ma sœur. Ça ressemble beaucoup à une fuite en avant, et pas du tout à « la bonne chose à faire » pour quiconque d'autre que moi.

— Ellie, murmuré-je en voyant en pensée son nez retroussé, ses boucles couleur caramel et son visage poupin.

Mais non. Je l'imagine comme une enfant. Pas comme l'ado de quatorze ans qu'elle est devenue, son visage aminci révélant des pommettes bien dessinées et ses cheveux parfaitement lisses, toute bouclette éradiquée au fer à lisser comme la mode semble l'imposer. *Quand est-elle devenue cette personne, cette jeune femme ? Et comment ai-je pu ne pas le voir ?*

Je me rends compte que j'ai prononcé son prénom tout haut quand j'entends la voix de Connie s'adoucir :

— Oh, Éric. Je pense qu'en ce moment, Ellie se fiche un peu de l'endroit où tu vis.

Même si je sais que c'est vrai, l'entendre me fait encore plus mal.

Cette matinée de septembre est lourde et immobile, plus semblable à l'atmosphère suffocante du mois d'août qu'au temps frais et venteux associé à la rentrée des classes. En m'insérant dans la file de voitures devant l'école primaire de Lincoln, je ravale tous les conseils clichés que mon père m'a assenés arbitrairement au fil des années. « Tu vas assurer. Ne montre jamais de faiblesse. Sois toi-même. »

Je ne sais même pas quelle phrase serait la plus appropriée. Certainement pas : « Sois toi-même. » J'adore Aja, mais je dois admettre que parfois, quand il est lui-même, il peut se montrer un peu condescendant, asocial et… eh bien… bizarre. Et ce n'est pas la meilleure tactique quand on veut se faire des amis au CM2.

Mes paumes se font de plus en plus moites au fur et à mesure qu'on se rapproche de l'endroit où je vais déposer Aja. Je lui jette des regards furtifs. Il est immobile, les yeux fixés droit devant lui.

— Je viendrai te chercher aujourd'hui, mais la semaine prochaine, tu rentreras en bus.

Je parle uniquement pour briser le silence, car on en a déjà discuté hier soir.

Aja fait mine de ne pas m'entendre, et je sais que c'est parce qu'il déteste que je répète les instructions.

La préposée à la file de véhicules – une femme aux allures de grand-mère, l'air joviale, son gros ventre drapé d'une écharpe orange – ouvre la portière de la voiture qui nous précède. Un homme émerge de la banquette arrière, un sac à dos sur l'épaule. Une vague panique me serre la gorge : *Suis-je censé accompagner Aja à l'école ? Ils n'ont parlé de ça nulle part !*

L'homme claque la portière, et je me demande où est l'enfant. Puis j'ouvre de grands yeux ronds en apercevant le visage poupin de l'« homme ». C'est un enfant. Un enfant immense, gargantuesque. *Est-ce que les CM2 ressemblent tous à ça, de nos jours ?* Je regarde Aja, qui me semble encore plus petit sur le siège du passager. Fragile. *Est-il trop tard pour faire demi-tour et m'échapper de ce parking ? Peut-être même pour rentrer dans le New Hampshire.*

Je me demande si Aja pense la même chose que moi.

— Hé, Éric ? lance-t-il d'une petite voix qui me brise le cœur.

— Oui, mec ?

Il tourne ses grands yeux vers moi, et je m'arme de toute la confiance que je ne possède pas pour lui assurer que c'est « la bonne chose à faire ». Qu'il va passer une super journée. Que le CM2 géant, qui terrorise probablement les enfants comme Aja dans la cour de récré en leur volant l'argent de la cantine ou en leur plongeant la tête dans les toilettes, est en fait un gentil garçon fan des X-Men qui deviendra son meilleur ami.

— Est-ce qu'on peut avoir un chien ?

— Quoi ?

J'arrache mon regard du terrifiant homme-enfant qui vient de serrer la main du proviseur en entrant dans l'école. Ils font presque la même taille. Je frissonne en espérant qu'Aja n'a rien remarqué.

— Un chien. Est-ce qu'on peut en avoir un ?

— Quoi ? Non.

Je m'arrête devant l'entrée de l'école. La préposée tend la main vers la poignée de la portière d'Aja, mais elle est verrouillée.

— Tu as promis, dit-il en ignorant la femme qui le regarde à travers la vitre.

— Quand ça ? Ouvre ta portière.

— Tu as dit que quand le poisson mourrait, on aurait un chien. Et le poisson est mort.

— Ah, bon ? m'écrié-je d'un air faussement surpris.

J'appuie sur le bouton « déverrouiller » du tableau de bord, et la vieille femme tente de nouveau d'ouvrir la portière, mais Aja a déjà appuyé sur le loquet.

J'adresse à la préposée un sourire forcé et lui fais signe d'attendre.

— Ouais, répond Aja. Je ne sais pas comment tu as fait pour ne pas le voir quand tu l'as nourri ce matin.

— Euh…

Le conducteur du véhicule derrière nous se met à klaxonner. Je jette un coup d'œil dans le rétroviseur et croise le regard noir d'une mère derrière le volant. Les battements de mon cœur s'accélèrent.

— On en reparlera plus tard. Tu dois aller à l'école.

Le Klaxon retentit une deuxième fois.

— Aja ! On n'a pas le temps pour ça.

De nouveau, j'appuie sur le bouton de déverrouillage. Aussitôt, Aja reverrouille sa portière. La préposée semble perplexe, comme si elle n'avait jamais vu un enfant refuser de descendre de voiture. Derrière elle, j'aperçois le proviseur qui se dirige vers nous. Un filet de sueur me coule sur le front.

Alors, je me souviens du fauteuil roulant et suis pris d'une inspiration subite. Ou du moins, je pense à une nouvelle monnaie d'échange.

— Et si je trouve ton fauteuil roulant et que je commence à réfléchir pour le chien ?

« Tut-tut-TUUUUUUUUUUUUUUUU UUUUT ! » Je résiste à l'envie de descendre ma vitre pour engueuler la conductrice, mais je serre le volant si fort que mes doigts deviennent blancs.

Le visage d'Aja s'illumine, et je crois avoir gagné. Puis il recroise les bras et s'enfonce plus fermement dans son siège.

— Le fauteuil roulant et le chien, dit-il par-dessus le son à présent constant du Klaxon.

Je ne m'étais jamais douté qu'une queue de véhicules devant l'école primaire d'une petite ville de banlieue pouvait être si agressive.

— Aja ! Sors. De. La. Voiture.

Je serre tellement les dents que mes mâchoires semblent soudées.

Il ne bouge pas. Il me regarde, sans se soucier de la file de parents en train de nous maudire. Je sais que moi non plus, je ne devrais pas céder. Je sais qu'un bon parent saurait rester ferme et ne pas récompenser une telle attitude en laissant l'enfant obtenir ce qu'il veut.

D'autres Klaxon se joignent au premier.

« TUUUUUUUUUUUUUUUUUUUUUUUUUUUUUUUUUUUUUUUUUUUUUUT ! »

Tant pis pour la bonne éducation. Tout ce que je souhaite, c'est que ce foutu Klaxon s'arrête.

— Très bien ! Le fauteuil roulant et ce putain de chien !

À cet instant, Aja ouvre sa portière, laissant le juron s'envoler, bien fort et bien clair, dans la zone scolaire.

Le proviseur s'arrête net. Les sourcils gris et touffus de la préposée se haussent en accent circonflexe.

Le Klaxon s'est tu, l'atmosphère est pesante, et tout le monde devant l'entrée de l'école a les yeux braqués sur moi. Aja, imperturbable, descend de voiture et s'éloigne d'un pas conquérant, son sac à dos jeté sur une épaule.

Rouge de honte, je prends une grande inspiration.

— Tu vas assurer ! crié-je dans le dos d'Aja, qui ne se retourne pas.

Puis je claque sa portière demeurée grande ouverte et démarre en trombe.

Une fois rentré, je me sers une troisième tasse de café et m'assieds à la table de la cuisine, où Aja a tenté de mettre le feu à sa boîte de céréales il y a à peine une heure. Déjà épuisé alors qu'il n'est même pas huit heures et demie, je me masse la mâchoire inférieure, sentant déjà ma barbe qui repousse. Ma barbe de fin de journée apparaît dès midi et je n'ai pas encore trouvé de rasoir capable d'y remédier, quels que soient le nombre de lames ou la technologie employée. *(D'ailleurs, sérieusement ? La « technologie » du rasoir ? C'est la NASA qui se charge des recherches, ou quoi ?)* Je ne commence le travail que la semaine prochaine, mais j'ai presque envie d'aller au bureau pour me sentir compétent dans au moins un domaine.

Au vu des événements de la matinée, être un bon père ne peut plus faire partie de mes objectifs de la journée.

Comme je peux difficilement faire pire, je sors mon téléphone pour envoyer un texto à Ellie. Elle n'a pas répondu depuis plus de quatre mois, mais ça ne m'empêche pas d'essayer.

> Je viens de gueuler « putain » devant le nouveau proviseur d'Aja et j'ai choqué la mamie qui s'occupait de la file de voitures. Je me suis dit que ça pourrait t'amuser. Je t'aime, ma chérie. Papa.

Je sais que je n'ai pas besoin de signer un texto. Ellie m'a appris ça il y a deux ans, quand elle a lu par-dessus mon épaule un message que j'envoyais et que j'avais signé « Éric ».

« Papaaaaaaa, avait-elle soupiré avec ce ton qui voulait dire “tu es l’individu le plus stupide sur terre”, tu es au courant que ton nom s’affiche quand tu envoies un SMS ? Tout le monde sait déjà que c’est toi ? »

C’était à l’époque où elle s’était mise à prononcer toutes ses phrases comme une question. En écoutant ses amies, j’ai vite compris que ça faisait partie du langage typiquement adolescent. Je me souviens de m’être demandé s’ils recevaient tous un manuel en arrivant au collège, qui leur expliquait comment parler, s’habiller et mépriser leurs parents.

Quoi qu’il en soit, j’ignorais qu’il était inutile de signer les textos, et j’ai été ravi de l’apprendre – malgré le ton légèrement condescendant.

Je signe quand même les textos que j’envoie à Ellie, parce que j’aime l’imaginer lever les yeux au ciel face à la stupidité de son père. J’espère même qu’elle en rit un peu. Et j’aime aussi lui rappeler que c’est ce que je suis. Son père. Même si elle ne veut plus m’adresser la parole.

J’appuie sur « Envoyer ». Puis je me sers une autre tasse de café.

Demain. Demain, je réduis ma consommation.

Chapitre 3

JUBILEE

Le facteur est en retard.

J'essaie de me concentrer sur l'épisode spécial Jack l'Éventreur sur PBS, mais mes yeux ne cessent de se poser sur l'horloge. Il est 13 h 17. Le courrier arrive tous les jours entre midi et midi trente.

Je m'inquiète pour lui. Le facteur. Alors que je ne lui ai jamais adressé la parole. Je ne connais même pas son vrai prénom. Je l'appelle Earl, parce que je l'ai entendu une fois chanter à travers la porte de sa voix de baryton : « Duke, Duke, Duke... Duke of Earl, Earl, Earl. »

Il a peut-être été témoin d'un vol à l'arraché et a poursuivi le voleur à pied avant de le plaquer au sol pour lui reprendre le sac de la victime. C'est le genre de chose que ferait Earl. Il a un bon visage.

Mais si c'était quelque chose de grave ? Une attaque ? Un caillot sanguin qui serait remonté le long de sa jambe et parti droit dans son cœur ? Si ça se trouve, il gît quelque part dans la rue en ce moment même, sous le grand ciel bleu, des enveloppes et des colis éparpillés autour de lui comme des débris d'épave flottant sur l'eau.

Juste au moment où je commence à paniquer, je l'entends. Le grincement rouillé de la fente à courrier de ma porte d'entrée, et la cascade d'enveloppes et de publicités qui s'ensuit.

Je saute du canapé. Je m'approche de la porte sur la pointe des pieds, prenant garde à ne pas glisser sur les prospectus en papier glacé qui tapissent le sol, et j'aperçois dans l'œilleton Earl qui s'en va.

Je suis si heureuse de le voir, bien vivant, avec son short bleu, ses grandes chaussettes et ses affreuses chaussures de marche orthopédiques, qu'une partie de moi a envie de courir au-dehors pour le serrer dans mes bras.

Mais évidemment, je ne ferais jamais ça.

Alors que je me penche pour ramasser le courrier, je les vois : les tampons rouges qui hurlent sur les enveloppes :

RETARD DE PAIEMENT
DERNIER AVERTISSEMENT
PAYEZ MAINTENANT

Je savais qu'elles arriveraient. Bien sûr que je le savais. Lenny a tenu sa promesse, et même s'il m'a bien envoyé l'acte de propriété de la maison et qu'il a payé les dernières mensualités, je n'ai plus reçu de chèque depuis la mort de ma mère il y a six semaines. Je n'ai pas pu régler une seule facture, préférant garder le peu d'argent qu'il me reste pour les besoins quotidiens, comme la nourriture. J'ai passé une bonne partie de mon temps à chercher un travail que je pourrais réaliser sans quitter la maison. J'ai postulé pour être assistante virtuelle, professeur particulier en ligne, et même standardiste pour un centre d'appels en heures creuses, même si je n'étais pas ravie à l'idée de me réveiller à 3 heures du matin. Mais personne ne s'est donné la peine de me rappeler. Peut-être parce que dans la partie « expérience » des formulaires, j'ai écrit « aucune ». *Mais est-ce qu'il faut vraiment une expérience pour répondre au téléphone ?*

Et maintenant, je contemple avec effroi les lettres qui m'annoncent que l'électricité sera coupée, et l'eau, et même Internet.

Comment chercher un travail sans Internet ? Et commander mes provisions ? Et survivre ?

J'ai besoin d'argent.

Et pour ça, j'ai besoin d'un travail.

Et pour ça, apparemment, je dois quitter la maison.

À cette seule pensée, le poing géant qui m'a serré le cœur il y a six semaines est de retour, et j'ai du mal à respirer.

Je déteste les gens qui font des autodiagnostics. J'ai vu ma mère le faire pendant des années. Elle a tout eu, depuis la rage – alors qu'elle ne s'est jamais fait mordre par le moindre animal – jusqu'à la maladie de Creutzfeldt-Jakob, en passant par la syphilis – quand j'y réfléchis, ce diagnostic-là ne m'aurait pas tellement surprise. Mais après une recherche Google très poussée, je pense pouvoir dire avec certitude que je souffre d'un trouble de l'anxiété, probablement d'agoraphobie. (Autre fait important que j'ai appris durant mes recherches : Emily Dickinson n'a pas quitté son domicile pendant les quinze dernières années de sa vie. Elle ne s'habillait qu'en blanc, et demandait à ses amis et visiteurs de lui parler à travers sa porte d'entrée, ce qui me fait un peu relativiser. Au moins, je ne suis pas « folle ».)

Ce que je ne comprends pas, c'est pourquoi personne d'autre ne trouve ça ironique que le traitement recommandé pour l'agoraphobie est de « sortir pour aller voir un psy ».

Je sais que je dois sortir, mais il y a un monde entre savoir une chose et la mettre en pratique.

Par chance, ma fine enquête sur Google m'a également permis de dénicher l'Emotional Freedom Technique, ou EFT, qui « se sert de la digipuncture psychologique pour éliminer les blocages émotionnels », si j'en crois son site Internet.

C'est pourquoi, ce matin, devant ma porte d'entrée, je me tapote doucement le sommet du crâne du bout des doigts. Puis je passe à :

mes sourcils,
le coin de mes yeux,
sous mes yeux,
mon menton,
ma clavicule,
mes aisselles,
mes poignets…

Je jette un coup d'œil au papier que j'ai imprimé hier. *Merde. J'ai oublié de me tapoter sous le nez avant de passer au menton.* Je reprends tout le processus, tapote toutes les zones requises, puis regarde de nouveau les instructions.

« Pendant les tapotements, dire cette phrase à voix haute (remplir le blanc) : "Même si j'ai ce ______, je m'aime et je m'accepte infiniment." »

« Pendant » que je tapote ? Je l'ai déjà fait deux fois. Je ne veux pas le refaire. De colère, je chiffonne la feuille et la jette par terre. Elle touche le sol avec un léger bruit de papier froissé. Ce n'est pas assez. Je saute dessus, l'écrase sous mon talon.

Puis je regarde au-dehors à travers la vitre de la porte. Le ciel est couvert et le monde est teinté de gris, comme si les nuages en s'effritant se répandaient pour habiller le monde d'un épais pull en laine.

On est samedi, donc je ne risque pas de tomber sur le camion-poubelle. Le poing géant qui me comprime la poitrine se desserre un petit peu. *Mais si un voisin sort pour prendre son journal ? Ou promener son chien ? Et si Earl arrivait plus tôt que d'habitude ?*

Le poing se resserre.

Je suis peut-être aussi folle qu'Emily Dickinson, finalement.

Je prends une première grande inspiration. *Je dois sortir de la maison. Je dois trouver un travail.*

Je prends une seconde grande inspiration, secoue les mains, et recommence à tapoter le sommet de mon crâne.

— Même si j'ai cette peur de parler aux éboueurs, je m'aime et je m'accepte infiniment, murmuré-je.

Puis, je me tapote les sourcils.

— Même si je ne veux pas croiser mes voisins, je m'aime et je m'accepte infiniment.

Je répète la phrase, sans oublier la zone en dessous du nez, et descends jusqu'à mes poignets.

Puis j'ouvre la porte et fais un pas sous le porche.

Je me raidis et tourne la tête. Je parcours la rue des yeux, de droite à gauche. *Pas de voisins. Pas de chiens en laisse. Pas de facteur.*

Les battements de mon cœur ne se calment pas pour autant.

Soudain, une énorme goutte éclate sur ma tête. Si j'en crois les nuages menaçants qui s'amoncellent, ce n'est que la première d'une grosse averse. Et je n'ai pas de parapluie.

Comme ma main ne s'est pas détachée de la poignée de la porte, je n'ai aucun mal à la tourner, pousser le battant et rentrer dans le cocon sec de ma maison. Le loquet émet un « clic » satisfaisant lorsque je verrouille la porte.

Je suis à la fois abattue et soulagée. Puis je me sens abattue de me sentir soulagée.

— J'irai demain, dis-je à haute voix.

Je pense à mon prof de maths de sixième, M. Walcott, qui répétait sans cesse une multitude de dictons et de petites phrases, notamment : « Une promesse formulée ne peut être brisée. »

Mais même à l'époque, je savais que c'était faux.

Je ne crois pas vraiment aux auras ni aux énergies, ni à toutes ces théories psychiques. Je suis à peu près sûre que cet EFT, ce sont des conneries. Du coup, j'ai du mal à m'expliquer pourquoi je répète le rituel le matin suivant, et tous les autres matins. Mais je n'ai pas encore réussi à dépasser le porche d'entrée.

Le vendredi, en mangeant mes œufs et mon toast coupé en petits bouts, je décide qu'aujourd'hui sera le grand jour. Je vais prendre ma voiture et partir. Enfin, si je sais encore conduire. Je n'avais mon permis que depuis un an quand ma mère est partie, et je n'étais pas vraiment douée pour la conduite. Je passais mon temps à percuter des trucs : la poubelle, le bord du trottoir… Une fois, j'ai écrasé un oiseau, et dans le rétroviseur, j'ai vu son partenaire plonger vers le sol en hurlant de désespoir. Après ça, j'ai cessé de conduire pendant deux semaines. Je peux encore entendre ses croassements quand je ferme les paupières.

Après le petit déjeuner, je m'habille et redescends lentement au rez-de-chaussée, repoussant l'inévitable. Dans l'entrée, je tapote mes poignets, prends mon sac à main, enfile mes gants, et m'aventure dans l'air froid d'octobre.

Quand on s'est installées dans le New Jersey, ma mère m'a emmenée à Manhattan pour un rendez-vous avec le plus célèbre expert allergologue du pays, le docteur Mei

Zhang. Je n'étais encore jamais allée dans une grande ville, et quand elle m'a déposée à l'entrée du bâtiment, j'ai levé la tête, de plus en plus haut, pour voir l'endroit où la brique rencontrait le ciel bleu. Mais avant de pouvoir le trouver, j'ai eu l'impression que le trottoir s'effondrait sous moi. Titubante, j'ai dû baisser le regard.

J'ai la même impression aujourd'hui, comme si le monde était trop grand pour moi. L'espace qui m'entoure semble infini, comme les murs de ce gratte-ciel. Je suis prise de vertige. Ma vue se trouble, les battements de mon cœur résonnent à mes oreilles, mes paumes sont moites de sueur.

Je me raccroche à la rampe en fer devant moi. Je déglutis avec peine. J'ordonne à mes yeux de se concentrer, à ma tête de cesser de flotter, à mes mains de ne plus trembler. Ils refusent d'obéir. J'ai l'impression que je vais m'évanouir. *Et que se passera-t-il alors ? Non seulement je serai dehors, mais je serai inconsciente, vulnérable. Je serai Gulliver, et les enfants des voisins s'attaqueront à moi comme les Lilliputiens, me griffant avec leurs petits doigts sans que je puisse rien faire pour les arrêter.*

Je suis au bord de l'infarctus, mais je refuse d'abandonner.

Je pose un pied sur la première marche en inspirant profondément. Puis je commence les tapotements. Je me concentre sur le martèlement monotone de mes doigts jusqu'à ce que les battements de mon cœur s'apaisent et que ma vision s'éclaircisse.

Je ne cesse de parcourir la rue du regard, à la recherche des éboueurs, des voisins qui promènent leur chien, des enfants à vélo. *Personne.* Je me rends compte que cela me surprend. Bien sûr, je ne m'attendais pas à une parade et à un feu d'artifice, mais je suis en train de vivre un événement incroyable ! Je crois que je m'attendais au moins à quelques voisins bouche bée, figés dans leur mouvement un râteau à la main, qui me regarderaient d'un air incrédule avec une bulle au-dessus de la tête où je pourrais lire : « La voilà. Elle habite donc encore ici. Je la croyais morte. » Mais je suis seule. Je ne suis peut-être pas Boo Radley, après tout. Peut-être que personne n'a pensé à moi.

Les jambes flageolantes, je m'agrippe à mon sac à main et pose les yeux sur la Pontiac de ma mère, garée dans l'allée. Je l'imagine assise derrière le volant, avec une telle précision que je dois regarder à deux fois pour m'assurer qu'elle n'est pas vraiment là.

Je baisse la tête, trouve la volonté de descendre les trois marches du perron, et me dirige tout droit vers la voiture. Le gravier crisse sous mes talons. Je concentre toute mon attention sur ce bruit, jusqu'à sentir le pare-chocs contre mes jambes. Le contact me soulage un peu. J'ai réussi. Du moins, j'ai réussi à atteindre la voiture.

La jupe de ma mère frôle le pare-chocs à chaque pas que je fais pour contourner la Pontiac. Des traces de rouille et de poussière maculent à présent le tissu beige, mais je n'y fais pas attention. Je veux juste entrer dans le véhicule.

J'y suis. Je claque la portière à grand bruit et pose ma tête sur le dossier, couvert de taches de Pepsi et de brûlures de cigarettes – ma mère n'a jamais vraiment cessé de fumer, comme elle l'a raconté au reporter du *Times*. À l'époque, j'avais horreur de l'odeur, mais maintenant, j'y trouve un certain réconfort. Ça et le fait qu'une boîte en métal me sépare du monde extérieur. Je relâche mon souffle.

Puis, les mains toujours tremblantes, j'enfonce la clé dans le contact et la tourne.

Rien.

J'essaie encore.

Le moteur tousse, mais ne démarre pas. Je me penche pour vérifier le niveau d'essence. La petite aiguille est tout en bas de la zone rouge. C'est probablement le moindre de ses problèmes après que la Pontiac est restée garée là depuis si longtemps, mais c'est là que s'arrêtent mes connaissances en mécanique : si ça ne démarre pas, remets de l'essence.

Je reprends la clé de contact, sors de l'automobile et remonte l'allée gravillonnée. Je grimpe deux par deux les marches du perron, ouvre la porte et me précipite à l'intérieur. Je sais que je devrais faire une recherche sur Google. Pour la voiture. Trouver ce qui ne va pas et comment la réparer, comme quand les toilettes se sont mises à fuir et que j'ai dû remplacer le joint toute seule. Pourtant, je décide de commencer par l'essence et de voir après. *Demain.* Pour le moment, j'enlève le tailleur de ma mère, enfile un sweat et un pantalon de jogging, et me roule en boule dans mon fauteuil avec mon exemplaire écorné de *Loin de la foule déchaînée.*

De toutes les aventures de ma mère, la plus brève a dû être sa relation avec ce champion de triathlon qui portait des collants en Lycra en permanence. Même quand il ne s'entraînait pas. Il était cent pour cent américain, mais il avait un prénom typiquement britannique. Quelque chose comme Barnaby, ou Benedict. Vu que la seule chose qu'il avait en commun avec ma mère, c'était la passion pour les leggings, leur histoire n'a duré que quelques semaines. Ils se sont séparés avant même qu'elle puisse tester le vélo qu'il lui avait offert. Elle a essayé de le rendre au magasin, mais ils ont refusé de le reprendre sans le ticket de caisse. Alors elle l'a remisé dans l'appentis derrière la maison, d'où il n'est plus jamais sorti.

Ce samedi-là, j'ouvre l'appentis, m'attendant presque à ce que le vélo ait disparu comme par enchantement. Mais il est bien là, à côté d'une boîte à outils métallique et d'un sac de terreau à moitié vide datant de la seule fois où maman a décidé de se mettre au jardinage.

Après avoir enlevé les toiles d'araignées du guidon et gonflé les pneus avec la pompe attachée au cadre, je pousse le vélo dans l'allée gravillonnée. Je m'efforce d'ignorer les réactions maintenant familières qui envahissent mon corps : les battements désordonnés de mon cœur, les mains moites, la vue qui se brouille.

L'esprit domine la matière.

L'esprit domine la matière.

L'esprit domine la matière.

Mais il semblerait que mon esprit se laisse dominer par la matière. Je mets trois bons quarts d'heure à nous faire passer, moi et le vélo, devant la Pontiac pour arriver à la rue. Je regarde à droite, puis à gauche, et mon cœur fait un bond quand j'aperçois une femme à quelques maisons de là, qui ramasse son journal sur sa pelouse. Je combats la pulsion de laisser tomber le vélo pour partir en courant. Je reste plantée là, à l'observer caler le journal sous son bras. Soudain, elle lève la tête. Ses yeux se posent sur moi, et elle me fait un petit signe de la main. Je suis trop sous le choc pour réagir. Je n'ai pas eu de contact humain depuis neuf ans. Du moins, pas en personne.

Ça semble pathétique, mais j'ai des amis. Internet est rempli de gens qui ont envie de discuter. Souvent, tard le soir, quand je ne parviens pas à dormir, je pars à leur recherche. Je l'admets, certains sont un peu bizarres, comme ce policier de Canyon City qui semblait très gentil jusqu'à ce que la conversation dévie vers sa fascination pour les pratiques SM et qu'il me demande de me fesser avec une brosse à cheveux. (J'ai refusé.) Mais il y a aussi eu cette Néerlandaise polyglotte qui m'a appris des jurons dans dix-sept langues. (Mon préféré est le bulgare *kon da ti go natrese*, qui signifie en gros « va te faire baiser par un cheval ».)

Mais chatter sur Internet, ou même parler au téléphone, n'a rien à voir avec une vraie interaction. Je me demande même si je me rappelle comment on fait. *Où dois-je regarder ? Qu'est-ce que je fais de mes mains ?* Par chance, la femme n'attend pas que je réponde et rentre chez elle, comme si c'était une journée normale et que j'étais n'importe quelle voisine. Je pousse un soupir. Puis je cale mon sac à main en bandoulière, me hisse en selle, pousse le sol du pied et pars en zigzaguant sur la route.

Celui qui a dit « c'est comme le vélo » pour parler d'une aptitude qu'on n'oublie jamais est un idiot. J'ai appris à faire du vélo quand j'étais petite, et ça n'avait rien à voir. Déjà, il y a des vitesses. Je ne sais absolument pas m'en servir. Alors que j'examine les molettes en métal, j'entends une voiture arriver derrière moi. J'avance à deux à l'heure à cause des pédales qui sont si dures que j'ai l'impression d'être collée au macadam, mais ça ne m'empêche pas de paniquer : en cherchant le frein, je donne un coup de guidon qui m'expédie dans un buisson, cul par-dessus tête.

La voiture passe. Je reste figée, espérant qu'elle s'en aille. Que le conducteur ne soit pas un bon Samaritain qui voudra s'assurer que je n'ai rien. *Mais non.* Lorsque le véhicule tourne au coin, je peux enfin respirer. Je me lève, ramasse le vélo, rajuste mon sac à main et me remets en route. Après quelques essais, je parviens à rouler à peu près en ligne droite. Puis, à force de tourner les vitesses au hasard, un miracle se produit : les pédales deviennent soudain plus faciles à pousser. Je roule jusqu'au bout de la rue. Au stop, je tourne à gauche sur Plumcrest et sors du quartier, pilotant prudemment le vélo sur l'étroite piste cyclable.

Les voitures me doublent sans ralentir. Je respire des gaz d'échappement. Je me sens vulnérable, comme si j'avais oublié de mettre un pantalon. Je serre un peu plus fort le guidon, les épaules raides comme de l'acier. Je me dirige vers la station-service à côté de la pharmacie. Soudain, je me dis qu'elle n'est peut-être plus là depuis longtemps. *Comment savoir si elle a fermé ? Ou déménagé ? Ou brûlé ?*

Mon cœur s'emballe, puis s'apaise lorsque j'aperçois le familier néon rouge.

Hors d'haleine, je pédale jusqu'à la boutique et mets prudemment un pied à terre. Mes cuisses et mon entrejambe sont trempés de sueur après ce court trajet, et mes jambes ne cessent de trembler.

Je l'ai fait. Je suis sortie de la maison en plein jour. Je suis à la station-service. Je ferme les yeux et inspire profondément l'air imprégné d'essence.

Et maintenant? Je me tourne vers la porte vitrée, où une clochette sonne la sortie d'un homme coiffé d'une casquette de base-ball verte et d'un tee-shirt en flanelle. Il me lance un regard en passant. Je baisse les yeux. Une fois seule, je laisse mon vélo à côté de la porte et entre par là où l'homme est sorti. Je parcours les rayonnages jusqu'à trouver un bidon d'essence en plastique rouge. Je l'apporte à la caisse et le pose devant une femme aux dents de cheval, affublée de lunettes en forme d'œil de chat. Sans me regarder, elle attrape le bidon et scanne l'étiquette.

— Vous voulez le remplir ?

Sa voix me fait sursauter. Comme je l'avais craint, je commence à paniquer. C'est arrivé : je ne sais pas où regarder, ni quoi faire de mes mains. J'entends ma mère déclarer dans ma tête : « Souris un peu. Pourquoi tu as toujours l'air aussi sérieuse ? » Je souris de toutes mes dents à cette femme, qui attend toujours ma réponse.

Elle me dévisage avec une expression qu'elle doit réserver aux idiots du village. Je me sens rougir.

— Vous voulez y mettre de l'essence ? demande-t-elle en articulant chaque syllabe. Ou vous achetez seulement le bidon vide ?

Je ravale mon sourire.

— Oh, euh… oui, de l'essence.

Elle hoche la tête et pianote sur sa caisse enregistreuse.

— Vingt et un dollars soixante-treize.

Je fouille dans mon porte-monnaie et y trouve le billet de 20 dollars que je garde depuis le lycée – je n'ai pas eu besoin d'espèces ces dix dernières années. Mais comme ce n'est pas assez, je sors ma carte bancaire en essayant de ne pas penser à mon compte en banque. Je tends la carte à la caissière. Si elle remarque les gants et trouve ça bizarre, elle n'en laisse rien paraître. Elle se contente de scanner la carte et me la rend. Aussitôt, je me retourne et me hâte vers la sortie, la tête basse.

— Votre bidon ! crie-t-elle.

Ah, oui. Je me retourne, attrape le récipient de ma main gantée et m'en vais vers les pompes.

J'ai réussi. Je suis sortie. J'ai même parlé à quelqu'un. Et maintenant, j'achète de l'essence. Comme quelqu'un de normal. Mais alors que je commence tout juste à me détendre et à me féliciter des exploits de la journée, j'entends mon prénom – « Jubilee ? » – et tout mon corps se crispe de nouveau. Mais la voix semble venir de loin. J'ai sûrement rêvé. Ça vient peut-être de l'épuisement du trajet en vélo et de cette folle journée.

— Jubilee ?

Cette fois, je l'ai entendu aussi clairement que la clochette de la boutique. Je ne bouge plus, espérant être devenue invisible ou que la personne qui m'interpelle pensera s'être trompée et s'en ira.

— Jubilee !

Cette fois, il ne s'agit plus d'une question.

Je tourne la tête en direction de la voix. Mes tripes ne sont plus qu'un ramassis d'écrous qu'on aurait serrés un tour de trop.

Mes yeux sont tout de suite attirés par la bouche qui a prononcé mon prénom. Je reconnaîtrais cette bouche entre mille. Au lycée, je passais mon temps à la regarder. Tellement que je m'étais demandé si je n'étais pas une lesbienne refoulée. Mais j'avais fini par comprendre que ce n'était pas ma faute. Sa propriétaire faisait tout pour attirer l'attention sur cette partie de son visage. Elle passait son temps à se lécher les lèvres, comme si elle cherchait en permanence une miette perdue au coin de sa bouche. J'avais passé des heures devant le miroir à essayer de me lécher les lèvres comme elle, mais j'avais juste l'air d'un chameau à la langue trop grosse.

À présent, sa bouche forme un large sourire, si large que je crois bien que ses lèvres pourraient se craqueler sans les épaisses couches de gloss qui les recouvrent.

Ses cheveux, qui, à l'époque tombaient en cascade jusqu'au milieu de son dos, lui arrivent aujourd'hui juste en dessous du menton. Hormis ça, elle n'a pas du tout changé.

Madison H. Il y avait trois Madison dans notre classe, alors on les identifiait par l'initiale de leur nom. Mais Madison H. était la seule qui comptait.

Elle hoche la tête, et je me rends compte que j'ai prononcé son nom à haute voix.

— Jubilee Jenkins, répond-elle sans cesser de sourire.

Elle n'est plus qu'à un mètre de moi. Ma main se crispe sur la poignée de la pompe à essence.

Je la vois me détailler de bas en haut – mon pantalon de jogging noir, mes gants, le bidon d'essence que je tiens au bout de mon bras comme un encombrant sac à main – et soudain, j'ai seize ans et je voudrais lui ressembler.

— On m'a dit que tu avais… euh… déménagé, poursuit-elle sans me regarder en face.

Je me demande ce qu'ont été les vraies rumeurs. Que j'étais morte, que j'avais rejoint un cirque itinérant ou un programme de recherche classé top secret… Quand on s'est installées dans le New Jersey et que je suis entrée en seconde au lycée de Lincoln, le seul avantage était de pouvoir prendre un nouveau départ. Être quelqu'un d'autre. À part les enseignants et l'infirmière scolaire, personne au lycée n'était au courant de mon état. Et pour autant que je sache, les professeurs n'en ont jamais parlé. Malheureusement, ça n'avait pas empêché les autres élèves de me regarder bizarrement et de murmurer sur mon passage.

— Non, parviens-je à articuler.

Je parle d'une petite voix tremblante qui me met au moins aussi mal à l'aise que mon apparence.

Elle continue de m'observer, comme si elle attendait autre chose. Un compte-rendu de mes occupations des neuf dernières années, par exemple. La même panique que face à la caissière m'envahit : *Où regarder ? Que faire pendant les silences ? Et si je ris à une remarque qui n'est pas censée être drôle ?*

— Moi, j'ai divorcé, m'informe-t-elle avec un petit rire, comme si elle venait de raconter une plaisanterie un peu bête. J'essaie de me remettre à sortir, mais ce n'est pas facile avec trois gosses.

Je tente de m'en empêcher, mais j'ouvre de grands yeux ronds. La parfaite, jolie, populaire Madison H., qu'on voyait tous devenir une grande star de la télé-réalité – ou au moins en épouser une – est aujourd'hui une divorcée de vingt-huit ans, mère de trois enfants ?

« Oh, comme les puissants ont pu choir. » C'est la voix de ma mère. Mais je ne crois pas être assez mesquine pour me réjouir du malheur des autres, même s'il s'agit de Madison H.

— Je suis désolée, dis-je. Pour ton…

Je me racle la gorge, espérant que ma voix soit un peu plus forte, moins tremblante, puis normale.

— … divorce.

Échec sur toute la ligne.

— Oh, ne t'en fais pas, réplique-t-elle en agitant la main d'un geste désinvolte. Les amours de lycée ne sont pas censées durer toute la vie. J'aurais dû écouter ma grand-mère.

« Les amours de lycée » ?

— Attends… tu veux dire… tu t'es mariée avec…

J'essaie de terminer ma phrase, mais je suis littéralement sans voix. Incapable de prononcer le moindre mot. Ou du moins, son prénom.

— Donovan, oui.

Elle le dit si aisément, d'un air si dégagé… Comme si elle venait de me raconter qu'elle a mangé du muesli au petit déjeuner.

Je tente de répéter son prénom, pour voir si c'est aussi facile.

Ça ne l'est pas.

— Tu n'étais pas au courant ? demande-t-elle. Tu n'es pas sur Facebook ?

Je fais « non » de la tête. J'espère donner l'impression que je suis au-dessus de ça, alors qu'en fait j'ai eu un profil pendant trois semaines et que la seule personne qui m'ait ajoutée était un homme dont le profil n'était pas en anglais. C'était peut-être en russe, mais je n'en suis pas sûre : je ne distingue pas très bien les différentes langues slaves. Toujours est-il que j'ai supprimé mon compte.

— Bref…

De nouveau, elle m'observe des pieds à la tête. Son regard s'attarde sur mes gants, et je me recroqueville un peu plus.

— Et toi, qu'est-ce que tu deviens ?

Je toussote en me creusant la tête pour trouver une réponse.

— Je n'avais plus d'essence. Et j'en ai besoin.

C'était stupide. *Bien sûr que j'en ai besoin, si je n'en ai plus.*

— Je veux dire… Euh… Je cherche du travail.

— Sérieux ? s'écrie-t-elle.

Elle amorce le geste de poser sur mon bras sa main aux longs ongles vermillon, mais s'arrête à la dernière seconde. Par réflexe, je recule. *Moment gênant.*

— Désolée, reprend-elle en recouvrant son sourire extralarge. En fait, on vient de perdre notre assistante à la bibliothèque, et je me disais que le poste pourrait peut-être t'intéresser.

La « bibliothèque » ? Madison H., « bibliothécaire » ? Un souvenir s'impose à mon esprit : Madison H., en première, qui se plaignait que *Tom Sawyer* était trop dur à lire.

— Donc tu travailles… à la bibliothèque ?

— Grand Dieu, non ! Je suis dans l'immobilier. Enfin, je viens d'obtenir ma licence d'agent immobilier. Mais je fais partie du comité d'administration de la bibliothèque. Donovan pensait que ce serait bien pour moi, vu qu'il va devenir directeur de la banque de son père, bla-bla-bla… Bref, on s'en fout maintenant, ajoute-t-elle avec un nouveau petit rire idiot. Mais c'est cool. C'est une bonne expérience.

Je hoche la tête. Le mot « Donovan » a encore frappé une corde sensible, dont les vibrations se répercutent dans tout mon corps. Je me laisse emporter dans le raz-de-marée de souvenirs que son prénom a déclenché.

— Jubilee ?

Je cligne des yeux. Elle me parle d'une voix douce.

— Oui ? réponds-je en m'efforçant de croiser son regard.

L'humiliation est encore si cuisante, si fraîche, que j'ai envie de courir jusque chez moi en abandonnant mon vélo, mon sac à main et le bidon d'essence devant la porte vitrée de la boutique.

— Pourquoi tu fais ça avec tes mains ?

Je baisse le regard et me rends compte que les doigts de ma main droite sont en train de tapoter méthodiquement le poignet de ma main gauche, serrée sur le bidon d'essence. Je me demande depuis combien de temps je fais ça.

— Pour rien, dis-je en sentant le rouge me monter aux joues.

Je secoue la tête, en un effort futile pour me débarrasser du passé.

— Euh… Je n'ai pas mon CV sur moi. Je peux t'en envoyer un ? Pour la bibliothèque ?

Son regard s'illumine.

— Ça t'intéresse vraiment ? Génial ! Ne t'en fais pas pour le CV.

Elle sort son téléphone du sac à main suspendu à son épaule.

— Donne-moi ton numéro, et je parlerai de toi. Je suis sûre qu'on va t'appeler !

De nouveau, je hoche la tête et lui dicte le numéro de ma ligne fixe.

— Impeccable ! s'écrie-t-elle. Eh bien, c'était vraiment sympa de te…

— Pourquoi tu fais ça pour moi ?

Je sais que c'est malpoli de l'interrompre, mais la question m'aurait brûlé l'intérieur de la bouche si je ne l'avais pas posée.

Elle hausse les épaules, comme si elle ne comprenait pas ce que je voulais dire, mais son regard fuyant la trahit.

— C'est une super coïncidence, répond-elle enfin. Tu cherches du travail, et j'ai un poste à pourvoir.

Mais on sait toutes les deux qu'il n'y a pas que ça. Si on pouvait ouvrir nos crânes pour voir ce qui s'y trouve, je suis persuadée qu'on y verrait toutes les deux la même chose, le même événement que je suis incapable d'oublier : le moment où Donovan m'a embrassée. Je pensais qu'on était seuls, jusqu'à ce qu'un troupeau de lycéens surgisse au coin de la cour en se bousculant, en riant et en jetant de l'argent à Donovan – le prix de leur pari. Madison en faisait partie, mais je ne me souviens pas de l'avoir vue rire. Son visage était austère, sérieux. C'est le dernier que j'ai vu avant de tourner de l'œil. Depuis, je me suis toujours demandé : si elle n'était pas là pour rire avec les autres, pourquoi était-elle venue ?

Chapitre 4

ÉRIC

Un an avant notre divorce, Stéphanie et moi sommes allés voir son curé pour lui demander conseil. Ce n'était pas mon idée. Quand elle l'a proposé, j'ai protesté : « Comment pourrait-il nous aider ? Il n'a jamais été marié ! » Mais comme à la plupart de nos disputes, j'ai perdu. Pendant l'une des séances, elle m'a reproché ma négativité.

— Je suis réaliste, ai-je rétorqué.

Puis, comme je voulais faire tout mon possible pour sauver notre mariage, j'ai suivi les conseils de frère Joe en essayant de voir les choses d'un œil optimiste.

Encore aujourd'hui, assis face à la conseillère d'orientation et au proviseur de la nouvelle école d'Aja, je me surprends à le faire. Aja est allé à l'école pendant six longues semaines sans s'attirer d'ennuis. Ce n'est pas un fauteur de troubles. Du moins, il ne cherche pas à l'être. Mais les écoles prennent tout beaucoup trop au sérieux, de nos jours.

— Vous nous avez entendus, monsieur Keegan ? demande la conseillère d'orientation.

Elle s'est présentée quand je suis arrivé, mais je suis incapable de me rappeler son nom. Tout ce dont je me souviens, c'est qu'il m'a fait penser à une barre chocolatée. *Bounty ?*

— Aja a menacé de le faire exploser. On prend ce genre de menace très au sérieux, ici.

Je pousse un soupir et me passe une main sur le visage. Après m'être rendu compte en septembre que réduire ma consommation de café tout en démarrant une nouvelle activité était une très mauvaise idée, je me suis promis de réessayer plus sérieusement en octobre. C'est pourquoi, ce matin – le mois a commencé depuis deux semaines, mais on est toujours techniquement en octobre – j'ai arrêté le café d'un seul coup. Et maintenant, une migraine monstrueuse se profile derrière mes globes oculaires. Je commence à croire que j'ai pris une mauvaise décision.

— Oui, j'en ai conscience, répliqué-je. Mais je doute qu'il ait « menacé » quiconque. Il n'est pas vraiment menaçant. Regardez-le.

Aja est assis à côté de moi, les épaules voûtées, les pieds se balançant dix centimètres au-dessus du sol. Il a mis ses écouteurs et regarde son iPad d'un air très concentré en tapotant furieusement l'écran, mais l'expression de son visage est… eh bien… tout le contraire d'intimidant. Je retire de son oreille un de ces satanés écouteurs, et il lève les yeux vers moi.

— Aja, est-ce que tu as menacé de faire exploser un de tes camarades ?

Il ouvre de grands yeux innocents et secoue la tête.

Je lui remets son écouteur en me retenant de rire au nez de la conseillère d'orientation.

— J'ai menacé de faire exploser son sac à dos, ajoute Aja d'une voix forte, incapable de moduler le niveau sonore à cause de la musique de son jeu vidéo qui beugle à ses oreilles.

— Tu as fait quoi ?

Le proviseur et Mme Bounty me regardent d'un air à la fois extrêmement inquiet et victorieux. À cet instant précis, quelque chose détone en une déflagration enflammée sur l'écran d'Aja.

— Yahtzee ! hurle-t-il.

J'espère qu'ils ne voient pas à quoi il joue.

Il lève la tête, comme s'il venait de comprendre ce qu'il fait là.

— Mais ça n'a pas marché, conclut-il avant de se remettre à son jeu.

— C'est évident qu'il plaisante, dis-je en foudroyant Aja du regard. Il n'avait pas d'explosifs sur lui, pas vrai ?

Je suis à peu près sûr de moi, mais j'attends la réponse avec une certaine appréhension.

À mon grand soulagement, le proviseur fait signe que « non ».

— Alors comment aurait-il pu faire exploser quelque chose ? demandé-je, triomphant.

— Monsieur Keegan, nous devons prendre toute menace au sérieux, réplique le proviseur.

— Ce n'est pas vraiment une menace s'il ne possède pas le matériel pour la mettre à exécution. Et puis, qu'en est-il de ce gamin ? ajouté-je en désignant du pouce le CM2 gargantuesque assis de l'autre côté du panneau vitré. Il ne s'est pas contenté de « menacer » Aja, il l'a agressé !

— Oui, nous allons nous occuper de Jagger. Mais pour l'instant, c'est d'Aja qu'il est question, dit Mme Bounty.

— Jagger ? Il s'appelle Jagger ?

Elle m'ignore et poursuit :

— Étant donné les… les antécédents d'Aja, nous allons être obligés de prendre des mesures préventives.

— Ses « antécédents » ?

Et c'est reparti…

Elle pose les yeux sur la première feuille de l'épais dossier posé sur son bureau.

— Aja, demande-t-elle, peux-tu sortir une minute ?

Aja ne l'entend pas. Je lui tapote doucement le bras et lui retire un écouteur.

— Aja, va dans le couloir. Juste pour une minute.

Il met son jeu sur « Pause », se lève et se dirige vers la porte.

— Et ne t'approche pas de ce Jagger !

La porte se referme derrière lui, et je me retourne vers Mme Bounty.

— Nous nous inquiétons surtout de son trouble de la personnalité schizotypique, reprend-elle.

— Il n'a jamais été officiellement diagnostiqué, soupiré-je en levant les yeux au ciel. Ça ne devrait même pas figurer dans son dossier.

Le proviseur, qui n'avait pas dit grand-chose, se racle la gorge. Je le regarde en attendant qu'il prenne la parole, mais il se tait.

— Écoutez, il ne présente pas les symptômes de ce… de ce « trouble », ni de celui du spectre autistique, ni d'aucune étiquette que les gens comme vous ont essayé de lui coller pendant sa courte vie. Ce n'est qu'un enfant ! Un enfant tout ce qu'il y a de plus normal, bordel !

Pour être honnête, je sais qu'Aja n'est pas normal. Mais franchement, qui peut prétendre à la normalité ? Ce Jagger n'est pas non plus l'élève de CM2 typique. Et je ne renverrai pas Aja chez un psychiatre pour qu'on le gave de médicaments.

La migraine est arrivée pour de bon. Je me masse les tempes. *Ils devraient vraiment proposer du café à ce genre de rendez-vous.*

— Calmons-nous, intervient le proviseur de sa voix grave. Nous allons simplement donner à tout le monde quelques jours pour prendre du recul.

— Vous le renvoyez. C'est bien ce que vous êtes en train de dire ?

Et merde ! J'ai commencé le travail depuis cinq semaines, mais je suis toujours le nouveau qui tente de montrer l'exemple à son équipe. Et puis, on est débordés. Je ne peux pas me permettre de prendre un congé.

— Nous pensons que c'est mieux pour tout le monde, dit le proviseur.

— Comment manquer l'école pourrait profiter à Aja ?

Il poursuit comme si je n'avais pas ouvert la bouche :

— Après ça, nous pourrons discuter d'un... suivi plus approprié du comportement d'Aja. Il sera peut-être plus à l'aise dans un autre environnement scolaire.

— Si c'est d'une école spécialisée que vous parlez, vous pouvez l'oublier. Aja fait partie des enfants les plus intelligents de votre établissement. Il y a cinq minutes, il était la personne la plus intelligente de cette pièce. Et de loin. Cherchez donc ça dans votre dossier ! conclus-je en désignant d'un signe de tête la pile de feuillets que la conseillère serre toujours entre ses doigts.

Je me lève et quitte le bureau sans même dire « au revoir », laissant la porte se refermer derrière moi. Aja est assis sur une chaise, aussi loin de Jagger que possible. Je jette un regard noir à l'enfant géant et pose ma main sur l'épaule d'Aja.

— Viens. On s'en va.

En marchant vers la voiture, j'entends presque la voix de Dinesh à mon oreille. « Bien joué, mec. On les emmerde. Viens, on va boire une bière. »

Non. Ça, c'est ce qu'il aurait dit si j'avais envoyé bouler un collègue énervant, ou Stéphanie au milieu de notre divorce. Mais les membres de l'administration de l'école de son fils ? Dinesh n'aurait jamais fait ça. Il les aurait charmés avec son petit accent britannique, et aurait apaisé la situation en moins de temps qu'il ne m'en a fallu pour m'asseoir.

Je ne sais pas pourquoi il m'a choisi pour être le tuteur d'Aja. Bien sûr, géographiquement parlant, j'étais le seul choix logique. Les parents de sa femme Kate vivent toujours à Liverpool, et Dinesh et Kate voulaient qu'Aja soit élevé en Amérique. Les parents de Dinesh, quant à eux, n'ont jamais laissé la modernité de leur maison londonienne influer sur leur conviction que Dinesh devait épouser la jeune fille indienne de leur choix. Ils ont cessé de lui parler lorsqu'il leur a annoncé ses fiançailles avec Kate.

Dinesh et moi nous sommes rencontrés à la fac, lors d'un projet de groupe en cours de gestion d'entreprise. J'étais déjà marié avec Stéphanie, et j'ai été charmé, comme tout le monde, par son attitude désinvolte face à la vie en général. J'en étais peut-être même un peu jaloux. J'ai aussi été très vite agacé par sa propension à débattre de toute opinion exprimée au cours de notre projet. Nous nous sommes lancés dans une discussion houleuse sur la meilleure stratégie de marque à adopter pour notre société céréalière fictive, et pile au moment où je pensais exploser de rage face à ses arguments boiteux, il a éclaté de rire, m'a donné une grande claque sur le bras et a déclaré : « Tu as gagné, mec. Viens, on va boire une bière. » Tout cela était un jeu pour lui. Le débat. Se faire l'avocat du diable. Irriter tout le monde, puis calmer le jeu avec une facilité déconcertante. Et boire une bière était sa solution à tous les problèmes.

Quatre ans plus tard, autour d'une autre bière, il m'a annoncé que Kate était enceinte et a ajouté en riant qu'en tant que témoin à son mariage, j'avais hérité du rôle de parrain. Avec la responsabilité de m'occuper de son fils si quoi que ce soit devait lui arriver. Nous avons trinqué, et je me suis empressé d'oublier cette conversation. Qu'est-ce qui pouvait bien arriver à Dinesh ? Il était invincible.

Jusqu'à ce fameux jour.

— Qu'est-ce qu'on mange ce soir ? me demande Aja en s'installant sur le siège du passager.

Pendant une fraction de seconde, je pourrais jurer avoir entendu la voix de Dinesh au lieu de la sienne. Aja a un accent britannique à peine perceptible, une petite partie de son père qu'il porte sur lui comme une pièce au fond de sa poche. Il lance aussi parfois des termes comme « certes » ou « effectivement », qui, combinés à son vocabulaire très riche, le font paraître plus âgé qu'il ne l'est en réalité.

— Ce soir ? On ne parle pas du dîner de ce soir, Aja ! Tu vas avoir des ennuis !

— Pourquoi ? Je n'ai rien fait.

— « Rien fait » ? Tu as menacé de faire exploser quelqu'un !

— Pas quelqu'un, juste un sac à dos.

— Très bien, un sac à dos. Tu ne peux pas faire ça, Aja. Et maintenant, tu es renvoyé pour trois jours, et je dois aller travailler. Il va falloir arrêter avec ces explosions télékinétiques.

— Destructions.

— Peu importe ! Tu dois arrêter.

Au lieu d'acquiescer, il me regarde fixement de ses grands yeux.

— Mais ça n'a pas marché, déclare-t-il enfin.

— Peu importe. Tu ne peux pas en parler. C'est comme à l'aéroport. Tu ne dois pas dire le mot « bombe ».

J'enclenche la marche arrière et commence à sortir de ma place de parking.

— Pourquoi ?

— Parce que les bombes sont dangereuses. Elles peuvent blesser des personnes. Beaucoup de personnes. Et quand on en parle – surtout à l'aéroport –, les gens ont peur et pensent que tu veux leur faire du mal.

— Je ne voulais faire de mal à personne.

— Je sais, soupiré-je en me massant les mâchoires. Je sais, mec. Mais tu ne dois pas le dire, c'est tout.

Je passe la première et me mets en route. Nous roulons en silence pendant quelques minutes, puis Aja m'interroge :

— Mais si je parle d'un jeu vidéo ?

— Non ! Aja, non. Tu ne peux pas parler de faire exploser des choses. C'est la règle. Point final. Compris ?

— OK, répond-il en posant le regard sur la boîte à gants droit devant lui.

Cela réglé, je passe en revue tout ce que j'aurai à faire en rentrant à la maison. D'abord, appeler Connie, et voir si elle peut prendre quelques jours de congé pour surveiller Aja pendant que je serai au travail. Je sais que c'est beaucoup lui demander, mais je ne vois pas d'autre solution.

En m'arrêtant dans l'allée, je me rends compte qu'Aja regarde toujours fixement la boîte à gants.

— Aja ?

Il ne me répond pas.

— Aja, on est arrivés.

Pas la moindre réaction.

— Aja ! Qu'est-ce que tu fais ?

Il se tourne vers moi, et déclare d'une voix tranquille :

— Je ne dois pas en parler.

— Oh, mon Dieu ! Tu essaies de faire exploser la voiture ?

— Non. Seulement la boîte à gants.

— Non ! Plus d'explosions télékinétiques ! C'est terminé !

— Destruction, pas explosion.

— On s'en fout ! Remets-toi plutôt à essayer de faire bouger les objets. D'accord ?

Pas de réponse.

— Aja ?

— On peut toujours avoir un chien ?

Chapitre 5

JUBILEE

Comme je m'en étais doutée, la panne de la Pontiac n'est pas due au manque d'essence. Après avoir versé plusieurs litres dans le réservoir, je ne suis pas parvenue à la faire démarrer. C'est pourquoi j'ai dû me résoudre à prendre le vélo pour mon premier jour de travail à la bibliothèque. Une fois habituée aux voitures qui me doublent sans ralentir et à la terrible sensation que je vais mourir à chaque seconde, je commence presque à aimer ça. *Le vent. Le sentiment de liberté.*

Je passe le pont de Passaic River en direction du centre-ville, fascinée par les reflets du soleil sur l'eau, et je traverse encore quelques pâtés de maisons avant d'arriver à la bibliothèque. À une rue de Main Street, la bibliothèque de Lincoln est un petit bâtiment massif en briques rouges, pris en sandwich entre une banque et une vieille bâtisse transformée en spa. Je mets un pied à terre et pousse mon engin jusqu'au râtelier à vélos, où je l'attache avec l'antivol que j'ai acheté en ligne. Puis je me redresse, lisse ma jupe et rajuste mes gants. C'est à ce moment-là que je commence à paniquer.

J'effectue une session complète de tapotages, de la tête aux poignets, prends une grande inspiration et m'avance vers la porte vitrée ornée d'un autocollant noir annonçant les horaires d'ouverture de la bibliothèque. Je l'ouvre et fais un pas à l'intérieur.

— Vous devez être Jubilee, me dit une femme lorsque je m'approche du comptoir de prêt situé en plein centre de la bibliothèque.

Son visage est ridé, et elle porte une frange poivre et sel un peu clairsemée. Quand elle se lève, je vois que ses hanches se démarquent de sa silhouette fine. Son corps me fait penser à celui d'un serpent qui viendrait d'avaler un rongeur.

Je hoche la tête.

— Je suis Louise, la responsable du fonds. C'est un mot compliqué pour dire que je travaille dans cette bibliothèque depuis la nuit des temps, ajoute-t-elle avec un soupir. Bienvenue parmi nous.

— Grand Dieu, quelqu'un a déchiré les trois dernières pages de cet ouvrage ! s'écrie Louise quelques heures plus tard en brandissant un exemplaire du *Gruffalo*.

C'est la troisième fois qu'elle dit « grand Dieu » depuis mon arrivée. À moi : « Grand Dieu, tu n'as pas apporté de parapluie ? Il va pleuvoir cet après-midi. » Au téléphone, avec quelqu'un que je suppose être sa fille : « Grand Dieu, c'était adorable ! De petits collants rayés et des ailes jaunes, et je l'entends déjà faire “bzzz” de sa mignonne petite voix. Je peux le récupérer ce soir en rentrant du travail. »

Mais elle a aussi marmonné « merde » quand une lourde édition de *La Révolte d'Atlas* d'Ayn Rand lui a échappé des mains pour atterrir sur son pied. Je ne sais pas pourquoi, ça m'a fait sourire.

— Quand tu trouves une page déchirée, m'explique-t-elle, ne te sers pas du scotch ordinaire pour la recoller. On a un ruban adhésif spécial.

Elle ouvre un tiroir, d'où elle sort une petite boîte orange étiquetée « Filmoplast ». En tirant un morceau d'adhésif, elle poursuit :

— Pour une déchirure de cette taille, on ne fait pas payer d'amende, mais si les dégâts sont plus importants – du coloriage, de l'eau renversée, beaucoup de pages déchirées –, tu dois me montrer l'ouvrage, à moi ou à Maryann, pour fixer le prix de réparation ou de remplacement.

Maryann est la directrice de la bibliothèque, la femme qui m'a appelée deux jours après ma rencontre fortuite avec Madison H., alors que je commençais à croire que j'avais tout imaginé ou que la bibliothèque avait trouvé un candidat plus qualifié. Apparemment non.

Je hoche la tête, déjà submergée d'informations entre le système informatique, les amendes en cas de retard, les mises en rayons, l'imprimante capricieuse qui ne fonctionne qu'à moitié remplie de papier et le renseignement des « membres », qui ne sont pas les adhérents d'un club privé prestigieux, mais qui sont simplement leurs abonnés. Louise m'a aussi fait un résumé des Commandements de Maryann, comme « Ne jamais laisser le comptoir de prêt sans surveillance » et « Toujours avoir le sourire en accueillant les membres ». Mais tout ça n'est rien à côté de la bibliothèque elle-même. Elle n'est pas très grande, ce n'est qu'une bâtisse de brique à un étage, mais à mes yeux, elle est immense. Et assise derrière le comptoir, j'ai l'impression d'être une pièce rare dans une exposition. Je suis le diamant Hope en plein centre de la salle, sauf que je n'ai pas de vitrine pour me protéger. J'ai passé la matinée à jeter des coups d'œil derrière moi alors qu'il n'y avait que deux ou trois personnes dans la pièce et qu'aucune ne s'est approchée du comptoir.

— Oh, génial, soupire Louise en levant les yeux au ciel. Le golfeur au coussin est arrivé.

Je suis son regard et aperçois un homme en jogging qui s'approche des ordinateurs, un coussin fleuri sous le bras. J'interroge Louise du regard.

— Son vrai nom, c'est Michael, murmure-t-elle. Trentenaire. Chômeur. Ça fait six mois qu'il vient tous les jours pour jouer au golf sur l'ordinateur avec le même coussin. Je suppose que la chaise n'est pas assez confortable. Une fois, il est resté huit heures d'affilée sans même se lever pour aller aux toilettes, conclut-elle avec un petit rire.

Je regarde cet homme et me sens étrangement proche de lui. Il est sûrement très seul – une sensation que je connais intimement.

— Je ne sais pas si Maryann te l'a dit, mais on accueille toutes sortes de gens ici. On est soixante pour cent libraires et quarante pour cent assistantes sociales. Et infirmières psychiatriques.

À ces mots, l'angoisse me reprend. *Les livres, je peux m'en occuper. Les emprunts, les retours, les remises en rayons. Mais les gens ?*

— Ne t'en fais pas, reprend Louise en tapotant ma main gantée.

Je tressaille à ce contact et recule ma main. Louise me regarde en haussant les sourcils.

— Je sais que ça fait beaucoup de choses d'un coup, mais ça viendra naturellement. Tu verras.

Tout le reste de la journée, je prends garde à me tenir hors de portée de Louise.

On ne sait jamais.

Juste avant la fin de ma journée, à 16 heures, je termine de remplir mes papiers d'embauche quand j'arrive à cette question sur le formulaire d'assurance : « Avez-vous des problèmes de santé ? » J'hésite, puis coche « allergies » juste au moment où Louise apparaît derrière moi en poussant un chariot d'ouvrages de référence.

— Il faut mettre ça en rayons, dit-elle. Tout au fond, rangée neuf quarante-six, et range-les en fonction des nombres indiqués sur la tranche. Tu penses y parvenir, ma chérie ?

Une fois encore, je hoche la tête et me rends compte que je n'ai pas prononcé un mot depuis mon arrivée ce matin. Elle doit penser que je suis muette.

Je sors de derrière le comptoir de prêt, les jambes flageolantes. Je m'agrippe au chariot métallique pour ne pas tomber. L'espace clos du comptoir était devenu ma maison pour la journée, mon refuge. Mais maintenant, je vais devoir traverser les rayonnages. Là où se trouvent les gens. Qui sait ce qui pourrait arriver ?

Même si j'ai cette peur de quitter le comptoir de prêt et de traverser la bibliothèque, je m'aime et je m'accepte infiniment.

Je me sens un peu ridicule de penser ça, mais la phrase donne à mes pieds l'impulsion nécessaire pour avancer. Je continue néanmoins à jeter des coups d'œil à droite, à gauche, et parfois derrière moi. J'ai l'impression qu'une foule entière me dévisage. Louise ne fait pas attention à moi. Elle s'occupe de ranger le comptoir. Je vois ses lèvres bouger, comme si elle parlait toute seule.

Le chariot a une roue branlante qui grince légèrement. Quand j'arrive à la rangée neuf quarante-six, le bruit s'arrête. Pourtant, je ne suis pas accueillie par le silence que j'attendais. J'entends une sorte de froissement, comme si un raton laveur était coincé dans les rayons et se débattait pour en sortir. *Un raton laveur au souffle haletant. Et au rire stupide.*

Le cœur battant, je m'approche à pas de loup et lance un regard au coin de l'allée voisine, sans trop savoir ce que je vais y découvrir.

Soudain, je m'arrête, figée, incapable d'avancer ou de reculer. Au bout de l'allée, j'aperçois deux corps tellement entremêlés qu'ils ne font plus qu'un. Un méli-mélo de mains, de gorges nues, de bouches. Comme une peinture de Klimt qui aurait pris vie. Je sais que je ne devrais pas les regarder si fixement, mais je suis incapable de détourner les yeux. *Tout est tellement obscène. Et maladroit. Et désordonné.*

La gorge serrée, je me sens rougir, envahie de ce sentiment qui m'éveille parfois au milieu de la nuit. *Ce brûlant appétit, ce désir, et cette cuisante humiliation.*

Un cri aigu me perce les tympans, et je me rends compte que ces deux visages qui, tout à l'heure, ne faisaient qu'un sont à présent braqués sur moi. Je suis choquée par leur jeunesse. La fille a un appareil dentaire et les joues cramoisies. Le garçon a des boutons d'acné sur le menton.

— Sale obsédée ! crie le garçon, les yeux encore brûlants de testostérone.

Je sais que je devrais dire quelque chose, les réprimander de ma voix d'adulte, mais je suis comme paralysée. Ils se détachent l'un de l'autre, comme deux wagons qui se séparent, et la fille se hâte de refermer les boutons de son chemisier pendant que le garçon continue de me fusiller du regard.

Je sens une présence derrière moi, puis la voix de Louise éclate à mon oreille :

— Brendon ! Felicia ! Je vous l'ai déjà dit deux fois ! La bibliothèque n'est pas la banquette arrière de votre voiture ! Dernier avertissement. La prochaine fois, j'appelle vos parents.

Les deux fautifs baissent les yeux. Brendon prend la main de Felicia et l'entraîne vers la sortie.

Quand ils passent à côté de moi, Brendon murmure juste assez fort pour que je l'entende :

— Vous avez aimé ça ?

Je rougis de plus belle, le regard rivé sur la rangée de livres devant moi, concentrée sur les nombres inscrits sur la tranche.

Les deux adolescents ne sont déjà plus là.

— Les ados en rut…, murmure Louis avant de retourner au comptoir, me laissant seule avec mon chariot de livres.

Tout le monde bouge autour de moi, s'occupe de ses affaires, mais mes pieds sont cloués à la moquette usée.

Je n'arrive pas à détacher mes pensées de Donovan.

De la sensation de sa bouche sur la mienne.

Chapitre 6

ÉRIC

PAR HABITUDE, JE CHOISIS MA CRAVATE BLEUE PARMI ma maigre collection et entreprends de la passer autour de mon cou. Le jeudi, c'est le jour de la cravate bleue.

Je n'ai pas de tocs. Je ne panique pas si je ne trouve pas ma cravate bleue un jeudi matin. C'est juste une question d'efficacité : une décision de moins à prendre. C'est pour ça que Mark Zuckerberg porte tous les jours le même tee-shirt gris. Je suis le Mark Zuckerberg de la comptabilité. Je sors parfois cette petite phrase en soirée, et j'obtiens toujours en retour un rire de politesse qui me fait plaisir.

Je noue ma cravate en demi-Windsor et rabats mon col. Puis je prends ma montre sur le meuble de la salle de bains et l'attache à mon poignet. En allant à la cuisine, je passe devant la chambre d'Aja et l'entends frapper les touches de son clavier.

Quand il s'est installé chez moi, je me suis inquiété du temps qu'il passait devant l'ordinateur pour ses huit ans.

Bien sûr, Ellie aussi était accro au sien, mais elle avait cinq ans de plus. À huit ans, elle passait ses journées à faire du vélo avec une voisine, à répéter des chorégraphies et à collectionner les poupées Monster High. Je ne me souvenais pas que Dinesh ait mentionné l'ordinateur quand il me parlait des innombrables choses qui l'inquiétaient chez Aja. Ça a donc été la première vraie conversation que j'ai dû avoir avec lui après son emménagement. Je ne savais pas par où commencer, car c'était Stéphanie qui s'était chargée de la plupart des discussions avec Ellie.

— Tu sais, il y a des gens là-dedans… sur Internet, je veux dire… qui ne sont pas gentils. Tu sais, avec les enfants. Au début, ils ont l'air gentils, mais après ils deviennent méchants.

J'ai répété dans ma tête ce que je venais de dire. Même pour moi, ça n'avait aucun sens.

— Je veux dire, pas comme les brutes de l'école, mais comme…

Je cherchais mes mots, mais rien ne me venait. Comment expliquer ça à un enfant de huit ans ?

— Tu parles de prédateurs sexuels ? m'a-t-il demandé en articulant chaque syllabe à sa façon quasi protocolaire. Je sais déjà tout ça. Je ne suis pas stupide.

J'en suis resté bouche bée.

— OK, ai-je balbutié.

J'ai voulu poser ma main sur son genou, mais je me suis souvenu que Dinesh m'avait dit qu'il n'aimait pas qu'on le touche. Je me suis contenté de tapoter maladroitement le couvre-lit à côté de sa jambe.

Aujourd'hui, je ressens le besoin de poursuivre mes efforts et lui lance en passant devant sa porte ouverte :

— Tu ne discutes pas avec un prédateur sexuel, j'espère ?

— Si c'était le cas, je ne le saurais pas, me répond sa petite voix.

Bien vu.

Heureusement, Connie a bien voulu venir le surveiller. Non sans quelques protestations de rigueur :

— Tu sais, moi aussi, j'ai un vrai travail.

J'avais passé de la pommade.

— Je sais. Et tu es très douée pour ça. La meilleure avocate et la moins bien payée de toute la rive gauche de la Passaic.

Elle avait fini par accepter.

— D'accord, mais seulement parce que j'adore Aja. Et parce que je ne veux pas qu'il fasse sauter ton appartement.

— Merci.

La sonnette de l'entrée retentit alors que je me sers ma deuxième tasse de café.

— Aja ! Connie est là.

Pas de réponse.

Je jette un coup d'œil à ma montre. Mon train est dans vingt minutes. J'ouvre la porte. Connie entre et repère aussitôt ma tasse de café.

— Je croyais que tu diminuais les quantités.

— C'est ma première tasse, dis-je en mentant avant d'appeler Aja une deuxième fois.

— Où est le petit fauteur de troubles ? demande-t-elle en posant son sac à main sur l'unique chaise de la salle à manger, qui n'est pas à proprement parler une « salle » mais plutôt un espace adjacent au salon/entrée/bureau.

La vie en appartement. Je ne suis là que pour six mois, et je me suis dit qu'emporter à la fois ma petite table de cuisine et mon ensemble de salle à manger serait un peu excessif. *Ce n'est pas comme si j'invitais à dîner tous les week-ends. Ni jamais.*

— Dans sa chambre. Sur son ordinateur.

— Ah.

— Aja !

Je me retourne et manque de lui rentrer dedans.

— Ah, te voilà.

— Qu'est-ce que tu faisais là-haut, champion ? s'enquiert Connie.

— Je parlais à Iggy, explique-t-il sans lever les yeux.

— La rappeuse ? interroge-t-elle en riant de sa propre blague.

Aja la regarde sans répondre.

— Tu sais, cette Australienne ? insiste Connie. Avec le gros cul ?

— Iggy est un garçon, dit-il en rajustant ses lunettes.

— Ou un prédateur sexuel de quarante-cinq ans, m'esclaffé-je.

Je plaisante, mais il y a un mois, à la grande honte d'Aja, je suis entré dans sa chambre pendant qu'il skypait pour m'assurer qu'Iggy était bien un enfant de dix ans.

— Je suppose qu'on ne saura jamais, hein, Aja ?

Il m'observe un instant de son regard sérieux.

— Tu le sais, rétorque-t-il. Tu l'as vu. Je peux retourner dans ma chambre, maintenant ?

— Non. J'ai trouvé ta punition. Aujourd'hui, tu vas défaire tous les cartons qui restent jusqu'à ce que tu retrouves mes tasses à café.

— D'accord.

Voilà l'étrange paradoxe de l'attitude d'Aja. Quand il veut, il est étonnamment accommodant. Il ne pique pas de crises de colère et ne boude pas comme les autres enfants de son âge.

— Parfait, dis-je en jetant un coup d'œil à ma montre.

Je dois y aller. Je ne peux pas me permettre de rater mon train et d'être en retard.

— Merci encore, Connie.

— File. On va s'en sortir.

— Aja, sois sage.

Je m'empare de mes clés et de mon portefeuille, et me dirige vers la sortie.

— Éric ? me rappelle Aja.

Je sais qu'il va me dire la même chose que tous les matins depuis six semaines :

— N'oublie pas de chercher le fauteuil roulant !

Ce foutu fauteuil roulant !

Plus tard, en fin de journée – beaucoup plus tard, puisque le train s'est arrêté pendant cinquante interminables minutes entre Secaucus et Newark, me laissant croire un instant que je ne rentrerais jamais chez moi –, je pénètre dans l'appartement silencieux en traînant derrière moi un fauteuil roulant taille adulte. J'ai fini par en trouver un dans une boutique de charité à Harlem pour 25 dollars, après avoir consacré la totalité de ma pause-déjeuner à passer des coups de fil dans des magasins d'occasion. Je me sens un peu coupable de l'avoir acheté, et d'en priver peut-être quelqu'un qui en a vraiment besoin, mais je me promets de le rendre le lendemain de Halloween et d'en profiter pour faire un don à l'association.

Connie lit un livre, installée sur le canapé. Elle se lève en me voyant.

— Comment s'est passée ta journée ? s'enquiert-elle.

La question m'arrête net. Ça fait si longtemps – au moins depuis mon divorce il y a deux ans, et probablement des années avant ça – que personne ne m'a posé la question, que personne ne s'y est intéressé. Jusqu'à maintenant, je ne m'étais pas rendu compte à quel point ça me manquait. Pas de la part de Stéphanie, mais de la part de n'importe qui.

— Très bien, réponds-je. Et Aja ?

— Il dort. C'est un gentil gamin.

— Je sais, dis-je avec un petit sourire.

Il a beau être parfois horripilant, c'est vraiment un gentil garçon. Meilleur que la plupart des autres êtres humains. Je pousse le fauteuil roulant contre le mur, où il pourra le découvrir en sortant de sa chambre demain matin.

— On a trouvé tes tasses, annonce Connie.

— Ah, oui ?

— Ouaip. Dans le carton marqué « jeux de société, jetons de poker et objets divers ».

— J'ai des jetons de poker ?

— Apparemment.

Je pose mon portefeuille et mes clés sur la petite table à côté du canapé.

— Merci, déclaré-je. Vraiment. On dit même heure demain matin ?

— Oui, acquiesce-t-elle en ramassant ses affaires. Oh, j'oubliais : on a trouvé autre chose.

— Les bols de céréales ? Ceux-là aussi ont disparu. Aja mange son petit déj' dans une soupière en céramique.

— C'est un journal intime. Celui d'Ellie.

Je ne savais même pas qu'Ellie tenait un journal.

— Comment il est arrivé dans mes affaires ?

— Je ne sais pas. Elle l'a sûrement oublié chez toi.

— Qu'est-ce que je vais en faire ? demandé-je, confus. Est-ce que je dois le lire ?

La tentation est forte. J'ai envie d'entrer dans la tête d'Ellie, de découvrir ce qu'elle pense. D'élucider l'énigme qu'est devenue ma fille adolescente.

— Non ! s'écrie Connie. Tu ne peux pas lire le journal intime de ta fille. C'est contraire à toutes les règles de parentalité ! Ne fais jamais ça.

Je sais qu'elle a raison. Elle a raison. Mais…

— Je peux lui envoyer un message pour lui demander si elle veut que je le lui expédie, mais elle ne me parle pas vraiment en ce moment.

— Éric…

— Je sais, je sais. Bien sûr qu'elle veut le récupérer. Je vais le lui envoyer par la poste.

— Éric, répète-t-elle en me regardant de ses yeux aux différentes nuances qui sont l'exact reflet des miens – *en ce moment, ils sont particulièrement verts.*

— Quoi ? Je ne le lirai pas. Promis, dis-je en levant la main droite. Où est-il ?

Elle m'observe encore un instant avant de répondre :

— Sur ta commode.

Elle passe dans la salle à manger pour y récupérer son sac à main posé sur la chaise, puis revient vers moi et me prend dans ses bras. Je reste immobile, un peu gêné. On n'a pas l'habitude de se faire des câlins, dans ma famille.

— Euh… Connie ?

Elle me lâche et pousse un soupir.

— J'aimerais tellement que tu te trouves quelqu'un. Tu ne devrais pas faire tout ça tout seul.

Je m'esclaffe, même si je suis en fait assez d'accord avec elle.

— Quoi ? Tu vas encore essayer de me caser ? Tu te souviens de l'échec de la dernière fois ?

Un an après mon divorce, je suis allé à un rendez-vous arrangé avec une connaissance de fac de Connie, qui vivait à trente minutes de chez moi. Une avocate. Avocate d'affaires, ou quelque chose comme ça. Elle était très jolie : de grands yeux de biche, des lèvres pulpeuses, un nez parfait, des cheveux lisses et brillants qui frôlaient ses épaules. Elle riait facilement à mes blagues pathétiques et avait solidement défendu son point de vue – comme tout bon avocat – sur la supériorité des tortillas de maïs par rapport aux tortillas de blé.

Je m'étais montré jovial – un vrai gentleman. J'avais ri aux bons moments, avais ouvert sa portière, et lui avais proposé un verre d'eau après une athlétique partie de jambes en l'air en fin de soirée.

Mais une fois seul le lendemain matin, je m'étais regardé dans le miroir, à la recherche de… je ne sais quoi. Je me sentais engourdi. Non, pire que ça, j'avais l'impression d'être amputé d'un membre qui me faisait toujours souffrir. Je l'avais appelée dans l'après-midi et avais dit à son répondeur que j'avais passé une très bonne soirée mais que je n'étais pas prêt pour une nouvelle relation.

— Tu sortais d'un divorce, proteste Connie. Tu n'étais pas prêt. C'est normal.

Je fourre mes mains dans mes poches et hausse les épaules.

— Je ne sais pas si le mot « normal » s'applique à moi.

— C'est ce que je me tue à te répéter depuis des années, réplique-t-elle avec un sourire. À demain !

Après son départ, je sors mon portable de ma poche arrière et fais défiler mes contacts jusqu'au prénom d'Ellie. J'ai retrouvé son journal intime. Cette information va forcément lui arracher une réponse. Même un menaçant « Ne t'avise pas de l'ouvrir » sera préférable au silence. Je pourrai lui dire que je n'envahirais jamais ainsi son intimité, que je m'apprête à le lui expédier par la poste. Ça me fera peut-être gagner quelques points de papa cool auprès d'elle. Mais tout cela me semble un peu manipulateur, et même si je veux que ma fille me reparle, je ne veux pas que ce soit par la contrainte.

Finalement, je me résous à lui envoyer un bref message :

Je t'aime, Ellie. Papa.

Puis j'éteins la lumière et me rends dans ma chambre, m'arrêtant au passage pour coller l'oreille à la porte d'Aja. Comme je m'y attendais, j'entends le cliquètement du clavier de l'ordinateur. Je décide de lui accorder quelques minutes avant l'extinction des feux.

Dans ma chambre, je m'assieds sur le lit, faisant grincer le sommier, et enlève mes chaussures en repensant à la question de Connie : « Comment s'est passée ta journée ? » *Stressante.* Comme tous les jours depuis que j'ai commencé ce travail le mois dernier. Notre plus important client a décidé de racheter une grosse entreprise sans attendre le retour de Shelly de son congé maternité, me laissant – moi et mon équipe, mais surtout moi – seul responsable des évaluations et des analyses. Je n'ai pas le droit à l'erreur, sous peine de me faire incendier par mon chef.

Je desserre ma cravate et m'étends sur le lit, parcourant des yeux ma chambre monacale et me laissant aller un instant à me lamenter sur mon sort. Mes yeux se posent sur le carnet posé sur ma commode. *Le journal intime d'Ellie.*

Ellie. Ma fille qui me hait. J'ai toujours su que le divorce ne serait pas facile pour elle, comme pour tous les enfants. Mais je n'aurais jamais cru qu'on en arriverait là. Nous avions une bonne relation, par le passé. Du moins, je le croyais. Je savais comment la faire rire. Les blagues ringardes, les grimaces dans le dos de Stéphanie, un jeu de mots bien placé. On a regardé ensemble tous les épisodes de *Pékin Express*, et j'ai vécu le meilleur moment de ma vie quand elle m'a dit : « On devrait le faire. À nous deux, on est les meilleurs. »

Comment est-on partis de ça – être une équipe imaginaire dans une émission de télé-réalité et parcourir le monde ensemble – pour en arriver là ? De nouveau, mon regard se pose sur le journal d'Ellie. Je détourne les yeux, comme si ne pas le voir allait atténuer la tentation. *C'est un échec.* Je me relève, m'empare du carnet posé sur la commode, ouvre un tiroir et y jette le journal avant que mes yeux et mes mains ne trouvent le moyen de trahir mes bonnes intentions.

Puis je traverse le couloir et frappe à la porte d'Aja. Un grognement me répond, que je décide d'interpréter comme une invitation à entrer. Je suis accueilli par le profil d'Aja, qui n'a pas quitté son écran du regard. Je reste là une bonne minute, mais il ne bouge pas.

— J'ai trouvé ton fauteuil roulant.

Nouveau grognement.

— Hé, tu m'as entendu ? Je pensais que tu serais super content.

Il tourne vers moi ses grands yeux sérieux.

— Je viens d'apprendre qu'on ne se déguisera pas à l'école, comme on le fait à la maison. Mme Bennett a dit que ce serait une trop grande distraction.

Je réprime un soupir. J'aurais aimé savoir ça avant de passer la totalité de ma pause-déjeuner à chercher un fauteuil roulant.

— Mais tu peux toujours te déguiser pour Halloween, non ? Faire du porte-à-porte pour avoir des bonbons ?

— Je suis trop vieux pour ça.

— Ah, bon ?

J'essaie de me rappeler à quel âge Ellie a arrêté. *Autour de ses dix ans, j'imagine.*

— Ça vaut peut-être mieux, après tout. Ce n'est pas très politiquement correct…

— Je trouverai une occasion pour me déguiser, m'interrompt Aja.

Je me masse les tempes du bout des doigts. Je me demande si je dois poursuivre cette conversation et tenter de lui faire comprendre mon point de vue, puis je décide que ça n'en vaut pas la peine. S'il ne peut pas le faire à l'école et qu'il refuse le porte-à-porte, il y a peu de risques qu'il trouve une autre occasion où porter son déguisement. Ce n'est pas comme s'il avait toute une bande de nouveaux copains prêts à l'inviter à leur goûter de Halloween.

— Qu'est-ce que tu fais ? l'interrogé-je.

— Je discute avec Iggy.

Je demeure planté là encore quelques instants. Il ne fait plus attention à moi.

— Encore quelques minutes, après tu vas au lit. Il se fait tard.

Comme il ne répond pas, je tire doucement la porte derrière moi. Mais avant de la fermer entièrement, je l'entends marmonner quelque chose qui ressemble beaucoup à « Je déteste cet endroit ».

Je prends une grande inspiration et ferme les yeux, m'efforçant de ravaler le goût amer de la culpabilité. *Ce n'est que pour six mois.*

Le samedi, je suis censé me préparer pour emmener Aja au refuge pour animaux, même si un chien est bien la dernière chose dont on ait besoin en ce moment, mais je songe à Ellie.

J'ai lu son journal. Je sais que je n'aurais pas dû, mais je ne pouvais pas m'empêcher de penser qu'il m'offrirait un accès magique à son esprit, qu'il m'aiderait à comprendre sa colère. À comprendre pourquoi elle ne veut plus me parler. Alors je me suis levé et j'ai ouvert le tiroir où je l'avais caché. Avant de pouvoir me convaincre que c'était mal, je me suis emparé du carnet à spirales, l'ai ouvert à la première page et ai commencé ma lecture. Seulement voilà : ce n'est pas un journal intime, ce qui explique pourquoi Ellie ne le cherche pas partout en ce moment. Il s'agit bien d'une sorte de journal, puisque ce sont ses pensées que j'ai découvertes inscrites sur les pages, mais ce devait être un devoir pour l'école puisqu'il y a une note et une appréciation sur la couverture intérieure : « 18/20, très bon travail ! » *(Là, je reconnais ma fille. Du moins, ma fille avant qu'elle se mette à traîner avec Darcy et que ses notes amorcent leur plongée abyssale.)* Chaque page du carnet est consacrée à la critique d'un livre qu'elle a lu.

Malgré tout, comme je me sentais coupable, je lui ai envoyé un message aussitôt après :

J'ai trouvé ton carnet de critiques littéraires. Ça te dérange si je le lis ? Papa.

N'y a-t-il pas une citation qui prétend que mieux vaut demander pardon que permission ? Bon, dans ce cas précis, il s'agit plutôt de demander la permission après avoir déjà fait ce pour quoi on demande la permission, mais le principe reste le même. Plus ou moins. Quoi qu'il en soit, j'ai pris son silence pour une approbation.

Je suis en train de relire la page sur *L'attrape-cœurs* – un ouvrage que je crois avoir lu au lycée, mais dont je ne me souviens pas très bien – quand Aja apparaît à l'entrée de ma chambre.

Je laisse tomber le journal comme s'il s'agissait d'un magazine porno. (J'en déduis que je me sens peut-être encore un peu coupable malgré l'approbation silencieuse d'Ellie.)

— Tu es prêt ? me demande-t-il. Tu as dit qu'on partirait pour le refuge à 9 heures.

— Oui, désolé.

Soudain, une idée me traverse l'esprit. J'ai trouvé un moyen de me rapprocher d'Ellie.

— On va juste faire un petit détour avant d'y aller, ajouté-je.

— Où ça ?

— À la bibliothèque.

Une demi-heure plus tard, en posant une main sur la poignée de la porte de la bibliothèque municipale de Lincoln, je repère une affiche scotchée sur la vitre :

« RETROUVEZ-NOUS LE SAMEDI 31 OCTOBRE.
LECTURE D'HISTOIRES DE HALLOWEEN
POUR ENFANTS DE TOUT ÂGE.
VENEZ DÉGUISÉS
(PERSONNAGES DE LIVRES ENCOURAGÉS).
DISTRIBUTION DE BONBONS ! »

Je jette un coup d'œil prudent en direction d'Aja. Il me regarde avec un grand sourire, le visage illuminé comme un sapin de Noël.

— Je t'avais bien dit que je trouverais une occasion pour me déguiser !

Je pousse un soupir et ouvre la porte.

Chapitre 7

JUBILEE

— N'oublie pas ton costume de Halloween, ma chérie ! m'a lancé Louise alors que je quittais la bibliothèque à la fin de mon cinquième jour.

— Mon « costume » ?

— Demain, c'est Halloween. On a coutume de venir déguisés à la bibliothèque.

Je ne me suis déguisée qu'une fois dans ma vie pour Halloween. J'avais neuf ans, et avec mon unique amie d'enfance, Gracie Lee, on s'était habillées comme les jumelles de *Shining*.

— Tu tiens vraiment à sortir comme ça ? m'avait demandé maman en écrasant sa cigarette sur une assiette en carton. C'est morbide.

Gracie Lee avait enlevé son appareil auditif et enfilé une paire de gants semblables aux miens, même si les petites filles du film n'en portaient pas. Malheureusement, personne n'avait compris notre costume. Peut-être parce qu'on ne se ressemblait pas du tout. Une femme nous avait même trouvées « mignonnes ». Comme Gracie Lee n'avait pas entendu le commentaire, j'ai prétendu que la femme nous avait trouvées terrifiantes, et elle avait souri.

Un autre souvenir de Halloween me revient soudain à l'esprit. Alors qu'on triait notre butin après une soirée de porte-à-porte, Gracie avait voulu manger un Lion sans savoir qu'il y avait du caramel dedans. Comme elle détestait le caramel, elle m'avait tendu la barre chocolatée. Avant que je puisse la porter à ma bouche, ma mère me l'avait arrachée des mains. « Tu as envie de mourir ? » avait-elle hurlé. Ce soir-là, j'avais vu des vampires, des fantômes et un garçon affublé d'un masque terrifiant qui donnait l'impression que son visage dégoulinait de sang, mais rien de tout cela ne m'avait fait aussi peur. Je tremblais encore en allant me coucher.

Aujourd'hui, devant l'armoire de ma mère, je caresse les manches de tous les chemisiers en espérant être frappée d'un éclair d'inspiration. Pour l'heure, je ne vois qu'un costume de Barbie femme d'affaires dans le tailleur rose guimauve de maman, simplement parce qu'il est rose guimauve.

Tout au fond de l'armoire, mes doigts frôlent un tissu très doux. Je débarrasse le vêtement de son cintre et l'expose à la lumière. C'est une longue robe blanche. Pas une robe de mariée, plutôt une sorte de chemise de nuit. Je me demande bien ce que ma mère faisait de cette tenue peu flatteuse et bien trop couvrante à son goût, mais pour moi, elle est parfaite.

Je vais m'habiller en Emily Dickinson à la fin de sa vie, quand elle ne quittait plus sa maison, ne se vêtait que de blanc et parlait à ses visiteurs à travers sa porte d'entrée.

J'enlève mon sweat et mon pantalon en flanelle, et enfile la robe. Elle ne me va pas très bien, comme tous les habits de maman, mais ça fera l'affaire. Je vais dans la salle de bains et libère mes cheveux de l'élastique qui les maintenait attachés. Même si Emily Dickinson a les cheveux tirés en un chignon serré sur tous les portraits que j'ai vus d'elle, je décide de les laisser libres pour la journée. Enfermée dans sa demeure pendant des années sans recevoir personne, elle ne devait pas prendre le temps de se coiffer. Je jette un dernier regard dans le miroir, puis descends chercher mes gants et mes clés.

Lorsque j'entre dans la bibliothèque, Louise me dévisage longuement.

— Grand Dieu, le réveil n'a pas sonné ?

— Si.

Elle fronce les sourcils.

— Alors pourquoi tu es venue en chemise de nuit ?

— C'est mon déguisement.

Je dépose mon sac derrière le comptoir.

Comme Louise porte une casquette noire et des lunettes d'aviateur, je sens plus que je ne distingue son regard scrutateur posé sur moi.

— Tu es censée être cette chanteuse excentrique ? Cette Lady Gaga, ou je ne sais quoi ?

— Non. Je suis Emily Dickinson.

— La poétesse ?

— Oui.

Je vois qu'elle essaie encore de comprendre.

— Vers la fin de sa vie, elle est devenue ermite et ne portait que du blanc.

— Ah.

Elle se tourne face à moi, et j'aperçois les menottes argentées pendues à sa ceinture. Elle me désigne le bout de papier épinglé à sa poitrine. Elle y a écrit : « POLICE DE LA GRAMAIRE ».

— Tu as mal orthographié « grammaire ».

— Ah, bon ? Zut.

Elle arrache le bout de papier et sort une feuille blanche de l'imprimante. Pendant qu'elle s'empare d'un marqueur noir, je commence à pousser un chariot vers la porte pour récupérer les retours de la journée.

La bibliothèque ne me semble plus aussi immense et menaçante qu'au premier jour, mais je ne me sens toujours pas très rassurée à l'idée de quitter le comptoir. J'ai l'impression de tester mes limites chaque fois. *Jusqu'où vais-je aller aujourd'hui ?* Je connais la réponse : la boîte des retours, devant la porte. C'est comme si la bibliothèque – et, assez bizarrement, les gens qui s'y trouvent – était devenue une extension de ma maison.

Trois autres bibliothécaires travaillent parfois avec moi – Maryann, la directrice ; Roger, le responsable de la section enfants ; et Shayna, une autre assistante de prêt – mais Louise reste ma préférée. Peut-être parce que c'est la première que j'ai rencontrée et que je suis naturellement plus à l'aise avec elle. Ou parce que c'est elle que je vois le plus souvent : Roger quitte rarement la section enfants, mes horaires et ceux de Shayna ne se superposent que de quelques heures, et Maryann travaille souvent dans son bureau. Ou encore parce qu'elle ne pose pas de questions. (La première chose que Shayna m'a dite quand je l'ai rencontrée : « Pourquoi tu portes des gants ? Tu as tout le temps froid ? » Je me suis contentée de hausser les épaules : « Quelque chose comme ça. ») Louise, quant à elle, n'a jamais ne serait-ce que mentionné mes gants, et ne m'a jamais posé la moindre question personnelle. Elle fait son travail, et je fais le mien. C'est tout.

À trois heures moins le quart, je vois Louise arriver en courant, hors d'haleine.

— Tu n'es pas en pause ? lui demandé-je.

— J'ai dû revenir. Maryann a appelé Roger, il ne viendra pas aujourd'hui, m'explique-t-elle dans un souffle.

— Tu as besoin de t'asseoir ?

Son képi est de travers sur ses cheveux gris, et l'insigne épinglé sur sa poitrine se soulève au rythme effréné de sa respiration.

— Non, ça va. Je n'ai juste pas l'habitude de courir.

Je l'imagine surgissant de *TeaCakes*, le salon de thé où elle déjeune tous les jours, pour s'élancer à la bibliothèque en costume de policier. *« Une urgence grammaticale ! Laissez passer ! » ont dû se dire les passants.*

— Tu vas devoir lire les histoires aux enfants, poursuit-elle.

— Moi ?

— Oui, toi. Moi, je m'occupe du comptoir de prêt.

— Mais je n'ai jamais fait ça ! protesté-je, prise de panique.

— Tu as sûrement déjà fait la lecture à des enfants, non ? Des nièces ? Des neveux ?

Je fais « non » de la tête.

— Tu verras, c'est facile. Roger a laissé les trois livres sur son bureau. Et quand tu auras fini, tu n'auras qu'à distribuer des bonbons et chanter une chanson. Ça ne te prendra qu'une demi-heure.

— « Chanter une chanson » ?

La situation s'aggrave de seconde en seconde.

— Oui. Ne perds pas de temps, ma chérie, dit-elle en me chassant d'un geste de la main vers la section enfants. Grand Dieu, les premiers arrivent déjà !

Je prends les livres posés sur le bureau de Roger et m'avance vers le cercle en moquette de l'espace enfants, où une chaise solitaire fait face à un parterre vide. Je m'assieds et regarde avec appréhension les gamins entrer en courant dans le bâtiment et se ruer vers moi avec tout l'enthousiasme de la jeunesse. Il y a une fillette costumée en pirate, trois princesses vêtues de la même robe bleue, et un astronaute.

Je tente un sourire timide, mais à mesure qu'ils approchent, je vois qu'aucun d'entre eux n'a l'air amical. Une petite fille, l'une des trois princesses, semble même en colère. Mon cœur commence à s'emballer.

— Où est M. Rogers ? demande la gamine.

J'aimerais lui faire remarquer qu'il se prénomme Roger, sans « s », et que son nom de famille est Brown. Il ne peut donc pas être M. Rogers, qui lui était animateur d'une émission de télévision pour enfants. Mais ce n'est clairement pas le moment.

— Il est malade, réponds-je sans même savoir ce qu'il en est réellement. Je le remplace.

— Tu as des bonbons ?

Merde ! Les bonbons. Je n'ai pris que les livres.

— Bien sûr, dis-je en espérant que Roger ait laissé les sucreries quelque part dans son bureau.

La fillette m'observe encore un instant, puis hoche la tête comme si j'avais satisfait ses exigences. Elle s'assied à côté de ses deux clones, bientôt imitée par les autres petits qui arrivent au compte-gouttes.

J'ai l'impression qu'il en débarque de toutes les directions, et je m'efforce tant bien que mal de tous les garder dans ma ligne de mire. Que se passerait-il si l'un d'eux s'approchait et essayait de me toucher ? Les enfants sont de vrais serpents : imprévisibles. Je recule ma chaise aussi près du mur que possible. Je sens ma gorge se serrer, comme si j'avais déjà été touchée.

Je jette des regards paniqués alentour, espérant une apparition miraculeuse de Roger, une intervention de Louise, un déclenchement impromptu de l'alarme incendie… *N'importe quoi, pourvu que je sorte de ce cauchemar.* Mais tout ce que je vois arriver, c'est Madison H. Elle conduit une poussette et dirige deux enfants vers le cercle.

Elle s'arrête net en m'apercevant.

— Tu as oublié de te peigner ce matin ?

Avant que je puisse répondre, la petite qu'elle tient par la main rétorque :

— Maman, c'est un costume !

— Oh, bien sûr ! Voyons ça… Tu es la fille qui sort de la télé dans… Comment s'appelle ce film… *The Ring* ? C'était terrifiant, ajoute-t-elle avec un frisson.

— Bien sûr que non, soupire sa fille.

La gamine lève les yeux au ciel d'une manière effroyablement adulte pour une si petite fille. *Enfin peut-être. Je ne m'y connais pas vraiment en enfants.*

— C'est Lady Gaga, affirme-t-elle.

— Non, je…

— Lady Gaga ne se met pas en pyjama, m'interrompt une voix fluette qui semble provenir de l'enfant déguisée en pirate.

— Vous êtes l'esprit des Noëls passés ? demande une autre.

— Je sais, je sais ! C'est une amish ! Grand-mère m'a emmené dans un village en Pennsylvanie l'année dernière. Ils n'ont pas de lave-vaisselle ni de télé !

— Tout le monde a la télé.

Je ne cesse de me tourner vers l'endroit d'où me parviennent les voix, mais je peine à suivre.

— C'est une tueuse en série.

Le mot « tueuse » coupe le sifflet à tout le monde, et les enfants se tournent d'un bloc vers un jeune garçon en fauteuil roulant. Ses yeux noirs ne me regardent pas. Ils sont perdus dans le vague.

Son père laisse échapper un petit rire gêné – je suppose qu'il s'agit de son père, même s'ils ne se ressemblent absolument pas, puisqu'il tient les poignées du fauteuil.

— Pourquoi tu dis ça, mec ? interroge-t-il.

— Les gants, répond l'enfant. Les *serial killers* portent des gants.

Quinze bambins aux yeux écarquillés se retournent pour nous observer, moi et mes mains. Nerveuse, je m'agite sur mon siège.

— C'est quoi, un « céréale killer » ? Quelqu'un qui adore les Chocapic ?

— Pourquoi ils portent des gants ?

— Moi, j'aime les Chocapic !

— Est-ce que vous allez nous tuer ? questionne une voix tremblante.

Au moins deux enfants fondent en larmes.

Mon cœur bat si fort que je me demande si tout le monde peut l'entendre. J'ai l'impression de me retrouver dans une histoire d'Edgar Allan Poe. C'est encore pire que ce que j'avais imaginé. Je cherche une échappatoire, mais je suis encerclée d'enfants. Je prends une grande inspiration et tape dans mes mains. *Je peux le faire.*

— Personne ne va tuer personne, déclaré-je avec mon sourire le plus avenant. Je ne suis pas déguisée en *serial killer*, ni en Lady Gaga, ni en amish. Même si c'était une très bonne suggestion.

J'adresse un petit signe de tête au pompier, à peu près sûre que c'est bien lui qui a évoqué les amish et la télé. Il sourit jusqu'aux oreilles.

— Je vais vous donner un indice.

Je sens l'intérêt des gamins s'éveiller. Et même si ce ne sont que des enfants, mes joues s'enflamment et j'ai envie de disparaître sous terre. Je m'éclaircis la voix.

— « L'Espoir… »

J'ai parlé d'une voix haut perché, une petite voix de souris. Je réessaie :

— « L'Espoir est cette étrange chose à plumes… qui est perchée dans l'âme. Elle chante une chanson sans paroles et ne s'arrête jamais. »

Le poème reste suspendu dans l'air et les enfants me regardent fixement, en silence. Enfin, l'un d'eux prend la parole :

— Tu es… un oiseau ?

Je parcours du regard leurs petits visages. Ils doivent être un peu jeunes pour Emily Dickinson. Mes yeux s'arrêtent sur le père du garçon au fauteuil roulant. Il m'observe, mais d'une manière très particulière : son regard intense me transperce, comme s'il voyait à l'intérieur de moi. Il ne cligne même pas des yeux. Peut-être qu'il me prend pour une tueuse en série.

Très vite, je baisse le regard et m'empare du premier ouvrage posé sur mes genoux. *Horrible Henri, La maison hantée.*

— C'est parti, dis-je en levant le livre.

Horrible Henri est accueilli par des applaudissements et des cris de joie. Je n'ai jamais entendu parler de ce personnage, mais il semble populaire. Intérieurement, je remercie Roger pour avoir au moins su choisir les bons livres.

Plus tard, une fois que les bambins se sont dispersés dans les allées de la bibliothèque pour retrouver leurs parents, leurs petites mains pleines de bonbons – Louise a trouvé les sacs dans le bureau de Roger et me les a apportés, à mon grand soulagement –, Madison H. s'avance vers moi avec sa poussette. Arrivée à ma hauteur, elle me dit à voix basse :

— Je n'arrive pas à croire que Donovan se soit défilé. Les enfants attendaient ça depuis des semaines.

Je regarde le bébé blotti dans sa poussette, qui nous observe avec de grands yeux attentifs, et me demande ce que ça ferait de le tenir dans mes bras. De sentir battre ses cils contre ma joue.

— Il a prétendu avoir une « réunion très importante », poursuit-elle en mimant des guillemets du bout des doigts. Probablement un code pour dire qu'il va baiser sa secrétaire.

Je suis prise d'une quinte de toux, m'étouffant littéralement sur ma réponse. Je jette des coups d'œil alentour pour m'assurer que personne n'a entendu.

— Bref. Ça me fait plaisir de te voir. Et si on déjeunait ensemble la semaine prochaine ?

Je la dévisage comme si elle venait de parler swahili. *« Déjeuner ensemble »*. Je me demande si elle le pense vraiment ou si c'est une chose que les gens proposent par politesse.

— Sammy ! Hannah ! On y va !

J'entends les gamins protester, leurs voix s'élevant de derrière un rayonnage.

— Tout de suite ! crie Madison. Allez, venez, ajoute-t-elle avec un soupir. On prendra des cappuccinos sur la route.

« Des cappuccinos » ? Les enfants boivent du café, maintenant ?

Des glapissements de joie retentissent dans l'allée voisine, d'où surgissent Hannah et Sammy pour courir vers leur maman. Je contourne les enfants et regagne le comptoir de prêt. Louise lève les yeux lorsque j'entre dans notre espace.

— Alors, tu vois ? Ce n'était pas si terrible ?

Elle regarde derrière moi, et ajoute dans un murmure :

— Grand Dieu ! Ne te retourne pas. Ce type est déjà venu il y a quelques jours. Lui et son fils semblent un peu… bizarres.

Elle me tourne le dos et fait semblant d'être très occupée. Je regarde derrière moi, comme tout le monde quand quelqu'un dit « Ne te retourne pas », et tombe nez à nez avec le père du gamin en fauteuil. Il est grand sans être imposant. Ses cheveux ont la couleur d'un mélange d'épices : muscade et cannelle, avec une touche de sel. Ses mèches emmêlées rebiquent sur son crâne, comme si une grand-mère venait de les ébouriffer. Avec un regard un peu moins sérieux, je l'aurais presque trouvé charmant. Je pose les yeux sur son fils handicapé qui peine à faire rouler son fauteuil jusqu'au comptoir.

— Aide-moi, dit-il à son père.

Il paraît si minuscule, perdu dans son fauteuil d'adulte, ses grands yeux élargis par l'effort. Immédiatement, je me sens fondre. Même s'il m'a traitée de tueuse en série.

— Non, réplique l'homme en se tournant vers le garçon. Je t'avais dit que je ne te pousserais pas toute la journée.

Sa réponse est si dure, si insensible, que j'en reste bouche bée. *C'est peut-être un nouveau type d'éducation à la dure, mais bon sang ! Ce gamin est quand même handicapé !*

Le père dépose une pile de livres devant moi, mais je ne fais même pas le geste de les scanner. Je regarde le garçon se débattre avec ses roues trop grandes. Il a dû se sentir observé, car il lève les yeux vers moi pour les rabaisser aussitôt.

— Vous auriez dû mettre des lunettes, dit-il.

— Pardon ?

Je ne suis même pas sûre que c'est à moi qu'il parle, puisqu'il ne me regarde pas.

— De grosses lunettes, avec une monture transparente, poursuit-il d'une voix un peu hachée par l'effort.

— Tu as besoin d'aide ? lui demandé-je.

— Il va bien, lance son père d'un ton plus tranchant que nécessaire.

Je l'ignore et ne quitte pas le garçon des yeux.

— Dorothea Puente, halète ce dernier. Elle tenait une pension de famille et a assassiné neuf de ses locataires en l'espace de six ans.

De nouveau, il jette un bref regard vers moi avant de détourner les yeux. Il est arrivé à un mètre du comptoir.

— Vous êtes habillée comme elle. Un peu plus jeune. Mais elle portait des lunettes.

— OK, maintenant ça suffit ! dit l'homme. Je suis désolé, ajoute-t-il à mon intention.

Il se retourne vers le garçon, qui finalement n'est probablement pas son fils : non seulement l'enfant est plus mat de peau et a des cheveux d'un noir de jais, mais il a aussi un léger accent. Peut-être a-t-il été adopté, mais l'homme ne me semble pas du genre paternel et accueillant.

— Tu arrêtes avec ces histoires de tueurs en série, d'accord ?

— Non, ce n'est pas grave, interviens-je. Je n'ai jamais entendu parler de cette femme.

— Comme la plupart des gens, dit le garçon. Les tueuses en série sont rarement aussi célèbres que leurs homologues masculins. Ça vient de l'idée préconçue que les femmes sont dominées par leurs émotions et, par conséquent, ne peuvent pas être des psychopathes qui, par définition, sont dépourvus d'empathie.

L'homme pousse un soupir.

Je dévisage le garçon, qui à présent me regarde droit dans les yeux. Je ne sais pas trop quoi penser. J'évalue très mal l'âge des enfants, mais celui-ci ne doit pas avoir plus de huit ans et parle comme un universitaire. Et porte un costume trois-pièces. Je ne savais même pas que ça existait en taille enfant.

— Tu savais que Jack l'Éventreur n'a tué que cinq femmes ? l'interrogé-je.

C'est le seul *serial killer* que je connaisse vraiment, et pour une raison que je ne m'explique pas, j'ai envie d'échanger des connaissances obscures avec ce garçon.

L'homme me dévisage avec de grands yeux étonnés.

— Bien sûr, rétorque le gamin. Tout le monde sait ça.

Oh. Je change de sujet.

— Pourquoi tu ne t'es pas costumé pour Halloween ?

— Je suis costumé.

Je l'observe plus attentivement. Je me demande s'il n'est pas en train de jouer sur les mots. Après tout, il porte bel et bien un costume.

— Imaginez-moi chauve. Je n'ai pas eu le droit de me raser le crâne, explique-t-il en adressant à l'homme un regard de reproche.

Je me creuse la tête, à la recherche d'un homme chauve et bien habillé.

— Bruce Willis ?

— Qui ?

— C'est un acteur. Il était marié avec Demi Moore.

— Je ne la connais pas non plus. Je suis le professeur Xavier.

Ce nom ne me dit rien. Le garçon doit lire mon ignorance sur mon visage, car il ajoute :

— Les *X-Men* ?

— Oh, ce film.

Je me souviens d'avoir vu la bande-annonce de ce blockbuster avec la femme peinte en bleu, le type avec les griffes et le vieil homme chauve en… *Oh, d'accord ! Le professeur Xavier est en fauteuil roulant !*

L’enfant me regarde d’un air profondément blessé.

— Les comics, prononce-t-il lentement, comme si j’étais l’enfant et que lui était l’adulte.

— En tout cas, c’était très intelligent de ta part de choisir un personnage qui est aussi en fauteuil roulant.

L’homme prend une profonde inspiration avant d’intervenir :

— Il n’est pas handicapé.

— Le professeur Xavier ? demandé-je, un peu perdue.

— Non, mon fils.

— Oh.

Je ne sais plus quoi dire. Je baisse les yeux sur le garçon, qui me sourit. C’est la première fois que je le vois sourire, et je suis frappée de voir à quel point tout son visage en est illuminé. Devant ces grandes dents qui apparaissent devant moi, je ne peux m’empêcher de sourire à mon tour.

— Je ne trouvais pas ça très… correct, mais il a insisté, et…, bafouille son père. Enfin, peu importe.

Il pousse vers moi sa pile de livres, comme pour me faire comprendre que la conversation est terminée et qu’il est temps de revenir à nos moutons.

Je m’oblige à me détourner du petit garçon et prends le premier ouvrage de la pile. *Révélation*, le quatrième tome de la série *Twilight*. De nouveau, je jette un coup d’œil au garçon. *N’est-il pas un peu jeune pour ces livres ? Mais d’un autre côté, il semble très précoce et sait tout des tueurs en série.* Je scanne le roman et le pose sur la table.

Le livre suivant sur la pile est *Virgin Suicides*. Un de mes romans préférés. Un petit cri de surprise m'échappe.

— Pardon ? lance le père.

— Oh, rien. Pardon. C'est juste que j'adore ce livre.

Il fronce les sourcils et me regarde du même air intense que pendant la lecture.

— Vraiment ?

Je détourne les yeux et lâche un petit « oui » avant de passer aux deux derniers ouvrages : *La Cloche de détresse* de Sylvia Plath et *Les Pages de notre amour* de Nicholas Sparks. *Des choix étranges, autant pour un garçon de huit ans – même très mûr pour son âge – que pour un homme adulte.*

Quand j'ai fini, je prends le trousseau de clés qu'il me tend et scanne la carte de bibliothèque qui y est attachée. Sur l'écran, un nom apparaît : « Éric Keegan ».

J'imprime le reçu et le glisse au milieu du premier livre de la pile.

— Ils sont à rendre dans trois semaines, monsieur Keegan. Le 21 novembre.

Il hoche la tête et se tourne vers son fils.

— On y va, décrète-t-il.

Quand le garçon se remet à manœuvrer le fauteuil d'un air extrêmement épuisé, son père pousse un nouveau soupir.

— Tu ne peux pas te lever et le pousser ? L'après-midi costumé est terminé.

— Le professeur Xavier ne peut pas se lever. Et moi non plus.

Dans un regain d'énergie, il fait bondir en avant le fauteuil qui vient heurter le comptoir avec assez de force pour faire tomber un pot à crayons devant moi.

—Je t'ai dit de mettre tes lunettes, grommelle le père.

—Le professeur Xavier ne porte pas de lunettes, rétorque le gamin.

—Je suis désolé, me dit l'homme pendant que je ramasse les crayons.

Je voudrais lui assurer que ce n'est rien, mais les mots refusent de franchir mes lèvres. Je me sens submergée. Ce regard intense, cette conversation qui doit être la plus longue que j'aie eue depuis des années, c'est trop pour un seul jour. Mes doigts trouvent mon poignet, et je commence une série de tapotements en espérant que les battements de mon cœur se calquent sur leur rythme.

L'homme prend les poignées du fauteuil et aide le garçon à se tourner vers la sortie. *Enfin*, songé-je, heureuse de voir qu'il est capable de se montrer humain. Je lève la tête pour les regarder s'en aller, mais juste à cet instant, il se tourne vers moi.

Gênée d'avoir été surprise à les observer, je repose les yeux sur l'écran de mon ordinateur.

—Merci, dit-il.

Puis, après quelques secondes, il ajoute :

—Emily.

Stupéfaite, je relève la tête, mais il est déjà reparti en poussant lentement le lourd fauteuil roulant vers la porte.

Louise s'approche derrière moi et murmure :

—Je t'avais bien dit qu'ils étaient bizarres.

Je ne réponds pas, un peu sous le choc.

— Si tu veux mon avis, le père est un sale con, poursuit-elle.

Lentement, je hoche la tête. Il est un peu… austère. Mais il connaît Emily Dickinson par cœur, et pour être honnête, je ne sais pas trop quoi faire de cette information.

À côté de moi, Louise émet un gros soupir et marmonne :

— Tous les beaux mecs sont des sales cons.

Chapitre 8

ÉRIC

Ma mère adorait ce poème, « L'espoir est cette étrange chose à plumes ». Chez nous, une version au point de croix en était accrochée au bout du couloir, et j'avais beau le voir tous les soirs en allant me coucher, il faisait partie de ces choses que je cessais de remarquer parce que j'étais trop habitué à leur présence.

Mais quand j'ai entendu cette strophe, il m'est revenu. Et j'ai tout de suite compris que cette bibliothécaire était déguisée en Emily Dickinson.

Même si ça n'explique pas vraiment ses cheveux en bataille.

Ni ses gants.

Ni pourquoi, quand je l'ai regardée, je n'ai plus été capable de détourner mes yeux de son visage, qui m'attirait comme un aimant. Peut-être parce qu'elle dégageait quelque chose d'inhabituel. De sauvage. Comme un chat de gouttière qui sursaute au moindre mouvement brusque et cherche à fuir loin de la foule. En toute franchise, avec son déguisement, elle ressemblait un peu à une évadée d'hôpital psychiatrique.

Mais plus tard ce soir-là, tandis que j'ouvre *Révélation*, son visage s'impose à moi pour la troisième fois et je dois bien admettre qu'elle est la plus belle folle que j'aie jamais vue.

PARTIE II

« Je demeure dans le possible. »
Emily Dickinson

(Vingt ans plus tôt)

New York Times

(Suite de la page 3B.) En 1947, quarante-deux ans avant la naissance de Jubilee Jenkins, un scientifique du nom de Frank Simon conduisit une petite étude pour déterminer si les peaux mortes humaines pouvaient être à l'origine de certains eczémas – notamment les eczémas infantiles. Ses résultats furent positifs. Cinq patients développèrent une dermatite atopique au contact des cellules cutanées d'autres personnes. Cette étude, publiée dans la *Revue de recherche dermatologique*, passa inaperçue : les dermatites atopiques étaient bénignes, et on savait déjà qu'elles pouvaient être causées par un grand nombre d'allergènes environnementaux – y compris, grâce au docteur Simon, les cellules cutanées humaines.

Toutefois, une personne remarqua le travail du docteur Simon : le docteur Gregory Benefield, un allergologue qui avait effectué son premier cycle à l'hôpital Johns Hopkins en 1967 et poursuivi ses études au Mont Sinai.

« J'ai tout de suite pensé à lui en lisant le dossier médical de Jubilee », explique-t-il de sa voix grave et sérieuse.

À la vérité, tout chez le docteur Benefield est sérieux, de son sévère nœud papillon à ses lunettes à monture épaisse, en passant par ses yeux noirs que je n'ai vus s'éclairer qu'à la mention du nom de Jubilee.

« Ah, oui, a-t-il dit avec un sourire. Ma petite énigme médicale sur pattes. »

Bien que le docteur Benefield n'ait jamais observé d'autres cas aussi graves (il n'existe que trois autres cas avérés, et aucun aux États-Unis), il a tout de suite eu sa petite idée sur les causes probables de l'allergie.

« Je me suis souvenu du travail du professeur Simon, que j'ai étudié pendant mon doctorat, déclare-t-il. Les autres médecins avant moi – et il y en a eu beaucoup – ont écarté toutes les autres possibilités. Moi, je me suis dit : "Et si ?" J'ai effectué quelques tests très simples. Des expériences. Nous l'avons isolée pendant une semaine dans le service des contagieux, et ses symptômes ont disparu. Puis j'ai touché son bras pour voir ce qui se passerait. Une heure plus tard, une éruption cutanée était apparue. On avait trouvé la cause de sa maladie. »

Une maladie qui, après quelques tests complémentaires, fut enfin diagnostiquée : une allergie aux êtres humains.

« Génétiquement, son cas est fascinant, déclare le docteur Benefield. Si vous êtes allergique à quelque chose, comme une protéine alimentaire, votre corps prend cette protéine pour une infection, et se défend en produisant des anticorps et de l'histamine. Quand on y réfléchit, c'est une erreur compréhensible : il s'agit bien d'une protéine étrangère, même si elle n'est pas dangereuse. Mais si un corps humain attaque d'autres protéines humaines, cela ne peut que signifier que la personne affectée ne possède pas certaines de ces protéines, ces blocs de construction qui font de nous des êtres humains. Par conséquent, techniquement parlant, peut-on considérer qu'elle n'est pas humaine ? »

Une idée difficile à appréhender qui n'est pas à prendre au pied de la lettre, comme l'explique le docteur Benefield :

« Il s'agit manifestement d'une mutation de l'ADN, une variation qui a causé l'absence d'une ou plusieurs protéines humaines. »

On estime que le corps humain est composé de plus de deux millions de protéines.

« Elle ferait une candidate fascinante pour un séquençage génétique », ajoute le docteur.

Cette idée, il n'est pas le seul à l'avoir eue. Depuis que le cas unique de Jubilee est connu du grand public, Mme Jenkins a reçu d'innombrables coups de téléphone de la part de chercheurs de tout le pays, et même parfois de l'étranger, désireux d'étudier la maladie de sa fille.

« Mais de nouveaux tests, ou un séquençage génétique, pourraient-ils mener à la découverte d'un remède ? demandé-je.

— Peut-être dans un avenir indéterminé, me répond le docteur Benefield. Il y a encore beaucoup de choses que nous ignorons au sujet des allergies, en particulier sur les moyens de guérison. Des études sont en cours, mais nos meilleurs résultats à l'heure actuelle reposent sur la prévention des symptômes – dans le cas de Jubilee, rester à l'écart de tout contact peau contre peau – et l'espoir que les enfants surmontent leur allergie en grandissant.

— Ce type de guérison est-il fréquent ?

— Ça arrive. Mais généralement pas dans les cas d'allergies graves.

— Comme celui de Jubilee ?

— Comme celui de Jubilee. »

(À suivre en page 26E.)

Chapitre 9

ÉRIC

— Aja ! Il faut nourrir Le Chien !

Je m'empare de la cafetière pour me servir ma première tasse de la journée. J'ai abandonné l'idée d'arrêter, surtout depuis qu'on a ramené ce clébard du refuge il y a deux semaines. Aja ne lui a pas encore trouvé de nom, alors on l'appelle Le Chien. Le Chiot serait pourtant plus approprié : il me réveille plusieurs fois par nuit parce qu'il a besoin de sortir, qu'il veut jouer ou qu'il gémit sans raison apparente, me rappelant le temps où Ellie était bébé.

Je traverse le couloir, Le Chien sur les talons.

— Aja ! dis-je au passage en frappant à sa porte.

Dans ma chambre, je pose ma tasse de café sur la table de nuit et reprends *Virgin Suicides* là où je l'ai laissé hier soir. Je le feuillette, lis en diagonale quelques paragraphes au hasard, espérant découvrir quelque chose que j'aurais raté lors de mes deux premières lectures.

Ces romans de vampires ? Je les ai lus d'une seule traite et ai envoyé un message à Ellie :

J'ai lu *Twilight*. À fond pour Jacob. Papa.

J'étais content qu'on soit d'accord là-dessus : d'après son journal, elle le trouvait « carrément plus sexy qu'Edward ». Pour moi, le vampire était un dangereux maniaque du contrôle.

Mais ce roman ? Je ne comprends pas pourquoi Ellie a écrit : « Cet Eugenides a tout compris. Il a vraiment tout compris. » Je repense à ses mots en feuilletant les pages du livre. *Qu'est-ce que ce type a bien pu comprendre ?*

Je suis tenté de le faire lire à Aja, parce que je suis à peu près sûr qu'il est plus malin que moi, mais je ne suis pas certain que le contenu – des garçons qui espionnent des filles avec des jumelles, du sexe sous des gradins, des vierges qui s'empalent sur des poteaux – soit approprié pour Ellie, et encore moins pour un garçon de dix ans.

— Non ! crié-je.

Le Chien s'est accroupi sur la moquette devant moi et lâche un long jet d'urine en me regardant droit dans les yeux, comme pour me dire : « Je t'avais prévenu qu'il fallait que je sorte. » Je pousse un soupir, et me rappelle qu'Aja ne m'a toujours pas répondu. Je m'apprête à prendre Le Chien sous mon bras, mais un vacarme épouvantable retentit soudain dans le salon.

— Aja ?

Silence.

Je sors en courant dans le couloir, paniqué à l'idée d'avoir pu négliger l'une des règles d'or de la sécurité enfantine – une chose que, bien entendu, Stéphanie maîtrisait de manière innée. Peut-être aurais-je dû visser l'écran plat au meuble télé. J'ai des visions d'Aja étalé en dessous, écrasé sous quarante-huit pouces de technologie LCD.

Lorsque j'entre dans le salon, Aja est bien debout. Il ne regarde pas la télé, mais la table basse en verre qui n'a plus rien d'une table basse. Elle est en miettes, probablement à cause du marteau qui, pour une raison obscure, est planté en plein milieu.

—Aja ! hurlé-je, arrêté dans mon élan par cette vision cataclysmique, le cœur toujours battant après ma course dans le couloir. Qu'est-ce qui s'est passé ?

Je vois de gros éclats de verre coupants non loin de ses pieds nus, entourés de milliers de minuscules tessons scintillants qui illuminent le tapis. Le Chien, qui m'a suivi de la chambre, danse autour de la scène du désastre en aboyant. Je l'attrape par le collier et me tourne vers Aja, en attente d'une explication.

Il a la tête baissée, les yeux rivés au sol, et se tient tellement immobile qu'il me vient soudain la pensée horrifiante qu'une écharde s'est plantée dans son cœur et l'a tué sur place.

—Aja ! répété-je, avant de me rendre compte que je ne veux pas qu'il bouge.

Un pas dans n'importe quelle direction, et il risque de s'empaler le pied sur un éclat de verre.

— Ne bouge pas !

Je me sens un peu ridicule, comme si je venais de donner un ordre à une statue de marbre. J'emporte Le Chien dans sa caisse dans un coin du salon, l'enferme et reviens vers Aja en m'efforçant d'éviter les morceaux de verre que j'entends crisser sous mes semelles.

— Aja, dis-je une nouvelle fois.

Je suis juste à côté de lui, avec une vue plongeante sur le sommet de son crâne à la chevelure rebelle, encadré par les branches de ses lunettes posées sur ses oreilles délicates. À cette distance, je remarque que son corps vibre légèrement, comme si un tremblement de terre avait lieu juste sous ses pieds.

Je plie les genoux pour me trouver à peu près à sa hauteur et prends son petit corps dans mes bras, le soulevant sans peine. Il est raide comme un bâton, les bras le long du corps.

Je le repose doucement sur le sol de la cuisine, et on reste là, sans se toucher ni se parler. Je me demande s'il est traumatisé, ou choqué. J'essaie de me souvenir des cours de premiers soins que j'ai suivis en tant que boy-scout. *Que faire face à un enfant en état de choc ?*

Alors que j'hésite encore entre le gifler – *ça me semble dur, mais j'ai vu un film où ça fonctionnait* – et lui jeter un verre d'eau froide au visage – *idem* –, Aja se met à parler. *Enfin je crois.*

— Pardon ? interrogé-je en me penchant vers lui.

J'observe son visage, essayant de lire sur ses lèvres.

— Je suis désolé, murmure Aja d'une voix si faible que je mets une bonne minute à comprendre ce qu'il vient de dire.

Sans me laisser le temps de répliquer, Aja s'enfuit en courant dans le couloir. Deux secondes plus tard, le claquement de la porte de sa chambre résonne à mes oreilles.

Je demeure planté là, les pieds cloués au lino devant la scène de cataclysme qu'est devenu mon salon, me demandant ce qui a bien pu se passer.

Après avoir ramassé les plus gros bouts de verre et passé l'aspirateur sur le tapis, je me mets à quatre pattes pour jeter un coup d'œil sous le canapé et m'assurer qu'il ne reste plus rien. Avant même que je puisse regarder, une vive douleur me transperce la paume de la main. Une longue écharde y est plantée, faisant perler de grosses gouttes de sang.

— Et merde !

La douleur est intense, et je sais que ça va faire encore plus mal quand je retirerai le bout de verre. J'ai repoussé ma colère quand Aja est parti dans sa chambre, visiblement traumatisé, mais je sens qu'elle remonte peu à peu. Mon intuition me dit qu'Aja a fait exprès de laisser tomber ce marteau sur la table basse, mais je ne comprends pas pourquoi. *Qu'est-ce qui a bien pu lui passer par la tête ?* Je traverse le couloir en tenant ma main bien droite pour ne pas faire couler le sang sur la moquette, et m'arrête devant la porte d'Aja. Je colle l'oreille au battant, et j'entends le léger cliquètement de ses doigts sur le clavier. Avec un soupir, je poursuis ma route en quête de la trousse de premiers soins, rangée sous le lavabo de ma salle de bains. En traversant ma chambre, je marche en plein dans la flaque malodorante que m'a laissée Le Chien.

Encore merde.

Une fois ma main bandée et le pipi de chien nettoyé, je sais que je devrais aller parler à Aja. Mais au lieu de ça, je prends mon téléphone pour appeler Connie.

— Mon Dieu, Éric ! s'écrie-t-elle à la fin de mon récit. Il ne t'a pas dit ce qui s'est passé ?

— Non.

— Tu lui as posé la question, au moins ?

— Bien sûr !

Maintenant que j'y pense, je n'en suis plus aussi certain.

— Enfin, je crois. Je ne sais pas. Il avait l'air traumatisé.

— Et là, il est où ?

— Dans sa chambre.

— Tu dois lui parler, lui expliquer que ce genre d'accident peut arriver à tout le monde. Il doit se sentir terriblement mal.

J'ouvre la bouche pour lui dire que je ne crois pas à un accident, mais je me rends compte à quel point cette phrase serait horrible. Je préfère changer de sujet.

— Tu as lu *Virgin Suicides* ?

— Quoi ?

— Le livre. *Virgin Suicides*. Tu l'as lu ?

— Euh… Je ne crois pas. Pourquoi ?

— Je me demandais, c'est tout.

— Éric, je suis sérieuse. Va lui parler.

— OK, OK.

Je jette mon portable sur le lit, me masse les mâchoires de ma main indemne, et une sale odeur de sueur me monte au nez. Je lui parlerai après la douche.

Un quart d'heure plus tard, les cheveux toujours humides, je sors de ma chambre. La porte d'Aja est grande ouverte.

— Aja ?

Je jette un coup d'œil dans sa chambre. *Personne.*

— Aja ?

Silence.

Il est peut-être sorti promener Le Chien. Je cours dans le salon, et mes yeux se posent aussitôt sur la caisse du chien. L'animal est toujours là, la tête posée sur les pattes, l'air contrit. La panique commence à monter.

— Aja ! hurlé-je, tout en sachant que c'est inutile.

Un passage éclair dans la cuisine me confirme ce que me disent mes tripes : *Aja est parti.*

Je cours au-dehors et descends les marches en béton du parking, criant son prénom. Le grand ciel bleu me fait plisser les yeux, et je sens mes bras se couvrir de chair de poule dans la brise étonnamment fraîche pendant que je balaie du regard les voitures, le trottoir, la rue. Un bossu chauve en imperméable, à deux immeubles de là, promène un chien touffu qui ressemble à un loulou de Poméranie. L'homme me dévisage, bouche bée, et je comprends le spectacle qui s'offre à sa vue : un type pieds nus, en peignoir, haletant et hurlant.

— Avez-vous vu un jeune garçon ? lui demandé-je en soutenant son regard. Il a dix ans, petit pour son âge. Il a l'air d'en avoir sept.

Il lève une main à son oreille, encombrée de longs poils blancs.

— Dix ans, vous dites ? s'enquiert-il d'une voix rocailleuse.

Il serre les lèvres et fait « non » de la tête. Pendant ce temps, son chien lève la patte pour uriner sur une roue d'automobile.

En faisant demi-tour pour aller chercher mes clés de voiture, je me demande : *Est-ce que je m'inquiète pour rien ?* Quand j'avais dix ans, je traînais au-dehors pendant des heures avec mes copains. J'essaie de me rappeler ce qu'on faisait. Je me rappelle vaguement qu'on jetait des cailloux sur des trucs. Du moins, mes amis jetaient des cailloux. Moi, je les observais.

Mais Aja n'a pas d'amis. Et n'a jamais manifesté le moindre intérêt pour le monde extérieur. Il passe son temps devant ce foutu ordinateur.

L'ordinateur !

Je me rue dans sa chambre et agite la souris pour animer l'écran, priant pour qu'Aja ait suivi ma règle et supprimé le mot de passe. Une page de discussion apparaît, à mon grand soulagement. *Aja est un bon garçon.*

Je lis les messages.

ProxX729 : Échec.

IggyCanFly : Càd ?

ProxX729 : Marteau. Pulvérisé la table basse.

IggyCanFly : QUOIIIII ? MEEEEEC ! Ton père doit être furax !

ProxX729 : C'est pas mon père.

IggyCanFly : Ah oui. Dsl.

ProxX729 : Il me faut un truc plus gros.

IggyCanFly : Genre ? Une voiture ? ;)

ProxX729 : Peut-être.

IggyCanFly : Meeec, wtf ? Je déconnais. T'as pas vu le smiley ? ^^

ProxX729 : J'ai une idée. @tte

IggyCanFly. Atta. Pas une voiture, K ? Tu peux pas conduire !

IggyCanFly : Mec, t'es là ?

IggyCanFly : Mec ?

Je ne comprends pas tout, mais deux choses sont claires : 1) Aja a bien volontairement jeté le marteau sur la table basse. 2) Il va essayer la même chose avec un autre objet. Un objet plus gros. Peut-être une voiture. Et la panique qui m'envahit un peu plus chaque seconde me dit que quoi qu'il mijote, il va se mettre en danger.

La seule question qui me taraude, c'est : *Vais-je le retrouver à temps ?*

Chapitre 10

JUBILEE

— C'est une première, me dit Louise.

Je lève les yeux des retours que je suis en train de scanner.

— J'ai trouvé ça dans les rayons, explique-t-elle en brandissant une tong.

— Des chaussures ?

— Juste une. Je trouve souvent des objets insolites, je les conserve dans une boîte dans la réserve. Mais une seule chaussure, c'est bien la première fois. Généralement, les gens se rendent compte qu'il y a quelque chose qui cloche quand ils entrent avec deux chaussures et ressortent avec une seule.

Roger apparaît derrière l'épaule de Louise.

— C'était dans les rayons ? demande-t-il en désignant la tong d'un signe de tête.

Ils passent tous les deux derrière le comptoir, et je sens mes poils se hérisser sur ma nuque. *La zone est un peu trop peuplée à mon goût.* Je me mets à tapoter mon poignet gauche.

— Ouaip, lâche Louise. Certainement la découverte la plus bizarre à ce jour.

— Je ne sais pas, réplique Roger. Cette poupée nue avec des punaises plantées dans les yeux, tu t'en souviens ? C'était super glauque !

— Oh, grand Dieu, oui ! C'était bizarre.

— Et une amie bibliothécaire à New York a découvert un bracelet de surveillance électronique découpé à la cisaille, ajoute Roger.

— Tu imagines ?

Roger et Louise éclatent de rire et poursuivent leur discussion, mais à voix basse. Je devine qu'un client s'approche. Je lève les yeux, croisant les doigts pour qu'on ne me demande pas encore une fois comment on se sert d'Internet, et aperçois Madison H. qui s'avance vers le comptoir. Je m'étonne de la voir. Elle est déjà passée la semaine dernière, et je la vois mal fréquenter assidûment les bibliothèques – même si elle fait partie du comité d'administration.

— Salut ! dit-elle en souriant, son épaisse couche de gloss luisant comme une sucette bien léchée.

— Salut, réponds-je en la détaillant avec curiosité.

Je m'attends à voir des livres entre ses mains, mais elle n'en rapporte aucun.

— Euh… Je peux faire quelque chose pour toi ?

— Il me semblait qu'on avait parlé d'un déjeuner quand on s'est vues la semaine dernière. J'étais dans le coin, alors… ça te dit toujours ?

Ah. Apparemment, elle le pensait vraiment quand elle m'a posé la question le jour de Halloween. Je jette un coup d'œil à l'horloge. *Midi dix. Techniquement, je suis en pause-déjeuner.* Madison me regarde d'un air plein d'espoir.

— Je suis désolée, reprend-elle, tu as peut-être déjà mangé ? J'aurais dû t'appeler avant de venir.

— Non, non, réponds-je en reportant mon attention sur l'écran de l'ordinateur. Euh... Je dois juste finir d'enregistrer ces retours, et... euh... j'arrive.

Madison se gare devant *TeaCakes*. Le salon de thé ne se trouve qu'à quelques rues de la bibliothèque, mais elle a tenu à prendre sa voiture sous prétexte que les températures ont chuté depuis quelques jours.

Pendant qu'elle serre le frein à main, j'examine la vitrine. Derrière le large panneau de verre, des gens mangent et discutent en faisant de grands gestes. Je m'imagine assise à l'une de ces tables en compagnie de Madison, et le poing géant qui me comprime la poitrine choisit cet instant pour refaire son apparition. Mon corps se glace, un membre après l'autre. Je ne peux pas sortir du véhicule. Et je sais que tous les tapotements du monde n'y pourront rien.

Bloquée sur le siège du passager, je ne peux détacher mon regard de ces gens derrière la vitrine qui semblent vivre leur vie avec une facilité déconcertante. Quelque part, je les hais. Pas au point de leur vouloir du mal, mais un peu comme on déteste la fille la plus populaire du lycée. Un peu comme je détestais Madison H.

— Tu viens ? me demande-t-elle.

Je la regarde, rouge comme une pivoine.

— Non.

Ma gorge sèche a craché le mot comme une miette avalée de travers.

— « Non » ? répète Madison.

Je me creuse la cervelle pour trouver une excuse, une explication plausible à mon attitude inconcevable.

— J'ai oublié mon manteau.

Ce n'est même pas un mensonge. Je l'ai laissé dans la réserve de la bibliothèque, chamboulée par l'invitation de Madison. Mais je sais que ma justification ne tient pas la route, puisque j'ai marché jusqu'à sa voiture et que *TeaCakes* ne se trouve qu'à quelques mètres de nous.

Elle m'observe un instant d'un drôle d'air, et je me demande si elle va se mettre à rire. Ou si elle va me ramener à la bibliothèque en se disant qu'au moins, elle a fait l'effort d'essayer d'être amie avec la tarée de service.

Elle plisse les yeux, se tourne vers le salon de thé, puis de nouveau vers moi. Je retiens mon souffle.

— Tu veux manger dans la voiture ? propose-t-elle enfin. Je peux y aller vite fait et nous prendre des sandwichs à emporter.

Je m'efforce de dissimuler ma surprise et hoche la tête.

— Ça peut le faire.

Dix minutes plus tard, Madison est de retour et me tend un sandwich emballé. Je l'attrape de ma main gantée.

— Tu aimes le thon ? J'aurais dû te poser la question. J'en ai aussi un au poulet.

— C'est très bien.

Pendant qu'on mange, elle me parle de Hannah qui a donné un coup de poing à un garçon qui l'avait poussée de la balançoire.

— En plein dans la poitrine, s'esclaffe-t-elle. Je sais que j'étais censée être en colère, et j'ai fait semblant de l'être devant l'autre maman, mais en fait j'étais fière d'elle. Je trouve ça bien qu'elle ne se laisse pas faire.

Je hoche la tête et referme la bouche d'aération qui me fait face. Il commence à faire beaucoup trop chaud dans cette voiture.

Nous mâchons en silence pendant quelques minutes.

— Ça n'a rien à voir avec ton manteau, pas vrai ? interroge-t-elle soudain.

— Quoi ?

— La raison pour laquelle tu ne voulais pas entrer dans le salon de thé.

Je reste coite, concentrée sur les deux dernières bouchées de mon sandwich au thon. En fait, je n'aime pas le thon. Enfin si, mais seulement avec des cornichons, comme quand j'étais petite. Je déglutis avec peine. *Comment lui expliquer ? Non seulement mon allergie, mais aussi ma peur irraisonnée des nouveaux endroits, des nouvelles rencontres ?* À la seule idée de le dire à haute voix, je me sens ridicule. Alors je me tais.

— Est-ce que… est-ce que tu…, bégaie-t-elle.

Je me rends compte que c'est la première fois que je vois Madison H. hésiter.

— Il y avait des tas de rumeurs au lycée, se lance-t-elle enfin, mais je ne savais pas lesquelles il fallait croire.

Je la dévisage. Je ne sais pas quoi répondre.

— Quelles rumeurs ?

— Celle qu'on entendait le plus, c'était que toute la peau de ton corps avait brûlé, sauf le visage, dans l'incendie de ta maison quand tu étais petite. Ça expliquait les gants. On disait aussi que tu étais une extraterrestre, mais on n'y croyait pas vraiment. Sinon… voyons… Je crois qu'une fois, quelqu'un a raconté que tu étais mormone et que tu n'avais pas le droit d'exposer ta peau. Ou musulmane, je ne sais plus. Mais comme tu ne couvrais pas ta figure, on ne comprenait pas trop. Et puis, après Donovan… enfin, tu sais.

À ce prénom, mon visage prend feu. Je comprends tout de suite qu'elle parle de l'incident, et une partie de moi a envie de s'enfuir en courant. Mais je ne peux pas. *Quelle ironie.*

— Il a dit que tu étais allergique. Aux gens.

Elle m'observe attentivement, comme si elle essayait de lire la vérité sur mes traits.

— Je crois que je suis la seule à l'avoir cru, poursuit-elle. À l'époque, je croyais tout ce qui sortait de sa bouche. Mais cette explication, même si elle semblait folle, je trouvais qu'elle tenait la route. Ou alors, je me suis juste dit qu'il était trop bête pour avoir inventé ça.

Elle me dévisage toujours, et j'attends que le sentiment habituel m'envahisse. Celui que j'éprouvais au lycée, quand j'avais l'impression d'être un phénomène de foire. Une curiosité exposée à la vue de tous, comme le serpent à deux têtes qui flottait au milieu d'un bocal de formol dans la salle de SVT. Mais il ne vient pas.

J'enfourne la dernière bouchée de mon sandwich sous le regard attentif de Madison. Je mâche longuement en chiffonnant dans mon poing le papier d'emballage. J'avale, puis me décide enfin à croiser son regard.

— C'est vrai, reconnais-je simplement.

— Ce qu'a raconté Donovan ?

— Non, l'histoire de l'extraterrestre.

Elle éclate de rire, et une étrange chaleur se répand en moi, qui n'a rien à voir avec celle qui me brûle le visage. J'aime l'entendre rire et savoir que c'est grâce à moi. C'est semblable à la satisfaction de planter une graine et de voir pousser un plant de tomates. Mais en mieux.

— Mais sérieusement. Ça veut dire quoi ? Tu ne peux pas toucher les gens ?

Je suis prise d'une terrible sensation de déjà-vu. J'ai remonté dans le temps et suis assise sur un caillou dans la cour de mon lycée, les yeux plongés dans ceux, interrogateurs, de Donovan.

Je sens mon ventre se nouer.

Je m'oblige à revenir au moment présent.

— En gros, c'est ça, dis-je.

— Tu peux mourir si on te touche ? s'écrie Madison d'un air terrifié.

Je hausse les épaules.

— En théorie, oui. La plupart du temps, j'ai juste une réaction cutanée. J'ai fait quelques chocs anaphylactiques quand j'étais petite, mais c'était avant que je sois diagnostiquée. Du coup, on ne sait pas si les crises étaient dues à des contacts trop fréquents ou si j'ai ingéré sans le savoir des cellules cutanées, par exemple en partageant une pomme avec ma mère.

Je m'interromps un instant, puis ajoute :

— Et puis, bien sûr, il y a eu l'incident avec Donovan.

Je m'attends à ce qu'elle réagisse, mais elle se tait. Alors je poursuis :

— Le problème avec les allergies, c'est qu'elles sont imprévisibles. J'ai entendu parler de cette fille qui était allergique au lait. Ses parents faisaient en sorte qu'elle n'en boive jamais. Un matin, au petit déjeuner, une brique de lait s'est renversée, et quelques gouttes ont éclaboussé son bras. Elle a fait un choc anaphylactique et elle est morte. Comme ça. Ses parents n'ont pas pu l'emmener à temps à l'hôpital.

— Mon Dieu !

J'en connais des centaines, d'histoires effroyables comme ça. Ma mère me les racontait comme les autres parents lisent des contes à leurs enfants à l'heure du coucher. Elles étaient censées me mettre en garde, mais elles ne faisaient que me terrifier.

Au bout d'un long silence, Madison reprend la parole :

— J'aurais voulu que Donovan ait ça. Une allergie aux gens.

Je hausse les sourcils. *Comment peut-on souhaiter ça à qui que ce soit ?*

— Il m'a trompée quand on était mariés, explique-t-elle. Souvent, je crois.

Oh.

— Je suis désolée.

— Moi aussi, dit-elle en haussant les épaules. Mais tu as vraiment failli mourir ?

Je hoche la tête.

— La vache.

Un lourd silence retombe pendant qu'elle encaisse la nouvelle.

— Mais après, me demande-t-elle soudain, qu'est-ce qui s'est passé ? Tu n'es pas revenue au lycée. Tu n'étais pas à la remise des diplômes. C'était comme si tu avais disparu de la surface de la terre. Il y en a même qui ont prétendu que tu étais morte, mais on l'aurait vu dans les journaux. Où est-ce que tu étais passée ?

J'ouvre la bouche pendant qu'elle parle, et mes lèvres s'assèchent. Je n'arrive pas à croire qu'elle ait remarqué que je ne venais plus au lycée. Et que j'ai raté la remise des diplômes. Au lycée, les gens me dévisageaient – j'étais une curiosité – mais je ne pensais pas qu'on me remarquait vraiment. C'est une sensation étrange, d'être vue tout en étant invisible. Je me suis toujours sentie comme un fantôme. À la fois présente et absente. Du moins, jusqu'à ce fameux baiser. Après, je me suis juste sentie stupide.

Soudain, je me demande : *M'avait-elle cherchée dans le journal ? Avait-elle cherché mon avis de décès ?* L'idée est si morbide qu'elle me donne le frisson. Madison me regarde. Elle attend ma réponse, ses cils englués de mascara déployés au-dessus de ses grands yeux comme des plumes de paon.

— Je ne suis allée nulle part. Je suis restée chez moi.

— Quoi ? Pendant plusieurs mois ?

J'hésite, les épaules raidies d'une tension nouvelle.

— Un peu plus longtemps.

— Combien de temps ?

— Neuf ans, réponds-je d'une voix faible.

Elle écarquille les yeux.

— Neuf ans ? Mais… tu sortais quand même un peu ? Tu ne devais pas travailler ? Comment ça se fait que personne ne t'ait vue ? Même pas moi ? Je n'ai même pas entendu parler de toi. C'est une petite ville, pourtant.

Un proverbe de mon prof de sixième me vient à l'esprit : « Quand le vin est tiré, il faut le boire. » Je prends une grande inspiration et me lance :

— Je ne suis pas sortie. Pas une seule fois. Je suis devenue un ermite. Une recluse. Appelle ça comme tu veux. Peu à peu, je suis devenue agoraphobe. Incapable de mettre le nez au-dehors. Mais j'ai fini par y être obligée. Je n'avais plus d'argent, il fallait que je trouve du travail. Mais je n'aime toujours pas être à l'extérieur. Pas avec des inconnus. C'est déjà assez dur à la bibliothèque.

Je garde les yeux baissés, craignant sa réaction. Du coin de l'œil, je la vois immobile comme une statue de cire. Son silence dure si longtemps que je commence à me demander si elle m'a entendue. Ou si je suis tombée dans une faille temporelle qui me fait prendre les secondes pour de longues minutes. Mais juste au moment où je tourne la tête vers elle, elle se décide à reprendre la parole :

— Mais alors, tu ne vas pas au *Starbucks* ? Ni au ciné ? Ni chez le coiffeur ?

— Est-ce que j'ai la tête de quelqu'un qui va chez le coiffeur ?

Elle sourit.

— Et même si je voulais me faire couper les cheveux, je ne pourrais pas. On ne peut pas me toucher.

— Oh, mon Dieu ! Alors tu ne t'es jamais fait faire de manucure ? s'écrie-t-elle en posant les yeux sur ses propres ongles, recouverts d'un vernis violacé.

— Non.

— Ni de massage ?

— Surtout pas.

Puis elle ouvre de grands yeux et lève une main comme pour m'interrompre alors que je ne disais rien.

— Attends. Oh, mon Dieu ! Tu n'as jamais fait l'amour ! chuchote-t-elle – ce que je trouve très drôle étant donné qu'elle a presque hurlé le mot « baiser » en plein milieu de la bibliothèque il y a seulement quelques jours.

Je fais « non » de la tête.

Elle plaque une main sur sa poitrine, ses doigts manucurés pressés sur son cœur comme pour s'assurer qu'il n'a pas cessé de battre.

— Tu n'en as pas envie ?

Je réfléchis longuement, comme si c'était la première fois qu'on me posait la question. *Probablement parce que c'est la première fois qu'on me la pose.*

— Je ne sais pas, réponds-je franchement.

Puis je repense à ces adolescents qui se dévoraient l'un l'autre, dissimulés dans les allées de la bibliothèque, et une drôle de sensation parcourt mon corps.

À bicyclette sur le chemin du retour, un vent glacial traverse mon manteau comme si je n'en portais pas. Je note dans un coin de ma tête qu'il faut que je me procure des sous-vêtements thermiques. Ainsi qu'une protection pour le visage, car je ne sens plus mon nez. Et peut-être aussi un phare. Est-ce que ça existe pour vélos ? Pour l'instant, il fait encore jour à 17 heures, mais je sais que ce n'est qu'une question de temps avant que ça change. En approchant le pont de la Passaic River, je me demande à quel moment arriveront les premières neiges, et comment j'irai au travail quand elles seront là. Quand soudain, je remarque une silhouette debout sous le pont, sur l'une des poutres de soutien. Je ralentis pour mieux voir et me laisse dépasser par deux voitures. On dirait un petit garçon, mais je ne comprends pas comment il est arrivé là – ni ce qu'il compte y faire. Et tout d'un coup, il s'envole. Comme un sauteur à l'élastique sans élastique. Une seconde plus tard, son corps percute la surface de l'eau avec un claquement sonore. Paniquée, je cherche des yeux d'autres enfants. *Peut-être est-ce un pari ?* Mais il n'y a personne. Les voitures qui m'ont dépassée sont déjà loin, et nul ne semble avoir remarqué le garçon. Je me penche vers la rivière et l'aperçois qui se débat, les bras levés, ouvrant et refermant la bouche comme un poisson qui cherche de l'air à la surface de son bocal. *Allez,* l'encouragé-je en silence. *Nage jusqu'à la rive.* Mais son petit corps reste prisonnier du courant, qui le pousse lentement vers l'aval.

Et sa tête disparaît sous l'eau.

Je demeure figée, paralysée, les yeux rivés sur les eaux troubles. J'ai l'impression d'être dans un film, ou que mon esprit me joue des tours. Je jette aux alentours des regards paniqués, à la recherche de quelqu'un – n'importe qui – qui pourrait lui venir en aide, mais je suis seule. La bouche sèche, je me retourne vers la rivière juste à temps pour voir sa petite tête brune briser la surface. Elle monte et redescend comme une bouée de sauvetage. Je dois faire quelque chose.

Je dépose mon vélo sur le bord de la route et dévale la pente herbue, ne lâchant pas du regard la petite tête brune. Lorsque j'arrive au bord de la rivière, je me débarrasse de mon manteau et me mets à courir le long de la berge jusqu'à avoir dépassé le garçon. Et je plonge, avec le courage d'un super-héros – du moins jusqu'à ce que mon corps heurte la surface glaciale de l'eau, me coupant le souffle. Je pousse un petit glapissement et me débats, imitant la réaction du garçon quand lui-même est tombé à l'eau. Puis je me rends compte, soulagée, que j'ai pied. Une chance, étant donné que je n'ai pas nagé depuis plus de dix ans. Je me redresse, le froid mordant ma poitrine, je repère le garçon et commence à m'avancer vers le milieu du courant. Avec une inquiétude grandissante, je vois son corps prendre de la vitesse – le courant a dû accélérer – et je ne suis pas sûre de pouvoir l'attraper à temps. Je pousse plus fort sur mes jambes et m'aide de mes mains pour fendre l'eau. À la dernière seconde, je me jette en avant et attrape du bout des doigts le tissu trempé de son sweat. Je le tire vers moi, étonnée de le sentir si léger, tout en cherchant un nouvel appui dans la vase. La tête hors de l'eau, le garçon tousse et crache. Puis perd connaissance.

Le retour vers la rive me semble étrangement plus rapide. Peut-être parce que j'ai hâte de sortir de l'eau froide, peut-être à cause de mon état de panique face à son corps sans vie. Grognant sous l'effort, je le hisse sur la rive boueuse avant de sortir de l'eau à mon tour.

Frissonnante, le cœur battant au rythme effréné de mes dents qui s'entrechoquent, je me penche sur lui.

— Tu m'entends ? l'interrogé-je en lui tapotant le bras de mon doigt ganté.

Pas de réponse. Je sais que la prochaine étape, c'est la réanimation cardio-pulmonaire. Je l'ai vu faire dans des milliers de séries hospitalières où tout semble toujours très intuitif, comme s'il s'agissait d'un talent inné que nous possédons tous. J'attends que mon corps réagisse et fasse le nécessaire, mais la seule chose que mon instinct me hurle, c'est que ce garçon va mourir si je ne fais rien. Je regarde ses lèvres bleuies et me demande s'il n'est pas déjà trop tard. Timidement, je pose mes mains sur sa poitrine et appuie un bon coup, mais j'ignore si je suis au bon endroit et si je presse assez fort. Je répète le mouvement une dizaine de fois, puis j'hésite. Je sais ce qui doit suivre. Je sais aussi que ça peut me tuer.

Merde ! Merde ! Merde ! Je soulève sa tête, et couvre son nez et sa bouche avec la mienne. Je souffle dans ses poumons. Une fois. Deux fois. Puis je reprends le massage cardiaque, sentant déjà sur mes lèvres ce picotement affreusement familier. J'entends un cri et relève la tête. Plusieurs voitures se sont arrêtées devant le pont, et un homme sort de la première en brandissant son téléphone. Une vague de soulagement submerge mon corps engourdi. J'ouvre la bouche pour crier à l'homme d'appeler une ambulance, mais ma gorge est soudain trop serrée pour respirer. Je suffoque, mais je poursuis mon massage cardiaque. Ma vision se brouille, des points noirs flottent devant mes yeux. Malgré tout, je me concentre sur le visage du garçon pour voir si mes efforts ont porté leurs fruits. Et c'est alors que je le reconnais. Sortie de nulle part, l'expression « tueuse en série » me vient à l'esprit.

L'homme de la voiture apparaît à mes côtés. Je recule en trébuchant et le regarde me relayer auprès du gamin. Je porte ma main à ma gorge, suppliant ma trachée de désenfler, et m'effondre dans l'herbe. J'entends quelqu'un tousser, mais je ne sais pas si c'est moi ou le garçon. Au loin, retentit la sirène d'une ambulance. Tout mon corps devient tiède, et je m'enfonce un peu plus dans la boue. Étrangement, j'ai cessé de paniquer.

Et tout devient noir.

Chapitre 11

ÉRIC

Celui qui a créé ces chaises d'hôpital qui se replient en lits de camp devrait être condamné à mort. Après cinq heures dessus, les muscles de mon dos ne sont plus qu'un sac de nœuds. Je n'en reviens pas que personne n'ait pensé à les perfectionner depuis la dernière fois que j'ai dormi dessus, il y a quatorze ans, pour la naissance d'Ellie. Mon cœur se serre quand je repense à son petit visage tout chiffonné. Cette nuit-là, je n'ai pas pu dormir. Pas à cause de l'inconfort, mais de la terreur qui m'habitait à l'idée qu'il arrive quelque chose à Ellie. Et si elle cessait de respirer, se retournait, ou trouvait un moyen de sortir de cette affreuse caisse en plastique qui faisait office de berceau et de tomber par terre ? J'étais resté éveillé toute la nuit, attentif à la moindre de ses respirations, au moindre de ses gémissements, et je m'étais demandé comment je pourrais jamais trouver le repos. Aujourd'hui, j'observe dans la pénombre la figure paisible d'Aja, comme pour me rappeler que c'est bien cet enfant que je veille.

Sa poitrine se soulève au rythme lent de sa respiration alors que je me repasse les événements de la journée : mon affolement quand je parcourais la ville avec Connie sans parvenir à le retrouver, ce mélange de soulagement et d'inquiétude quand l'hôpital m'a appelé et que le médecin m'a expliqué qu'Aja avait « beaucoup de chance » et qu'ils ne le garderaient qu'une nuit en observation.

J'essaie de demeurer concentré sur les aspérités de la chaise qui me rentrent dans le dos, les « bip » réguliers du moniteur cardiaque d'Aja, les pas du concierge dans le couloir, le bruissement de sa serpillière, la lumière des réverbères qui filtre à travers les stores... Sur tout sauf sur le fait qu'Aja a frôlé la mort. Et que je suis un père désastreux pour mes deux enfants. Je donnerais n'importe quoi pour qu'Ellie me reparle, même si ce n'est que pour me divertir de mon sentiment de culpabilité. Dans un accès de désespoir, je me dis qu'elle a peut-être essayé de me joindre dans la soirée, pendant que je m'occupais d'Aja. Je me redresse et sors mon portable de ma poche. L'écran m'indique l'heure en chiffres lumineux – « 3 h 14 » – mais rien de plus.

Du bout des doigts, j'effleure les touches du clavier. Je voudrais lui envoyer un message, mais je sais qu'il est bien trop tard.

La première chose que je vois en ouvrant les paupières le lendemain matin, c'est Aja assis dans son lit, en train de lécher sa cuillère couverte de crème au chocolat. Je cligne des yeux, ébahi de m'être endormi.

— Salut, dis-je dans un grognement en m'efforçant de me redresser, le dos endolori.

Oubliant ma blessure, je m'appuie sur ma main bandée et réprime un cri de douleur.

— Salut, lance-t-il sans lever le regard de son petit déjeuner.

— Comment ça va ?

— Bien.

J'avais mille questions à lui poser hier soir, quand Connie m'a déposé à l'hôpital avant d'aller récupérer Le Chien, mais Aja dormait déjà. Et maintenant qu'il est réveillé, dans la lumière du matin, je ne sais plus quoi lui dire. *Dois-je hurler contre lui ? Le priver de sortie ? Le serrer dans mes bras ? Lui demander ce qui lui est passé par la tête ?* Je suis pris dans un chaos d'émotions où ma peur habituelle de dire ce qu'il ne faut pas me paralyse. Peur de l'éloigner de moi encore un peu plus. J'ai commis cette erreur avec Ellie, je ne peux pas me permettre de recommencer avec Aja.

Je jette un coup d'œil au tableau blanc des infirmières, accroché au mur. Il y est seulement écrit : « Tricia. Ext. 2743. » Je me retourne vers Aja.

— Alors ? C'était comment, la baignade ?

Il s'arrête en plein mouvement, la cuillère sur la langue, et semble réellement réfléchir à ma question. Puis il repose sa cuillère sur son plateau.

— Froide, répond-il.

Je hoche la tête et passe une main sur ma mâchoire rugueuse.

— Aja, tu vas devoir m'aider un peu. Qu'est-ce que tu…

— Où est la bibliothécaire ? questionne-t-il sans me quitter des yeux.

— Quoi ?

— La bibliothécaire. Ils l'ont emmenée.

Le docteur m'a expliqué qu'Aja était parfaitement conscient à son arrivée à l'hôpital et ne présentait aucun signe de dommages neurologiques, mais nous ne sommes pas allés à la bibliothèque depuis une semaine et je commence à me demander s'il n'a pas perdu la mémoire. Je note dans ma tête le numéro de Tricia.

— Tu sais quel jour on est ? le questionné-je, inquiet.

— Dimanche.

— Qui est le président des États-Unis ?

Aja me dévisage de ses grands yeux humides.

— Tu ne sais pas ? ricane-t-il.

On frappe à la porte, et une infirmière fait son entrée.

— Bonjour, roucoule-t-elle. Comment va notre petit patient ce matin ?

Comme elle a le regard baissé sur son porte-bloc, je ne sais pas si elle s'adresse à moi ou à Aja. Ni lui ni moi ne répondons. Elle lève la tête.

— Voyons un peu la tension…

Elle pose son graphique au pied du lit et passe le tensiomètre au bras maigre d'Aja. Après ça, elle prend sa température et l'ausculte, puis gribouille quelque chose sur sa feuille de papier.

— Le docteur Reed fait sa ronde dans une heure, nous informe-t-elle.

— Tricia ?

— Oh, non.

Elle s'approche du tableau blanc et efface le prénom qui y était inscrit.

— Tricia, c'était l'infirmière de nuit. Moi, c'est Carolyn.

— Oh. Pardon. Comment va Aja ?

Elle regarde son porte-bloc, comme si elle avait déjà oublié.

— Tout est parfait, dit-elle. Je suppose qu'il pourra sortir dans l'après-midi. Vous avez d'autres questions ? Est-ce que tu as besoin de quelque chose ? ajoute-t-elle à l'intention d'Aja.

— Mes lunettes, répond celui-ci. Je n'y vois rien.

Le sourire aux lèvres, l'infirmière prend les lunettes posées sur la commode et les lui tend.

— Et où est cette femme ? La bibliothécaire ? ajoute-t-il.

Nous y revoilà.

— La femme qui t'a sauvé ? s'enquiert l'infirmière.

Je la regarde en écarquillant les yeux.

Aja hoche la tête.

— Elle est au quatrième étage. Elle a eu des... complications.

— Quoi ? Qu'est-ce qui s'est passé ?

Je me rends compte que j'étais si inquiet pour la santé d'Aja que je n'ai même pas pensé à demander ce qui lui est arrivé exactement. Tout ce que je sais, c'est qu'il est tombé dans la rivière et que les passants qui l'ont repéré ont appelé les urgences. « Tous les mêmes », observe la voix de Stéphanie dans ma tête.

— Une femme qui traversait le pont à vélo a aperçu votre fils dans la rivière et a plongé pour le sauver. Elle lui a fait un massage cardiaque jusqu'à ce que quelqu'un appelle une ambulance.

— C'était la bibliothécaire de l'autre jour, intervient Aja en m'adressant un regard vide que j'interprète comme un « Je te l'avais bien dit ».

Tout d'un coup, j'ai la bouche sèche et je prends conscience des battements de mon cœur dans ma poitrine. *Emily.* Je me doute que ce n'est pas son vrai prénom, mais je ne lui en connais pas d'autre. Soudain, je l'imagine en train de plonger dans la Passaic vêtue de sa grande chemise de nuit blanche. Je me tourne vers l'infirmière.

— Des « complications », vous dites ? Est-ce qu'elle va bien ?

— Je suis désolée, je ne suis pas censée vous en parler.

Je n'arrive pas à croire que cette femme – cette petite femme timide, qui, il y a quelques jours, récitait des poèmes et enregistrait nos emprunts à la bibliothèque – a sauvé la vie d'Aja. Je me sens redevable. Et je dois savoir si elle va bien.

— Est-ce que je peux la voir ?

L'infirmière réfléchit un instant.

— Je vais devoir lui demander, répond-elle enfin. Je vous tiendrai au courant. Oh, et l'assistante sociale devrait passer dans l'après-midi.

— « L'assistante sociale » ?

— Simple visite réglementaire, lance-t-elle en évitant mon regard.

Après son départ, je décide de chasser la bibliothécaire de mon esprit et de me concentrer sur Aja.

— Bon. Tu vas me dire ce que tu faisais sur ce pont ?

Il ne quitte pas des yeux son pot de crème au chocolat vide, comme s'il voulait le remplir par la seule force de sa pensée. C'est d'ailleurs peut-être exactement ce qu'il essaie de faire.

— OK, reprends-je. Et si on commençait par la table basse ?

Il ne bouge pas d'un pouce.

— Ce n'était pas un accident, pas vrai ?

Une fois encore, j'ai l'impression de m'adresser à une statue.

— Aja ! Regarde-moi.

Mon désespoir a dû percer dans ma voix, car il lève enfin les yeux vers moi.

— Parle-moi.

Il ouvre la bouche et marmonne quelque chose.

— Pardon ?

Je me penche en avant sur ma chaise pour mieux l'entendre.

— L'énergie cinétique.

Je me souviens d'avoir entendu ce terme en cours de physique, au lycée, mais je ne vois pas où Aja veut en venir.

— Eh bien, quoi, l'énergie cinétique ?

— J'essayais de la maîtriser.

— D'accoooooord…

Il pousse un soupir et se redresse dans son lit.

— Tu connais la première loi de Newton ? me demande-t-il d'un ton où perce l'exaspération.

— Je crois.

— Un objet au repos reste au repos tant qu'il n'est pas soumis à une force extérieure.

— OK.

— J'essayais de déplacer des objets au repos.

Il se tait et m'observe de ses grands yeux à travers ses lunettes, comme s'il venait de tout expliquer.

— Avec ton esprit, dis-je.

— Tout à fait.

Il s'adosse à son oreiller en repoussant la table à roulettes de son petit déjeuner, et je comprends qu'il a vraiment fini de parler.

— Euh… Il va m'en falloir un peu plus.

Il me regarde d'un air si semblable à l'expression « Tu es vraiment stupide, papa » d'Ellie que j'en ai le souffle coupé. *Ça commence donc si tôt ?*

— Je me suis rendu compte, soupire-t-il, que je m'efforçais depuis tout ce temps de convertir l'énergie potentielle d'un objet. Mais il était bien plus logique de tenter de manipuler son énergie cinétique. Si un objet est déjà en mouvement, n'est-il pas plus facile de le déplacer ? C'est comme une voiture qui ne veut pas démarrer : il faut la pousser à plusieurs pour la mettre en mouvement, mais une fois qu'elle roule, une personne suffit à la faire avancer.

Je réfléchis un instant. Ce qu'il raconte est logique, mais je ne vois toujours pas le rapport avec ma table basse en miettes et la noyade d'Aja.

— OK, répété-je bêtement.

Et soudain, les rayons du soleil percent les nuages et tout s'illumine.

— Attends. Tu as jeté le marteau pour lui donner de l'énergie cinétique et ainsi le déplacer plus facilement avec ton esprit ?

— Je ne l'ai pas jeté. Je l'ai laissé tomber. Je me servais de la gravité comme force extérieure pour changer l'énergie potentielle en énergie cinétique. Il y a une formule…

— Je me fous de ta « formule » ! Pourquoi la table basse ? Tu ne pouvais pas le laisser tomber sur le tapis ?

— C'est ce que j'ai fait ! J'ai commencé par le tapis en essayant d'arrêter la chute du marteau, ou tout au moins de modifier sa trajectoire, mais ça n'a pas marché. Alors, je me suis dit que s'il y avait une réelle conséquence, un événement que je voudrais absolument éviter, mon esprit serait plus puissant.

Je le regarde, interloqué.

— Ça n'a pas fonctionné, ajoute-t-il.

— Sans blague.

Je me redresse sur mon siège, l'esprit en ébullition. Soudain, je me rappelle la discussion que j'ai lue sur son ordinateur. Il voulait essayer quelque chose de plus gros… probablement une voiture.

— Et alors, qu'est-ce que tu voulais lancer dans la rivière ?

Je le vois baisser les yeux sur la couverture d'hôpital posée sur ses petites jambes, et la vérité s'impose à moi.

— Oh, mon Dieu ! Tu t'es jeté toi-même dans la rivière !

Je n'arrive pas à croire qu'il se soit volontairement précipité dans un cours d'eau, mais l'expression de son visage me confirme que j'ai vu juste.

— Aja… Tu ne sais même pas nager !

— Je me suis dit que ce serait… un enjeu suffisant, explique-t-il d'une petite voix.

— Pour te faire léviter ?

En prononçant ces mots, je me rends compte que c'était vraiment ça, la grande idée dont il discutait en ligne avec son ami Iggy.

Aja examine avec intensité le coin du plafond, comme s'il n'avait jamais rien vu d'aussi fascinant. Je comprends que cette fois, il a fini de parler.

On reste assis là, sans rien dire. Je le regarde, et lui contemple le plafond. Je m'efforce de démêler l'entrelacs d'émotions enchevêtrées dans mon cerveau. C'est la peur qui y prédomine. La peur que son imagination ne soit pas aussi inoffensive que j'ai pu le croire. Que j'aie refusé de voir ce que j'avais sous le nez. Que peut-être, Stéphanie, la psychiatre et la conseillère d'orientation n'aient pas tort. Peut-être qu'Aja a besoin d'aide.

Sa coiffure est très similaire à celle qu'elle arborait la première fois que je l'ai vue, à la bibliothèque : de longues mèches châtain clair en pagaille, comme une vigne vierge qui se serait enroulée autour de l'oreiller. Je commence à me demander si ce n'est pas sa coiffure habituelle, et non l'élément d'un costume ou la conséquence d'une mission héroïque.

Mais son visage… son visage a changé. Elle est pâle, plus que dans mon souvenir, et des cernes noirs soulignent ses yeux comme si elle n'avait pas dormi depuis une semaine. Ses lèvres sont couvertes de plaies rouges et enflammées, dont l'une remonte le long de sa joue. Je pose une main sur ma bouche, espérant dissimuler ma surprise.

Elle se redresse légèrement quand elle m'aperçoit, et je lis dans ses prunelles cette même inquiétude que j'ai cru percevoir à la bibliothèque. Je comprends alors que même si elle a autorisé ma visite, je reste un inconnu qui vient d'entrer dans sa chambre.

On s'observe en silence pendant quelques secondes, jusqu'à ce que je recouvre la parole :

— Merci. Vous savez, pour…

Je me rends compte que je ne sais pas vraiment quel rôle elle a joué dans le sauvetage d'Aja. Je m'éclaircis la voix.

— Ce n'est rien, dit-elle d'une voix enrouée, comme si elle venait de fumer un paquet entier de cigarettes. Ce n'est rien. Je rentrais du travail. Je me suis trouvée au bon endroit, au bon moment.

— Non, ce n'est pas rien.

Regardez-vous, pensé-je. Mais je me contente d'ajouter :

— Vous avez fini sur un lit d'hôpital.

Elle hausse les épaules et se met à tousser – un son sifflant qui me fait presque mal à la gorge.

Je remarque qu'elle est branchée à un moniteur cardiaque semblable à celui d'Aja. Elle a dû manquer de se noyer en le repêchant. Je voudrais lui poser la question mais, pour une raison qui m'échappe, elle me semble trop personnelle. Puis je me souviens que je ne me suis pas présenté.

— Je m'appelle Éric, au fait.

Elle hoche la tête et s'apprête à me répondre quand la porte s'ouvre brusquement.

— Jubilee Jenkins ! lance une voix tonitruante.

Un homme en blouse blanche, affublé de grosses lunettes, fait son entrée. Il est très bien bâti, comme s'il avait fait partie de l'équipe de football américain de son lycée et n'avait jamais changé de régime depuis. Je m'écarte de son passage mais il me remarque à peine, toute son attention portée sur Emily – maintenant Jubilee.

— Je ne pensais pas vous revoir, dit-il. Bien sûr, j'aurais préféré vous retrouver dans de meilleures circonstances. Ça fait combien d'années ? Cinq, six ?

— Neuf.

— Neuf ans ! Ça alors ! Comme le temps passe ! Je ne vous ai jamais oubliée. Vous avez été le sujet de bien des conversations. Sans vous nommer, bien sûr. Secret professionnel oblige... Quoi qu'il en soit, vous avez de la chance que cet ambulancier ait remarqué vos lèvres enflées et vous ait administré l'Epi. Il devait avoir l'habitude d'intervenir sur des chocs anaphylactiques. Cela dit, vous devriez vraiment porter un bracelet d'allergique. Vous en avez un ? Je peux vous en procurer un.

Il jette un coup d'œil au dossier qu'il tient à la main, secoue la tête et pousse un long sifflement.

— Vous avez vraiment eu de la chance ! Alors, comment on se sent ?

Jubilee ouvre de grands yeux, apparemment aussi effarée que moi face à cet homme. J'ai bien cru qu'il ne se tairait jamais. Et de quelle allergie parle-t-il ? Est-ce qu'elle s'est fait piquer par une abeille en essayant de sauver Aja ?

— Ça va bien, dit Jubilee.

Je l'ai peut-être imaginé, mais j'ai cru voir son regard voleter vers moi pendant une fraction de seconde.

— Quand est-ce que je pourrai rentrer chez moi ? demande-t-elle.

— Votre cœur fonctionne normalement, mais je n'aime pas ce sifflement dans votre respiration. Vous n'êtes pas encore totalement tirée d'affaire. Le choc anaphylactique peut se reproduire jusqu'à soixante-douze heures après le contact, et le vôtre a été violent. D'après le rapport des ambulanciers, vous étiez déjà inconsciente quand ils vous ont embarquée.

Elle hoche la tête.

— Si vous aviez quelqu'un pour s'occuper de vous, je serais déjà plus enclin à vous laisser sortir.

Il se tourne vers moi, comme s'il venait de s'apercevoir de ma présence.

— Faites-vous partie de sa famille ?

Je m'apprête à démentir d'un signe de tête, mais Jubilee s'écrie :

— Oui !

Le désespoir que je lis dans son regard est si intense que je m'empresse d'entrer dans son jeu.

— Je suis… son cousin.

— Oui, confirme-t-elle. Il peut s'occuper de moi.

— D'accord…, dit le docteur d'un air sceptique. Et qui est votre allergologue ? J'ai vérifié auprès de l'infirmière du docteur McCafferty, mais vous ne faites pas partie de ses patients.

Elle fait « non » de la tête.

— Quelqu'un d'autre ?

De nouveau, elle secoue la tête.

— Jubilee ! Vous devez travailler avec quelqu'un. Ces dernières années, nous avons réalisé des avancées considérables dans le domaine des allergies ! Peut-être même trouverez-vous un moyen de minimiser votre problème. Qui vous fait vos ordonnances pour les EpiPen ? Ne me dites pas que vous les achetez en ligne !

— Je ne…, commence-t-elle d'une voix enrouée. Mes Epi sont périmés.

À ces mots, les yeux du docteur semblent sortir de leurs orbites.

— Vous n'avez pas d'Epi ? Juste ciel ! J'aurais même préféré que vous les achetiez en ligne !

Elle ne répond pas.

Le docteur la dévisage un moment, puis consulte sa montre.

— Jubilee, vous devez au moins, et j'ai bien dit « au moins », vous procurer des EpiPen et un bracelet. C'est le minimum. Je suis très sérieux. Je ne veux plus vous revoir ici.

Il s'interrompt, comme pour ménager un effet dramatique, puis ajoute :

— Je doute que vous ayez autant de chance une seconde fois.

Son petit effet fonctionne. *Au moins sur moi.*

Après son départ, je reste planté là, à regarder Jubilee dans le blanc des yeux. L'atmosphère entre nous est pesante. J'ai tant de questions à lui poser, mais je sais que tout cela ne me concerne pas. Alors j'attends, priant pour qu'elle prenne la parole en premier. En vain. Tout ce que j'entends, c'est mon cœur qui bat à un rythme effréné. Je me demande bien pourquoi. Je me demande aussi si elle l'entend.

— Eh bien, ma chère cousine, puis-je vous raccompagner chez vous ? finis-je par proposer en espérant détendre l'atmosphère,

Quand je retourne à la chambre d'Aja, je trouve une femme dans le couloir. Vêtue d'un pantalon noir décontracté, d'un chemisier gris et de chaussures sans lacets, elle ressemble à tous les autres visiteurs que j'ai croisés dans l'hôpital – si l'on fait exception du cordon officiel qu'elle porte autour du cou et de son attaché-case. Quoi qu'il en soit, je ne la connais pas et ma première idée est qu'elle a dû se tromper de chambre.

— Pardon, dis-je en passant devant elle, la main tendue vers la poignée de la porte.

— Monsieur Keegan ? demande-t-elle.

Je m'arrête net.

— Oui ?

— Latoya Halliday, assistante sociale médicale de cet hôpital, se présente-t-elle en me tendant la main.

Ah, oui, l'infirmière m'en avait parlé.

— Entrez, dis-je en lui serrant la main. Je ne sais pas s'il est réveillé.

— C'est à vous que j'espérais parler. En privé. J'ai déjà discuté avec Aja.

Je recule d'un pas.

— Ah, bon ? Vous êtes sûre que c'est bien légal de venir lui parler en mon absence ?

— C'est la procédure habituelle, réplique-t-elle, faisant écho aux propos de l'infirmière.

— La « procédure habituelle » pour quoi, exactement ? Vous rendez visite à tous les enfants admis aux urgences ?

— Non, répond-elle en posant les yeux sur la porte de la chambre, puis de nouveau sur moi. Seulement quand on le juge nécessaire.

— Quand qui le juge nécessaire ?

J'ai l'impression qu'il me manque une information, comme si mes questions n'allaient pas à la source du problème. Mais je suis pris au dépourvu, et j'ai l'esprit confus.

— Et si on allait s'asseoir, monsieur Keegan ? propose-t-elle en m'indiquant un banc au milieu du couloir.

Je n'ai guère le choix. Je la suis comme un petit chiot en laisse. Une fois que nous sommes assis, elle me regarde droit dans les yeux.

— Ce qui nous inquiète, commence-t-elle, c'est que la chute d'Aja n'était pas un accident.

Au ton de sa voix, je devine ce qu'elle sous-entend.

— Oh, non, non. Ce n'était pas une tentative de suicide.

Je m'interromps. *Comment expliquer ce qu'il essayait de faire ?*

Elle serre les lèvres. Brusquement, son visage exprime toute l'inquiétude du monde.

— Je comprends vos difficultés, mais si vous pouviez seulement répondre à quelques questions…

Elle jette de petits regards aux alentours, comme si elle s'attendait à ce que quelqu'un apparaisse dans le couloir.

— Est-ce qu'il y a une Mme Keegan ? La mère d'Aja est-elle… impliquée dans son éducation ?

— Non. Ses parents sont décédés il y a quelques années, et je l'ai adopté. Je suis… euh… divorcé.

Ça n'a rien d'extraordinaire, mais je déteste le dire à haute voix. C'est comme reconnaître un échec. *Reconnaître que je suis un raté.*

— Mais toutes ces informations figurent dans son dossier, ajouté-je. Vous ne l'avez pas ?

— Dans le New Jersey ? Il n'a pas de dossier.

— Ah, oui. On vient d'emménager.

Elle hoche sèchement la tête et revient au sujet principal de la conversation.

— Avez-vous remarqué une dépression, ou une attitude inhabituelle chez Aja ces dernières semaines ?

Je me masse les mâchoires. Le manque de sommeil de la nuit précédente a fini par me rattraper.

— Comment ça ? demandé-je.

— Est-ce qu'il passe beaucoup de temps dans sa chambre ou au lit ? Est-ce qu'il s'éloigne de ses amis ou de vous ? Est-ce qu'il a développé des centres d'intérêt potentiellement dangereux, comme les armes à feu ou les explosifs...

Je manque de m'étouffer en voulant retenir un éclat de rire, que je déguise en quinte de toux. La femme me regarde d'un drôle d'air.

À cet instant, mon portable se met à sonner. Je l'extirpe de ma poche. *C'est Stéphanie.* Mon ex m'appelle rarement, mais elle va devoir attendre. J'active le mode silencieux.

— Rien d'inhabituel, réponds-je en recouvrant mon calme. Écoutez, je crains que nous ne soyons victimes d'un quiproquo...

— Et moi, je crains que vous ne compreniez pas la gravité de ce que vit votre fils actuellement, réplique-t-elle d'un ton sec. Y a-t-il des antécédents psychiatriques dans sa famille ?

— Non, dis-je d'un ton ferme.

Puis je réfléchis. En vérité, je ne sais pas grand-chose des parents et des grands-parents de Dinesh et Kate.

— Des ennuis à l'école ? Pas de harcèlement ?

J'hésite, songeant à son renvoi de trois jours et à Jagger, le CM2 géant.

— Il y a eu un petit malentendu à l'école. Une fois.

Mon portable se met à vibrer dans ma main. *Encore Stéphanie.*

— Excusez-moi, dis-je. Il faut que je… Je fais vite, et…

Je décroche.

— Stéphanie, désolé mais je suis en plein…

— C'est au sujet d'Ellie.

Mon cœur manque un battement. Je me lève vivement et me tourne vers l'assistante sociale, un doigt en l'air.

— Vous m'accordez une minute ? Je suis désolé. Je vais…

Je m'éloigne dans le couloir sans attendre sa réponse.

— Qu'est-ce qui se passe ? Elle va bien ?

— Ça va. Mais je me suis dit que tu devais le savoir… Elle a été renvoyée.

— De l'école ?

— Oui, Éric. D'où veux-tu qu'on la renvoie, à part de l'école ?

J'ignore son sarcasme.

— Pour quel motif ?

— Elle a été surprise en train de fumer dans l'enceinte de l'établissement.

— Une cigarette ?

Je jette un coup d'œil à Latoya. Elle m'observe avec attention. Je lui tourne le dos.

— Pas tout à fait.

— Du cannabis ?

— Ouais.

— Bordel, Stéphanie !

— Du calme, Éric ! Ce n'est qu'un peu d'herbe, pas de l'héroïne.

— Pour le moment.

— Oh, ne commence pas avec ces conneries sur l'escalade de la drogue. Nous aussi, on a fumé du shit. Tous les ados font ça.

Comment peut-elle réagir avec autant de nonchalance ?

— Pas à quatorze ans !

— Si, à quatorze ans. Nous, on en avait dix-sept. C'est quasiment la même chose. Écoute, je sais que c'était une mauvaise décision, et c'est ce que je lui ai dit, mais on n'a pas à s'en vouloir pour ça.

— Oh, je me doute bien que tu ne t'en veux pas. Passe-la-moi.

— Non. Elle ne veut pas te parler. Et même si elle le voulait, elle n'est pas là.

Je serre les dents et rétorque à voix basse pour que Latoya ne m'entende pas :

— Elle se fait renvoyer pour usage de drogue, et tu la laisses sortir ? Quel genre de mère es-tu ?

À peine ai-je prononcé ces mots que je le regrette déjà. Je ferme les yeux et attends la déferlante.

— « Quel genre de mère » je suis ? Moi ? Tu es sérieux ? Je suis le genre de mère qui est présente pour sa fille ! Est-ce que tu peux en dire autant en tant que père ?

Je reconnais l'ironie de la situation. *Non, je ne suis pas là. Je suis présent pour mon autre enfant, qui m'attend dans son lit d'hôpital.*

— Ce n'est que pour six mois. Et tu étais d'accord. Tu m'as dit que c'était la meilleure chose à faire, rétorqué-je avec lassitude. Écoute, on ne va pas… On s'est promis qu'on ne ferait pas ça.

— Oui, on s'est promis beaucoup de choses, pas vrai ?

Et elle me raccroche au nez.

Je serre mon portable dans mon poing et refrène la pulsion de le balancer par terre pour le voir se fracasser en mille morceaux. Je déteste quand elle fait ça, quand elle joue les hypocrites et prétend qu'elle ne voulait pas de ce divorce au moins autant que moi. Je prends une profonde inspiration et me rappelle où je me trouve. Je me compose un masque neutre et me retourne vers Latoya, toujours assise sur son banc, l'expression profondément soucieuse.

— Où en étions-nous ? demandé-je en la rejoignant.

Elle m'observe d'un air sceptique, comme si elle brûlait de m'interroger au sujet de ce coup de fil. Puis, à mon grand soulagement, elle se replonge dans ses notes.

— Nous nous inquiétons des retombées émotionnelles de…

— Qu'est-ce que mon fils vous a dit, exactement ?

— Pas grand-chose, admet-elle en baissant les yeux. Je lui ai posé les questions habituelles : s'il voulait se faire du mal, s'il y avait déjà pensé, s'il avait déjà pensé à faire du mal aux autres. Il s'est contenté de m'ignorer.

Je hoche la tête, bêtement heureux de ne pas être le seul qu'il ignore.

— Mais quand je lui ai demandé s'il a volontairement sauté de ce pont, il a répondu « oui ».

Je m'éclaircis la voix, cherchant mes mots.

— Ça ne signifie pas qu'il avait l'intention de se suicider. Depuis quelque temps, il s'intéresse aux… aux pouvoirs cognitifs. Télépathie, télékinésie, les X-Men… Voilà ce qu'il voulait faire hier soir, si ridicule que ça puisse paraître : il cherchait à léviter au-dessus de la rivière.

Malgré le petit rire gêné qui m'échappe, genre « il faut bien que jeunesse se passe », la femme ne sourit pas. La bouche en cul-de-poule, elle se cale contre le dossier.

— Je vois, dit-elle. Vous n'êtes pas sans savoir que ce type de délire peut être révélateur de problèmes psychiatriques plus inquiétants ?

— Je sais. Je l'ai fait examiner. Les médecins n'ont pas réussi à le diagnostiquer.

— Et vous avez conscience qu'il ne vous raconte peut-être pas toute la vérité ? Je ne traite pas votre fils de menteur, pas du tout. Mais les enfants dissimulent parfois des choses à leurs parents.

Le visage d'Ellie s'impose à mon esprit.

— Ne m'en parlez pas.

— Et on ne peut pas éliminer la possibilité, bien réelle, qu'il s'agisse d'une tentative de suicide.

J'ouvre la bouche pour protester, mais je n'en ai plus la volonté. Je sais qu'Aja ne voulait pas se tuer, mais la vérité ne vaut pas beaucoup mieux. Nous restons assis en silence pendant quelques instants, puis elle ouvre l'attaché-case posé à côté d'elle. Elle parcourt une liasse de documents jusqu'à trouver celui qu'elle cherchait.

— Bon, voici ce que j'aimerais que vous fassiez, monsieur Keegan. Au vu des circonstances, je ne pense pas qu'un transfert en psychiatrie soit nécessaire pour Aja, mais je vais vous adresser à quelques pédopsychiatres de mon réseau. Vous devrez prendre rendez-vous dans la semaine, et le docteur vous établira un programme adapté.

Elle me tend un papier avec une liste de médecins et leurs coordonnées.

— Je pense aussi qu'Aja ne doit pas être laissé sans surveillance. Avez-vous un travail, monsieur Keegan ?

— Oui.

— Qui emmène Aja à l'école ?

— Moi. Je le dépose avant de partir pour la gare.

— Qui s'en occupe après les cours ?

— Personne, admets-je en songeant à notre routine de ces dernières semaines. Il rentre en bus, et je l'appelle pour m'assurer que tout va bien. Il joue sur son ordinateur jusqu'à mon retour. Seulement pour quelques heures. Je sais que ce n'est pas idéal, mais…

— Vous devez vous arranger autrement. Il ne doit pas rester seul, il risquerait de reprendre ses petites expériences. Je vais rédiger un formulaire que vous devrez signer pour attester que vous acceptez ces conditions. Ensuite, nous pourrons laisser partir Aja. Je vais transférer son dossier aux Services des enfants et des familles, qui procéderont à un suivi sous forme d'appels téléphoniques et d'une visite au domicile pour s'assurer que vous adhérez bien à ces recommandations. Dans le cas contraire, vous risquez de vous voir retirer la garde d'Aja.

Elle parle comme une machine à écrire tapant quatre-vingts mots par minute : monotone et détachée.

— Attendez… De me voir retirer la… Vous voulez m'enlever Aja ?

Un mélange de colère et de peur explose en moi. Je me redresse.

L'assistante sociale lève une main.

— Calmez-vous, monsieur Keegan, dit-elle d'une voix plus douce. Je vous informe seulement des procédures. Si vous suivez mes recommandations, il ne va rien se passer.

— Exactement, il ne va rien se passer.

La femme se tait, attendant patiemment que ma colère retombe. Ça me rappelle la façon dont je gérais les crises d'Ellie quand elle était bébé, et je me rends compte que dans ce scénario, c'est moi qui joue l'enfant. À mon tour, je décide de me taire. Après quelques minutes de silence, elle reprend la parole.

— Écoutez, on veut tous ce qu'il y a de mieux pour Aja, déclare-t-elle en posant sa main sur mon bras.

C'est la première fois qu'elle me touche, et son geste est si doux que je sens avec une inquiétude grandissante les larmes monter. Je me détourne et ouvre grands les yeux dans l'espoir de les assécher.

— Qu'il ait ou non essayé de mettre fin à ses jours, il a bien failli réussir, conclut-elle d'un ton apaisant. Et on doit faire en sorte que cela ne se reproduise pas.

Mes épaules s'affaissent. Je sais qu'elle a raison. Je sais que j'aurais dû écouter Stéphanie au sujet d'Ellie, et la psy d'Aja, et la conseillère d'orientation. Je sais que j'ai un nouvel échec à mon actif en tant que père. Mais je sais aussi, plus que tout, que je ne veux pas perdre Aja comme j'ai perdu Ellie.

Chapitre 12

JUBILEE

C'EST LA PREMIÈRE FOIS QUE JE PORTE LES VÊTEMENTS d'un homme. La sensation est étrangement intime, d'autant plus que le sweat d'Éric ne sent pas comme un habit fraîchement sorti du lave-linge. Il a une odeur un peu boisée, à la fois sucrée et résineuse. Comme lui, je suppose.

J'ai paniqué quand le docteur Houschka m'a dit qu'il ne me laisserait pas partir sans personne pour s'occuper de moi. Si j'étais restée une seconde de plus dans cet hôpital, dans cette pièce inconnue où des étrangers ne cessaient d'aller et venir, je n'aurais pas survécu. Et comme cet homme sérieux que j'ai rencontré à la bibliothèque – Éric Keegan – se tenait là, les mots sont sortis tout seuls.

Je n'en reviens pas qu'il soit entré dans mon jeu. Tout en lui semble si crispé... Je ne le vois pas seulement à sa posture – le dos raide, les épaules tendues –, mais aussi à l'intensité de son regard et à ses lèvres pincées.

Mais quand il m'a proposé de me ramener chez moi, il m'a surprise une nouvelle fois en esquissant un léger sourire.

Et maintenant, assise à côté de lui sur le siège du passager de sa voiture, je ne perçois plus en lui le moindre atome de jovialité. Les mains serrées sur le volant, il est raide comme une statue.

D'accord, son fils a failli mourir. Mais il s'en est sorti. Et même si j'ai dit à Éric que ce n'était rien, je me serais attendue à ce qu'il se montre un peu plus reconnaissant, un peu plus chaleureux, au lieu de m'infliger cette froide indifférence.

C'est peut-être « un sale con », comme disait Louise.

Mais il est aussi très poli.

Quand le docteur Houschka a quitté ma chambre, il ne m'a pas bombardée de questions sur ce qui m'a expédiée à l'hôpital, ni sur ce qui est arrivé à mon visage.

Il m'a aussi apporté les vêtements qu'il gardait dans son véhicule – un sweat aux couleurs de son université, et un pantalon de jogging – puisque les miens étaient si mouillés et si boueux que j'avais dû les jeter.

Et il a refusé tout net quand j'ai proposé de m'asseoir à l'arrière pour laisser le siège avant à son fils, Aja.

Mais peu importe. Cet homme ne représente qu'un moyen rapide de rentrer chez moi. Après les événements des vingt-quatre dernières heures, et une nuit blanche dans un lit d'hôpital, je n'ai qu'une envie : refermer derrière moi la porte de ma maison. *Être seule. En sécurité.*

En chemin, je romps parfois le silence par des indications laconiques : « Par là. » « À gauche. » Et quand Éric se gare dans mon allée, je dois faire appel à toute ma force de volonté pour ne pas descendre en marche et courir à l'intérieur pour entendre le verrou se fermer derrière moi avec un « clic » sonore et rassurant.

Mais je sais que ce serait malpoli.

— Merci de m'avoir ramenée, dis-je de ma voix enrouée en ouvrant ma portière.

Il serre le frein à main et tourne la clé de contact, coupant le moteur.

— Je sors votre vélo, annonce-t-il en ouvrant à son tour sa portière.

Je m'apprête à protester, mais lorsque je me lève, je manque de tomber d'épuisement. Soulever mon vélo est au-dessus de mes forces. Sans compter que le pantalon de jogging qu'il m'a prêté est si large qu'il menace à chaque instant de tomber à mes chevilles. Je jette mon sac sur mon épaule et retiens d'une main l'élastique du pantalon.

— Où est-ce que je le mets ? interroge Éric, caché derrière le coffre ouvert.

— Juste derrière le portail, ce sera très bien, réponds-je en lui montrant de ma main libre le bout de l'allée derrière la maison.

Au lieu de pousser le vélo, il le soulève d'une seule main par le cadre et suit mes indications pendant que je me dirige vers le porche. Quand j'atteins la porte, je me retourne pour lui adresser un petit signe d'adieu et frôle la crise cardiaque en le découvrant juste derrière moi, en bas des marches. Il fourre sa main dans sa poche et se gratte l'arrière du crâne.

Il semble aussi mal à l'aise que moi. Je le regarde, une main posée sur la poignée, impatiente de rentrer.

Il hoche la tête, comme pour conclure un accord tacite.

— Eh bien... est-ce que ça va aller ? s'enquiert-il en jetant un nouveau coup d'œil à Aja. On devrait peut-être rester un peu... Le docteur a dit...

— Ça va très bien, l'interromps-je, paniquée à l'idée de laisser quelqu'un entrer chez moi. Ça va aller. Mais merci. Merci pour... tout.

— C'est moi qui vous remercie, proteste-t-il.

Il extirpe son portefeuille de sa poche arrière. Je l'observe, effarée. *Est-ce qu'il veut me donner de l'argent ? Une récompense pour avoir sauvé son fils ? J'ai l'air si pauvre que ça ?* me demandé-je soudain en me rappelant mon reflet dans le miroir de l'hôpital.

Il soulève le rabat en cuir et en sort un bout de papier, qu'il me tend. Je me décontracte un peu en reconnaissant une carte de visite.

— Prenez mon numéro, dit-il. S'il vous plaît. Au cas où.

Je lâche la poignée de la porte et prends sa carte par le coin, prenant soin de ne pas effleurer ses doigts. Mes gants, toujours humides, sont rangés au fond de mon sac.

— OK, acquiescé-je en laissant tomber la carte dans mon sac.

J'en profite pour sortir mon trousseau de clés, maladroitement, d'une seule main – l'autre retient toujours mon pantalon.

— Bon... Au revoir.

Je lui fais un petit signe de la main qui tient les clés, puis me retourne pour entrer sans attendre sa réponse.

— Attendez !

Je m'arrête, retenant à grand-peine un hurlement de frustration ou de désespoir – je peine à identifier mon sentiment – et me retourne vers lui.

— Oui ?

— Je sais que ça semble sortir de nulle part, mais je crois me rappeler que *Virgin Suicides* est votre roman préféré ?

Je reste perplexe.

— L'un d'entre eux, réponds-je enfin.

— Pourquoi ? me demande-t-il. Qu'est-ce qu'il a de si intéressant ?

Je le dévisage longuement. Cette question impromptue me rappelle ses étranges choix littéraires à la bibliothèque.

— Je ne sais pas, dis-je, peu désireuse de prolonger la conversation.

Mais c'est faux. Je me souviens très bien de ce que j'ai ressenti en entrant dans la vie des sœurs Lisbon. Je me suis sentie comprise.

— Vous devez bien le savoir, insiste-t-il. S'il fait partie de vos préférés.

Je demeure coite. Je voudrais qu'il soit capable de lire mon langage corporel, qui hurle : « Laissez-moi rentrer chez moi ! » Mais il se contente de me regarder en attendant ma réponse. Je prends une grande inspiration et profite de ce silence pour observer son visage. « Beau ». C'est l'autre qualificatif qu'a employé Louise. Et je dois reconnaître que son visage est saisissant. Il invite à l'exploration. « Bonne structure osseuse ». C'est ce qu'aurait dit maman. J'ai toujours trouvé ça drôle, parce que quand on regarde un crâne humain, on se rend bien compte que la disposition des os est très universelle. Mais ce qui m'attire le plus, ce dont je n'arrive pas à me détacher, ce sont ses yeux. Ils sont très verts, comme deux olives posées au milieu de sa figure. Son regard est intense, bien sûr, mais également très doux. Tout comme lui, ils sont une contradiction. J'ai du mal à détourner les yeux.

Et là, je me rends compte qu'il attend toujours ma réponse. Je m'efforce de remettre mes pensées en ordre.

— Ce roman est si juste… Je l'ai lu adolescente, et j'y ai trouvé… Je ne sais pas… Tout. Cette solitude. Cette façon d'idolâtrer la vie des autres. Cette envie d'être acceptée. D'être remarquée.

Il ne me quitte pas du regard, la bouche légèrement ouverte. Soudain, je me sens vulnérable, comme s'il voyait à travers moi. Je baisse les yeux, prise d'une soudaine passion pour les graviers répandus à ses pieds.

— Enfin… C'est un avis personnel. C'est ce qui m'a plu.

Il ne dit toujours rien. Je sens le rouge me monter aux joues.

— Je ferais mieux de rentrer, murmuré-je en me glissant vers la porte.

— D'accord. Au revoir, Jubilee.

C'est la première fois qu'il prononce mon prénom. Je triture maladroitement mes clés dans ma main et les laisse échapper. Je me penche pour les ramasser à la hâte sans lâcher l'élastique de mon pantalon, consciente du ridicule de ma posture.

Je me redresse, glisse la clé dans la serrure, et tourne la poignée avec soulagement. Je me rue à l'intérieur et referme prestement la porte derrière moi. Je m'appuie au battant et laisse tomber mon sac à mes pieds, sur la pile de courrier reçu en mon absence. Je pousse un profond soupir en regardant autour de moi. *Ma maison.*

Je suis chez moi. Sur mon lit d'hôpital, je fantasmais sur toutes les choses que j'y ferais une fois rentrée : m'étaler dans mon propre lit, lire un livre confortablement installée dans mon fauteuil, me faire des œufs sur le plat avec des toasts, passer la serpillière, suivre le prochain cours gratuit de Harvard.

Du coup, je m'étonne que mon premier réflexe ne soit pas de monter à l'étage pour me changer. Je vais à la fenêtre et ouvre discrètement le rideau pour voir Éric se rasseoir au volant de sa voiture. J'observe son visage quand il se tourne pour dire quelque chose à Aja, toujours assis sur la banquette arrière. Puis je le regarde passer la marche arrière et sortir de l'allée. Je m'imagine sur le siège du passager. Je pense à ce à quoi je ressemblais – à ce à quoi nous ressemblions aux yeux des autres automobilistes.

Cette nuit, je ne trouve pas le sommeil. Les mots du docteur Houschka ne cessent de résonner dans mon esprit : « Peut-être même trouverez-vous un moyen de minimiser votre problème. » C'était pour cette raison que maman nous avait fait déménager de la seule maison où j'avais jamais vécu, dans le Tennessee, et m'avait fait entrer au lycée dans le New Jersey. Pour nous rapprocher du docteur Zhang et trouver des solutions à mon problème. (Mais pour être honnête, je crois aussi qu'elle avait épuisé tous les hommes de notre petite ville de Fountain City.)

Mais après le premier rendez-vous, j'avais refusé d'y retourner. C'était évident qu'il n'y aurait pas de remède miracle, et je n'aimais pas la façon dont m'observait le docteur Zhang, cette étincelle dans son regard. Cette femme médecin voulait m'étudier, comme si j'étais une sorte d'extraterrestre. Je n'avais pas la moindre envie de devenir son cobaye. Maman m'avait encouragée à lui accorder une seconde chance, mais rien n'avait pu me convaincre d'y retourner.

Je ne suis toujours pas intéressée par une carrière de rat de laboratoire, mais je sais que Houschka a raison sur un point : je ne veux plus me retrouver à l'hôpital, pas plus qu'il n'a envie de m'y revoir. Je ne peux pas non plus me permettre de rester terrée à la maison. J'ai un travail. Un travail dont j'ai besoin. *Et si le docteur avait aussi raison pour le reste ? Et s'ils avaient réalisé des progrès fulgurants en allergologie ? Qui qu'ils soient. Et s'ils pouvaient faire quelque chose pour moi ?*

Je sors du lit et descends l'escalier sur la pointe des pieds. Je ne veux pas briser le silence de la nuit en faisant grincer les marches. Dans le bureau, je me glisse sur ma chaise et agite la souris de l'ordinateur. L'écran s'illumine d'une lumière aveuglante. Une fois mes yeux accoutumés, je tape : « docteur Mei Zhang » sur Google. Sa photo apparaît aussitôt sous le titre : « Université George Watkins, Allergies & Immunologie. » Je réprime un frisson au souvenir de ce que je ressentais sous son regard. Comme si j'étais une grenouille en cours de SVT et que cette spécialiste agitait joyeusement un scalpel. Mais peut-être n'était-ce qu'une peur enfantine, irrationnelle, comme d'imaginer des monstres sous son lit. Je clique sur le lien, m'empare d'un stylo et d'un bout de papier, et griffonne le numéro de téléphone et l'adresse mail associés au nom de Zhang. Je regarde mon papier à la lumière de l'écran, et une émotion étrange m'envahit. Un sentiment si inhabituel que je mets un moment à l'identifier.

L'espoir.

Il me semble si naïf, cet espoir que je trimballais partout avec moi comme la couverture de Linus, imaginant une autre vie, libérée de cette allergie débilitante. Mais il est bien réel, grandissant dans mon ventre, et je suis incapable de l'étouffer. *Pas tout de suite.* Je veux dire, je n'ai pas l'intention de courir dans toute la ville pour faire du bouche-à-bouche à des inconnus, mais si je pouvais seulement travailler à la bibliothèque sans mes gants, serrer des mains… ou, je ne sais pas, prendre la carte de visite d'un homme et laisser mes doigts frôler les siens, comme une personne normale ? À la réflexion, ce n'est peut-être pas tout à fait normal de penser à toucher les doigts d'un inconnu.

Dans la pénombre, je regarde le sweat de la Wharton School que je porte toujours – je n'avais pas envie de l'enlever – et je me demande à quel point ça aussi, c'est anormal.

Mais je dois me rappeler que le docteur Houschka a dit « minimiser » ; il n'a pas dit « guérir ». *Parce qu'il n'existe pas de remède.*

— Il n'existe pas de remède.

Je le dis à haute voix pour mieux me rendre compte. Je porterai toujours des gants. Il n'y a pas d'autre vie qui m'attend.

Je regarde une dernière fois le numéro de téléphone sur le bout de papier avant de le chiffonner, le jeter dans la corbeille et remonter me coucher.

Au matin, je me réveille en sursaut, les cheveux collés au visage, l'oreiller trempé de sueur. J'étais en plein cauchemar. Je rêvais des mains d'Éric. Ses doigts étaient enflés, démesurés comme ceux d'un personnage de cartoons, et touchaient les miens. Les engloutissaient, plutôt. La pulpe de ses pouces me frottait les jointures. Je voulais lui dire d'arrêter, lui expliquer qu'on ne pouvait pas me toucher, mais j'avais l'impression que ma tête était sous l'eau, que ma bouche refusait de m'obéir, que les mots m'étaient dérobés. Plus j'essayais de me faire entendre, plus j'étais paralysée par la peur et plus la panique me consumait.

Je me redresse dans mon lit, m'efforçant de calmer les battements de mon cœur. Mais la scène se rejoue dans ma tête, au point que je sens presque encore l'âpre tiédeur de ses doigts sur ma peau. Du moins, telle que je l'imagine :

cela fait si longtemps qu'on ne m'a pas touchée... Pas depuis que le docteur Benefield m'a mise dans cette chambre d'isolation en plastique quand j'avais six ans. Depuis qu'il m'a diagnostiquée et que mon univers a basculé. Pendant des mois, des années après ça, j'ai essayé de me rappeler ma dernière interaction avec ma mère. La dernière fois qu'elle m'a touchée. *A-t-elle posé ses mains sur mon visage ? M'a-t-elle embrassé le front ? M'a-t-elle prise dans ses bras et a-t-elle serré fort mon petit corps contre le sien ?* Je crois qu'elle m'a dit quelque chose de rassurant, comme : « Ce n'est que pour une semaine. Je serai juste à côté, ma chérie. » Mais les mots importent peu. Si seulement j'avais su que c'était la dernière fois qu'on me touchait, la dernière fois que je sentirais la paume de sa main sur mon bras, son souffle sur ma figure, je serais restée plus longtemps. J'aurais imprimé la sensation de ses doigts sur ma peau. J'aurais fait en sorte de me souvenir.

Mais je ne l'ai pas fait. Et maintenant, assise dans mon lit, j'essaie de me rappeler la sensation des mains d'Éric dans mon rêve – de vraiment les sentir sur ma peau – mais mes efforts sont aussi vains que ceux que j'ai déployés pendant des années pour revivre mon dernier contact avec ma mère. Et alors que les battements de mon cœur s'apaisent peu à peu, je commence à me demander s'il s'agissait vraiment d'un cauchemar. Je me demande si mon cœur battait si fort parce que j'étais terrifiée... ou parce que c'était formidable.

— Tu as passé un bon week-end, ma chérie ? s'enquiert Louise le lundi matin, quand je m'installe derrière le comptoir de prêt.

Puis elle se tourne vers moi et pousse un hurlement.

— Grand Dieu ! s'écrie-t-elle en couvrant sa bouche de sa main.

Quand je me suis regardée dans le miroir ce matin, l'éruption autour de ma bouche avait régressé, mais des taches rouges persistaient, et mes lèvres étaient toujours un peu enflées et craquelées. J'avais trouvé un tube de rouge à lèvres dans la commode de maman, mais il n'avait fait qu'aggraver le problème.

— Que t'est-il arrivé ?

Mes épaules se nouent. Je m'en veux de ne pas avoir préparé une réponse. J'avais espéré que personne ne remarquerait.

— Une réaction allergique.

Comme ma réponse ne semble pas la satisfaire, j'ajoute :

— Un nouveau rouge à lèvres.

C'est la première chose qui m'est venue à l'esprit.

— Quelle marque ? Rappelle-moi de ne jamais en acheter !

— Je ne sais plus, balbutié-je en regardant Roger s'approcher, une tasse de café à la main.

— Bonjour, les fi… Ouah ! s'exclame-t-il en m'apercevant.

— Ce n'est qu'une réaction allergique, explique Louise. Franchement, ça ne m'étonne pas. Tu sais ce qu'ils mettent dans le rouge à lèvres ? Des insectes écrasés. Des insectes !

Et du plomb, je crois, si je m'en souviens bien. J'ai lu un article là-dessus il y a quelques semaines.

Je repère une pile de retours posés sur le comptoir et décide de les scanner pendant que la conversation de Louise et Roger dévie vers les matières inattendues qu'on peut trouver dans son assiette, comme des particules de tapis de yoga dans le pain de mie. Je cesse de les écouter. Et quelques minutes plus tard, je pense avoir mal entendu quand Louise déclare :

— On s'en fiche, de toute façon on va tous se faire virer.

Dans un sursaut, je relève la tête.

— Quoi ?

Louise me regarde d'un air interrogateur.

— Oh, tu n'es pas au courant ? Maryann a encore été obligée de partir en croisade contre la mairie pour éviter qu'on coupe nos subventions. Avant, on avait quatre assistants de prêt. Tu imagines ? Mais cet abruti de Frank Stafford, le président du comité des finances locales, ne cesse pas de rediriger l'argent vers les salles de sport parce que son fils est dans l'équipe benjamine de football américain et qu'il est persuadé qu'il sera le prochain Ted Brady – c'est bien un quarterback ?

— Je crois que c'est Tom, la corrige Roger.

— Ted, Tom…, réplique-t-elle avec un geste négligent de la main. Quoi qu'il en soit, Maryann a essayé de montrer à quel point nous sommes indispensables à la vie municipale, mais le nombre de prêts ne cesse de diminuer et les quelques activités que nous proposons attirent si peu de…

— On pourrait vraiment se faire virer ? l'interromps-je.

— Oh, grand Dieu ! s'exclame-t-elle en tendant vers moi une main que je parviens à esquiver. Je ne voulais pas t'inquiéter. Mais je ne sais même pas comment on va réussir à garder les portes ouvertes et les lumières allumées si les membres du comité réduisent encore notre budget. On est déjà au plus juste.

Je la dévisage, l'esprit en ébullition. Ce travail m'est tombé du ciel, et je ne peux pas le perdre. J'ai besoin de cet argent. Et contre toute attente, je me sens presque bien ici. Je ne m'imagine pas chercher autre chose, devoir entrer dans tous ces bâtiments inconnus, adresser la parole à de nouvelles personnes… À cette seule pensée, un étau se serre sur mon cœur et menace de l'arrêter pour de bon.

À 16 heures, en sortant de la salle de pause, j'ai la grande surprise de tomber nez à nez avec Madison H., son bébé sur la hanche. Une fois encore, je me demande pourquoi elle vient si souvent à la bibliothèque, elle qui ne semble jamais lire.

— Jubilee ! s'écrie-t-elle quand elle m'aperçoit, incapable de dissimuler son expression horrifiée.

Je lève ma main gantée devant ma bouche. J'aurais voulu que les traces aient déjà disparu.

— Qu'est-ce qui s'est passé ?

— C'est une longue histoire, soupiré-je en m'asseyant sur ma chaise.

Elle fait passer le bébé sur son autre hanche et m'observe avec insistance. Résignée, je jette un coup d'œil derrière moi pour m'assurer que Maryann et Louise sont toujours dans la réserve. Puis je lui résume mon week-end, en m'arrêtant à la visite du docteur Houschka.

Elle en reste bouche bée.

— Bonté divine ! Je te laisse seule pendant deux jours, et tu en profites pour frôler la mort !

— Ce n'est pas si terrible.

— Et tu as pris rendez-vous ?

— Avec qui ?

— Un allergologue. Pour avoir ce bracelet. Et les EpiPen. Tu devrais toujours en avoir sur toi ! Mon neveu est allergique au beurre de cacahouètes, il ne quitte jamais la maison sans son EpiPen.

— Je n'ai pas besoin de ça. Ni d'un bracelet. Ce n'est pas comme si j'allais parcourir la ville en faisant du bouche-à-bouche à tout le monde ! répliqué-je en paraphrasant ma pensée de la veille.

— Et s'il y avait une autre urgence ?

— Comme quoi ?

Elle réfléchit un instant, puis pose les yeux sur son bébé.

— Si un enfant te bave dessus ?

— Je ferai une éruption, dis-je en haussant les épaules, comme si ce n'était pas si grave.

Intérieurement, je frissonne en repensant à cette fille qui était morte d'une goutte de lait sur son bras. La peau de mon ventre autour de mon nombril se met à me démanger, comme si j'avais fait apparaître une éruption rien qu'en prononçant le mot. Le cerveau est une drôle de machine. Je commence à me gratter à travers mon tee-shirt.

— Et après ça, je ne m'approcherai plus de ce petit.

— Et s'il te mord ?

J'écarquille les yeux.

— Les enfants mordent ?

— Les enfants font tout et n'importe quoi. La semaine dernière, Hannah a trouvé un pot de miel, et en a tartiné tout le visage et les cheveux de Molly pendant que je me douchais. On aurait dit qu'elle était allée au spa. Tu imagines le temps que j'ai mis à tout nettoyer ?

Pendant qu'elle parle, je me demande si je dois la laisser poursuivre son petit jeu.

— Je ne crois pas qu'un enfant me mordrait.

— Écoute, soupire-t-elle, je ne t'emmènerai pas tant que tu n'auras pas ton EpiPen. OK ?

Je la regarde, interloquée.

— M'emmener où ?

— À l'aventure, me répond-elle avec un grand sourire confiant.

À la réflexion, je ne suis pas sûre qu'elle ait jamais souri autrement. Je suis convaincue que Madison H. dégageait déjà cette irritante aura de confiance en sortant du ventre de sa mère.

— C'est ce que je suis venue te dire, poursuit-elle. Je vais devenir ton guide officiel pour toutes les choses que tu as ratées ces neuf dernières années.

Cette fois, c'est moi qui reste bouche bée.

— Tu plaisantes ?

— Non.

— C'est ridicule.

— Mais non, réplique-t-elle en faisant une nouvelle fois changer de hanche à son bébé. On va bien rigoler.

— Et si je n'ai pas envie ?

— Oh, allez ! insiste-t-elle avec une petite moue faussement boudeuse. Tu en as envie. Accorde-moi juste une soirée. Si tu ne passes pas un bon moment, on arrête là. Parole de scout.

— Tu as été scout ?

Mon ventre me gratte toujours. J'ai dû me faire piquer par un moustique.

— Non, répond-elle. Pourquoi ?

— Non, rien. Oh, est-ce que le comité d'administration de la bibliothèque s'est réuni ce mois-ci ?

— Non, on se réunit une fois par an. Pourquoi ?

— On a un souci de financement. La mairie veut réduire nos subventions.

— Rien de nouveau.

— Ah. Et il n'y a rien que vous puissiez faire ?

— Pas vraiment. C'est une blague, ce comité. On mange des petits gâteaux en échangeant des ragots. On n'a aucun pouvoir de décision. Pas comme le conseil municipal.

— Je vois..., marmonné-je, le cœur lourd.

Quelqu'un va bien faire quelque chose. Je ne peux pas perdre ce travail. Je ne veux pas. J'ai besoin de mon salaire.

— Alors ? me demande Madison. Tu viendras ?

Je soupire et lève les deux mains en signe d'abandon.

— Pourquoi pas ?

Je refuse de penser trop fort à la vraie question qui me brûle de l'intérieur : *Pourquoi ? Pourquoi Madison H., la fille la plus populaire au lycée, veut-elle soudain être mon amie ? N'a-t-elle pas mieux à faire ? Pourquoi s'intéresse-t-elle autant à moi ?*

Mais plus tard, en disposant sur une table des ouvrages sur les Amérindiens pour la période de Thanksgiving, je me réprimande pour ces pensées puériles. Je ne suis plus au lycée. Nous sommes des adultes. Elle est gentille avec moi. Je devrais cesser de douter d'elle et l'accepter, tout simplement. Et je dois bien admettre que c'est agréable d'avoir une amie.

Je pose le dernier livre et me gratte machinalement le ventre. Ça commence à me brûler un peu. Je me demande si j'ai fini par m'irriter à force de frotter mon éruption fantôme. Je soulève mon chemisier pour vérifier et lâche un petit cri de surprise : de grosses cloques rouges forment un chemin enflammé de mon nombril jusqu'à ma hanche. Je ne comprends pas. *Comment une éruption a-t-elle pu se déclarer sur mon ventre ? Personne ne m'a touchée là.* Je m'efforce de respirer calmement. *Ce n'est peut-être qu'une… qu'une… allergie. À autre chose. À la lessive. N'est-ce pas ce que les gens disent toujours ?* Mais je n'ai pas changé de lessive. Et j'ai vu cette réaction assez souvent dans ma vie pour savoir exactement ce que c'est.

Ce qui me terrifie, c'est que je n'ai aucune idée de ce qu'elle fait là.

Chapitre 13

ÉRIC

Sept messages vocaux. Cent quarante-deux mails. Vingt-trois textos. (Aucun de la part d'Ellie.) Voilà le bordel que j'essaie de gérer assis à la table de la cuisine à dix-sept heures trente un mercredi soir, pendant qu'une casserole de spaghettis chauffe sur la gazinière.

Fait méconnu : si votre enfant est suspecté d'avoir tenté de se suicider, on ne le laisse pas revenir à l'école tant qu'un professionnel agréé n'a pas estimé qu'il n'est plus un danger pour lui-même ni pour les autres. Et ce professionnel peut ne pas avoir de créneau à vous accorder avant le jeudi. Et comme Aja doit rester sous surveillance constante et qu'il est impossible de trouver un baby-sitter en si peu de temps, voilà où j'en suis.

Mais ce n'est pas la faute d'Aja si j'ai tant de courrier à rattraper. Au lieu de travailler de chez moi toute la semaine, comme je l'ai dit à mon chef, j'ai passé ces trois derniers jours le nez fourré dans un bouquin. Toute la matinée du lundi et une partie de l'après-midi, j'ai relu *Virgin Suicides*. C'était comme si une lumière venait de s'allumer, et je sais que c'est Jubilee qui a actionné l'interrupteur. Les phrases ont commencé à se jeter sur moi, comme si l'auteur les avait écrites spécialement pour moi.

Par exemple : « À cet instant, M. Lisbon eut l'impression de ne pas la connaître, comme si les enfants n'étaient que des étrangers qu'on avait accepté d'accueillir sous son toit. »

Je me suis demandé si ce Jeffrey Eugenides était un génie. Ou simplement un père. J'ai tenté plusieurs fois d'appeler Ellie pour lui parler de son renvoi, mais elle n'a pas décroché. J'ai envisagé de lui écrire un texto à ce sujet, mais j'ai eu peur qu'elle ne s'éloigne encore plus de moi. J'ai préféré lui envoyer une de mes phrases préférées du roman. La réponse de Cecilia quand son médecin lui demande pourquoi elle a voulu mettre fin à ses jours alors qu'elle est encore trop jeune pour connaître les vraies difficultés de la vie : « Ça se voit que vous n'avez jamais été une fille de treize ans, docteur. »

« Ah ! ai-je ajouté après la citation. Bien envoyé ! Je t'aime, papa. »

Aujourd'hui, je suis au milieu de *La Cloche de détresse*. Ellie a mentionné dans son journal qu'elle voulait devenir rédactrice dans une revue new-yorkaise, ce qui m'a surpris. Je ne savais même pas qu'elle aimait écrire. Ni même lire des revues. Mais ce qui m'a le plus inquiété, c'est quand j'ai lu qu'elle se reconnaissait totalement en Esther, le personnage principal, manifestement maniaco-dépressive.

Je ferme ma boîte mail et me surprends à songer à Jubilee. À ce qu'elle me dirait au sujet du livre. D'Esther. D'Ellie.

— L'eau déborde !

Je lève les yeux et découvre Aja, debout dans l'encadrement de la porte. Puis je me tourne vers la gazinière.

— Merde !

Je bondis et m'empare sans réfléchir de la poignée de la casserole. La chaleur me fait lâcher prise, et la casserole finit par terre dans une cataracte d'eau bouillante et de pâtes qui s'échappent un peu partout sur le lino de la cuisine. Par miracle, je ne me suis pas ébouillanté, mais mes chaussures sont trempées et mes pieds commencent à me brûler.

— Ça va ? demandé-je à Aja en tournant la tête.

Il n'a pas bougé, les bras croisés.

— Les pâtes sont foutues.

Je pousse un soupir, et patauge vers lui pour enlever mes chaussures et mes chaussettes gorgées d'eau amidonnée.

— Tu veux de la pizza ?

— Un hot dog.

Il n'y a pas de livreurs de hot dogs à Lincoln. Je m'apprête à le lui signaler, puis je me rends compte qu'on n'est pas sortis de la journée et que ce serait peut-être une bonne idée de prendre un peu l'air.

— Ça me va, dis-je. Je nettoie tout ça et on y va.

En quittant le drive vingt minutes plus tard, je devrais tourner à gauche pour rentrer, mais je prends à droite.

J'ai envie de la voir. *Jubilee.*

Ce sont des choses qui se font. *Prendre de ses nouvelles. S'assurer qu'elle va bien.*

J'engloutis un hot dog en chemin et, en m'arrêtant sur le parking, je jette un coup d'œil dans le rétroviseur pour vérifier que je n'ai rien de collé sur les dents.

— Pourquoi on est là ? m'interroge Aja entre deux bouchées.

— Je dois renouveler l'emprunt de mes livres.

— Tu ne les as pas avec toi.

Merde ! Il a raison.

— Je crois que les employés peuvent faire ça directement sur l'ordinateur.

Il sort une frite de son sac en papier.

— Je peux rester dans la voiture ?

J'hésite. Je n'ai pas envie de le laisser seul après tout ce qui s'est passé, mais il ne s'agit que du parking d'une bibliothèque. Et je pourrai le surveiller à travers la vitre.

— J'imagine, dis-je. Mais tu ne fais que manger. Pas de télékinésie, pas de destruction, rien. Compris ?

Il hoche la tête, et je me demande combien de parents doivent donner ce genre d'instruction à leur enfant avant de les laisser seuls cinq minutes.

De ma place de parking, j'ai une vue directe sur l'intérieur bien éclairé de la bibliothèque. Et sur Jubilee. Elle est debout derrière le comptoir, la figure en partie cachée derrière ses longs cheveux. Je ne sais pas ce qui m'attire chez elle. Elle est belle, certes, mais il y a autre chose. Quelque chose d'inhabituel. Elle semble à la fois réservée et extrêmement vulnérable. Elle est un Rubik's Cube que je brûle de résoudre pour former un motif cohérent. Ou alors, je voudrais juste comprendre pourquoi je ne cesse de penser à elle. Je ne sais pas. Je n'ai jamais rencontré quelqu'un comme elle. Et je n'ai jamais été bon au Rubik's Cube.

Mon ventre gargouille. Je bois une gorgée d'eau. Je n'aurais pas dû manger si vite.

En entrant, je trouve la bibliothèque presque vide. Il n'y a qu'un homme assis sur un coussin devant l'ordinateur, en train de jouer à ce qui paraît être un jeu de golf. Je me demande s'il vient de se faire opérer.

— Soirée creuse ? lancé-je en m'approchant du comptoir.

Jubilee sursaute au son de ma voix et me regarde avec de grands yeux effarouchés. C'est la première fois que je les remarque vraiment. Je savais qu'ils étaient marron, mais dans la lumière des néons de la bibliothèque, ils me font penser à des morceaux de chocolat mouchetés de caramel.

— Je suis désolé. Je ne voulais pas vous effrayer.

Elle se détend.

— Ce n'est rien. Je ne vous ai pas entendu arriver.

On échange un regard. J'en profite pour détailler son visage. Ses lèvres et ses joues vont un peu mieux, elles ne sont plus aussi rouges et enflées. Je laisse glisser mes yeux sur son cou et sa veste mal ajustée pour m'arrêter sur ses mains, gantées de cuir. Les gants qu'elle portait déjà le jour de Halloween.

— Euh… En quoi puis-je vous aider ?

Elle jette un coup d'œil en direction du mur à côté de nous. Je suis son regard. Une pendule. Elle indique « 18 h 55 ».

— Oui, je suis désolé. Je… je dois renouveler mon emprunt.

Elle regarde mes mains vides et fronce les sourcils.

— C'est bien le jour de Halloween que vous avez emprunté les livres ?

— Oui.

— Vous aviez trois semaines. Ça ne fait que… onze jours, dit-elle après un bref calcul.

— Oh. D'accord. Très bien. Alors je ne suis pas en retard.

Je suis venu dans l'intention de lui parler de *La Cloche de détresse*, mais je ne sais pas comment aborder le sujet.

— Comment allez-vous ? demandé-je.

— Vous suivez un cours, ou quelque chose comme ça ? lance-t-elle au même moment.

On éclate de rire.

— Vous d'abord, dis-je.

Elle répète sa question.

— Comment ça ? l'interrogé-je, perplexe.

— Je ne sais pas… Vous ne suivez pas un cours de littérature moderne ? J'essaie de comprendre pourquoi *Virgin Suicide* vous intéresse autant. Vous ne faites pas vraiment partie du public cible.

— Ah, non ? Les hommes d'âge mûr ne passent pas leur temps à emprunter des romans pour jeunes adultes ?

— Vous n'êtes pas d'âge mûr ! proteste-t-elle avant de baisser les yeux.

Une fois de plus, elle passe sans transition de l'audace à la timidité. C'est une danse dont je ne maîtrise pas les pas.

— C'est pour ma fille, réponds-je.

— Votre « fille » ? répète-t-elle en fronçant légèrement les sourcils.

— Oui. Ellie. Elle a quatorze ans. Elle vit dans le New Hampshire avec sa mère. Mon ex.

— Et… vous faites partie d'un club littéraire père-fille, ou quelque chose comme ça ?

Je tente un sourire, mais je sais qu'il n'est pas convaincant. *Comment lui expliquer ma démarche ? Quelle est ma démarche ?*

— Quelque chose comme ça. Je… je ne sais pas, je lis des livres qu'elle a lus. J'essaie de me rapprocher d'elle, je crois. De la comprendre un peu mieux.

De nouveau, je la vois jeter un coup d'œil à l'horloge.

— Je suis désolé… À quelle heure ferme la bibliothèque ?

— À 19 heures. Mais il n'y a pas de problème. Michael est toujours là.

Elle m'indique d'un signe de tête l'homme au coussin. Je le regarde un instant, puis me retourne vers elle et décide d'en venir au fait.

— Donc vous avez lu *La Cloche de détresse* ?

— Bien sûr.

Elle réagit comme si tout le monde sur terre l'avait lue, alors que je n'en avais jamais entendu parler avant de voir cet ouvrage mentionné dans le carnet d'Ellie.

— Si une personne s'identifie fortement à Esther… pensez-vous qu'il faille s'en inquiéter ? Est-ce que ça peut signifier… je ne sais pas… que cette personne aurait des tendances suicidaires ?

— Vous parlez de votre fille ?

— Oui.

Elle esquisse une moue songeuse, comme si elle réfléchissait vraiment à ma question. Ou peut-être tente-t-elle seulement de se rappeler certains détails du livre. Je remarque qu'un léger prognathisme fait saillir en avant sa lèvre supérieure. Je la contemple, incapable d'en détacher les yeux. Enfin, elle reprend la parole.

— Je pense que ce serait plus inquiétant de la part d'une adolescente de ne pas s'identifier à Esther.

— Ah, bon ? dis-je en plongeant mon regard dans le sien. Pourquoi ?

— Elle se sent piégée, mal dans sa peau, peu sûre d'elle et de sa place dans le monde. Même en ayant décroché ce stage prestigieux pour lequel d'autres filles pourraient tuer, elle se sent comme un imposteur.

— Et c'est une bonne chose ? Une faible estime de soi ?

Elle se mord la lèvre inférieure, l'air pensive, et réfléchit quelques secondes.

— Ça vaut mieux que l'inverse.

— Comment ça ?

— Vous avez été au lycée… Qu'y a-t-il de pire au monde qu'un ado arrogant ?

Je m'esclaffe, puis ressens un petit pincement au cœur à l'idée qu'Ellie soit en train de se débattre au milieu de ces grands problèmes de l'adolescence. Je me demande si elle parvient à trouver sa place.

— Cela dit, poursuit Jubilee, ce livre est en partie autobiographique, et Sylvia Plath s'est suicidée un mois après sa sortie. Alors je ne sais pas.

Je reste les yeux rivés sur son visage impassible, jusqu'à ce qu'elle m'adresse un léger sourire.

— Merci, dis-je avec un petit rire, essayant de dissimuler ma surprise. Voilà qui m'aide beaucoup.

Au poste informatique, Michael est en train de s'étirer, son écran éteint. Il reprend son coussin et se dirige vers la porte d'un pas traînant.

— Qu'est-ce que vous avez à faire avant de partir ?

— Pas grand-chose. Éteindre les lumières. Fermer la porte.

— Puis-je vous accompagner ?

Les mots sont sortis tout seuls, mais je les regrette quand je la vois baisser le regard.

— Euh…, hésite-t-elle.

— Je m'excuse, c'est ma grand-mère.

— Pardon ? demande-t-elle, l'air parfaitement déconcertée.

— Je sais qu'on est au XXIe siècle, mais je suis à peu près sûr qu'elle serait sortie de sa tombe pour me tuer si je ne vous l'avais pas au moins proposé.

— Euh… d'accord, acquiesce-t-elle avec un demi-sourire. Je vais chercher mon manteau.

Une fois dehors, je vérifie qu'Aja n'a pas bougé. Il est toujours assis sur le siège du passager, occupé à vider sa canette de soda. L'atmosphère nocturne est glaciale, j'espère qu'il n'a pas trop froid dans la voiture. Je fourre mes mains dans les poches de mon manteau pour les garder au chaud et me retourne vers Jubilee, qui se débat avec ses clés. Je parcours des yeux le parking à la lueur des réverbères, et je me rends compte qu'il ne reste plus que mon automobile.

— Où est votre voiture ?

— Oh. Je viens à vélo.

Je sais qu'elle était à vélo quand elle a sauvé Aja, et qu'il faisait froid ce jour-là, mais pas aussi froid qu'aujourd'hui.

— Vous êtes une fervente écologiste ?

— Non, répond-elle.

Elle réfléchit une seconde, puis ajoute :

— Même si je ferme le robinet pendant que je me brosse les dents.

Je souris.

— Alors pourquoi venir au travail à vélo par ce temps polaire ? Il me semble bien avoir vu une voiture dans votre allée…

— Elle refuse de démarrer. J'espérais que ce serait l'essence, mais ce n'est pas ça.

— Je peux peut-être vous aider ?

Encore une fois, j'ai parlé sans réfléchir. Mais elle a sauvé la vie d'Aja, c'est bien le moins que je puisse faire.

— Vous voulez m'offrir une nouvelle voiture ?

Un grand éclat de rire m'échappe comme un coup de canon. Le bruit résonne dans tout le parking. Elle m'adresse un large sourire, et j'ai l'impression que quelque chose vient de se briser. Cette étrange maladresse qui se dressait entre nous comme une paroi de verre – à l'hôpital, devant chez elle, à la bibliothèque – vient de disparaître. Soudain, je n'ai plus froid aux mains.

— Ah, non, dis-je. Pas tout à fait. Mais je peux y jeter un coup d'œil. Essayer de voir ce qui ne va pas.

— Vous savez réparer les automobiles ?

— Un peu, réponds-je en haussant les épaules.

Elle se mord la lèvre inférieure en songeant à mon offre, et je m'efforce de ne pas regarder sa bouche. *En vain.*

Au bout d'un silence qui me paraît durer plusieurs minutes, son regard croise enfin le mien.

— D'accord, dit-elle.

— D'accord. Samedi ?

— D'accord, répète-t-elle.

Je me tourne vers mon véhicule. Aja me regarde à travers le pare-brise. Il a fini son repas depuis longtemps. Je sais que je dois partir, le raccompagner à la maison, mais étrangement, je ne veux pas quitter Jubilee.

— Puis-je vous ramener ? lui proposé-je. On gèle, ce soir. Littéralement. Le panneau digital de la banque indiquait - 0,5 °C.

— Non, ça ira. J'ai l'habitude.

— Vous êtes sûre ?

— Oui, vraiment. Ce n'est pas nécessaire. Mais merci.

— Très bien, dis-je, acceptant la défaite. Bonne soirée, Jubilee.

— Bonsoir.

En m'installant derrière le volant, je regarde Jubilee enfourcher son vélo et sortir du parking pour s'enfoncer dans les rues silencieuses, petite masse sombre sous la lumière des lampadaires. Je remarque qu'elle n'a pas de phare sur son vélo, et je suis pris de l'envie subite de la suivre. Pour la protéger. Quand elle sort de mon champ de vision, je me laisse aller contre l'appuie-tête et respire de nouveau.

J'ai menti. Je n'y connais rien en voitures.

Mon père était un vrai mécanicien. Il avait toujours les ongles noirs et passait des week-ends entiers dans le garage, à faire Dieu sait quoi. Connie s'est jointe à lui dès qu'elle a été assez grande, et ils débattaient sur des questions de mécanique au dîner avec la même intensité que s'il s'agissait d'opérations à cœur ouvert. Un jour, il a essayé de m'apprendre à changer l'huile, mais je ne voyais pas l'intérêt sachant qu'il y avait un garagiste à moins de trois kilomètres de la maison.

Je ne sais même pas pourquoi j'ai proposé de jeter un coup d'œil à son automobile. J'ai cette espèce d'envie irrépressible de faire quelque chose pour elle. Pour cette femme qui, en si peu de temps, en a tant fait pour moi. Comme sauter dans le courant glacé d'une rivière pour en sortir mon fils. Le moins que je puisse faire, c'est tenter de réparer sa voiture. Enfin ça, c'est ce dont j'essaie de me convaincre.

Le jeudi après-midi, assis dans la salle d'attente de la psychiatre en attendant la fin du rendez-vous d'Aja, j'envoie un texto à Ellie :

Je ne savais pas que tu voulais travailler dans la presse.
Papa.

Puis je tape sur Google : « Ma voiture ne démarre pas. » Le premier résultat est la mécanique pour les nuls. Au lieu d'en être offensé, je suis reconnaissant. Le vocabulaire ne sera peut-être pas trop technique. Puis je parcours quelques paragraphes, comprends que la situation est sans espoir, et repose mon téléphone. Je me lève pour remplir un gobelet en plastique du café probablement froid qui m'attend dans une cafetière posée sur une table couverte de magazines. Alors que j'avale une première gorgée de cette boue tiédasse, l'épaisse porte en bois du cabinet s'ouvre et Aja apparaît. Je me compose un sourire accueillant.

— Alors, mec, ça s'est passé comment ?

Mon enthousiasme sonne faux, comme si mon fils venait de disputer un match de basket et non de passer une heure chez la psy.

Aja hausse les épaules sans même m'accorder un regard et reprend l'iPad qu'il a laissé sur la chaise à côté de moi. Il s'assied et met ses écouteurs juste au moment où la psychiatre, qui s'est présentée à notre arrivée sous le nom de Janet, émerge sur le pas de la porte.

— Monsieur Keegan ? Vous voulez venir discuter ?

— Je reviens tout de suite, dis-je à Aja.

Absorbé par son écran, il ne réagit pas. Mal à l'aise, je me tourne vers Janet qui m'adresse un sourire réconfortant.

Une fois entré, je m'assieds sur une chaise en face de son bureau. Dans un cadre, trois enfants blonds me sourient de toutes leurs dents bien alignées, arborant fièrement leurs tenues assorties sur une plage de sable fin.

— Ce sont les vôtres ? l'interrogé-je.

Elle hoche la tête, et je dois m'empêcher de lever le regard au ciel. Je me demande si elle mesure à quel point il est détestable d'avoir sa petite famille parfaite sous les yeux quand on est là pour parler des problèmes de la nôtre. C'est peut-être une manière de faire étalage de ses compétences : « Regardez, j'arrive à mettre en rang mes enfants et à les faire sourire tous en même temps dans des tenues assorties et bien repassées ! Votre famille sera aussi équilibrée que la mienne une fois qu'on aura réglé ces petits soucis de tendances suicidaires et de pensées délirantes ! »

— Ils sont tous majeurs, maintenant, soupire-t-elle. J'ai du mal à me rendre compte.

— Mmm.

Je l'observe d'un peu plus près. Au premier regard, j'ai cru qu'elle n'avait pas encore quarante ans, mais je distingue à présent une fine ligne grise au niveau des racines de ses cheveux blonds rassemblés en un chignon serré. Et son visage est un chouïa trop tendu. Elle est simplement très bien conservée.

— De toute évidence, vous avez un garçon très intelligent, déclare-t-elle en s'installant dans son grand fauteuil en cuir.

En temps normal, j'aurais dit « merci », mais je suis trop stressé – par le travail, par Aja, par la vie – pour faire des politesses. Je veux en venir au fait.

— Pensez-vous qu'il soit suicidaire ?

Elle ouvre de grands yeux, puis se reprend et secoue la tête, comme si elle comprenait que je voulais en finir au plus vite.

— Non, répond-elle. Je ne pense pas.

— Parfait ! Avez-vous signé l'attestation ? J'en ai besoin pour l'école.

Elle prend un papier sur la pile posée devant elle et le glisse vers mon côté du bureau.

— Je voudrais voir Aja une fois par semaine.

— Pour ses pensées délirantes ? D'accord. Je m'arrangerai avec mon travail.

Je mets mon téléphone et la feuille qu'elle m'a donnée dans ma poche, et je commence à me lever.

— Non, dit-elle.

Je m'arrête en plein mouvement.

— Non ? Non quoi ?

— Ce n'est pas pour ses pensées délirantes que je veux le voir, bien que ses actes soient inquiétants. Et je ne partage pas la position de son précédent thérapeute. Je pense qu'il souffre d'autisme. Mais en attendant, c'est pour son travail de deuil que je voudrais le voir.

La gravité me fait retomber sur mon siège, et je fronce les sourcils.

— Son « travail de deuil » ?

J'essaie de me rappeler un moment où j'aurais vu Aja pleurer ou manifester de la tristesse. Rien ne me vient. Je ne crois même pas qu'il ait versé une larme le jour de l'enterrement. Quoique ma mémoire soit un peu fragmentaire étant donné que j'étais en plein milieu d'un gros audit, à faire des journées de seize heures, que mon meilleur ami était mort et que je venais d'apprendre que, du jour au lendemain, le nombre de mes enfants allait être multiplié par deux.

—Je ne… je ne sais pas trop… ses parents sont décédés il y a plus de deux ans. Il vous en a parlé ?

—Non. Il n'a pas dit grand-chose. Je l'ai lu dans son dossier. Mais du peu qu'il m'a dit, j'ai le sentiment qu'il n'a jamais fait son deuil. Je crois qu'il ne sait pas comment faire.

J'encaisse la nouvelle. *Il y aurait donc une bonne manière de faire son deuil ? Une recette à suivre ?* Je croyais qu'il suffisait de pleurer un peu avant de reprendre sa vie normale. Sans crier gare, mon esprit me ramène au jour où je suis rentré de l'école pour trouver ma gerbille, Alvin, inerte au fond de sa cage.

« Haut les cœurs, m'avait dit ma mère. La vie continue. »

Je me souviens d'avoir pensé : *Pas pour Alvin.*

—Vous lui parlez de ses parents ? me demande-t-elle, interrompant ma rêverie. Vous évoquez des souvenirs avec lui ? Vous lui racontez des anecdotes ?

Je réfléchis. Je le fais sûrement. Je pense si souvent à Dinesh. À ce qu'il aurait fait à ma place. À quel point il était meilleur que moi en tant que père, que mari, et dans tous les domaines. Je songe à tout ce que j'ai gâché dans mon existence, et je me dis que lui aurait toujours su s'y prendre. *Mais est-ce que j'en parle avec lui ? Avec Aja ?*

— Je ne sais pas trop, avoué-je.

— Mmmm.

J'ignorais qu'on pouvait charrier autant de jugement en une seule syllabe.

— Qu'est-ce que ça veut dire ? lui demandé-je.

— Non, rien. Mais j'aimerais que vous essayiez cette semaine. Racontez-lui quelque chose au sujet de son père… Quel était son nom ?

— Dinesh.

Ma voix se brise sur le « nesh ». Je ne m'y attendais pas. Je me racle la gorge pour reprendre une contenance.

— Ou de sa mère.

— Kate.

Son visage apparaît devant moi. Ses longues boucles brunes qui encadraient ses joues rebondies, son sourire trop grand pour sa figure. J'entends presque son rire cristallin en réponse aux facéties de Dinesh. Son rire me faisait penser à un carillon éolien un jour de fortes rafales. Ou peut-être n'est-ce que le souvenir que j'en ai.

J'avale ma salive avec peine.

— Vous pouvez le faire ? s'enquiert la psychiatre.

— Oui. Je peux le faire.

Je ramasse mes affaires et me lève.

— Merci, docteur…

Je cherche des yeux une plaque à son nom, car je l'ai déjà oublié.

— Oh, je vous en prie, appelez-moi Janet.

Sur le chemin du retour, Aja est toujours plongé dans son jeu. Je lui tape sur l'épaule.

— Tu peux enlever ces trucs, s'il te plaît ?

— Quoi ?

— Tes écouteurs. Enlève-les !

Il enroule un doigt autour de chaque câble et tire un coup sec.

— Il faut qu'on parle.

Il se contente de regarder le tableau de bord.

— Je retourne au travail demain. Et toi, tu reprends l'école.

Silence.

— Mais comme l'assistante sociale de l'hôpital ne veut pas que je te laisse seul après l'école, cette gentille dame qui est venue mardi, Mme Holgerson, t'attendra à l'arrêt de bus. Elle va rester avec nous, ranger un peu l'appartement et nous préparer le dîner. Il paraît qu'elle fait très bien la cuisine suédoise.

Quand elle a su qu'il me faudrait quelqu'un pour s'occuper d'Aja après les cours, Connie s'est renseignée à son cabinet. Un assistant juridique connaissait justement une nounou à la retraite qui cherchait un temps partiel. Glenda Holgerson sentait un peu l'oignon frit, mais son

CV était impressionnant, son attitude à la fois douce et ferme, et elle n'a pas trahi la moindre appréhension lorsque j'ai évoqué les problèmes récents d'Aja. Je l'ai embauchée sur l'heure et l'ai ajoutée à la liste de tout ce que je dois à ma sœur.

— Aja !

Comme il ne répond pas, je poursuis :

— Tu te souviens de ces boulettes de viande qu'on a mangées à IKEA ? Elle sait les faire. Elle m'a aussi parlé d'un dessert. *Fila* ? *Fika* ? Un truc comme ça. En tout cas, un peu de nouveauté nous fera du bien.

Aja marmonne quelque chose.

— Quoi ?

— J'ai dit que je n'ai pas besoin d'une baby-sitter.

— Je sais. Ce n'est pas une vraie baby-sitter. Juste une personne qui sera présente au cas où tu aurais besoin de quelque chose.

— C'est une inconnue. Je n'aime pas les inconnus.

— Ce n'est pas vraiment une inconnue. Tu l'as rencontrée mardi.

— Pourquoi on ne peut pas continuer comme avant ?

— Parce qu'on ne peut pas, OK ? répliqué-je plus sèchement que je ne l'aurais voulu.

À ces mots, Aja reprend ses écouteurs et les replace dans ses oreilles.

Avec un soupir, j'actionne mon clignotant pour entrer dans le parking de l'immeuble. Mon portable se met à vibrer dans ma poche pour la troisième fois depuis que j'ai pris le volant. Une fois garé, je le sors pour passer en revue les appels professionnels que j'ai ratés.

Cinq de mon chef, comme je m'en doutais.

Mais le sixième ? Oh, ce sixième ! Il est d'Ellie.

Chapitre 14

JUBILEE

Assise à mon bureau ce vendredi soir, je serre dans mon poing le bout de papier chiffonné que j'ai sorti de la corbeille. Madison m'a appelée deux fois cette semaine pour me rappeler qu'on n'irait pas « à l'aventure » *(ce sont ses mots, pas les miens)* tant que je n'aurais pas un EpiPen. « Je refuse d'être responsable de ta mort prématurée », m'a-t-elle dit de ce ton théâtral auquel je commence à m'habituer.

Mais ce n'est pas elle qui me pousse à entrer en contact avec le docteur Zhang. *Enfin, pas seulement.*

L'éruption sur mon ventre s'est étendue comme un liseron jusqu'à ma poitrine, mes épaules et mon dos. J'ai testé tous les remèdes de grand-mère que maman connaissait pour apaiser les démangeaisons, pour résorber ces plaques de peau rouge et squameuse : bains aux flocons d'avoine, cuillères à café de Benadryl, couches de crème antihistaminique plus épaisses que le glaçage d'un *cupcake*... Rien n'y fait. Et je sais que le docteur Zhang peut m'aider.

J'ouvre le mail que j'essaie de rédiger depuis deux jours. Je dois lui écrire directement, car quand j'ai appelé vendredi pour prendre rendez-vous, la réceptionniste m'a informée de sa voix enjouée que le docteur Zhang avait une liste d'attente de sept mois pour les nouveaux patients. J'ai bien essayé de lui expliquer que je n'étais pas tout à fait une nouvelle patiente, elle s'est contentée de ricaner : « Votre dernier rendez-vous remonte à douze ans ? Euh… Vous êtes une nouvelle patiente, ma chère. »

Je relis une nouvelle fois ce que j'ai écrit. Le ton est plaintif, simpliste et un peu désespéré. Mais après tout, je suis désespérée et c'est le mieux que je puisse faire.

Je clique sur « Envoyer ».

Et j'attends.

Quatre minutes plus tard, une notification s'affiche.

Jubilee ! Bien sûr que je me souviens de vous ! Pouvez-vous venir mardi à 10 heures ?

Je passe à pas feutrés dans la cuisine, le cœur battant à une vitesse improbable, et j'appelle Madison. Comme elle ne répond pas, je lui laisse un message. Puis, alors qu'il n'est pas encore 20 heures, je monte me coucher.

« Boum. Boum. Boum. »

J'ouvre les yeux et regarde autour de moi, aveuglée. Mon oreiller est humide, j'ai dû baver dans mon sommeil. Je m'essuie le menton du revers de la main. La lumière qui filtre à travers les rideaux m'informe que c'est le matin, mais je n'ai aucune idée de l'heure qu'il est. Ni si ce bruit était réel ou le simple fruit d'un rêve.

« Boum. Boum. Boum. »

Voilà qui répond à ma question. Je m'assieds dans mon lit et me demande qui cela peut bien être. Probablement un démarcheur ou un témoin de Jéhovah, comme j'en ai vu défiler ces neuf dernières années. Je demeurais toujours sans bouger dans la cuisine, à attendre qu'ils s'en aillent.

La curiosité me fait tout de même sortir du lit, et je me glisse à la fenêtre avant de soulever avec précaution un coin du rideau bleu. Je n'aperçois pas le porche sous cet angle, mais je peux voir…

La voiture d'Éric. Garée dans mon allée. Je fais un pas en arrière, le cœur martelant dans ma poitrine. J'avais complètement oublié qu'il devait venir aujourd'hui. *Qu'est-ce qui m'a pris d'accepter ?* Je me fiche éperdument de faire marcher la Pontiac. Ce n'est pas comme si j'avais l'intention de conduire. Mon vélo me suffit pour aller au travail. J'ai été prise de court. Il était tellement… tout le contraire d'Éric. Loin de sa politesse de façade habituelle, il s'est montré gentil, amical, et même un peu drôle. Mais maintenant, à la lumière du jour, j'ai l'impression d'être une minable à qui il a voulu faire la charité parce qu'il se sentait redevable. J'aurais dû refuser.

« Boum. Boum. Boum. »

Je reste figée, espérant qu'il s'en aille.

« Boum. Boum. Boum. »

Je compte lentement dans ma tête, et alors que j'arrive à cent et que je pense qu'il a abandonné…

« Boum. Boum. Boum. »

Apparemment pas. J'enfile les leggings usés que j'avais posés sur ma chaise. Je descends et ouvre la porte juste au moment où il lève le poing pour frapper une nouvelle fois. Une vague d'air froid me cingle le visage.

— Désolée, je… Je viens de me réveiller.

Je regarde Éric, puis Aja, puis de nouveau Éric. Celui-ci s'est arrêté en plein mouvement, la main levée, et je me demande pourquoi il ne bouge pas. Je sais que mes cheveux sont à faire peur, mais je ne crois pas avoir l'air folle au point de mériter ce regard ébahi.

Il se racle la gorge et – enfin – abaisse lentement son poing.

— Bonjour, Jubilee.

En entendant mon prénom, Aja ouvre des yeux grands comme des soucoupes. Éric, lui, ne me regarde pas. *Pas dans les yeux, en tout cas.* Je crois que toute son attention est concentrée sur ma poitrine. « Il n'y a pas grand-chose à regarder », observe la voix de ma mère à mon oreille, suivie de son rire éraillé de fumeuse. Elle me disait souvent ça. Méchant, certes, mais vrai – je n'ai pas hérité des atouts de ma mère – et je ne comprends pas ce qui suscite l'intérêt d'Éric.

Peut-être suis-je perdue dans un de ces rêves bizarres où je me rends compte, vulnérable et désespérée, que j'ai les seins à l'air ? Je baisse les yeux. Ce que je découvre est pire.

Je réprime une furieuse envie de leur claquer la porte au nez, et de courir à l'étage pour me rouler en boule dans mon lit et ne plus jamais en sortir.

Je porte son sweat. Celui de son école. Celui dans lequel je dors toutes les nuits depuis qu'il m'a ramenée de l'hôpital. Pas parce que c'est le sien, bien sûr, mais c'est juste qu'il est… confortable. Et qu'il sent bon. Mais tout ce qu'il voit, c'est que je le porte. Et tout ce que je veux faire, c'est mourir un peu.

La chaleur me monte au visage, il sera bientôt en feu.

— Merci d'être venu, dis-je en essayant de maîtriser les tremblements de ma voix. La voiture est… eh bien, vous savez où elle se trouve. Appelez-moi s'il vous faut quelque chose.

Je m'apprête à fermer la porte, mais Éric tend une main pour m'arrêter.

— Attendez.

Je contemple ses doigts plaqués sur le grain du bois. Je me rappelle mon rêve, ses doigts qui touchent les miens, et mon souffle s'accélère. Un de mes cours de Harvard en ligne était une introduction à la peinture : « Comment dessiner le corps humain. » Le professeur avait expliqué que les mains étaient la partie du corps la plus difficile à dessiner, non seulement à cause de la complexité des lignes et des articulations, mais aussi parce que les mains sont aussi expressives que les visages en matière de postures et d'émotions. Je trouvais ça stupide. *Jusqu'à maintenant.* Je déglutis avec peine.

— J'attends ma sœur, Connie. Elle a proposé de m'aider. Pouvons-nous entrer une minute ?

Je fais un pas en arrière, essayant de créer de la distance entre moi et les mains d'Éric, mais il prend mon mouvement pour une invitation. Contrainte et forcée, je m'efface pour les laisser passer.

— Bien sûr. Euh… entrez.

Je referme la porte derrière eux et on se tient plantés là, en bas de l'escalier, dans un silence gêné. Je sais que je devrais parler, les prier de faire comme chez eux ou formuler une autre banalité accueillante, mais je reste bloquée sur la pensée qu'il y a deux personnes dans ma maison. *Des invités.* Que je n'ai pas vraiment invités, mais le résultat est le même. Le bruit que fait Éric en se frottant les mains l'une contre l'autre pour se réchauffer me ramène à l'instant présent. J'ouvre la bouche pour dire quelque chose – n'importe quoi, juste pour briser le silence – mais ses mains détournent à nouveau mon attention, cette fois parce que je me demande pourquoi il ne porte pas de gants par ce temps. Et c'est alors que je m'en rends compte. J'ai oublié de mettre mes gants. Aussitôt, je glisse mes mains dans mon dos.

— Je… Je reviens, dis-je en tâtonnant du bout du pied pour trouver la première marche. Vous pouvez vous asseoir, ajouté-je en indiquant le salon d'un signe de tête. Enfin, si vous voulez.

À l'étage, j'enlève le sweat d'Éric et le jette dans le panier à linge. L'humiliation d'avoir été surprise me fait rougir une seconde fois. Je sens immédiatement l'air froid sur ma peau nue, et la chair de poule intensifie les démangeaisons. Je résiste à l'envie de me gratter, applique en hâte une nouvelle couche de ma crème inutile, et enfile un tee-shirt propre et un pull irlandais. J'espère que le col boule dissimulera le haut de l'éruption qui menace de passer le cap de ma clavicule.

Je mets mes gants, prends une grande inspiration et redescends l'escalier.

Arrivée sur la dernière marche, je m'arrête. Aja est plongé dans son iPad, assis sur le petit fauteuil tapissé de velours. *Mon fauteuil.* Éric, lui, s'est installé sur le canapé, tout à gauche. *La place de ma mère.*

Je ne savais pas que c'était la place de ma mère – *ou, plus précisément, je ne savais pas que j'attribuais toujours cette place à ma mère* – jusqu'à le voir assis là. Cette prise de conscience me met mal à l'aise.

Et soudain, je commence à remarquer une multitude d'autres choses.

La façon dont s'affaisse le coussin du fauteuil, n'offrant aucun soutien à la frêle silhouette d'Aja et lui donnant l'aspect d'une marionnette sans fils négligemment posée sur le siège.

Le cendrier au milieu de la table basse. J'ai jeté les cigarettes à moitié fumées de maman il y a des années, mais je ne l'ai jamais vidé de ses cendres.

Et les livres. Bon sang, les livres! Des piles de livres occupent presque tout l'espace. Des piles allant de deux ou trois à une bonne quinzaine, comme celle qui s'entasse par terre à côté de mon fauteuil et s'arrête juste à la bonne hauteur pour y poser une tasse de café. Ce n'est pas que je ne les range pas, mais plutôt que je n'ai nulle part où les mettre. Les étagères sont pleines à craquer, et les moindres coins et recoins sont envahis d'ouvrages, formant un puzzle de tranches éparses. Soudain, je suis gênée en songeant à tout cet argent dépensé en lecture au cours des années. Et je me rends compte de l'ironie de la situation : si je m'étais contentée de les emprunter à la bibliothèque, je ne serais peut-être pas obligée d'y travailler pour payer mes factures.

Je me demande si Éric me prend pour une sorte d'accumulatrice compulsive. Comme ces frères qu'on a retrouvés morts dans leur appartement new-yorkais au milieu de cent quarante tonnes de fourbi.

Au moins, en dehors des livres et du cendrier, la maison est propre. L'espace d'une seconde, je me félicite de mes efforts méticuleux pour repousser acariens et toiles d'araignées.

Je toussote, et Éric lève les yeux.

— Désolée pour le… désordre, dis-je avec un vague geste de la main en direction des piles de livres.

— Les risques du métier ?

— Oui.

Je ne peux m'empêcher de sourire. C'est le nouvel Éric, le Éric amical dont les traits d'esprit me prennent par surprise.

Puis mon sourire s'efface et je reste plantée là, les bras ballants. Parce que Aja est à ma place, que je n'ai jamais eu deux personnes dans mon salon – pas depuis le départ de ma mère– et que je ne sais pas quoi faire.

Soudain, trois petits coups à la porte me font sursauter.

—Ça doit être Connie, observe Éric en se levant.

La place de ma mère enfin libérée, un ridicule sentiment d'apaisement m'envahit.

Je vais ouvrir la porte et découvre une femme munie d'une boîte à outils.

—Vous devez être Jubilee, commence-t-elle en entrant sans attendre mon invitation.

La somme des personnes présentes dans ma maison qui ne sont pas moi vient encore d'augmenter. *Est-ce que le plafond a toujours été si bas ? Les murs ont-ils toujours été si imposants ?* Malgré le courant d'air froid qui vient de s'engouffrer, des gouttes de sueur se mettent à picoter ma peau.

—Vous avez de la chance qu'Éric m'ait parlé de votre voiture, déclare Connie comme si elle reprenait une conversation interrompue la veille au soir. Il n'aurait fait qu'aggraver les choses.

Ses yeux sont la réplique exacte de ceux d'Éric.

—Qu'est-ce qu'il y a de pire que de ne pas démarrer ? lui demandé-je.

—Vous n'avez pas idée, s'esclaffe-t-elle avant de se tourner vers Éric. Je dois repartir pour le bureau dans quelques heures. On s'y met ?

—Les clés sont sur la table, dis-je en les montrant du doigt.

Éric s'en empare et suit Connie hors de la maison. Je ferme la porte derrière eux, soulagée. Ce n'est qu'en relevant les yeux que je m'aperçois qu'Aja n'a pas bougé de mon fauteuil. Il est si concentré sur son jeu qu'il ne semble même pas avoir remarqué le départ de son père et de Connie.

Je reste là, à tenter de déterminer si je dois dire quelque chose. Puis, au bout d'une minute, les gargouillements de mon estomac me poussent vers la cuisine pour le petit déjeuner. En faisant mon café, je me rends compte que j'aurais dû en proposer à Éric. J'aurais dû lui proposer quelque chose, n'importe quoi. C'est toujours ce qui se fait dans les films quand quelqu'un vient en visite : une tasse de thé, un verre d'eau, des petits gâteaux... Je pense à Aja et me demande s'il a faim. Je passe la tête dans le salon.

— Hé, Aja !

Il me regarde.

— Des œufs ?

— Quoi ? interroge-t-il d'un air hagard.

— Je prépare le petit déjeuner. Tu en veux ?

Il fait la grimace, et je me souviens que les enfants sont rarement friands d'œufs. Mais je n'ai pas de céréales, ni de... *Qu'est-ce que ça mange, un enfant ?*

— Euh... des cookies ?

Il fait « non » de la tête et se replonge dans son jeu vidéo – à mon grand soulagement, car je viens de me rappeler que j'ai fini le dernier paquet mercredi.

Après le petit déjeuner, je fais ma vaisselle et retourne, désœuvrée, dans le salon. Je suis mal à l'aise à la seule idée de ne pas être seule chez moi. J'ai la sensation que le moindre de mes mouvements est observé alors qu'Aja n'a pas relevé le regard de sa tablette depuis notre brève conversation.

Je ramasse quelques livres sur la table derrière le canapé, comme si j'avais l'intention de les ranger. Mais je ne sais pas où les mettre, alors je me contente de réarranger la pile en les classant du plus grand au plus petit.

— Vous vous appelez vraiment Jubilee ?

La petite voix d'Aja me fait sursauter.

— Euh… oui. Je crois que je n'ai pas vraiment eu l'occasion de me présenter l'autre jour.

Il se tient bien droit ; derrière les verres épais de ses lunettes, ses yeux ne quittent pas les miens.

Puis il hoche vaguement la tête, et je vois son regard migrer vers mes mains. Il les observe, attentivement, les sourcils froncés.

— Pourquoi vous portez des gants ? demande-t-il.

Je baisse les yeux et me rends compte que mes doigts jouent nerveusement avec le cuir de mes gants.

— Euh… C'est difficile à expliquer.

Il retient son souffle, de nouveau concentré sur mon visage. Quand il reprend la parole, sa voix n'est plus qu'un murmure presque religieux.

— C'est parce que vous ne pouvez pas toucher les gens ?

À ces mots, j'ai l'impression que mon estomac vient de tomber à mes pieds.

— Quoi ?

Comment a-t-il…

— Vous ne pouvez pas le maîtriser, pas vrai ?

Ses yeux dansent à présent, de brillantes taches d'encre.

Je réfléchis. *Une infirmière a-t-elle pu lui en parler? Bonjour le secret professionnel! Oh, non... Est-ce qu'Éric aussi est au courant?* Ma bouche est soudain très sèche.

— Il n'y a pas de problème. Vous pouvez me le dire, insiste-t-il en se penchant vers moi. Je vous jure que je ne le répéterai à personne.

Je jette un coup d'œil en direction de la porte, espérant une intervention divine d'Éric. Mais en même temps, je ne veux pas qu'il surprenne cette conversation. Je me demande alors pourquoi son opinion est si importante à mes yeux.

— Vous pouvez me montrer? interroge Aja.

— Te montrer?

Là, je ne comprends plus. *Il veut voir mes mains?*

— Oui, une boule de feu! Elles sont grosses comment? Est-ce que vous commandez leur trajectoire?

Une « boule de feu »?

— Aja, dis-je, interrompant le flot de ses questions. De quoi est-ce que tu parles?

— De votre énergie pyrotechnique! s'écrie-t-il, si enthousiaste qu'il sautille sur son siège et que je commence à craindre pour l'intégrité du coussin.

— Mon énergie... quoi?

— Et vous prétendiez ne pas connaître les X-Men. J'aurais dû m'en douter. Depuis que je vous ai vue. Vous lui ressemblez même un peu.

— À qui?

— À Jubilé! Vous êtes Jubilé!

Je hoche la tête, mais seulement parce qu'il vient de dire quelque chose qui ressemble à la vérité. Quelque chose que je peux confirmer.

— Oui, c'est mon prénom, mais…

— Jubilé des X-Men ! Vous pouvez lancer des plasmoïdes du bout des doigts !

En guise de démonstration, il se met à pointer des objets du doigt en émettant de petits bruits électriques.

— C'est pour ça que vous êtes obligée de porter des gants.

Je contourne le canapé pour venir m'asseoir du côté droit, loin de la place de ma mère.

— Aja.

Il continue à mimer des explosions, excité comme une puce.

— Aja !

Il s'arrête net et me regarde.

— Je n'ai pas de… pouvoirs. Je ne sais pas… euh… créer des boules de feu. Ça n'existe que dans les films.

Il ouvre la bouche, et je me souviens de notre conversation à la bibliothèque. Je sais qu'il s'apprête à me reprendre, et je le prends de vitesse.

— Je veux dire, dans les comics. Pardon.

Il referme la bouche et se met à se curer le nez, assimilant l'information. La lumière dans ses yeux se voile, et c'est comme si une ficelle les rattachait à mon cœur. Et que quelqu'un tirait dessus. C'est ridicule, mais j'en viens à regretter de ne pas savoir lancer de boules de feu du bout des doigts.

— Mais alors… pourquoi vous portez des gants ? demande-t-il d'une petite voix.

Je le regarde, et je me sens obligée de dire la vérité.

— Je suis allergique.

Il semble terriblement déçu.

— Une allergie ? Comme une allergie aux arachides ?

— En quelque sorte. Mais la mienne est beaucoup plus rare.

— Rare comment ? me demande-t-il avec un léger regain d'intérêt.

— Très rare, réponds-je en m'inclinant vers lui. Mais si je te le dis, tu ne devras en parler à personne.

Lui aussi se penche vers moi. J'ai l'impression que la pièce entière retient son souffle.

— Je suis allergique aux êtres humains.

Il ouvre de grands yeux ronds et son regard s'illumine. Je ne sais pas pourquoi, mais ça me fait plaisir.

— C'est pour ça que j'ai fini à l'hôpital après t'avoir sorti de l'eau, dis-je en agitant mes doigts gantés. Je ne peux pas toucher les gens.

Il hausse tellement les sourcils qu'ils disparaissent presque sous ses épais cheveux noirs. Puis, une fraction de seconde plus tard, il les fronce de nouveau d'un air de profonde réflexion. Je vois presque tourner les rouages de son cerveau.

— Mais alors, murmure-t-il enfin, vous êtes vraiment une mutante ?

Je réfléchis un instant. *C'est vrai que c'est ce que j'ai ressenti toute ma vie. Je me suis sentie comme une curiosité.*

Un monstre. Une erreur de la nature. Mais dans sa bouche, ça ne semble pas si terrible.

Une heure plus tard, Connie et Éric apparaissent dans l'entrée. Ils n'ont pas frappé, mais je ne vois pas pourquoi ils le feraient. Ils me rendent un service.

— Depuis combien de temps votre voiture ne démarrait plus ? s'enquiert Connie.

— Euh… Je ne sais pas vraiment…

— Je reformule : quand est-ce que vous l'avez fait rouler pour la dernière fois ?

Je jette un regard à Éric et marmonne une réponse inintelligible.

— Pardon ?

Je m'éclaircis la voix.

— Il y a neuf ans.

Connie et Éric en restent bouche bée.

— Ah, oui. D'accord, dit Connie en hochant la tête à plusieurs reprises. Ça… ça explique tout. Le réservoir à essence est complètement rouillé. Je ne pense pas que le vinaigre suffira. Je vais le vider et y mettre de l'essence avec un additif. Il vous faudra aussi une batterie neuve, des bougies, et changer tous les liquides. Oh, et de nouveaux pneus. Il faut les changer tous les six ans, surtout quand la voiture reste garée au-dehors.

Submergée d'informations, je me tourne vers Éric. Ce dernier hausse les épaules comme pour s'excuser.

Connie ne s'arrête pas là.

— Je peux m'occuper des liquides et des bougies, c'est très simple. Peut-être même de la pompe à carburant, en fonction de l'état. Le reste, en revanche, dépasse mes compétences. Je pense que votre voiture sera mieux dans les mains d'un mécanicien. Désolée pour les mauvaises nouvelles. Je dois y aller, on m'attend au bureau, ajoute-t-elle en jetant un petit coup d'œil à sa montre.

Éric la raccompagne à la porte, et je parviens à lâcher un « merci » avant qu'elle disparaisse.

— Je vais appeler une dépanneuse, dit-il en revenant dans le salon. On va l'emmener au garage.

— Oh, non, je vais m'en occuper ! protesté-je sans la moindre intention de m'exécuter.

— Ça ne me dérange pas. J'ai fait quelques recherches cet après-midi, pour trouver le meilleur…

— Non ! l'interromps-je un peu plus fermement.

Il semble confus.

— Je… Le vélo me suffit amplement. Ce n'est pas grave.

— Mais je voudrais vraiment faire ça pour vous, insiste-t-il. Je vous dois bien ça.

— Vous ne me devez rien du tout !

J'ai parfaitement conscience qu'en rentrant de l'hôpital, je ne le trouvais pas assez reconnaissant, mais là c'est beaucoup trop. J'aimerais qu'il laisse tomber.

— Je n'ai rien fait.

— Vous avez sauvé…

— Non ! protesté-je d'une voix un peu plus forte que nécessaire.

Même Aja lève les yeux de son iPad, avant de les rabaisser aussitôt.

— J'ai fait ce que n'importe qui aurait fait dans cette situation.

Il ne me répond pas tout de suite, il se contente de me regarder fixement. Ni lui ni moi ne clignons des yeux, et je commence à ne plus savoir où me mettre. C'est comme si on s'était engagés dans une sorte de bataille, mais je ne comprends pas pourquoi il se bat. Il a fait ce qu'il était venu faire : jeter un coup d'œil à ma voiture. Nous sommes quittes. Il n'a plus la moindre obligation envers moi.

Enfin, il brise le silence.

— Et si je vous ramenais du travail jusqu'à ce que vous ayez assez d'argent pour faire réparer votre voiture ?

J'écarquille les yeux. *Ça devient ridicule.*

— Non, vraiment…

Mais il poursuit comme si je n'avais rien dit :

— La bibliothèque ne se trouve pas très loin de la gare, ça ne me fait pas un long détour. C'est déjà difficile de rouler à vélo dans le froid, mais alors dans l'obscurité… Vous n'avez même pas de réflecteurs. Et s'il se mettait à neiger ?

Qu'est-ce que ça peut vous faire ? ai-je envie de crier. Je croise les bras. Je déteste sa façon de me parler. Il est condescendant, comme s'il savait tout mieux que moi. Et ce que je déteste encore davantage, c'est qu'il a un tout petit peu raison : je n'avais pas pensé à la neige.

— Je viens de commander des réflecteurs, et même un phare ! rétorqué-je d'un ton sec. Même si ce ne sont pas vos affaires.

Il fait un pas en arrière. Je pense que j'ai gagné, mais il ouvre la bouche et me dit à voix basse :

— Laissez-moi juste vous aider. S'il vous plaît.

— Je n'ai pas besoin de votre aide. Vous en avez assez fait pour moi. Merci beaucoup.

De la main gauche, je fais un geste en direction de la porte. Je sais que c'est impoli, mais je ne me soucie plus de rien. Je veux juste qu'il s'en aille.

Il recule de nouveau d'un pas et hoche la tête, lentement, sans me quitter des yeux.

— D'accord, cède-t-il en sortant son bonnet de sa poche.

Il semble fatigué, et je sais que j'ai gagné. Il se tourne vers Aja.

— Tu es prêt, mec ? demande-t-il assez fort pour que l'enfant l'entende malgré ses écouteurs.

Aja se lève, cale son iPad sous son bras et se dirige vers la porte d'un pas traînant. Éric s'apprête à le suivre, mais il m'adresse un dernier regard avant de s'en aller.

— Au revoir, Jubilee.

Je soutiens son regard. J'essaie de me raccrocher à la colère qui courait à l'instant dans mes veines, mais j'en suis incapable. J'ai perçu quelque chose dans ses yeux que je n'avais encore jamais vu, une sorte de détresse silencieuse. Tout ce que j'arrive à ressentir à présent, c'est un vague regret d'avoir été si dure. Mais sans me laisser le temps d'ajouter quoi que ce soit, il baisse le regard et s'en va. La porte se referme derrière lui avec un « clic » sonore.

Chapitre 15

ÉRIC

Je suis un imbécile. Stéphanie m'a toujours dit que je ne sais pas quand m'arrêter. Que quand j'ai une idée en tête, je deviens trop insistant. Et c'est exactement ce que je viens de faire avec Jubilee. Mais ce que j'essaie de comprendre sur le chemin de la maison, c'est pourquoi. D'accord, elle a sauvé la vie d'Aja. Et je me sens redevable. Mais elle m'a expliqué très clairement qu'elle ne veut pas de mon aide. Qu'elle n'en a pas besoin. Alors pourquoi ai-je été incapable d'abandonner ? Peut-être est-ce une question d'ego, liée au désir profond de me sentir indispensable à quelqu'un – n'importe qui – pour apaiser le terrible sentiment d'inutilité qui me poursuit.

Sur le siège du passager, Aja tapote des deux pouces son petit écran ridicule. Je m'efforce de me concentrer sur la route pour me changer les idées, mais plus je tente de ne pas penser à Jubilee, plus son visage m'obsède.

Elle portait mon sweat-shirt en ouvrant la porte. Celui de mon école. Celui que je lui ai prêté quand je l'ai ramenée de l'hôpital. Je sais que ça ne veut rien dire : c'est sûrement le premier vêtement qui lui est tombé sous la main quand je l'ai si grossièrement réveillée en frappant à la porte.

Et pourtant. Pour une raison qui m'échappe, je ne cesse pas de penser à ce sweat. Et aux endroits où le tissu touchait sa peau.

— Éric, dit Aja de sa voix monocorde, interrompant le fil de mes pensées.

— Oui ?

— Tu viens de griller un feu rouge.

— Quoi ?

Je jette un coup d'œil dans le rétroviseur. En effet, le feu est rouge.

— J'ai fait ça ?

Mais Aja s'est déjà replongé dans son jeu et ne prend pas la peine de me répondre. Je passe les mains dans mes cheveux et pousse un soupir. Je ne comprends pas ce qui m'arrive.

Ce lundi, j'ai tellement de travail que j'ai à peine le temps de passer un bref coup de fil dans l'après-midi pour m'assurer qu'Aja est bien rentré et que Mme Holgerson est là. En fin de journée, dans le train de 18 h 15, je sors de mon sac *Les Pages de notre amour*. Je n'ai plus que quinze pages à lire, mais au lieu d'ouvrir le roman, je ferme les yeux et me laisse aller contre l'appuie-tête. Je me demande, comme souvent en ce moment, si j'ai vraiment envie de passer associé.

Est-ce que cela en vaut vraiment la peine? Depuis toujours, c'est mon objectif de carrière. C'était la réponse toute faite que je donnais à Stéphanie chaque fois qu'elle se plaignait de mes longues journées, de mon absence, de mon manque d'engagement dans notre relation ou auprès d'Ellie : « Ça ira mieux quand je serai associé. » Ce que je ne lui disais pas, c'était que j'étais un meilleur parent que la plupart de mes collègues : je quittais plus tôt le travail une fois de temps en temps, pour un rendez-vous à l'école, une partie de base-ball, ou le salon scientifique régional où Ellie, alors en classe de sixième, était arrivée deuxième face à tous les collégiens. Après ça, je n'ai pas compris ce qui s'est passé quand, en quatrième, j'ai vu un D en sciences sur son bulletin de notes.

— Mais c'est ta matière préférée! me suis-je étonné durant l'un des trop rares week-ends que je pouvais passer avec elle depuis le divorce.

Elle a levé les yeux au ciel – une nouvelle habitude que j'avais déjà du mal à supporter.

— Plus maintenant.

— Depuis quand ?

— Depuis maintenant.

C'était juste avant qu'elle m'annonce qu'elle allait dormir chez Darcy. Je le lui ai interdit. Ce fut notre première grosse dispute. Du moins, la première dont je me souvienne ; non seulement parce que c'était la première fois qu'elle me lançait qu'elle me haïssait, mais aussi parce qu'elle a ajouté : « Je comprends pourquoi maman t'a quitté. »

Maintenant, je me demande si je n'aurais pas dû la laisser sortir. Je me dis que peut-être, cette dispute était le début de la fin.

Bien sûr, je sais que les relations ne se défont pas sur une unique querelle. Il faut des milliers de coups distribués dans le temps : des uppercuts, des piques, des crochets, certains si faibles qu'on ne les sent pas toujours. Et puis, sans même s'en rendre compte, on se retrouve au tapis à voir trente-six chandelles et on se demande ce qui a bien pu nous arriver.

Je repense au texto qu'elle m'a envoyé jeudi :

Tu essaies de faire quoi ? Arrête, stp.

Une réponse ! Ma fille, mon Ellie, a reconnu mon existence ! Les premiers mots qui venaient d'elle depuis plus de quatre mois. Pas tout à fait les retrouvailles larmoyantes que j'espérais, mais c'était un début.

J'ai passé deux heures à essayer de rédiger la réponse parfaite. Je me suis creusé la tête en quête de citations de *Virgin Suicides* et de *La Cloche de détresse* pour l'impressionner pendant que je cuisais des saucisses pour le dîner. J'ai imaginé de longues explications en remplissant le lave-vaisselle et en essuyant le plan de travail. J'ai concocté des mots d'esprit en vérifiant la serrure de la porte d'entrée, en éteignant les lumières, et en disant « bonne nuit » à Aja et au Chien.

Mais en me mettant au lit ce soir-là, j'avais rejeté toutes mes idées – trop niais, pas assez drôle, trop obscur, trop long – et il ne me restait plus que la vérité, que j'ai tapée une lettre à la fois du bout de l'index :

Je ne peux pas. Tu es ma fille. Je t'aime. Papa.

Quand je descends du train dans la nuit noire, un vent glacial me frappe en pleine poitrine et je remonte mon col jusqu'aux oreilles. Je repense à Jubilee sur son vélo, par ce temps, et je regrette qu'elle ait repoussé mon offre.

Je traverse le parking d'un pas vif. Une fois à ma voiture, je me hâte de m'asseoir derrière le volant et de mettre le chauffage au maximum. Je me frotte les mains pour les réchauffer et jette un coup d'œil à l'horloge. Il est 18 h 56. La bibliothèque ferme à 19 heures. Soudain, je me sens obligé d'y aller, même si je sais que je ne devrais pas. *Pour essayer une dernière fois.*

Quelques rues plus loin, je m'aperçois qu'elle n'est peut-être déjà plus là. Il est 19 h 04, elle est sûrement déjà partie. Mais non. Quand je me gare dans le parking, je l'aperçois. Elle me tourne le dos, debout devant la porte. À sa vue, les battements de mon cœur s'accélèrent et je me rends compte que je suis nerveux. J'entends sa voix dans ma tête : « Je n'ai pas besoin de votre aide. » Je déglutis. *Qu'est-ce qui m'a pris de venir ?*

Je devrais partir. Mais il est trop tard. Mes phares, qui illuminent sa silhouette, ont attiré son attention. Elle se retourne, son trousseau de clés dans la main droite et la main gauche levée pour faire écran à la lumière. D'un petit mouvement de poignet, j'éteins mes phares pour ne pas l'aveugler. Elle cligne des yeux, observant ma voiture. Et soudain, je vois qu'elle m'a reconnu. Mal à l'aise, je lève les deux mains et hausse les épaules, m'efforçant de communiquer mes bonnes intentions, conscient d'avoir l'air d'un dangereux harceleur.

Je retiens mon souffle pendant qu'elle me regarde, immobile. Puis, lentement, elle se met à hocher la tête de droite à gauche. Alors, je les vois : les coins de sa bouche qui remontent insensiblement en un petit sourire. C'est tout ce qu'il me fallait. J'ouvre ma portière et me lève.

— Qu'est-ce que vous faites ici ? s'enquiert-elle.

À mon grand soulagement, elle semble plus étonnée qu'en colère.

— Je vous ai dit que la bibliothèque était sur mon chemin. J'ai eu l'idée de passer. Au cas où quelqu'un aurait besoin d'un taxi. Enfin, pas vous, bien sûr. Je sais bien que vous avez votre vélo.

À présent, elle sourit vraiment – un sourire franc qui étire ses lèvres et illumine ses yeux.

— Oui, confirme-t-elle. J'ai mon vélo.

Je hoche la tête, réfléchissant à toute allure.

— En fait, dis-je, je me demandais si vous pourriez m'aider.

Elle me regarde en inclinant la tête d'un air intrigué. Elle attend la suite.

— J'ai besoin d'aide pour déchiffrer le sens caché de tous ces livres que je lis et qui sont désespérément hors de ma portée. Apparemment, vous les comprenez. Je me disais qu'on pourrait peut-être passer un marché : vous me donnez des leçons pendant que je conduis.

À ces mots, elle rejette la tête en arrière et éclate de rire, d'un rire sonore qui me prend par surprise. Et je sais qu'elle va accepter. Une douce chaleur monte en moi.

Quand elle a fini de rire, elle me lance un regard appuyé.

— On vous a déjà dit que vous êtes insupportablement insistant ? demande-t-elle.

Je hoche la tête.

— Une ou deux fois. Alors, c'est d'accord ?

Je m'avance vers elle, la main tendue. Mais quand je vois son expression, je m'arrête net. Son sourire détendu s'est changé en un rictus de terreur pure. Tendue comme un arc, elle regarde fixement ma main comme s'il s'agissait d'un serpent prêt à la mordre. J'abaisse ma main et me racle la gorge. Elle lève les yeux vers mon visage, et son expression redevient normale en une fraction de seconde.

— Je… euh… Je vais prendre mon vélo, dit-elle en désignant du pouce le râtelier à bicyclettes.

— Euh… d'accord.

Je fais quelques pas derrière elle, en prenant soin de garder mes distances. Je ne sais pas ce qui s'est passé, mais je ne veux pas l'effrayer davantage. Quand on atteint son vélo, elle part à gauche et moi, je me place à droite, et je pose les mains sur le cadre pendant qu'elle attrape le guidon.

— Oh, je ne voulais pas… Je peux le prendre seule, proteste-t-elle.

— Je sais. Mais j'ai envie de le faire.

— Vous n'en faites pas déjà assez ?

Il y a un sourire sur ses lèvres, mais son regard est inflexible. *Bon sang, qu'elle est têtue.*

— Laissez-moi le prendre, dis-je entre mes dents.

Je soulève le vélo avec plus de forces que nécessaire, l'obligeant à lâcher le guidon.

Elle recule d'un pas sans me quitter des yeux, puis me suit jusqu'à ma voiture.

— Et donc, quel est le prochain livre ? demande-t-elle, debout devant la portière du côté du passager, pendant que je dépose son vélo dans le coffre.

— Pardon ?

— Le livre dont vous voulez discuter. Je vous donne des leçons, vous conduisez. Vous vous en souvenez ?

— Ah, oui. C'est *Les Pages de notre amour*.

— Vraiment ?

— Oui.

Elle laisse échapper un petit rire.

— Si vous avez besoin d'aide pour comprendre ce roman, on n'est pas sortis de l'auberge !

— Alors on est loin d'en sortir, répliqué-je en croisant son regard.

Je ne comprends pas vraiment ce qui s'est passé, mais à peine s'est-on assis dans la voiture que l'aisance relative qui nous permettait de plaisanter dans le parking s'est évanouie. Un silence gêné s'installe entre nous. Pendant que je sors du parking, le « tic-tac » du clignotant emplit l'atmosphère, soudain aussi sonore et menaçant que le retardateur d'une bombe nucléaire. Je lui jette un regard en coin et vois ses mains gantées serrées sur ses genoux. Elle semble aussi mal à l'aise et tendue que moi, et je commence à me dire que tout cela était une très mauvaise idée. Je vois bien qu'elle est indépendante, mais j'ai été entouré de femmes fortes et indépendantes toute ma vie, et je sais qu'il y a autre chose. J'ai du mal à interpréter ses réactions ; bien sûr, je n'ai jamais été bon à ça, mais elle passe du chaud au froid sans crier gare et je ne sais jamais à quoi je dois m'attendre. Samedi, on aurait presque dit qu'elle ne voulait pas de nous chez elle. Mais quand je suis rentré après avoir examiné sa voiture, elle et Aja riaient ensemble. J'étais stupéfait, et pas seulement parce que je n'avais pas entendu Aja rire depuis... eh bien, depuis toujours, mais aussi parce que son sourire à elle... son sourire emplissait toute la pièce. Et j'ai été jaloux – *oui, jaloux !* – d'un enfant de dix ans. De mon propre fils. Parce que c'était à lui qu'elle souriait ainsi.

Je me masse les mâchoires. *Qu'est-ce qui me prend ?* Je suis venu dans cette ville pour effectuer une mission temporaire et pour donner un peu d'air à ma fille, et me voilà qui me comporte comme un collégien en craquant bêtement pour la bibliothécaire.

— Vous allez bien ?

— Pardon ?

Je tourne la tête. Jubilee m'observe d'un air inquiet.

— Vous avez fait un bruit. Une sorte de grognement.

— Oh. Non, ça va. La journée a été dure.

— Ah.

Sans lui laisser le temps de me poser d'autres questions, je change de sujet.

— Donc, *Les Pages de notre amour.* Je les ai finies tout à l'heure, dans le train.

— Ah, oui ?

Mon imagination me joue peut-être des tours, mais j'ai soudain l'impression qu'elle s'est détendue.

— Vous avez pleuré ? s'enquiert-elle.

— Quoi ? Non.

Le feu devant nous passe à l'orange. Je freine.

— Pourquoi j'aurais pleuré ? Vous avez pleuré, vous ?

— Bien sûr. Je pleure chaque fois.

— Chaque… Attendez. Vous avez lu ce livre combien de fois ?

— Je ne sais pas. Six ou sept. Mais ça fait quelques années que je ne l'ai pas repris.

Je la regarde, estomaqué.

— Pourquoi diable lire un roman six ou sept fois ? Vous devez le connaître par cœur !

Elle me jette un regard que j'ai souvent vu dans les yeux d'Ellie et qui me dit qu'il est inutile de me l'expliquer si je n'ai pas compris tout seul.

— Bon, d'accord, mais ce livre en particulier ? Il est tellement niais !

Je me tords le bras en arrière pour récupérer mon exemplaire dans mon sac. D'une main, je feuillette l'ouvrage à la recherche d'un exemple.

— Qu'est-ce que vous faites ? Vous ne pouvez pas lire en conduisant.

— Le feu est rouge, dis-je en parcourant les pages.

— Plus maintenant.

Je lève les yeux. Le feu est vert, et Jubilee sourit de toutes ses dents. Une voiture klaxonne derrière nous. Je repose mon livre.

— Bon, vous vous souvenez du passage où il a mis *Feuilles d'herbes* dans la poche avant de sa chemise et où l'ouvrage arrête une balle ?

— Oui.

— Il faut arrêter ! m'esclaffé-je. Un recueil de poèmes qui lui sauve la vie ? Plus cucu que ça, tu meurs !

— D'accord, dit-elle en riant. Certains détails sont très stéréotypés. Mais c'est aussi une formidable histoire d'amour. Le *Roméo et Juliette* des temps modernes.

— Alors maintenant, Nicholas Sparks est le nouveau Shakespeare ? Mon Dieu, mais quel blasphème ! Ce dernier doit se retourner dans sa tombe !

Je suis censé me concentrer sur la route, mais je ne peux m'empêcher de lui lancer des regards à la dérobée. Elle est détendue, souriante, et un étrange bourdonnement me parcourt la colonne vertébrale. Le même que lorsque je l'ai vue sourire avec Aja, sauf que là c'est à moi qu'elle sourit.

À cet instant, mon portable se met à vibrer sur la plage avant. *Sûrement le travail.* Je décide de l'ignorer. Dès qu'il cesse de vibrer, j'y jette un coup d'œil et j'ai la surprise de lire le nom de Mme Holgerson sur l'écran. Je sais que je suis un peu en retard, mais je l'ai prévenue que ce serait le cas de temps en temps. Non, il a dû se passer quelque chose. Le cœur battant, je la rappelle. Le téléphone sonne dans le vide.

— Merde !

Je tourne brutalement le volant, réalisant un demi-tour au milieu de la rue. Jubilee s'agrippe à la poignée de sa portière mais reste étonnamment stoïque.

— Qu'est-ce que…

— C'est Aja ! l'interromps-je un peu plus paniqué à chaque seconde.

Je roule à tombeau ouvert, mon esprit fabriquant des scénarios catastrophes aussi vite que je m'amusais à calculer des racines carrées quand j'étais petit. *Et s'il s'était encore enfui ? Et s'il avait sauté par une fenêtre ? Ou pire encore ?* En me garant dans le parking de l'immeuble, je ne suis que vaguement soulagé de ne pas voir de voiture de police, de camion de pompiers ou d'ambulance.

Sans attendre Jubilee, je grimpe les marches quatre à quatre et ouvre la porte de l'appartement pour découvrir Mme Holgerson à quatre pattes, en train de nettoyer le tapis. L'odeur âcre du détergent mélangé à autre chose – *un dîner brûlé ?* – m'emplit les narines. En dehors de ça, tout est calme.

Dès qu'elle m'aperçoit, un masque de colère déforme son visage.

— Non ! dit-elle. Non, non, non !

La voyant peiner à se relever, je m'avance vers elle, une main tendue.

— Je n'ai pas signé pour ça !

— Le Chien a fait une bêtise ? demandé-je.

— « Une » bêtise ? Quatre, oui ! s'écrie-t-elle en brandissant sa serpillière humide.

Les battements de mon cœur s'apaisent quand je comprends que c'est seulement le chien qui l'a rendue furieuse.

— Mais ça, poursuit-elle, ce n'est rien à côté du feu !

— « Du feu » ?

C'est alors que je la sens. La senteur âcre de la fumée qui persiste dans l'atmosphère et que j'ai prise pour une odeur de nourriture brûlée. Derrière moi, Jubilee vient d'entrer.

— Votre garçon ! Il aurait pu mettre le feu à tout l'immeuble ! Heureusement que je suis allée voir ! Il n'avait rien à dire pour sa défense. Rien ! Vous m'avez dit qu'il était un peu perturbé, pas que c'était un délinquant !

— Aja n'a rien d'un délinquant, répliqué-je entre mes dents.

— Oui, bien sûr.

— Non, pas « bien sûr ». Aja n'est pas un délinquant ! répété-je plus fermement. Je suis navré, mais je pense qu'il vaut mieux que vous partiez.

Je sors de mon portefeuille de quoi couvrir la somme convenue et lui tends les billets sans quitter son visage des yeux. Elle échange sa serpillière contre l'argent et s'empare de son sac posé à côté de la table basse.

— Au revoir, lance-t-elle sèchement avant de grommeler quelques mots en suédois.

Elle passe devant Jubilee sans même la regarder et s'en va en claquant la porte.

Je croise le regard de Jubilee et y décèle une vague fierté, qui fait écho à ma propre satisfaction d'avoir mis Mme Holgerson dehors et d'avoir défendu Aja, mon fils. Mais ce sentiment est vite remplacé par un autre.

— Et merde, soupiré-je en serrant le chiffon imbibé d'urine. Je crois que je viens de virer la meilleure baby-sitter que j'avais pour Aja. La seule.

Jubilee marmonne quelque chose qui ressemble beaucoup à : « Je serais curieuse de voir la pire. » Je souris.

— Je vais…, dis-je en montrant du doigt la porte de la chambre d'Aja.

— Allez-y, je reste là, répond-elle en me chassant d'un geste avant d'aller s'asseoir sur le canapé.

Je vais déposer la serpillière dans l'évier de la cuisine et m'aventure dans le couloir, où l'odeur de brûlé se fait plus forte à chaque pas.

— Aja ?

Je passe la tête dans sa chambre, redoutant ce que je vais y découvrir. Aja est assis sur son lit, Le Chien sur ses genoux. Il me regarde entrer de ses grands yeux hagards.

— Mec ?

Il est raide comme une statue. Seuls de légers tremblements parcourent son corps, me rappelant l'incident du marteau et de la table basse. Je dois apprendre de mes erreurs. Je m'installe sur le bord du lit et attends.

On se regarde. Un long silence s'étire entre nous. Puis Le Chien pousse un petit gémissement, comme si lui aussi en avait assez de ce petit jeu.

Aja cligne des yeux.

— Est-ce que la police va venir me chercher ? murmure-t-il.

Sa voix semble si jeune, si impuissante… si différente de son parler d'adulte… que je sens tout mon corps se liquéfier. La colère qui commençait à monter en moi se dissout. Je pose une main sur le lit à côté de lui, aussi près qu'il me le permet. Je brûle de le serrer contre moi.

— Non, réponds-je. Non. C'est ce que t'a dit Mme Holgerson ?

Waouh ! J'ai vraiment fait du bon boulot en choisissant ma baby-sitter.

— Raconte-moi ce qui s'est passé.

— C'était un accident.

— OK. Est-ce que tu essayais de mettre le feu à quelque chose ? Par télékinésie ?

Il fait « non » de la tête.

— C'était stupide, murmure-t-il.

J'attends. Je n'ose rien dire de peur de l'effaroucher. Un nouveau silence s'installe. Puis :

— Moi et Iggy. On était sur Skype.

— Iggy, répété-je en me remémorant la conversation que j'ai lue sur son ordinateur.

Je me demande si Iggy est une mauvaise influence et si je devrais m'inquiéter de voir Aja le fréquenter. Pour l'heure, je décide de me contenter d'écouter.

— D'accord.

J'avance mes doigts jusqu'à frôler son genou. J'essaie d'y imprimer une pression réconfortante, mais il recule sa jambe. Le Chien se lève, mécontent d'avoir été dérangé, et se replace sur l'oreiller d'Aja en poussant un soupir.

— On jouait à un jeu.

— Quel jeu ?

— Le jeu des allumettes.

Il termine chacune de ses phrases comme si c'était la dernière. Comme si je n'avais besoin d'aucune explication supplémentaire. Je ne renonce pas.

— Ça se joue comment ?

— On gratte une allumette en même temps, et le premier qui lâche la sienne a perdu.

J'encaisse l'information.

— Et tu as fait tomber la tienne ?

— Oui. Elle me brûlait les doigts. Et la corbeille à papier était juste là.

La corbeille métallique à côté de son bureau attire enfin mon regard, et je distingue des traînées noires le long de la paroi intérieure, ainsi que des éclaboussures là où Mme Holgerson a dû noyer les flammes. La seule pensée qui me vient est : *Heureusement qu'elle n'était pas en plastique.*

— C'était l'idée d'Iggy.

Je pose mes deux mains sur mon visage.

— Je vois.

Pour une fois, je n'ai pas de mal à comprendre. Il jouait à un jeu. Un jeu idiot. Et quand la corbeille a pris feu, il a dû se figer de terreur.

Je sais que je devrais être furieux – pas seulement à cause du feu, mais aussi parce que Aja vient de ruiner la seule solution que j'aie pu lui trouver en si peu de temps – mais je sens que malgré moi, un sourire se dessine sur mes lèvres. Puis un drôle de bruit m'échappe. Et un autre. Et sans même m'en rendre compte, je me mets à rire aux éclats, comme je n'avais plus ri depuis des années. Je ne sais pas ce qui est le plus drôle : imaginer la tête de Mme Holgerson quand elle a aperçu les flammes ou la surprise sur la figure d'Aja quand il a pris conscience qu'une allumette enflammée pouvait le brûler. Des larmes me coulent sur les joues, et juste au moment où je pense enfin recouvrer mon souffle, Aja ajoute :

— Au moins, je suis débarrassé de son odeur de vieil oignon.

Et je repars de plus belle, les épaules secouées de tremblements. Lorsque, enfin, je recouvre mon calme, Aja me sourit. Alors, sachant toujours qu'il déteste ça, je lève une main pour la poser sur son épaule. Il m'esquive. Je rabaisse ma main et me contente de l'observer. Et à cet instant, même s'il a hérité des cheveux épais et raides de Dinesh, jusqu'à l'épi qui se dresse au sommet de sa tête, ses yeux et son regard sont ceux de Kate. Et je suis heureux qu'il soit là pour me rappeler deux des personnes que j'aimais le plus au monde.

— Oh, comme je t'aime ! lui dis-je.

Son sourire s'efface et il baisse les yeux sur ses genoux, mal à l'aise.

Je me racle la gorge pour me donner une contenance et me redresse un peu. Puis je me rappelle la suggestion de Janet, et je me rends compte que le moment est parfait pour lui parler de Dinesh, et de la fois où il a failli brûler la maison d'une fraternité à la fac.

— Tu sais, les garçons font souvent des idioties, dis-je avec un sourire. Ton père aussi était un peu obsédé par le feu.

Au mot « père », Aja écarquille les yeux, l'air presque paniqué. Et lorsque j'ouvre la bouche pour poursuivre mon histoire, Aja plaque ses mains sur ses oreilles et se met à remuer la tête en gémissant :

— Nooooooooooooooooooooon-noooooooo oooooon !

— Aja ! m'écrié-je en me levant. Tout va bien. Calme-toi. Tout va bien, mec.

Mais il refuse de s'arrêter. Son gémissement se fait de plus en plus sonore, et il ferme les paupières en les serrant comme si le bruit venait de quelqu'un d'autre et qu'il ne voulait pas l'entendre. Je reste là, les bras ballants, à me demander ce qu'aurait conseillé Janet. Soudain, Aja retire une main de son oreille pour me montrer la porte en criant :

— Va-t'eeeeeeeeeeeeen !

Je quitte la pièce et ferme la porte derrière moi, le cœur battant, incapable d'effacer de ma mémoire le gémissement torturé d'Aja. *C'est peut-être pour ça que je n'ai jamais raconté d'anecdotes à Aja*, me dis-je, désireux de diriger ma colère sur Janet et son terrible conseil.

Mais je sais que la vérité est bien plus dure à avaler.

Jubilee se lève dès qu'elle me voit revenir dans le salon. Je réprime un sursaut. J'avais presque oublié sa présence. Elle a enlevé son manteau mais pas ses gants, comme si elle s'apprêtait à manipuler des bijoux rares et précieux.

— Est-ce qu'il… va bien ? s'enquiert-elle.

Le hurlement s'est tu, mais il résonne encore à mes oreilles.

— Oui, dis-je en sachant pertinemment que je ne suis pas crédible. Écoutez, est-ce qu'on peut… Est-ce qu'on peut lui laisser une minute avant que je vous reconduise ?

— Et si j'appelais plutôt un taxi ? propose-t-elle.

Une vague de soulagement mêlé de culpabilité me submerge. Je me sens mal de lui avoir fait subir mes problèmes.

— Oui, c'est sûrement la meilleure solution.

J'appelle le taxi et on attend tous les deux sur le canapé, la largeur d'un coussin entre nous. Le silence semble s'étirer d'un bout à l'autre de la pièce, jusqu'à ce que Jubilee le brise.

— Comment s'appelle le chien ?

— Il n'a pas vraiment de nom, réponds-je avec un petit rire. On l'appelle juste « Le Chien ».

— Le Chien, répète-t-elle.

— Ouaip.

— C'est un nom affreux.

Sa franchise m'étonne. Je proteste.

— Ce n'est pas pire que Rufus ou Peter.

— Si. « Viens ici, Rufus ! » Ça sonne bien. « Viens ici, Le Chien. » Ce n'est même pas grammaticalement correct.

Je ris un peu, et ça me fait du bien.

— Oui, vous devez avoir raison. Et seulement Chien, ça ne marche pas non plus ?

— Je ne sais pas. Je commence à bien aimer Rufus.

— Je vais devoir demander à Aja.

Elle hoche la tête, satisfaite, et on reste assis en silence pendant encore quelques minutes.

Puis :

— Qu'est-ce que vous comptez faire ?

— Pour Rufus ? interrogé-je, même si je sais que ce n'est pas de ça qu'elle parle.

Je n'ai pas de réponse. *Que vais-je faire pour Aja, pour son deuil, pour Ellie, pour mon incapacité à être un parent convenable ?*

Elle sourit.

— Non, pour Aja. Et sa baby-sitter ?

Ah, oui. Mme Holgerson.

— Je ne sais pas.

En prononçant ces mots, je sens la panique remonter. *Qu'est-ce que je vais bien pouvoir faire ?* Je regrette soudain de l'avoir mise dehors, même si ça m'a fait du bien. Je ne peux pas me permettre de prendre un jour de congé demain, pas avec cette grosse acquisition à gérer. Ni demain, ni aucun autre jour de la semaine. Ça me fait mal de l'admettre, mais j'ai besoin d'elle.

— Je vais devoir l'appeler pour la supplier de revenir, au moins jusqu'à ce que je trouve quelqu'un d'autre.

— Euh… Je ne pense pas que ça fonctionnera.

— Pourquoi ça ?

— Quand elle est partie, elle a marmonné quelques mots en suédois : *« Fan ta dig, din jävel. »*

Je la dévisage sans comprendre.

— La première partie de sa phrase veut dire, en gros : « Va au diable. »

— Et la seconde ?

Elle hésite, puis répond à voix basse :

— « Sale connard. »

Je reste interdit à l'idée que de tels mots aient pu sortir de la bouche de cette vieille dame. Puis je me mets à rire, et Jubilee également.

— Attendez, dis-je une fois calmé. Vous parlez suédois ?

— Non. Je connais seulement les gros mots.

Je souris, ravi d'apprendre ce détail inattendu.

Elle baisse un instant les yeux, puis les relève.

— Il pourrait venir à la bibliothèque !

— Comment ça ?

— Après l'école. S'il doit aller quelque part.

J'y songe un instant, puis secoue la tête.

— Non. Non, je ne peux pas faire ça. Vous n'avez pas besoin de… Vous avez déjà beaucoup de choses à faire.

Je ne sais même pas si c'est vrai. *Que font les bibliothécaires toute la journée ?*

Elle hausse les épaules.

— Je me disais juste… Puisque de toute façon vous passerez me prendre en voiture cette semaine… Enfin, si ça tient toujours, ajoute-t-elle en contemplant ses chaussures.

— Bien sûr. Oui.

— Alors c'est parfait. Au moins pour quelques jours, le temps que vous trouviez une solution.

Je la regarde. Cette femme. Cette femme si belle et confondante, qui semble porter des gants vingt-quatre heures sur vingt-quatre – *est-ce qu'elle dort avec ses gants ?* – et est capable de traduire les jurons suédois. Je sais qu'elle a raison. C'est une bonne idée. Je me laisse aller contre le dossier du canapé et savoure la rare sensation de voir tout s'emboîter à merveille. Au lieu de tout voir capoter.

Et soudain, je me rends compte d'une chose : de nous deux, ce n'est peut-être pas elle qui a besoin d'aide.

Lorsque le taxi klaxonne dans le parking, nous nous levons et passons dans l'entrée. Derrière moi, elle me demande :

— Qu'est-ce qui est arrivé à votre table basse ?

Je me retourne. Comme je n'ai pas encore remplacé le plateau de verre, ma table basse n'est plus qu'une structure métallique.

De nouveau, je me passe une main sur le visage et pousse un soupir.

— C'est une longue histoire.

Elle me suit en bas de l'escalier, et je sors moi-même son vélo de mon coffre sans écouter ses protestations.

En grimpant à l'arrière du taxi, elle se retourne vers moi.

— On se voit demain ?

Je hoche la tête.

— Demain, dis-je.

Je ne sais pas si c'est moi qui l'imagine, mais il me semble la voir sourire. Puis elle claque sa portière et s'en va, me laissant seul sur le trottoir, à regarder s'éloigner puis disparaître les phares de son taxi.

Chapitre 16

JUBILEE

Ce mardi matin, quand j'entre dans la voiture de Madison, elle tend les mains vers moi, paumes vers le ciel. Dans la main droite, elle tient un donut. Dans la gauche, une pilule bleue.

— Tu te crois dans *Matrix* ?

— Quoi ?

Je regarde la pilule bleue.

— Oh ! Non. Très drôle.

Elle fronce les sourcils et ajoute :

— Attends… d'où tu connais *Matrix* ?

— J'étais chez moi pendant neuf ans, pas sous terre. J'ai la télé.

— Ah, oui. Bref, c'est du Xanax !

— Pour moi ? Ce n'est pas uniquement sous ordonnance ?

— Siiiii, mais tu as de la chance : je suis partageuse !

Je fais la moue, sans trop savoir comment prendre ce cadeau.

— Écoute, tu n'as même pas pu entrer dans le salon de thé l'autre jour. Comment tu vas faire à New York ?

Je sais qu'elle a raison. Je n'en ai pas dormi de la nuit, repensant sans cesse aux gratte-ciel, à la circulation, aux rues pleines de gens. Mais il ne me serait jamais venu à l'esprit de prendre des médicaments.

— C'est fort ?

— Pas vraiment. Ça émousse un peu les sensations.

Je saisis la pilule entre le pouce et l'index, la pose sur ma langue et l'avale. Puis je désigne le beignet d'un signe de tête.

— Et ça, c'est quoi ?

— C'est ta première aventure.

Je la dévisage.

— Euh, j'ai déjà mangé des donuts.

Sérieusement, elle s'imagine que j'ai vécu dans une grotte ?

— Oui. Mais pas un tout frais au cidre de pomme de chez *McClennan*, sur Forsyth Street. Ils ne font pas de livraisons. Et crois-moi quand je te dis que c'est une aventure pour tes papilles.

Je prends doucement la pâtisserie dans sa main. Un mélange de cannelle et de sucre vient aussitôt se coller sur le bout de mes doigts gantés. Elle me regarde prendre une bouchée. Je mâche lentement pour ne pas lui faire le plaisir de me voir tout engloutir d'un coup, mais j'ai du mal à contenir un gémissement de bonheur. *Elle a raison. Ce donut est divin.*

Un sourire victorieux se dessine sur son visage, et je sais que je n'ai pas tout à fait réussi à dissimuler mon plaisir.

— Alors ? demande-t-elle.

— Mm-hmm, marmonné-je, la bouche déjà pleine d'un nouveau morceau.

Je lui adresse un grand sourire, les dents couvertes d'un mélange de pâte tiède et de cannelle. Elle éclate de rire.

— Et maintenant, on va chez le docteur !

Sur la route de New York, j'essaie de me changer les idées en laissant mes pensées vagabonder. Elles se dirigent tout droit sur Éric, comme souvent depuis que j'ai quitté son appartement hier soir. J'ai été choquée en le voyant débarquer à la bibliothèque à la fermeture... mais aussi un peu soulagée. Je me sentais coupable depuis samedi de la façon dont je l'avais traité. Certes, il s'est montré insistant. Mais à la réflexion, il essayait juste de m'aider et je n'aurais pas dû me mettre en colère.

Mais ensuite, quand il s'est avancé vers moi, la main tendue pour conclure notre « marché », je me suis figée. Techniquement, je ne risquais rien – j'avais mes gants – mais ça faisait des années que je n'avais pas touché quelqu'un, ni laissé quelqu'un me toucher. J'ai regardé ses doigts, ces doigts auxquels j'ai souvent repensé depuis mon fameux rêve. Je me les suis représentés avec plus de détails qu'un peintre de la Renaissance. Mais ce n'était pas un rêve, et affronter leur réalité, la réalité de ce qu'ils pouvaient me faire, était terrifiant. Il s'est contenté de rabaisser sa main sans rien dire, me laissant rougir d'embarras.

C'est peut-être à cause de ça, ou de son attitude hier soir quand il a défendu Aja face à Mme Holgerson, ou de son inquiétude pour son fils... Je ne sais pas. Mais il me semble très sincère. Gentil. Aux antipodes du connard que Louise et moi avons cru deviner en lui.

Mais il y a autre chose. Une autre raison pour laquelle je ne cesse de penser à lui. Une raison que j'avais jusqu'à maintenant refusé d'admettre : j'aime sa façon de me regarder. Il ne me voit pas comme une curiosité, mais me considère comme une fille normale. Comme une femme. Et je n'arrive même pas à me rappeler la dernière fois que je me suis sentie normale.

L'horizon de Manhattan se profile à travers le pare-brise, et je commence à sentir les effets du Xanax : les muscles de mes épaules et de mes bras se décontractent peu à peu. En revanche, la pilule n'a aucun effet sur la boule qui grossit dans ma gorge, celle qui me rappelle que je ne suis pas normale et que ce n'est qu'une question de temps avant qu'Éric s'en rende compte à son tour.

Quand on s'arrête dans un parking au sud de Manhattan, je pose un doigt sur ma joue, puis deux. Je me masse la figure, appuyant et tirant sur la peau.

Je ne sens plus mon visage.

Je sais que je devrais m'inquiéter, mais c'est tout le contraire qui m'arrive : une douce vague d'apaisement me submerge. Je glousse un peu.

— Qu'est-ce qui te fait rire ?

— Rien.

Je sens le mot flotter hors de ma bouche, faisant vibrer mes lèvres. Je trouve ça très drôle. Un éclat de rire m'échappe, et je change d'avis.

— Tout.

Madison coupe le moteur et fronce les sourcils.

— Hmmm… J'aurais peut-être dû couper cette pilule en deux…

Je lui tapote le front de mon index ganté, où subsistent des restes de sucre et de cannelle.

— T'en fais pas, dis-je.

Une chanson me vient aussitôt à l'esprit, et je ne peux m'empêcher d'ajouter :

— *Don't worry, be happy !*

Je forme un « O » avec mes lèvres et chante :

— *Ooh, ooh ooh ooh oo-ooh ooh oo-ooh. Don't worry. Ooh, ooh ooh ooh oo-ooh ooh oo-ooh.*

Madison lève les yeux au ciel et ouvre sa portière.

— Allez, Bobby McFerrin, on y va !

La chanson me reste en tête pendant une heure, quand on parcourt les quelques rues qui nous séparent du Centre de recherche pour l'asthme et les allergies, quand je passe la réception, quand j'enfile une blouse en papier et qu'une infirmière munie de gants en latex et d'un masque prend mes signes vitaux en veillant à ne pas me toucher – on a dû la prévenir. Mais lorsqu'on me laisse seule sur la table d'examen pour attendre le docteur Zhang, je me sens soudain redevenir normale.

Brusquement, je suis de nouveau une enfant assise dans le cabinet d'un énième docteur, où m'a traînée ma mère pour tenter de comprendre ce qui ne va pas chez moi. Mes souvenirs sont très flous. J'étais si jeune. Mais soudain, je suis frappée d'une réminiscence claire comme de l'eau de roche : ma mère, qui criait à tue-tête. « Ne me dites pas que vous ne savez pas ! C'est mon bébé ! Vous devez nous aider ! » Le désespoir plaintif qui émaille sa voix éraillée me fait un coup au cœur. *J'étais son bébé.* Et je me rappelle ce que j'ai ressenti à cet instant. J'étais terrorisée, bien sûr, mais je me suis aussi sentie aimée, protégée, défendue. *Pourquoi ai-je cette tendance à ne me souvenir que du pire chez ma mère, au lieu de me concentrer sur les moments comme celui-là ?*

La porte s'ouvre, mettant un terme à mes questionnements. Mei Zhang est plus petite que dans mon souvenir, et moins intimidante. Elle m'adresse un sourire amical.

— Jubilee. Comment allez-vous ?

— Toujours allergique aux gens.

Elle hoche la tête sans se départir de son sourire.

— Je vois.

Pendant une heure, nous passons en revue les douze années qui se sont écoulées depuis notre dernière entrevue, y compris l'incident au lycée, mes années de recluse et ma récente hospitalisation. Elle prend des notes consciencieusement sur son carnet et me pose des questions au fur et à mesure, sans manifester la moindre émotion. Je commencerais presque à l'apprécier pour ça. Quand je lui raconte l'histoire d'Aja, elle me dit tout de même :

— La prochaine fois, laissez la réanimation aux ambulanciers.

Enfin, elle regarde mon éruption sous ma blouse en papier.

— Avez-vous changé quelque chose dernièrement ? Votre lessive ? Gel douche ? Nouvelle literie ?

— Non, rien n'a changé.

— De nouvelles rencontres ? Quelqu'un est-il entré chez vous récemment ?

Je pense à Éric et Aja.

— Oui. J'ai invité des… amis.

Des « amis » ? Est-ce vraiment ce qu'ils sont ?

— Donc ils se sont assis sur vos sièges, je suppose. Ont-ils dormi chez vous ?

— Non !

Le rouge me monte aux joues à la seule idée d'avoir Éric dans ma chambre. *Dans mon lit.* J'essaie de reprendre une contenance.

— Enfin, oui, ils se sont assis sur mon canapé. Mais ils n'ont pas passé la nuit chez moi.

Elle hoche la tête.

— J'essaie juste de déterminer si un contact indirect a pu se produire. Les gens sèment des peaux mortes en permanence, et même si cela ne vous avait encore jamais posé problème, puisque vous ne réagissez qu'au contact peau contre peau, ma théorie est que vos années de réclusion vous ont sensibilisée. Les peaux mortes sont peut-être devenues un problème. Réfléchissez… Y a-t-il un objet qui a pu entrer en contact avec votre torse ? Vous ne dormez pas dans des draps où quelqu'un d'autre a dormi. Avez-vous emprunté des vêtements ?

À cette question, mon cœur fait un bond. *Le sweat d'Éric.*

— J'ai porté un sweat-shirt qui… qui ne m'appartient pas.

— Mmm, commente-t-elle en tapotant sa lèvre du bout de son stylo. Ça pourrait venir de là. Surtout si la personne en question l'a porté avant vous.

Je repense à l'odeur du vêtement… une senteur boisée, qui ressemble à Éric. Et je sais qu'elle a raison.

— Quand l'avez-vous porté pour la dernière fois ?

— Euh… hier soir.

— Mais l'éruption a commencé avant ça, je me trompe ? demande-t-elle en se replongeant dans ses notes. Il y a une semaine ?

Je me sens devenir écarlate.

— Je… je le mets tous les soirs. Mais je n'avais encore jamais réagi à ça. Ni aux vêtements des autres, ni aux draps. Rien du tout, réponds-je en me remémorant mes expéditions enfantines dans le lit tiède de maman et dans son placard.

— Les allergies sont capricieuses. J'ai eu un patient qui a mangé des crevettes toute sa vie. Et soudain, à l'âge de vingt-six ans, il a frôlé la mort à un buffet de fruits de mer. C'est un mystère. C'est un exemple extrême, mais vous voyez ce que je veux dire. Les allergies et leurs déclencheurs peuvent évoluer sans raison apparente.

Elle pose son carnet sur son bureau et poursuit :

— À partir de maintenant, n'empruntez plus de vêtements à moins d'être sûre qu'ils sont propres. Et il faudra peut-être songer à laver ce sweat-shirt.

J'y songe. Et, à ma grande surprise, cette pensée m'attriste profondément.

Le docteur Zhang se lave les mains et enfile des gants en latex.

— À présent, nous allons procéder à un examen complet avant de vous prescrire une dose d'hydrocortisone en plus des EpiPen. Vous êtes prête ?

Après l'examen, je me rhabille et pars attendre le docteur Zhang dans son bureau. J'essaie de me rappeler ma visite d'il y a douze ans. Ma mère était assise sur ce siège en plastique moulé, juste à côté de moi. Je suis à peu près sûre qu'elle portait un décolleté vertigineux, mais je ne me souviens pas exactement de sa tenue. Plus inquiétant, je me rends compte que je n'arrive pas à voir son visage. J'entends sa voix aussi clairement que si elle se trouvait dans la pièce, mais ses traits restent flous.

Le docteur Zhang entre dans la pièce et s'assied à son bureau.

— Bien. Jubilee. Je ne voudrais pas vous alarmer pour rien, mais je m'inquiète vraiment de voir votre peau réagir aux contacts indirects.

Je la regarde sans rien dire.

— Vous allez devoir vous montrer extrêmement prudente tant qu'on n'aura pas réglé le problème. Pas le moindre contact. Je sais que vous le savez, mais on n'insiste jamais assez là-dessus. Nous n'avons aucune idée de comment votre corps pourrait réagir.

— D'accord, acquiescé-je.

Mais tout ce que j'entends, c'est : « tant qu'on n'aura pas réglé le problème », et je devine ce qu'elle s'apprête à me proposer. Elle veut faire de moi un de ses projets de recherche. Et c'est là que nos chemins vont se séparer. *Une fois encore.*

— Je ne sais pas si vous avez lu mes articles de recherche...

Je fais « non » de la tête. *C'est parti.*

— Ces cinq dernières années, j'ai dirigé des essais cliniques sur un traitement chinois à base d'herbes visant à combattre de graves allergies alimentaires. Nous avons atteint un taux de réussite de soixante pour cent.

Je sais que je devrais être impressionnée. Les allergies sont des maladies encore très obscures dans le milieu médical. Elles ne sont pas logiques en termes d'évolution, surtout la mienne. *Pourquoi mon corps se sent-il obligé de combattre ce qui lui permettrait de se reproduire ? Et personne ne sait d'où ça vient. L'environnement ? La génétique ? Quand les origines d'un problème ne sont pas claires, il est presque impossible de trouver une solution.* Malgré tout, je demeure impassible. J'attends de voir où elle veut en venir.

— Je ne pense pas que vous soyez une bonne candidate, poursuit-elle. Du moins, pas pour le moment. Votre allergie est trop... rare. Je ne sais pas si elle réagirait d'une manière similaire aux allergies alimentaires.

Je hoche la tête, toujours sur la réserve.

— Mais avez-vous entendu parler de l'immunothérapie ? Il s'agit d'un traitement commun pour les rhinites ou l'allergie au pollen. On injecte au patient une minuscule quantité de la substance à laquelle il est allergique. En théorie, il finit par développer une tolérance afin de réduire la réaction du système immunitaire à l'allergène. Ça aboutit souvent à une diminution des symptômes longtemps après l'arrêt du traitement.

— Comme un remède ? demandé-je.

— J'ai des scrupules à parler d'un remède, répond-elle d'un ton hésitant. Il s'agit plutôt d'un système de gestion des symptômes, une manière de désensibiliser le patient afin de rendre son allergie supportable.

Elle me regarde pour s'assurer que je comprends bien la différence. Je hoche la tête.

— On commence à tester cette méthode pour le cas des allergies alimentaires. Les arachides, les œufs… Le patient ingère quotidiennement une petite quantité de beurre de cacahouètes ou autre allergène, afin de renforcer sa tolérance au fil du temps. Les premières études sont prometteuses.

— D'accord. Et quel est le rapport avec moi ?

— Le docteur Benefield pense – et je suis d'accord avec lui – que votre état est dû à une mutation génétique…

Au mot « mutation », je me surprends à ne pas réagir aussi mal que d'habitude. Je pense à Aja, et un sourire se dessine sur mes lèvres.

— … qui fait qu'il vous manque une des millions de protéines du corps humain : probablement celle à laquelle vous êtes allergique.

— Oui. Mais vous avez dit qu'il est impossible de déterminer laquelle.

— Pas tout à fait. Un séquençage génétique pourrait nous fournir cette information. Mais il y a douze ans, ça nous aurait coûté des millions de dollars et pris plusieurs années, voire des décennies, pour tenter d'isoler une simple protéine.

Mon cœur se met à battre à coups redoublés dans ma poitrine.

— Et aujourd'hui ?

— C'est moins cher. Et un peu plus rapide.

— À quel point ?

— Je pense qu'on pourrait le faire en un an. Ou moins.

— Et quand vous l'aurez trouvée…

— On pourrait isoler la protéine, préparer une solution en contenant d'infimes quantités et vous en donner tous les jours, en espérant que vous finissiez par développer une tolérance. Que votre corps cesse de la combattre.

Je m'appuie contre le dossier de ma chaise, le cœur battant à mes oreilles. *Un remède. Non, un « système de gestion ». Mais tout de même.* Je secoue la tête, incapable d'y croire vraiment.

— Où est le piège ? demandé-je.

Elle cale son stylo derrière son oreille, comme ma mère le faisait avec sa cigarette.

— Il n'y a pas de piège. Mais vous devez garder à l'esprit que ça peut ne pas fonctionner. Et que ça reste très cher. Vous seriez obligée d'accepter d'être un sujet de recherche. Je devrais écrire un article à ce sujet. À moins que vous ne disposiez de centaines de milliers de dollars…

— Pas vraiment.

— C'est bien ce que je me disais, réplique-t-elle avec douceur.

On se regarde dans le blanc des yeux pendant que je réfléchis à son offre. C'est l'instant dont j'ai tant rêvé quand j'étais enfant. Un médecin vient de m'annoncer qu'il existe un traitement – ou au moins une chance d'essayer – au lieu de m'observer comme s'il voulait me disséquer et m'enfermer dans une boîte de Petri pour satisfaire sa curiosité égoïste. *Alors pourquoi ne suis-je pas tout excitée ? Pourquoi les battements de mon cœur, qui résonnent toujours à mes oreilles, m'évoquent-ils plus la peur que l'allégresse ?*

— Merci, docteur Zhang, déclaré-je en la regardant droit dans les yeux. Mais je crois que je vais avoir besoin d'un peu de temps pour réfléchir.

Cet après-midi, à la bibliothèque, alors que je trie les retours, mon corps me semble tout engourdi. Je me demande si je suis en état de choc. Je n'arrive pas à croire qu'il existe un traitement – un véritable traitement – qui pourrait m'aider. À cette seule idée, je sens comme un bourdonnement au fond de mon ventre, une vague excitation.

Pour mon malheur, ce sentiment est éclipsé par une émotion bien plus puissante : la peur. La peur, qui est passée d'une banale anxiété dans le bureau du docteur Zhang à une véritable terreur. Elle m'amène à la question que j'ai refusé de me poser depuis que j'ai quitté le cabinet du médecin : *Ai-je vraiment envie de guérir ?* Bien sûr, quand j'étais petite, je rêvais d'être « normale », d'être dans les bras de maman, de jouer dans la cour de récré avec les autres enfants. *Mais qu'est-ce que les enfants connaissent de la vie ? Qui sait ? Si je n'étais pas restée assise sur le côté, je me serais peut-être brisé la nuque dans les cages à poules.*

Et si cette allergie m'avait protégée pendant tout ce temps ? Et si c'était la seule chose au monde capable de m'empêcher de me blesser ?

Je poursuis mon tri jusqu'à tomber sur un livre qui semble avoir atterri dans une baignoire. Les pages sont gonflées et ondulées, et pour couronner le tout, la couverture est pleine de traces de dents. *Incroyable que quelqu'un ait pu déposer ça dans la boîte des retours sans rien dire.* Je parcours la pièce des yeux à la recherche de Louise, pour lui montrer l'ouvrage et lui demander ce que je dois faire, mais je ne la vois pas. Quand je me tourne vers la section enfants, je croise le regard de Roger.

— Où est Louise ? l'interrogé-je silencieusement.

Il m'indique les allées, et plus précisément la rangée derrière les ordinateurs. Je suis son doigt, mais je ne la vois pas. Les bureaux des ordinateurs sont presque tous inoccupés. Il n'y a que Michael, le joueur de golf au coussin – je pensais que Louise exagérait, mais il vient bel et bien tous les jours –, et une vieille femme aux grosses lunettes qui se tient à quelques centimètres à peine de l'écran.

Je m'avance vers l'allée que m'a désignée Roger. Je tourne au coin et découvre Louise, penchée en avant, la tête dans un rayon entre deux rangées de livres.

— Louise ?

Elle sursaute et se cogne la tête à l'étagère du dessus.

— Aïe ! lâche-t-elle.

Puis, toujours inclinée en avant, elle me regarde et pose son index sur ses lèvres. De la même main, elle me fait signe d'approcher.

— Qu'est-ce que tu fais ? soufflé-je.

— Regarde, articule-t-elle en silence en me montrant l'espace entre les livres.

Je me penche et jette un coup d'œil. J'aperçois l'arrière de la tête de la vieille femme à l'ordinateur. Ses cheveux sont très fins, laissant deviner son crâne à travers des mèches blanches permanentées avec soin pour leur donner un aspect plus fourni.

Je me tourne vers Louise, perplexe.

— Regarde son écran, chuchote-t-elle en martelant chaque syllabe d'un mouvement de la main.

Je reprends mon poste d'observation, inclinant la tête pour voir derrière le brushing de la vieille femme.

— Oh !

Je me rends compte que je suis en train de regarder un gros plan d'un homme nu. Plus précisément de sa région pelvienne.

Louise me sourit d'un air triomphant.

— Alors, tu as vu ? C'est du porno, non ? murmure-t-elle.

— Comment je le saurais ?

Mon regard est de nouveau attiré par l'écran, comme s'il s'agissait d'un affreux accident de voiture dont on ne parvient pas à détacher les yeux. Je penche la tête, à la recherche d'un meilleur angle de vue avant de poursuivre :

— Je n'en suis pas sûre. Est-ce qu'il y a des flèches et une légende ? On dirait un dessin clinique.

— En tout cas, c'est contraire au règlement. Tu imagines si un enfant passe derrière elle ?

Je comprends le problème.

— Ça n'a rien à voir, mais j'ai un livre à te montrer. Complètement détruit.

— Je regarderai ça quand je reviendrai au bureau.

Je reste là encore une minute. Un autre sujet me préoccupe.

— Au fait, tu te souviens de ce que tu disais l'autre jour ? Au sujet du conseil municipal qui réduit notre budget ?

— Oui ? répond-elle sans quitter l'écran des yeux.

Je déglutis avant de poser la question qui me taraude :

— Est-ce que je vais être virée ?

Elle se tourne vers moi, l'air apitoyée.

— Tu veux la vérité ?

— Oui.

— Probablement, repartit-elle avec une grimace. Dernier embauché, premier viré. En toute franchise, ça m'a étonnée quand Maryann t'a engagée. Le poste était à pourvoir depuis quatre mois. Je pensais qu'on n'avait pas les moyens. Et s'il coupe encore les budgets, il est évident qu'on ne pourra plus se le permettre.

Je prends quelques secondes pour encaisser. *Pourquoi m'a-t-on engagée ? Ce n'est pas comme si j'étais incroyablement qualifiée...*

— Qu'est-ce qu'on peut faire ? Qu'est-ce que je peux faire ? Je ne peux pas perdre ce travail ! protesté-je en faisant tout mon possible pour parler aussi doucement qu'elle.

Elle hausse les épaules.

— Je ne sais pas. Trouver un moyen de remplir cet endroit tous les jours ? Convaincre Frank Stafford que les citoyens de Lincoln ont besoin de cette bibliothèque ?

— Mais c'est le cas ! Chaque ville a besoin d'une bibliothèque !

— Nous, on le sait. Mais nos chiffres de prêt ne disent pas la même chose. Même si, à la vérité, je ne suis pas sûre qu'il soit capable de les lire, ajoute-t-elle à voix basse.

Je l'ignore et songe aux deux choses les plus importantes qu'elle ait dites : on doit faire circuler plus de livres et drainer davantage d'abonnés. Je suis heureuse d'avoir eu l'idée de faire venir Aja tous les jours, mais ça ne fait qu'une personne. *Comment en attirer davantage ?*

La porte s'ouvre, et on se retourne d'un seul bloc. Un homme entre d'un pas traînant. Un habitué du mardi que Louise surnomme le « Voleur de P.Q. » depuis qu'elle l'a surpris à voler du papier-toilette dans les W.-C. des hommes. Elle pense qu'il est SDF, et à en juger par son manteau sale et usé, et par l'odeur putride qui s'en dégage, je pense qu'elle a raison. Il se dirige tout droit vers les toilettes.

Juste derrière lui, je vois arriver Aja. Il s'avance de quelques pas et s'arrête devant la porte, comme s'il attendait une invitation pour entrer. Il me regarde. Une sorte d'entente tacite passe entre nous, et il trottine vers un poste informatique avant de laisser tomber son sac à dos à côté d'une chaise libre.

— En tout cas, tu dois aller lui parler, me dit Louise dans un murmure.

— Parler de quoi à qui ?

— Cette femme. Elle ne peut pas continuer à regarder ce truc !

— Pourquoi moi ? glapis-je en oubliant de modérer ma voix.

— Chut !

— C'est toi qui l'as vue en premier, chuchoté-je.

Mais Louise est déjà repartie, ses hanches se balançant au rythme de sa démarche précipitée.

Merde.

Quand je m'approche de la vieille femme, le rouge aux joues, pour tenter de lui expliquer gentiment le règlement de la bibliothèque, je sens un regard posé sur moi. Je lève les yeux et aperçois Michael. Il dissimule son sourire derrière sa main et se retourne vers son écran. *Génial… même le golfeur aux coussins se moque de moi.*

À sept heures moins le quart, Louise apparaît à côté de moi, son manteau sur le dos, ses clés à la main.

— Je sais que c'est à mon tour, mais est-ce que tu pourras faire la fermeture ce soir ? me demande-t-elle.

— Oui. De toute façon, je dois attendre son père pour rentrer, réponds-je en désignant Aja d'un signe de tête. Je lui ai promis de le surveiller.

— Oh ! Je n'avais pas vu qu'il y avait toujours… Attends… Tu as fait quoi ?

— Tu dis toi-même qu'il nous faut plus d'abonnés dans les locaux, répliqué-je avec mon sourire le plus enjôleur.

— Oui, mais on n'est pas un service de baby-sitting.

— Non. Mais on n'est pas non plus un refuge pour SDF ni une salle d'arcade. C'est toi-même qui l'as dit : on est autant bibliothécaires qu'assistantes sociales.

Elle hausse les sourcils, qui disparaissent sous sa frange grisonnante.

— Ce n'est pas faux, convient-elle. Tant que ça ne te dérange pas… Bon, je dois y aller. L'aînée de mes petites-filles organise une soirée bingo à l'école, et j'ai promis d'y être. Ça se termine dans une demi-heure.

Combien de petits-enfants a-t-elle ? Et pourquoi n'ai-je jamais pensé à lui poser la question ?

Après son départ, je range le comptoir de prêt, remets à leur place les crayons abandonnés, trombones, élastiques et autres ustensiles de bureau, puis reste désœuvrée à contempler l'horloge. Dix-huit heures cinquante et une. Je tapote des doigts la surface mélaminée et me lève.

Je pars errer non loin des ordinateurs et fais semblant de chercher un livre sur un rayon à côté d'Aja.

— Pourquoi votre mère a choisi de vous appeler Jubilee ?

La voix du garçon me fait sursauter. Je me tourne vers lui.

— Vous pensez qu'elle était fan des X-Men ?

— Ah, non. Ça m'étonnerait.

Tous les ans, pour mon anniversaire, ma mère me racontait l'histoire de son accouchement.

« Trente-cinq heures. Un enfer. Tu refusais de sortir, et quand ça a enfin été l'heure de pousser – longtemps après que cette foutue épidurale a perdu son effet –, tu es arrivée le front en avant et le cordon ombilical autour du cou. Le docteur a dû t'attraper pour tirer. Comme s'il y avait assez de place pour ses mains ! La pire douleur de ma vie. J'étais tellement heureuse quand tu es sortie et que ce calvaire a pris fin. La joie à l'état pur. Au début, c'est comme ça que je voulais t'appeler. Joy. Puis une infirmière m'a dit que ta naissance était un jubilé, une raison de se réjouir, ou un truc dans le genre. Et j'ai pensé que ça faisait plus chic. Quand tu lis « Joy » sur une invitation de mariage, tu trouves un cadeau au supermarché, mais « Jubilee » ? Pour une Jubilee, on se dirige vers les boutiques de créateurs ! »

Voilà les raisons du choix de mon prénom. Elle était contente d'être débarrassée de moi. Heureuse que son calvaire soit terminé. Mais je ne vais pas dire ça à Aja.

Je préfère mentir.

— Ma mère était tellement heureuse que je sois enfin là, dans ses bras… Un jubilé, c'est une célébration.

— Ça fait sens, dit Aja en hochant la tête.

— Et toi ? Pourquoi tes parents t'ont appelé Aja ?

Il reste silencieux si longtemps que je me demande s'il m'a entendue. Puis, à voix basse, il me répond :

— Ils ne m'ont pas appelé Aja.

— Quoi ?

— Ce n'est pas mon vrai prénom.

— Et c'est quoi, ton vrai prénom ?

Il secoue la tête.

— Allez, ça ne peut pas être si terrible.

Il murmure quelque chose.

— Quoi ?

— Clarence, répète-t-il en me regardant droit dans les yeux. C'est Clarence.

J'essaie de ne pas rire, mais un petit gloussement m'échappe. Voyant Aja froncer les sourcils, je m'efforce de reprendre mon calme.

— Mais enfin, pourquoi ils t'ont appelé Clarence ?

— Mon père voulait que j'aie un prénom américain. Pour m'aider à m'intégrer.

À ces mots, je ne peux m'empêcher de pouffer.

— En t'appelant Clarence ?

— Ouais, dit-il avec un demi-sourire. C'est nul, hein ?

— Affreux ! Je suis désolée ! m'esclaffé-je. Mais comment tu as fini par te faire appeler Aja ?

Il hausse les épaules.

— C'est un surnom. De ma mère. À ma naissance, elle essayait d'apprendre le sanskrit. Les parents de mon père sont hindous...

— Attends. Alors Éric n'est pas ton...

— Il m'a adopté quand...

Mais il ne finit pas sa phrase. Il se contente de baisser les yeux sur la moquette, les épaules voûtées. La première fois que je les ai vus, je me suis doutée qu'Éric n'était pas son père biologique. Le léger accent britannique d'Aja, qu'Éric ne partage pas, m'a mis la puce à l'oreille – sans parler de leurs différences physiques : les yeux sombres et la peau mate d'Aja à côté du teint pâle et des yeux verts d'Éric – mais je n'étais sûre de rien. Peut-être Aja tenait-il de l'ex-femme d'Éric. Mais lorsque j'entends la révélation d'Aja, mon cœur se brise un peu pour le garçon et, simultanément, frémit d'affection pour Éric. Encore une preuve de sa véritable bonté de caractère.

— Je suis désolée.

Je ne veux pas obliger Aja à s'attarder sur cet événement manifestement dévastateur, quoi qu'il soit arrivé à ses parents.

— Et donc, ta mère apprenait le sanskrit ?

Il reste coi quelques instants. Je me demande si je l'ai perdu. Puis sa petite voix reprend :

— Elle espérait que les parents de mon père l'accepteraient plus facilement comme ça. Elle voulait pouvoir leur parler, leur montrer qu'elle s'intéressait à leur culture.

— Elle apprenait à le parler ? Je croyais que le sanskrit n'était qu'une langue écrite.

— La plupart du temps, oui. Mais je crois que certains prêtres hindous le parlent encore, et c'est la langue officielle de l'Uttarakhand en Inde, où mes grands-parents sont nés. Quoi qu'il en soit, elle disait que je faisais ce petit bruit quand j'étais bébé… une sorte de gémissement aigu. Comme un bébé chèvre. Et le mot pour « chèvre » en sanskrit, c'est…

— Aja.

— Oui.

Il baisse de nouveau le regard, frappant du pied un mur invisible devant lui.

— Donc en fait, je m'appelle Chèvre.

— C'est toujours mieux que Clarence, observé-je avec un petit rire.

— En effet, réplique-t-il d'un ton très solennel, m'arrachant un nouveau sourire.

Il se replonge dans son livre de comics, et je comprends que la conversation est terminée. Je repars vers mon comptoir pour y trouver quelque chose à faire en attendant l'arrivée d'Éric.

— Je vous ai cherchée sur Google.

Je m'arrête. Me retourne.

— Ah, oui ?

— Oui.

— Comment tu connais mon nom de famille ?

— Il est sur le site de la bibliothèque.

— Ah ?

Il hoche la tête.

— Je n'en reviens pas que vous ayez été dans le *New York Times*, dit-il en ouvrant de grands yeux. C'est le plus grand journal de tous les temps !

À mon tour, je hausse les épaules.

— Vous avez de la chance, dit-il.

— Ce n'est pas grand-chose. Je n'ai eu droit qu'à un article.

— Non, je veux dire, vous avez de la chance de ne pas avoir à toucher les gens. Je déteste qu'on me touche. Surtout les inconnus. Vous savez, comme quand quelqu'un tousse avant de vous serrer la main ? Non merci. Mais vous, vous n'avez pas ce problème.

— Ce n'est pas faux.

Il baisse de nouveau les yeux, comme s'il avait dit tout ce qu'il avait à dire et que cette fois, notre conversation était terminée. Je regarde par-dessus son épaule.

— C'est un livre de comics ?

— Oui, acquieste-t-il sans quitter la BD des yeux.

— Les *X-Men* ?

— Évidemment.

J'attends quelques secondes. Je n'ai pas envie de l'embêter, mais je n'ai plus de travail et je suis curieuse. *Pas au sujet des comics, mais à son sujet à lui. Il est différent. Pragmatique. Il dit toujours ce qu'il pense. Ça me plaît.*

— Ça parle de quoi ?

Mais avant qu'il puisse me répondre, la porte s'ouvre et Éric entre en trombe.

— Je suis là ! Je suis là. Désolé, je suis en retard.

Rosies par le froid, ses joues me font penser à celles d'un jeune garçon.

Je jette un coup d'œil à l'horloge. Il n'est que 19 h 05.

— Pas de problème, lui dis-je, toujours souriante. On était en pleine… (je me tourne vers Aja, mais il est de nouveau absorbé dans sa BD) euh… conversation.

Je m'écarte du rayon contre lequel j'étais appuyée et m'éloigne vers la salle de pause, où j'ai laissé mon manteau. Je ne sais pas si je l'imagine, mais je sens le regard d'Éric posé dans mon dos. Et je ne sais pas si j'ai si chaud parce que je suis gênée ou parce que son regard est comme un rayon de soleil sur ma peau.

—Aja, tu es prêt ? l'entends-je demander en quittant la pièce.

Quand je ressors de la salle de pause quelques minutes plus tard, ils m'attendent tous les deux devant la sortie. Aja a remis sa veste et a les yeux baissés, mais Éric me regarde.

Je prends les clés dans mon bureau et les rejoins.

—Merci, me dit Éric.

—Ça ne m'embête pas du tout.

—Tout de même.

Il ouvre la porte, laissant entrer un courant d'air glacial. J'éteins les lumières, me retourne pour m'assurer que je n'en ai oublié aucune, puis sors dans la nuit noire par la porte qu'Éric me tient toujours. Je m'écarte pour le laisser la refermer, puis tourne la clé pendant qu'Aja s'en va vers la voiture. Éric m'observe toujours.

—Alors ? demandé-je en essayant d'ignorer l'impression désagréable de me trouver sous un projecteur. Est-ce qu'on en a terminé ? Avec la discussion sur *Les Pages de notre amour* ?

—Je pensais en avoir fini quand vous les avez comparées à Shakespeare, s'esclaffe-t-il. Mais sérieusement, les gens ne se parlent pas comme ça dans la vraie vie.

—L'histoire est fondée sur des faits réels, répliqué-je sans conviction.

Il hausse son sourcil gauche.

Il pousse un soupir et part chercher mon vélo.

— Ça m'inquiète qu'Ellie ait tant aimé ce roman. J'ai peur qu'elle ne se crée des attentes amoureuses impossibles à atteindre.

Je réfléchis à ce qu'il vient de dire. Je n'y connais rien en relations amoureuses, mais j'ai conscience que les livres et les films peuvent générer des attentes irréalisables. Petite, après avoir lu *Fifi Brindacier*, je me suis mis dans la tête que mon père allait débarquer un jour devant chez moi, avec une explication satisfaisante pour son absence – pourquoi pas abandonné sur une île des mers du Sud, comme le capitaine Brindacier ? Et, oui, ça a été très dur quand j'ai été assez grande pour accepter la vérité. *Mais qu'aurait été ma vie sans ces rêves éveillés ? Ces espoirs ?*

— Je ne sais pas, dis-je. Est-ce que l'enfance n'est pas justement le meilleur moment pour être idéaliste ? Pour rêver ? Elle aura largement le temps d'être cynique en grandissant.

— Comment vous faites ça ?

— Comment je fais quoi ?

— Vous prenez mes pensées et vous les retournez comme un gant.

Le compliment me fait comme une boule dans la gorge. Du moins, à la façon dont il me regarde, il me semble qu'il s'agit d'un compliment. Et je me rends compte qu'il ne me regarde pas comme si j'étais normale. Il me regarde comme si je venais de réciter de mémoire les cinq cents premières décimales de pi : d'un air émerveillé. Simplement parce que je dis ce que je pense. Mon ventre se serre et puis se noue, et je me perds dans la contemplation du macadam. De petits grains brillent comme des diamants sous la lumière des lampadaires. Je me demande si c'est de ça que les gens parlent quand ils disent craquer pour quelqu'un. S'ils ont l'impression de craquer de toutes parts. Mais non, ça n'a rien à voir avec ce qui m'arrive.

La lune est éclatante ce soir, comme une ampoule parfaitement ronde encadrée par la vitre de ma portière. Aja la remarque aussi, et comme j'ai encore un peu de mal à regarder Éric en face, je suis soulagée de pouvoir me lancer dans une discussion sur le voyage spatial.

— Tu savais que les enregistrements originaux de l'atterrissage sur la lune de 1969 ont été accidentellement effacés par la NASA ? demandé-je à Aja.

Je suis heureuse d'apprendre qu'il l'ignorait, et la conversation dévie sur les théories de la conspiration, les extraterrestres et le projet Montauk, un projet gouvernemental similaire à la Zone 51, prétendument basé à Long Island. Aja semble extrêmement bien informé pour un enfant de dix ans.

Lorsque Éric se gare dans mon allée, je trouve enfin le courage de me tourner vers lui.

— Quelle est la suite du programme ? interrogé-je.

Ma question semble couper le fil de ses pensées. Il me regarde d'un air vide pendant une bonne seconde avant de me répondre :

— Oh, euh… un roman de Stephen King.

— Lequel ? Je ne fais pas dans l'horreur.

— Ma fille adore ça, réplique-t-il en riant. Elle en a lu trois : *Carrie*, *Misery*… et un autre. Un nom de femme, je crois.

— *Dolores Claiborne* ?

— Ouais, quelque chose comme ça.

— On peut faire celui-là. Il donne plus dans le thriller psychologique.

— Il y a une différence ?

Son air perplexe m'amuse.

— Oui.

— Et vous en avez un exemplaire à la bibliothèque ? Je regarderai demain.

Nous sortons en même temps de la voiture, et il fait le tour pour sortir mon vélo du coffre.

— Sûrement, lui réponds-je. Et je dois en avoir un autre quelque part ici. Je vérifierai ce soir.

— Dans ces immenses empilements ? Vous allez vraiment essayer de les déplacer ? Vous n'avez pas peur d'être enterrée vivante ?

— Ha ha. Très drôle.

— Je suis sérieux, crie-t-il par-dessus son épaule en allant déposer mon vélo à côté du portail. Ces piles peuvent s'effondrer à tout moment. Si vous n'êtes pas au travail demain, ajoute-t-il en revenant vers moi, j'organiserai une battue pour vous retrouver.

Je lui souris, consciente des soixante centimètres qui nous séparent et des sentiments contradictoires qu'ils m'inspirent : c'est à la fois trop proche et beaucoup trop éloigné.

— Merci de m'avoir ramenée, lui dis-je avant de me diriger vers le porche.

Mon estomac semble se tordre dans tous les sens, et je pose une main sur mon ventre pour le calmer. Puis je me rappelle, en glissant ma clé dans la serrure, que c'est exactement ce que j'ai ressenti quand Donovan s'est penché sur moi pour m'embrasser.

Juste avant que je frôle la mort.

Chapitre 17

ÉRIC

La dynamique du trajet a changé, maintenant qu'Aja nous accompagne. Et je me rappelle pourquoi les trios d'enfants ne fonctionnent pas dans la cour de récréation : l'un d'eux finit toujours par être mis à l'écart. Dans la voiture, cet enfant, c'est moi. Quand Aja n'est pas concentré sur son iPad, il discute avec Jubilee. *En permanence.* Ils abordent de drôles de sujets, dont je n'ai jamais entendu parler et dont je doute même de l'existence, comme l'anaditaephobie, la peur irrationnelle que quoi que vous fassiez, où que vous soyez, un canard vous observe. Cette fois-là, Aja a tellement ri qu'il en était plié en deux sur la banquette arrière, se tenant le ventre.

Ils discutent tellement que mes conversations avec Jubilee se réduisent à « bonjour », quelques questions monosyllabiques, et sa réponse « demain » chaque fois que je la dépose avec son vélo en lui demandant : « On se voit demain ? »

Du coup, je ne comprends pas pourquoi j'ai toujours hâte d'être à la fin de la journée. Pourquoi, plus j'approche de la bibliothèque, plus je me sens léger. Pourquoi c'est avec elle – même quand elle parle de canards – que j'ai le plus envie de me trouver.

Le vendredi ne fait pas exception. Pendant tout le trajet, ils parlent d'inventions, même s'il s'agit plus d'un échange de faits que d'une réelle conversation.

— La femme qui a inventé les cookies aux pépites de chocolat a vendu l'idée à Nestlé pour 1 dollar.

— L'invention du papier bulle était un accident. On essayait de fabriquer un papier peint en 3D.

— L'inventeur de la Fender Stratocaster ne savait même pas jouer de la guitare.

On dirait qu'ils disposent d'une zone supplémentaire dans le cerveau, réservée au stockage des informations inutiles, comme n'importe quel quidam garderait un vieux mouchoir au fond d'une poche en cas de besoin.

Quand on arrive chez Jubilee, je me rends compte que je ne la reverrai pas avant lundi, et cette pensée me crée un petit pincement au cœur. Elle pose une main sur la poignée de sa portière.

— J'ai fini de lire *Dolores Claiborne*, lâché-je sans réfléchir.

Ce n'est pas tout à fait vrai, je n'en suis qu'à la moitié.

Elle s'arrête dans son mouvement.

— Et vous en avez pensé quoi ?

— Que je ne voudrais pas être dans son collimateur.

Elle éclate de rire.

— Est-ce que vous voulez…

Mes lèvres sont sèches. Je les humecte du bout de la langue.

—Je sais que c'est le week-end, mais on pourrait peut-être… Je ne sais pas. Se retrouver pour en discuter.

Elle se tourne vers les fenêtres obscures de sa maison, comme si la réponse était scotchée sur une des vitres.

—Euh… Oui. Bien sûr. Vous voulez passer demain ? Je ne… je ne travaille pas.

—Oui, parfait. J'apporterai le déjeuner. Le rendez-vous est pris !

—OK, dit-elle en sortant de la voiture.

Suivant ce qui est devenu notre routine, je sors à mon tour, extirpe son vélo du coffre et vais le déposer derrière la grille. Puis je m'assure qu'elle est bien rentrée avant de remonter en voiture et d'enclencher la marche arrière.

—Tu as un « rendez-vous » avec elle ? intervient alors Aja de la banquette arrière.

—Non. Bien sûr que non. Mais elle m'aide avec… un truc.

—Ah, répond-il avant de se replonger dans son jeu.

Ce samedi, dès qu'on arrive chez Jubilee, Aja s'éclipse pour s'installer sur le fauteuil, ses écouteurs dans les oreilles, et commence à tapoter furieusement l'écran de son iPad en nous laissant, Jubilee et moi, nous regarder dans le blanc des yeux dans un malaise palpable. Mais pour une fois, je suis content qu'il soit si absorbé par cette stupide machine : au moins, je vais avoir l'occasion de parler à Jubilee en tête à tête.

— Vous voulez du thé ? Du café ? propose-t-elle.

— Du café, ce serait parfait.

J'en ai déjà bu deux tasses ce matin et ne devrais vraiment pas en prendre davantage, mais je ne suis qu'à deux doigts d'admettre mon échec à ma tentative de réduire ma consommation. De ma main libre, j'enlève mon bonnet. Dans l'autre, je porte un sac en papier rempli de sandwichs. Je me retourne pour le lui donner, mais elle est déjà en train de quitter la pièce. Je la regarde s'éloigner, me demandant si je dois m'asseoir, quand elle m'appelle :

— Vous pouvez venir.

Je suis sa voix et entre dans une cuisine vieillotte, dotée d'appareils électroménagers des années 1980 et d'un papier peint jauni à motifs de cerises. Jubilee me tourne le dos, debout devant le plan de travail. Je m'efforce d'ignorer le rayon de soleil qui traverse la vitre pour venir souligner les reflets mordorés de ses cheveux. Et le fait que ses boucles brunes tombent en cascade jusqu'au creux de sa taille. Elle repose tout son poids sur un pied, faisant ressortir sa hanche, la courbe de…

— Vous l'aimez comment ? me demande-t-elle par-dessus son épaule.

— Euh… Noir, ce sera très bien.

Elle se retourne, une tasse à la main, et me fait signe de m'asseoir à la petite table de la cuisine. Je dépose mon sac devant moi, et elle met la tasse à côté. Je regarde ses gants, qui me semblent être l'endroit le plus sûr où poser mes yeux. *Pourquoi donc ne les enlève-t-elle jamais ?*

— Donc, commence-t-elle en prenant place sur la chaise en face de moi, *Dolores Claiborne.*

— *Dolores Claiborne*, répété-je.

La table est petite : un cercle de soixante centimètres de diamètre. Je crois qu'on appelle ça une table d'amoureux. Maintenant, je comprends pourquoi. On est assis très près de l'autre. Si près qu'on peut se toucher rien qu'en tendant le bras de quelques centimètres.

— Qu'est-ce que votre fille en a pensé ?

— Je ne sais pas. Elle a surtout aimé une phrase.

— Laissez-moi deviner… celle où il dit qu'être une garce est parfois la seule façon de tenir le coup pour une femme ?

— Non, réponds-je en extirpant le carnet de ma poche arrière. « Je compris également autre chose : un baiser ne changeait rien. Après tout, n'importe qui peut donner un baiser. »

— Hmm, commente Jubilee en se calant contre le dossier de sa chaise.

— Ouais, c'est aussi ce que je me suis dit. Vous pensez qu'elle embrasse déjà des gens ? Des garçons ?

— Elle a quatorze ans.

— Seulement quatorze ans. Vous embrassiez des garçons à quatorze ans ?

— Non, dit-elle à voix basse, les yeux rivés sur la table, rougissant si fort que je regrette aussitôt d'avoir posé la question.

Après quelques secondes de silence, je m'empare du sac en papier.

— J'ai apporté des sandwichs.

Elle se lève pour sortir des assiettes et des serviettes d'un placard. J'apporte un sandwich à Aja et le pose devant lui, sur la table basse. Il ne lève même pas les yeux.

Quand je retourne à la cuisine, Jubilee déclare :

— Cette citation est très cynique. Apparemment, vous n'avez pas à vous inquiéter de la voir trop idéaliser les relations amoureuses.

Ses mots me frappent en plein dans le ventre, et je me rends compte que Jubilee avait raison : je préfère encore qu'Ellie ait une vision trop romantique de l'amour plutôt que de la voir tomber dans le cynisme. Et j'ai peur que ce ne soit ma faute si elle est déjà cynique. Comment un enfant peut-il croire en l'amour quand ses parents se sont séparés ?

— Alors, quelle sera la prochaine lecture ? m'interroge Jubilee en mangeant. *Carrie* ou *Misery* ?

— Je ne sais pas.

— Vous devriez lui demander. Voir ce qu'elle en pense.

Je laisse échapper un petit rire triste.

— Ouais. Je ne crois pas que… Je ne suis pas sûr que ça marche.

Jubilee me regarde d'un air interrogateur. Je sais que je dois lui dire la vérité.

— Ellie ne me parle pas. Elle ne me parle plus depuis… (je fais le calcul dans ma tête et grimace) six mois. À part un texto pour me dire de la laisser tranquille.

— Oh, lance-t-elle.

Je me demande ce qu'elle pense. Ou plutôt, je sais ce qu'elle pense, ce qu'elle doit penser, et je déteste ça.

— Pourquoi ? s'enquiert-elle enfin.

La question à un million. Je ne sais pas comment répondre à ça, mais mes lèvres se séparent et les mots sortent tout seuls :

— Je l'ai traitée de traînée.

Cet aveu me déchire, mais je suis en même temps soulagé de me libérer du poids de ce terrible secret. De me confesser. Soudain, je comprends mieux le besoin de Stéphanie d'aller voir son prêtre une fois par semaine pour lui avouer tous ses péchés.

— Vous avez dit « quoi » ? s'exclame Jubilee, les yeux ronds. À votre propre fille ?

— Oui, ce n'est pas mon plus grand moment.

Je prends une nouvelle bouchée de mon sandwich et mâche lentement, comme si je comptais les mouvements de mâchoire jusqu'à atteindre les trente recommandés avant d'avaler. Jubilee se contente de m'observer. Elle attend la suite.

Je tends l'oreille vers le salon, mais je n'entends que le léger bruit des doigts d'Aja sur son écran tactile. Je pousse un soupir et me lance :

— Il y a un an, Ellie a commencé à traîner avec cette fille, Darcy, une de ces rebelles élevées dans un foyer brisé, un vrai cliché ambulant. Le genre de gamine sur laquelle on espère que son enfant ne prendra pas exemple.

En le disant à haute voix, je me rends compte de l'ironie de la situation : à présent, Ellie aussi vit dans un foyer brisé.

— Bref, dans notre petite ville, beaucoup de rumeurs circulaient au sujet de Darcy : elle draguait ses professeurs, touchait à la drogue… Pas seulement à l'herbe, mais à des substances plus dures comme l'OxyContin ou le Ritalin. Je sais que les enfants peuvent être cruels et que les rumeurs ne sont que ce qu'elles sont, mais… Il y en avait tellement… et il n'y a pas de fumée sans feu. Alors les week-ends où j'avais la garde d'Ellie, je lui interdisais de fréquenter Darcy. Stéphanie et moi n'étions pas d'accord là-dessus. Elle me disait qu'il faut bien que jeunesse se passe, et qu'il faut laisser les ados faire leurs propres erreurs. À mon avis, elle agit en réaction à la façon très stricte dont ses parents l'ont élevée. Ça me rendait dingue. On se disputait constamment à ce sujet.

» Un week-end où j'avais Ellie, je pensais qu'elle était dans sa chambre, ses écouteurs sur les oreilles – elle les avait en permanence. Je me disputais avec Stéphanie à propos de l'anniversaire de Darcy, où Ellie était invitée. Stéphanie lui avait déjà donné l'autorisation d'y aller sans me consulter. J'étais furieux. Elle m'a demandé pourquoi je voulais toujours tout diriger. Je me suis emporté, et j'ai crié : « Parce que notre fille unique est en train de devenir une petite traînée droguée comme cette Darcy, et tu n'as pas l'air de t'en inquiéter ! »

Jubilee retient son souffle.

— Aïe.

— Et quand je me suis retourné…

— Ellie était là.

Je hoche la tête.

— Elle avait tout entendu. Suffisamment, en tout cas.

Je secoue la tête. Je n'oublierai jamais son regard. La colère que j'y lisais d'ordinaire avait laissé place à la peine. La colère, je savais gérer, mais sa douleur… alors que je savais en être responsable… me déchirait.

— Bien sûr, je me suis tout de suite excusé, mais elle n'a pas voulu m'écouter. Elle m'a dit qu'elle allait faire son sac et qu'elle voulait rentrer chez sa mère. J'ai refusé de l'y emmener, je ne pouvais pas la laisser partir sans qu'elle m'ait pardonné, ou au moins qu'elle ait compris. Mais finalement, le samedi, quand j'ai compris que c'était sans espoir et que la garder avec moi ne faisait qu'attiser sa colère, je l'ai ramenée chez Stéphanie. Elle ne m'a pas reparlé depuis.

— Mais vous n'avez pas conclu un accord de garde partagée ?

Je me cale au fond de mon siège et passe une main sur mon visage avant de répondre :

— Un week-end sur deux. J'ai laissé à Stéphanie la garde exclusive, parce que je ne voulais pas qu'Ellie soit sans cesse trimballée entre nous. Je savais que la stabilité était primordiale pour elle. Mais après… l'incident, elle ne voulait plus venir chez moi, et je me suis dit que l'obliger ne ferait qu'aggraver la situation. Et pour être franc, je pensais qu'elle reviendrait toute seule. Je sais que j'ai dit des choses horribles, mais c'est une enfant. Et je suis son père. Mais je suppose que j'ai fait trop de dégâts. Elle me détestait déjà à cause du divorce.

Je reprends mon sandwich, et Jubilee m'imite. On reste assis là, face à face, à s'écouter mâcher, jusqu'à ce que je ne puisse plus supporter le silence. Une partie de moi veut savoir ce qu'elle pense, mais l'autre partie a terriblement peur d'entendre la vérité.

— Ça craint, dit-elle enfin. Mais si ça peut vous aider à vous sentir mieux, vous êtes toujours un meilleur père que le mien.

J'essaie de me rappeler si j'ai vu la photo d'un homme sur les murs ou au milieu des piles de livres. En vain.

— Où est-il ?

Elle hausse les épaules.

— Je ne sais même pas qui c'est. Ma mère ne me l'a jamais dit.

Ah.

— Oh, mais c'est très bien ! répliqué-je, tentant maladroitement d'égayer l'ambiance. Finalement, je ne suis pas le pire père au monde. J'arrive avant-dernier.

— Exactement. Vous voyez ? Haut les cœurs.

En riant, je reprends ma tasse. J'avale une gorgée de café tout en surveillant Jubilee du coin de l'œil. Mon regard se perd sur ses lèvres. J'en suis la courbe comme le chariot d'une montagne russe, m'élevant au sommet des pics et plongeant dans la vallée. *Elles sont belles. Ses lèvres. Et dire qu'elle les voit tous les jours, quand elle se regarde dans un miroir ou qu'elle aperçoit son reflet dans la vitre d'une voiture. Comment fait-elle pour en détacher les yeux ?*

C'est alors que je remarque la mayonnaise. Une petite goutte sur la commissure.

Je tends une main vers Jubilee pour l'essuyer, excité comme un ado par cette chance inespérée de la toucher. Elle se fige.

— Vous avez un…

À la dernière seconde, elle recule hors de portée et pose une main sur sa bouche.

— … un peu de mayo, conclus-je en portant une main à mes propres lèvres pour lui indiquer où elle doit s'essuyer.

Elle rougit, et mon souffle s'accélère pendant qu'elle s'essuie avec sa serviette.

— C'est bon ? demande-t-elle.

Je hoche la tête.

Nous nous regardons en silence pendant quelques instants.

Puis, parce que je ne peux m'en empêcher – ou parce que je n'en ai plus envie – je tends de nouveau une main vers elle. J'ai besoin de couvrir la distance qui nous sépare, de me rapprocher d'elle d'une manière ou d'une autre. Là encore, elle se fige, les épaules tendues. Mais cette fois, je n'y prête pas attention. Ma main rencontre une mèche de cheveux. J'y enroule doucement les doigts, le regard perdu dans l'infini de ses boucles auburn.

Je l'entends inspirer profondément, et ce bruit me renvoie à la réalité. J'envahis son espace, je suis trop familier. Soudain gêné par mon propre manque de sang-froid, par mon souffle court, je lâche sa mèche de cheveux comme si elle venait de prendre feu et me redresse. Mais avant que je puisse lui présenter mes excuses, avant que je puisse trouver les mots dans mon esprit frémissant pour expliquer mes actes, elle s'empare de mon poignet. Sa poigne est forte, et je jurerais sentir la chaleur de ses doigts à travers le tissu de ses gants. De nouveau, je croise son regard. Je vois sa poitrine se soulever au rythme de son souffle aussi précipité que le mien.

Alors, elle entrouvre les lèvres. Je n'ai pas besoin d'une autre invitation.

La main gauche captive, je me penche vers elle, levant ma main libre pour caresser sa joue, imaginant déjà la douceur de ses lèvres sur…

— Arrêtez !

Le hurlement m'arrête net. Je me retourne, la main à quelques centimètres de son visage, l'esprit embrumé d'un désir confus… et découvre Aja debout sur le pas de la porte, les yeux écarquillés, sa bouche formant des mots que je peine à suivre.

— Tu ne peux pas la toucher ! Écarte ta main, écarte ta main !

Il tire sur mon bras en hurlant maintenant. *Est-ce qu'il ferait une sorte de crise ?* Je me lève et l'attrape par les épaules, essayant de l'obliger à me regarder, à se calmer. Mais il continue à crier, de plus en plus paniqué, jusqu'à atteindre l'apogée de sa crise délirante en hurlant :

— Tu vas la tuer !

Chapitre 18

JUBILEE

Je reste assise, paralysée de stupeur. Il s'apprêtait à m'embrasser. Enfin, je crois, vu la façon dont il s'approchait de moi. Je manque d'expérience en la matière. Mais sa main allait bientôt toucher mon visage et il se penchait sur moi, comme on le voit dans les films. Alors que j'avais attrapé sa main pour l'empêcher de m'approcher. Et Aja est arrivé en criant… J'essaie de me concentrer sur ce qui se passe devant moi.

— C'est vrai ! Je te jure ! Tu peux lui demander, dit Aja.

Tous deux se tournent vers moi. Je me rends compte que j'ai manqué une grande partie de la conversation, mais je devine de quoi il est question. Aja baisse les yeux.

— Je suis désolé, marmonne-t-il. Je sais que j'avais juré de ne le répéter à personne.

Éric nous regarde alternativement, l'air un peu perdu.

— Jubilee… de quoi parle-t-il ?

Soudain, j'ai très chaud. Je voudrais disparaître. *Moi ou eux. Qu'est-ce qui m'a pris ? Les laisser entrer ainsi dans ma vie ! Dans ma maison ! Laisser Éric m'embrasser ? Comme si j'étais une personne normale.*

La figure brûlante d'humiliation, je suis dans la cour du lycée où Donovan vient de m'embrasser, et je n'entends plus que les rires d'au moins une centaine d'adolescents hilares qui hurlent à mes oreilles.

« J'y crois pas, tu l'as embrassée !

— Tu as bien gagné tes 50 dollars, mec.

— Le musée des horreurs, quoi !

— Berk ! Qu'est-ce qu'elle a au visage ? »

— Jubilee ?

La figure d'Éric entre dans mon champ de vision, et je ne supporte pas la manière dont il m'observe : un mélange de perplexité, de pitié et de… je ne sais pas… comme s'il ne me connaissait plus du tout. Mon humiliation passée se mêle à l'instant présent, mon visage est en feu et mon cœur bat comme un fou dans mes oreilles. *Je veux que ça s'arrête.*

Je me lève d'un coup. Mes genoux se cognent contre ma chaise, qui se renverse.

— Partez.

— Quoi ? s'écrie Éric, dont l'expression passe de l'inquiétude à l'ahurissement. Pourquoi ?

— Je veux que vous partiez ! crié-je cette fois, espérant que le volume dissimule mes émotions.

Je croise les bras, essayant d'avaler ma salive malgré la boule de la taille d'une balle de golf que j'ai dans la gorge.

Il reste là encore un instant, son regard interrogateur me transperçant de part en part.

— Jubilee, dit-il d'une voix calme mais insistante.

Je ne réponds pas. Je ne bouge pas.

— OK, cède-t-il enfin. On s'en va. Viens, Aja.

Il veut poser une main sur l'épaule d'Aja pour l'entraîner hors de la cuisine, mais le garçon l'esquive. Ils sortent l'un derrière l'autre, et lorsque enfin j'entends la porte d'entrée se refermer derrière eux, je me laisse tomber sur la table en agrippant les bords, haletante, pleurant à chaudes larmes.

Je demeure là, soulagée qu'ils soient partis tout en espérant qu'ils reviennent, jusqu'à ce que mes doigts commencent à me faire mal et que mes genoux soient sur le point de lâcher. Alors, lentement, je ramasse ma chaise et m'assieds, le dos voûté. J'observe la scène devant moi. *Deux assiettes. Deux tasses. Deux serviettes froissées.* Pour n'importe qui d'autre, cette vision aurait été normale : les restes d'un déjeuner à deux sur la table de la cuisine. Mais pour moi, c'est le rappel douloureux que pour la première fois en neuf ans, quelqu'un était là – et qu'il est parti.

Un peu plus tard, quand l'après-midi a laissé place au soir, mon humiliation s'est changée en une vague colère. Mais je ne sais pas vraiment contre qui je suis en colère. *Donovan ? Ces gamins cruels ? Éric pour être parti, même s'il n'a fait que m'obéir ? Moi-même pour l'avoir mis dehors ?*

Dans mon lit, je revois le visage d'Éric quand il s'est penché sur moi et me concentre sur une autre question : *Allait-il vraiment m'embraser ?* Je ne cesse de rejouer la scène dans ma tête : l'expression sur ses traits, son approche, le cri d'Aja… jusqu'à ce que je comprenne ce qui ne va pas. Je me redresse dans mon lit. *J'avais envie qu'il m'embrasse.* Du moins, pendant cette fraction de seconde où j'ai cru que c'était son intention. *Qu'est-ce que ça veut dire ? Est-ce que j'ai envie de mourir ?*

Je me tourne vers la table de nuit, où j'ai posé la tasse d'Éric. En faisant la vaisselle, je n'ai pas pu me résoudre à la laver. Ni à la lâcher. Alors je l'ai emportée dans ma chambre, comme un souvenir qu'on rapporte de la boutique de l'aéroport. Et maintenant, je regarde le bord de la tasse, que la bouche d'Éric a touché il y a quelques heures, et je résiste à l'envie d'y poser mes lèvres. *Qu'est-ce qui ne va pas chez moi ?* Je me détourne, éteins la lampe et attends le sommeil dans le noir. Mais alors que je m'endors, la vérité m'apparaît peu à peu : certaines choses sont plus grandes que la simple peur de mourir. Par exemple, la peur que plus personne ne me regarde comme Éric me regardait. Comme si, pendant une seconde, j'étais la seule personne qui comptait à ses yeux.

— Pourquoi tu n'es pas habillée ?

On est dimanche matin, et Madison se tient devant à ma porte. Je pensais qu'elle laisserait tomber si je la laissais frapper assez longtemps, mais elle est tenace. À contrecœur, je lui ai ouvert.

— Je ne viens pas.

Mon humiliation d'hier est encore fraîche. Je suis à peu près sûre qu'elle peut la lire sur mon visage.

En fait, non.

— Recule, j'entre, dit-elle.

Sans autre possibilité, je fais un bond en arrière pendant que Madison traverse l'entrée au pas de charge. Dans le salon, elle s'arrête pour parcourir la pièce des yeux. Je m'attends à une remarque sur ma collection de livres, mais elle me demande :

— Vous avez emménagé quand ici ?

— Il y a douze ans.

— Et combien ta mère a payé la maison ?

— Je ne sais pas… Quelque chose comme 230 000. Pourquoi ?

— Parce qu'à l'heure qu'il est, sa valeur a sûrement triplé.

— Oh.

Je me fiche de cette maison et de sa valeur immobilière. Tout ce dont j'ai envie, c'est me remettre au lit et faire comme si la journée d'hier n'avait jamais existé.

— Alors, qu'est-ce qui ne va pas ? s'enquiert-elle en posant son sac à main par terre. Et ne me dis pas que c'est une longue histoire. Tu sais que j'arriverai à te faire parler.

— Entre donc, marmonné-je en refermant la porte.

Je la suis dans le salon et, comme je n'ai pas envie de mettre mes gants, je m'assieds aussi loin d'elle que possible, dans mon fauteuil, pendant qu'elle s'installe sur le canapé.

— Vas-y. Raconte.

Je m'exécute. Je lui raconte : Éric, la mayonnaise sur ma lèvre, le quasi-baiser, les cris d'Aja et…

— Attends, attends, attends ! intervient-elle en levant une main. Il allait t'embrasser ? Et tu allais le laisser faire ?

— Ça ne… Ce n'est pas le problème. Ce qui importe, c'est qu'Aja était en panique. Et après, c'est moi qui ai paniqué. Et je les ai mis à la porte. Je crois.

— Si, c'est « le problème ». C'est même carrément le problème. Tu es amoureuse de ce type ?

— Quoi ? Non ! Comment tu peux… C'est ridicule.

À son air suspicieux, je vois bien qu'elle n'en croit pas un mot.

— Écoute… Je pense qu'il…

Je m'interromps. *Qu'est-ce que je pense d'Éric ?* Je pense qu'il est parfois trop grave et trop sérieux, mais qu'il sait aussi être étonnamment drôle quand on s'y attend le moins. Il est intelligent, d'une manière terriblement terre à terre. Il est aussi très attentionné, surtout avec les enfants. J'aime sa compagnie, peut-être plus que je ne veux l'admettre.

— Je pense qu'il est… impeccable.

— « Impeccable » ? glapit Madison. Cet homme est quoi pour toi, un costume sur mesure ? Un placard bien organisé ? Tu as quel âge, onze ans ?

Elle se tord de rire.

— Arrête, protesté-je en souriant malgré moi. Bon, d'accord, je l'aime bien. Je ne sais pas… Il me réchauffe.

— Oh, très bien. Il y a du mieux. Il a été promu manteau. Poêle à bois.

Soleil, songé-je. Mais je ne veux pas fournir de nouvelles munitions à Madison.

— Tu ne peux pas être sérieuse une minute ?

— Oui, oui, pardon.

Elle se passe une main devant le visage, comme pour métamorphoser son sourire en une expression plus neutre.

— Voilà, je suis sérieuse.

Puis elle répète « impeccable » à mi-voix avant de s'écrouler de rire sur le canapé.

— Madison !

— Jube ! Je suis désolée. C'est juste que… OK, j'arrête.

Après encore quelques accès d'une hilarité apparemment incontrôlable, elle recouvre enfin son calme.

— Pourquoi tu ne lui as pas parlé de ton allergie ? Dès le début ?

— Mais oui, c'est tellement facile comme conversation…

— Peut-être, mais c'est important. Ne serait-ce que pour qu'il ne t'expédie pas à l'hôpital en essuyant de la mayonnaise sur ton visage.

— Tu en fais trop.

— Tu ne sais pas. Tu as dit toi-même que tu ne sais jamais comment ton corps va réagir.

Elle m'observe un instant d'un air grave, puis ajoute :

— Allez, explique-moi pourquoi tu ne le lui as pas dit.

— Je ne sais pas… Je crois que j'avais peur qu'il ne me prenne pour un monstre de foire, ou qu'il ne veuille plus me voir.

— C'est ridicule. Qui refuserait de te voir ? Tu es la personne la plus marrante que je connaisse. Surtout quand tu es défoncée.

— Ha ha.

— Non, mais sérieusement. Si tu l'aimes bien et que tu as vraiment envie de l'embrasser, tu ne crois pas que tu devrais au moins essayer ce traitement dont t'a parlé le docteur ? Tu pourrais peut-être…

— Non. C'est juste un coup au hasard. Même si les spécialistes parviennent à isoler la protéine – si leur théorie est la bonne –, rien ne me garantit que le traitement fonctionne. Et ça prendrait des mois, voire des années. Mais de toute façon, ça n'a pas d'importance. Après ce que j'ai fait hier, je ne reverrai plus Éric.

— Oui, mais…

— Madison, non ! répété-je, un peu plus fermement.

Après quelques minutes de silence, elle se lève.

— Allez ! Va t'habiller, lance-t-elle en me chassant d'un geste de la main. On va partir pour l'aventure, parce que j'ai laissé les gamins chez Donovan alors que ce n'était pas à son tour de les avoir, et j'ai dû l'écouter râler pendant vingt minutes.

— Beuh… Je n'ai pas envie. Tu ne veux pas au moins me dire où on va ?

— Au ciné.

— Au ciné ? C'est ça, ta grande aventure ?

— Oui ! C'est un film en 3D. Avec des dinosaures. Il y avait déjà des films en 3D la dernière fois que tu es allée au ciné ?

Je la dévisage sans répondre.

— Oh, et les friandises ! C'est quand, la dernière fois que tu as mangé du pop-corn de cinéma ? Au moins neuf ans, je sais, et c'est absolument inacceptable !

Je pousse un soupir.

—Tu ne vas pas me lâcher tant que je n'aurai pas cédé ?

—Non. Ça fait partie de mon charme.

Ce lundi après-midi, à la bibliothèque, Louise est en pleine crise de panique.

—Mon beau-fils est allergique au gluten, ma petite-fille déteste tout ce qui est vert, et il semblerait que ma fille soit devenue végétarienne. Qu'est-ce que je vais leur cuisiner pour Thanksgiving ? De l'air ?

Elle grommelle en tapant comme une folle sur l'ordinateur, en quête d'une recette. Je place un « mm-hmm » soucieux çà et là, mais je ne l'écoute pas vraiment. Aja n'est pas venu aujourd'hui. À seize heures trente, je me suis dit que son bus était en retard. À dix-sept heures trente, j'ai pensé qu'il était peut-être malade. Mais maintenant, il est presque 19 heures et je dois affronter la réalité : j'ai demandé à Éric et Aja de s'en aller, et ils sont partis. Et ne reviendront pas. Je sais que ça vaut mieux, que c'était ce que je voulais, mais…

—Oh, super, voilà les Sœurs aux chats, marmonne Louise.

Quand je lève les yeux, elle est déjà à mi-chemin de la salle du personnel. Je me tourne vers la porte et vois s'avancer vers moi deux des femmes les plus imposantes que j'aie jamais vues, autant en hauteur qu'en largeur. J'ouvre de grands yeux, pas seulement à cause de la surprise mais aussi pour les voir en entier. Puis, quand elles ne sont plus qu'à cinq pas de moi, je la sens qui les précède : une puanteur infernale mêlant relents d'égout et d'ammoniaque. Je ferme la bouche pour limiter la casse.

L'une des deux visiteuses laisse tomber une pile de livres sur le comptoir juste devant moi, soulevant un nuage de poils. *Des poils de chat. Les Sœurs aux chats. Le surnom commence à prendre sens.*

— Vous êtes nouvelle ? me demande-t-elle d'une voix si grave que je dois y regarder à deux fois pour m'assurer qu'il s'agit bien d'une femme.

Mais en dehors de quelques poils épais sur le menton de l'une d'elles et de leur stature de rugbymen, leur sexe ne fait aucun doute. Je remarque aussi que leurs pardessus – un vieux manteau gris-beige pour l'une, un immense tricot pour l'autre – sont couverts de poils de chat.

— Oui, réponds-je en m'efforçant de ne pas respirer.

— Nos livres sont arrivés ? interroge l'autre d'une voix aussi rauque que celle de sa sœur.

— De quoi s'agit-il ?

— La série du Dragon ailé. On l'a commandée à Ling Ling.

Je continue à les regarder, perplexe.

— Vous savez, la Chinoise.

Je me demande si je dois lui faire remarquer que toute personne d'origine asiatique n'est pas forcément chinoise. Puis je me dis que si elles ont pour habitude d'appeler Shayna « Ling Ling », elles ne vont probablement pas m'écouter. Je repousse ma chaise, heureuse de m'éloigner.

— Je vais vérifier.

La femme fronce les sourcils et sa sœur l'imite, comme si elles partageaient le même esprit grincheux.

En entrant dans la réserve, je découvre Louise penchée sur une boîte de pâtisseries, en train d'engloutir un scone aux myrtilles. Lorsqu'elle m'aperçoit, elle se fige en plein milieu d'une bouchée.

— Désolée d'être partie si vite, dit-elle en crachotant des miettes. Il fallait que je m'occupe… d'une urgence.

— Ha ha, répliqué-je en m'approchant de l'étagère où on range les livres réservés.

— Comment vont les Sœurs aux chats ?

— Euh… d'humeur grossière.

— Ouaip. Ce sont bien elles.

— Et elles puent.

— Insoutenable, non ? observe-t-elle avec un sourire, dévoilant des morceaux de gâteau coincés entre ses dents.

Irritée, je m'empare sans répondre de trois gros ouvrages attachés ensemble par un élastique. La couverture du premier arbore un immense dragon crachant du feu tandis qu'il survole une ville d'aspect moderne. Je les apporte au comptoir de prêt et les montre aux Sœurs aux chats.

— J'ai trouvé.

— Encore heureux, vu le temps que vous avez mis, marmonne la sœur au grand manteau.

Je serre les poings et me rassieds, puis saisis la carte de bibliothèque que me tend Mme Tricot. Lorsque enfin elles s'éloignent avec leurs livres, je prends une grande bouffée d'air pur et me plonge dans la contemplation de l'écran de mon ordinateur, m'efforçant de percer le brouillard d'autoapitoiement qui ne cesse de s'épaissir depuis le cinéma.

Soudain, un cri strident me fait sursauter. Je tourne la tête telle une marionnette vers la section enfants. Une petite fille aux cheveux tressés est assise par terre, hurlant, serrant son genou entre ses mains.

—J'ai bobo ! J'ai bobo ! s'époumone-t-elle dans son langage enfantin.

—Chut ! lui ordonne sa mère, debout à côté d'elle. Je t'ai dit de ne pas courir dans la bibliothèque. Relève-toi, ma chérie. Ce n'est rien.

Mais ce discours ne sert qu'à la faire pleurer plus fort. La femme décide de tenter une autre approche et s'accroupit pour regarder sa fille dans les yeux.

—Je vais faire un bisou qui guérit, déclare-t-elle en soulevant doucement la jambe de la petite pour y déposer un baiser.

La fillette gémit, s'apaise et se laisse aller dans les bras de sa mère.

Les autres enfants autour d'elles n'ont pas cessé leurs activités ; Roger tape à son clavier sans leur prêter attention ; mais moi, je suis incapable de détacher les yeux de ce duo mère/fille. De leur affection mutuelle. De cet amour qui coule telle une rivière de la mère à l'enfant.

Le poing géant qui m'enserre les poumons est revenu, et je ne…

— Jubilee ?

Je me tourne pour tomber sur les yeux couleur d'olive d'Éric, et je me demande depuis combien de temps il est là.

— Ça va ? s'enquiert-il d'un air préoccupé.

Le voir, entendre la chaleur de sa voix suffit à faire monter les larmes à mes yeux et ma vision se brouille. Et je me rends compte que non, ça ne va pas. *Ça ne va pas du tout.*

— Ma mère est morte, dis-je d'une voix brisée.

À ces mots, mon visage se désagrège comme un château de sable et j'éclate en sanglots.

Assise sur le siège du passager de la voiture d'Éric, je me mouche à grand bruit dans un mouchoir qu'il m'a donné. Nous sommes toujours sur le parking de la bibliothèque, mais je ne sais pas exactement comment je suis arrivée là. Je me souviens seulement qu'il m'a proposé de me ramener chez moi et que sa gentillesse inattendue n'a fait que redoubler mes pleurs, au point de faire sortir Louise de la réserve. Je suppose qu'ils ont échangé des regards éloquents, que quelqu'un m'a rendu mes affaires et que j'ai suivi Éric à l'extérieur, les yeux brouillés de larmes.

Il se tait pendant de longues minutes, me laissant tout le temps qu'il me faut pour balbutier des propos incohérents entre deux hoquets. Lorsque enfin je commence à reprendre mon calme, je me tamponne le nez avec mon mouchoir et prends quelques longues inspirations, les épaules encore tremblantes. Ce n'est qu'à cet instant qu'il me vient à l'esprit d'être gênée par le spectacle que j'offre.

Je regarde Éric, assis stoïquement sur le siège du conducteur, la main gauche serrée sur le volant, la main droite posée sur sa jambe. De nouveau, j'inspire profondément.

— Désolée… pour… euh… tout ça, murmuré-je d'une voix mal assurée.

Il se tourne vers moi.

— Il n'y a pas de problème. Je suis désolé pour votre mère.

— C'était il y a quelques mois. Mais je crois que je viens d'en prendre conscience. Vous devez me trouver ridicule.

— Non. Pas du tout.

Un silence s'installe entre nous. Puis :

— Vous étiez proches ?

— Pas vraiment. Ça faisait neuf ans que je ne l'avais pas vue. Je la détestais un peu, pour être honnête.

Éric m'observe sans rien dire, et je comprends qu'il attend la suite.

Mais comment décrire ma mère ? Elle fumait, portait des chemisiers moulants, et ne pensait qu'aux hommes et à l'argent. Elle se moquait de moi pour s'amuser. Elle me traitait comme si j'étais sa coloc. Et alors, j'arrive enfin à exprimer à voix haute ce qui me contrariait depuis toutes ces années.

— Elle m'a… elle est partie.

Je déglutis, la gorge sèche.

— Elle m'a laissée au moment où j'avais le plus besoin d'elle. Juste après…

Je pense à Donovan et à mon humiliation, mais je sais qu'il n'y a pas que ça. Ce n'est pas ça qui fait trembler mes mains, qui fait grandir ce vide en moi. Soudain, une image de cette femme et de son enfant à la bibliothèque s'impose à moi, et ma poitrine s'ouvre avec la violence d'un crâne heurtant le pavé.

— Elle ne m'a jamais touchée. Jamais. Pas une seule fois après mon diagnostic. Je sais bien qu'elle ne pouvait pas me faire de câlins ni m'embrasser normalement. Mais elle aurait pu… je ne sais pas… mettre des gants pour me frotter le dos ou me tapoter la tête ! Ou… ou… je ne sais pas… m'enrouler dans une couverture pour me serrer très fort.

Je sais que je divague, mais les vannes sont ouvertes et je ne maîtrise plus le flot verbal qui s'écoule de ma bouche.

— Elle me traitait en paria. J'avais l'habitude, les enfants de l'école me traitaient aussi comme ça. Mais ma propre mère !

Des ruisseaux de larmes coulent sur mes joues, se mêlant à la morve qui me sort du nez, mais je n'en ai rien à faire. Je m'essuie le visage d'un revers de ma main gantée et abandonne ma tête contre le dossier du siège, laissant libre cours aux larmes jusqu'à m'assécher les yeux. Je renifle.

— Je suis désolée. Je ne sais pas pourquoi je vous raconte tout ça.

Il ne répond pas. De nouveau, je le regarde, mais il reste immobile comme une statue de bronze. *Qu'est-ce qui m'a pris de lui parler de tout ça ?* Tout d'un coup, je me sens si gênée par mes confidences que j'ai envie de m'enfuir de la voiture, sauter sur mon vélo et m'en aller très loin.

— Vous ne dites rien ? lui demandé-je.

Éric s'agite sur son siège et se masse les mâchoires comme si, avec un peu d'huile de coude, il pensait pouvoir poncer sa barbe naissante.

— Et donc…, commence-t-il en se tournant vers moi, vous vouliez que votre mère vous étouffe ?

Je le contemple avec des yeux ronds. *Je sais bien que mes pensées étaient confuses, mais sérieusement ? C'est ça qu'il a compris ?* Puis un petit sourire se dessine sur son visage. J'essaie de froncer les sourcils – *comment peut-il plaisanter en cet instant ?* – mais son sourire est si contagieux que je ne peux pas m'en empêcher : un petit rire m'échappe, puis un autre. Et je me mets à rire aux éclats tout en me demandant si j'ai l'air aussi folle à l'extérieur qu'à l'intérieur.

Je tente de reprendre mon souffle, mais mon corps est en mode pilotage automatique, alternant éclats de rire et légers sanglots. Je n'ai pas d'autre choix que de laisser la crise suivre son cours. Une fois le calme à peu près revenu, je m'attends à ce qu'Éric parle ou démarre la voiture, mais il demeure immobile, le regard perdu au-delà du pare-brise.

Le silence dans l'habitacle prend de l'ampleur jusqu'à devenir assourdissant. Je m'agite sur mon siège, cherchant quelque chose – n'importe quoi – à dire pour briser cette étrange tension qui s'est installée entre nous. Puis Éric se racle la gorge.

— Une fois, quand Ellie était petite – à peine six mois –, je l'ai emmenée chez Dinesh.

— Dinesh ?

Il jette un coup d'œil dans ma direction, comme s'il venait de remarquer ma présence.

— Le père d'Aja, répond-il. Mon meilleur ami. Enfin, c'était mon meilleur ami.

Il repose les yeux sur le pare-brise et poursuit :

— On était toujours à la fac, et je voulais lui prouver que la paternité ne m'avait pas changé. Et n'allait pas me changer. Alors j'ai mis toutes les affaires d'Ellie dans un sac à langer et je suis allé regarder le foot chez lui, et peut-être boire une bière ou deux, comme d'habitude.

» Au milieu du match, Ellie nous a fait un caca énorme. Il y en avait partout. Sur son dos, ses jambes… J'en ai étalé plein sur le dessus-de-lit de Dinesh en voulant la changer. Je me rappelle qu'il était derrière moi, à hurler : "Mec ! Mec ! Enlève-la ! Ne la laisse pas sur mon lit qui est le seul endroit où j'ai du talent !"

» Je devais la nettoyer. Je l'ai portée dans la salle de bains de Dinesh, l'ai assise dans le lavabo et ouvert le robinet. L'eau était glacée. Elle s'est mise à hurler. Elle criait si fort, je voulais juste qu'elle s'arrête, il y avait du caca partout… Alors, sans réfléchir, j'ai coupé l'eau froide et ouvert l'eau chaude. Mais j'avais oublié que chez Dinesh, l'eau chaude devenait brûlante presque instantanément. Ellie s'est remise à crier. Quand j'ai compris ce que j'avais fait, je l'ai aussitôt enlevée du lavabo, mais elle était déjà brûlée. Pas au troisième degré ni rien, mais sa peau était rouge. Je l'ai enveloppée dans une serviette, sans même l'avoir nettoyée, et je l'ai serrée contre moi en lui répétant que j'étais désolé, jusqu'à ce qu'elle se calme.

» Ce que j'essaie de dire, conclut-il en se tournant vers moi, c'est qu'il n'y a rien de pire – vraiment rien – que de voir son enfant souffrir. Alors, savoir que c'est moi qui ai causé sa douleur ? Je me sens toujours coupable de l'avoir brûlée comme ça. J'entends encore ses cris comme si c'était hier.

— Mais elle n'était pas blessée, fais-je remarquer.

Éric hoche la tête.

— Non, Dieu merci. Écoutez, je ne connaissais pas votre mère. Mais si la petite brûlure infligée à Ellie m'a fait autant souffrir, je ne veux même pas imaginer ce que ça doit faire de savoir que la moindre de vos actions peut causer de terribles douleurs à votre enfant. Et ce que votre mère a dû endurer de savoir qu'elle vous a fait du mal pendant des années avant que vous soyez diagnostiquée. Que son amour vous faisait du mal.

Je l'écoute en silence. Je n'avais encore jamais vu les choses sous cet angle. Peut-être avait-elle si peur de me blesser qu'elle était incapable de me toucher. L'explication est si belle et si plausible que j'ai envie d'y croire. Mais la voix de M. Walcott résonne dans ma tête : « Si ça vous semble trop beau pour être vrai, c'est probablement faux. »

Puis un détail me vient à l'esprit.

— Comment êtes-vous au courant ? Qu'il nous a fallu des années avant d'avoir un diagnostic ?

— Je, euh… Aja m'a montré l'article du *Times*.

Je baisse les yeux, rougissante. Il démarre la voiture et passe la marche arrière.

— Il pense que vous êtes célèbre.

— Oui, il croyait aussi que j'étais un membre des X-Men. Son imagination est débordante.

— Ne m'en parlez pas, soupire Éric en sortant du parking.

Nous roulons en silence pendant quelques minutes, le temps que je trouve le courage de lui avouer :

— Je… je pensais que vous ne viendriez pas aujourd'hui.

— Ah ? Pourquoi ?

— Mon attitude samedi dernier. Ce n'était pas très… gentil.

Il hausse les épaules.

— Je vous ai promis de vous ramener chez vous tant que votre voiture serait en panne. Je tiens parole.

Je hoche la tête, sans trop savoir quoi répondre. *À quoi je m'attendais ? À une réplique tout droit sortie d'un film à l'eau de rose, du genre : « Je ne pouvais pas rester loin de vous » ?*

Il se passe une main dans les cheveux, les ébouriffant encore davantage, et reprend :

— Écoutez, je suis vraiment désolé. Je n'arrive pas à croire que j'ai failli…

Je me penche en avant, retenant mon souffle. *Failli vous embrasser. Dites-le.*

Il se tait.

Un silence gêné s'installe.

— Je ne… Je vous promets que je garderai mes distances. Vous n'avez rien à craindre de moi.

Je me recale au fond de mon siège. Je me demande pourquoi sa promesse ne me rassure pas. Je décide de changer de sujet.

— Où est Aja ? Pourquoi n'est-il pas venu aujourd'hui ?

— Il avait rendez-vous chez la psy. C'est le jeudi d'habitude, mais le planning a changé.

Éric se tourne vers moi et croise mon regard interrogateur.

— C'est obligatoire, m'explique-t-il. Depuis qu'il a manqué de se noyer. Connie l'a emmené. Moi, j'avais une réunion que je ne pouvais pas ajourner.

— Ah.

— Je voulais vous en parler samedi, mais…

— D'accord.

Éric semble réfléchir un instant, puis ajoute :

— Vous savez, vous êtes très douée avec lui.

— C'est un bon garçon. Intelligent. Et drôle ! Cette histoire au sujet de son prénom…

— La Chèvre ? sourit Éric. Ouais. Je n'y croyais pas quand Dinesh et Kate l'ont appelé Clarence. Je lui ai passé un tel savon pour…

Il s'interrompt. Se tourne vers moi.

— Attendez. Comment vous connaissez cette histoire ?

— Il me l'a racontée, réponds-je, mal à l'aise sous son regard scrutateur.

— Ah, bon ?

— Oui.

De nouveau, il se masse un côté du visage.

— Éric, qu'est-ce qui…

— Il ne me parle pas, à moi. Enfin, il parle un peu de tout, mais n'évoque jamais ses parents. La seule fois où j'ai tenté d'en discuter, ça ne s'est pas très bien passé. Je ne sais pas comment vous faites.

Cette dernière phrase s'adresse plus à lui-même qu'à moi.

Je hausse les épaules. J'aurais aimé avoir la réponse à sa question.

— Je lui parle, c'est tout, dis-je enfin.

— Non. Ce n'est pas ça. Croyez-moi. J'ai essayé.

Quelques minutes plus tard, il se gare dans mon allée et coupe le contact. Il me regarde, et je me demande si lui aussi ressent cette tension entre nous.

— Ça va aller ? À propos de votre mère ?

— Oui. Ça ira.

— Même heure demain, alors ?

— Demain, répété-je en ouvrant ma portière pour sortir dans le froid de la nuit.

— Oh, Jubilee ?

Je m'arrête dans mon mouvement pour claquer la portière.

— Oui ?

— Donc on peut… on peut être amis ?

Mon regard glisse sur ses yeux vert olive, sa barbe naissante, ses lèvres sèches, puis de nouveau ses yeux.

— Soyons amis, dis-je avant de fermer ma portière.

Je sais que je devrais être contente. C'est une bonne chose : je peux toujours avoir Éric et Aja dans ma vie, et ils connaissent mon problème. Mais alors que j'ouvre la porte de chez moi et que je pénètre dans l'entrée obscure en laissant tomber mon sac à main par terre, je n'arrive toujours pas à comprendre pourquoi je ne suis pas soulagée. Pourquoi j'ai l'impression que chaque battement de mon cœur fait courir une émotion bien particulière dans mes veines, et que ce n'est pas du bonheur. *Mais de la déception.*

Chapitre 19

ÉRIC

Une allergie aux êtres humains. Aux « êtres humains » ! Les arachides, je connaissais. Les abeilles ? Parfaitement. J'ai même un cousin allergique à la coriandre. Mais les « êtres humains » ? Même après les explications que m'a fournies Aja quand nous sommes rentrés de chez Jubilee samedi dernier, j'ai été incapable d'y croire avant de lire l'article du *Times*. Pourtant, ça expliquait bien des choses. À commencer par les gants. Et sa nature parfois nerveuse. Et pourquoi elle avait fini à l'hôpital après avoir repêché Aja dans la rivière. Elle avait littéralement risqué sa vie – plus que je ne l'avais su – pour le sauver. *Et ensuite… mon Dieu, et dire que j'ai failli l'embrasser…*

Mais ce que je n'arrive vraiment pas à comprendre, en la regardant monter les marches de son porche, c'est pourquoi j'en ai toujours envie.

Quand je rentre à l'appartement, Connie est installée sur le canapé, à feuilleter un magazine. C'est la première fois que j'ai l'occasion de lui parler depuis plusieurs jours, puisqu'elle était à son bureau toute la journée de dimanche et n'a eu que le temps de répondre à mon texto pour me dire qu'elle pouvait emmener Aja chez la psy. Sa réponse :

Oui. Mais tu me dois une faveur. Encore.

— Comment ça va, petit frère ? me demande-t-elle en levant les yeux de son magazine.

Je m'assieds à côté d'elle et me passe les mains dans les cheveux avant de déclarer :

— La journée a été... intéressante. Tu ne vas pas le croire.

Et je lui raconte tout sur Jubilee, sa maladie, la tentative du baiser.

Je ne sais pas trop à quoi m'attendre de sa part. *Peut-être à ce qu'elle soit aussi choquée que moi ?* Mais à la fin de mon récit, Connie éclate de rire.

Non, elle ne se contente pas de rire.

Elle se tient les côtes.

Se fend la poire.

Elle est littéralement pliée en deux.

— Ce n'est pas drôle ! protesté-je. J'aurais pu la tuer !

Ses rires redoublent malgré tous ses efforts pour les refréner.

— Non, non. Tu as raison. Cette partie-là n'est pas drôle. Mais le reste ? Oh, mon Dieu !

Elle est prise d'une nouvelle crise de rire, et je dois prendre mon mal en patience le temps qu'elle se calme.

— Connie ! Sérieusement ! Qu'est-ce qu'il y a d'aussi drôle ?

— Toi, répond-elle entre deux gloussements. Juste toi.

— Ça veut dire quoi ?

— Oh, allez, comme si tu ne savais pas !

Je ne sais pas. Je reste assis en silence en attendant qu'elle m'éclaire.

— Éric ! Tu passes ton temps à courir après des femmes inaccessibles.

— Quoi ? Non !

— Si.

Je lève les yeux au ciel.

— Stéphanie est la seule relation que j'aie jamais eue. Depuis mes dix-sept ans, si tu te rappelles bien.

— Et Teresa Falcone ?

— Teresa Falc… Mais j'étais au collège ! Ça ne compte pas !

— Si. Sa mère venait de mourir, elle ne voulait sortir avec personne. Mais tu la suivais partout en te lamentant comme un chiot blessé.

— Oh, belle image ! Je vois l'opinion que tu avais de moi.

— Et Penny Giovanni ?

— Quoi ?

— Tu l'as invitée au bal des secondes.

— Et alors ?

— Elle était lesbienne ! Et elle l'est toujours, j'imagine. Tout le monde le savait sauf toi.

Ah, oui ! Je me rappelle qu'elle s'est écartée de moi quand j'ai enfin trouvé le courage de lui tenir la main en fin de soirée.

— Ah, bon ?

— Oui ! Et Stéphanie…

— Attends, je l'ai épousée. C'est ça que tu appelles inaccessible ?

— Tu te souviens du temps que ça t'a pris pour avoir un premier rencard avec elle ? Son père était une espèce de catholique extrémiste qui avait juré que sa petite fille garderait sa virginité jusqu'à la nuit des temps. Et il te détestait.

J'éclate de rire à mon tour. J'avais oublié tout ce que j'avais subi avant de pouvoir l'inviter à sortir, y compris un interrogatoire d'une heure par son père dans leur salon à l'atmosphère étouffante.

— Bref, poursuit Connie, vu tes antécédents, tu peux comprendre pourquoi ça m'amuse de te voir tenter d'approcher une femme allergique aux « humains ».

— Eh bien, merci, chère sœur, pour ton empathie et pour cet agréable voyage dans le temps.

— Quand tu veux. Bon, c'est bien gentil, tout ça, mais je dois filer ! Une longue journée m'attend demain, avec tout le travail que je n'ai pas pu faire cet après-midi pour te sortir d'affaire… encore une fois.

— Oui, oui. Merci, tu es formidable, je ne sais pas ce que je ferais sans toi, etc.

Elle se lève, et met son manteau, son écharpe et son bonnet. Mais arrivée devant la porte, elle s'arrête.

— Tu comptes appeler Ellie jeudi ?

Je baisse les yeux.

— Je ne sais pas.

— Éric, c'est son anniversaire !

— Je sais.

Cette année, il tombe le jour de Thanksgiving. Quand elle était petite, Ellie adorait cette conjonction parce que Stéphanie la laissait choisir tous les desserts ; on mangeait alors du gâteau avec deux ou trois variétés de tartes et de brownies, et des sablés. Ses préférés.

— Je lui ai envoyé un cadeau par la poste, ajouté-je. Un nouveau journal.

— Tu devrais l'appeler.

— Pourquoi ? Pour que Steph puisse me dire qu'elle ne veut pas me parler ? Encore une fois ?

— Non. Pour qu'elle sache que son père lui a téléphoné le jour de son anniversaire. Qu'au moins, tu as essayé.

— Je ne fais que ça.

— Je sais, dit Connie d'une voix douce en me serrant le bras. Oh, encore une chose.

— Oui ?

— Maman et papa viennent pour Noël, et je leur ai dit qu'on dînerait ici. Chez toi.

— Quoi ?

Elle me toise, les mains sur les hanches.

— Tu devrais me remercier. Ils voulaient venir pour Thanksgiving, mais je leur ai dit que je travaillais. Et tu sais que je ne cuisine pas.

C'est vrai. Quand Aja et moi avons emménagé, elle a apporté un sachet de burgers surgelés à la crémaillère.

— Et pour être honnête, ajoute-t-elle, je n'en peux plus d'entendre maman critiquer le moindre détail de ma maison. « Tu es au courant qu'un placard à torchons est fait pour les torchons, ma chérie ? » glapit-elle en une frappante imitation de ma mère.

— C'est flippant.

— Comme elle.

— Mais non.

— Bref. Toi, tu es le fils parfait. Même depuis que tu as divorcé, que tu as adopté un enfant métis et que tu t'es éloigné de ta fille.

Je retiens mon souffle.

— Désolée, je suis allée trop loin ?

— Ouais. Écoute, je n'ai même pas de table de salle à manger.

— J'apporterai une table pliante et des chaises. Ça ira.

— Parfait. Maman va adorer.

— Elle s'en contentera puisque tu es l'Enfant chéri. On sera chez toi, donc elle va sûrement trouver ça adorable.

Une fois Connie partie, je m'approche de la chambre d'Aja. Après les incidents de la rivière et du feu, j'ai institué une stricte politique de porte ouverte. Je passe donc la tête dans sa chambre sans frapper.

— Salut, mec.

Il garde les yeux rivés sur son ordinateur.

— Salut.

— C'était comment chez la psy ?

— Bien.

— Vous avez eu une conversation… intéressante ?

Je n'ai pas oublié qu'il a parlé de ses parents à Jubilee, et je me demande si je devrais réessayer. Depuis sa terrifiante réaction de l'autre fois, je n'ai pas eu le courage d'aborder le sujet.

— Non.

OK. Je tapote le chambranle du bout des doigts.

— Alors, bonne nuit.

Je me raisonne : la journée a été longue, ce n'est pas le moment rêvé pour une grande discussion. Mais au lieu de m'éloigner, sur un coup de tête, je fais un pas en avant pour regarder par-dessus son épaule. Aussitôt, il referme la page qu'il était en train de consulter.

— Ah, non, lui dis-je. Pas de secrets sur cet ordinateur.

Je vois ses épaules s'affaisser.

— Montre-moi, s'il te plaît.

À contrecœur, il rouvre la page. Le titre – « Télékinésie : méthodes avancées » – suffit à m'arrêter net. Un certain Arthur y vante ses « capacités » et fait la promotion de son programme pour différents niveaux. Chaque cours coûte la modique somme de 35,95 dollars sans compter les suppléments en « or monoatomique » et en « Chi liquide », censés renforcer les pouvoirs psychiques.

— Aja, je croyais qu'on en avait fini avec tout ça.

Il ne répond pas.

— Écoute-moi. Je ne plaisante pas. La télékinésie n'existe pas. Ce site est une arnaque. Ce type essaie seulement de te soutirer de l'argent.

— Tu n'en sais rien, réplique-t-il à voix basse.

— Si, mec. Je le sais.

— Non, tu ne sais pas ! crie-t-il en se relevant si violemment qu'il en fait tomber sa chaise. Ce n'est pas une arnaque. Ça existe !

Soudain, il fond en larmes, de grosses larmes qui roulent le long de ses joues.

Je lève les mains en l'air.

— OK, OK. Calme-toi.

— Non ! Tu ne me crois pas ! Va-t'en. Va-t'en !

Il se jette sur son lit et enfouit son visage dans son oreiller, secoué de sanglots. Je ne sais pas si je dois le serrer dans mes bras – même s'il déteste ça – ou partir, alors je reste là, les bras ballants, à le regarder. J'attends qu'il me crie encore une fois de m'en aller, mais il n'en fait rien. Je redresse sa chaise de bureau, m'assieds dessus, et regarde défiler les minutes sur le réveil à côté de son lit. Pour la centième fois, je voudrais que Dinesh soit là. Pas seulement parce qu'il aurait su quoi faire, mais aussi parce que Aja n'était pas comme ça quand ses parents étaient en vie. Bien sûr, il était déjà extrêmement intelligent et un peu inadapté – ou même beaucoup – mais il ne souffrait pas de tels problèmes émotionnels. En tout cas, Dinesh ne m'en avait jamais parlé. Et même si je n'avais pas pris conscience qu'il n'avait pas fait son deuil correctement, comme me l'a fait remarquer la psy, pas besoin d'avoir inventé l'eau tiède pour comprendre que le décès de ses parents l'a profondément changé. Et que je n'ai rien fait pour l'aider. Je dois trouver un moyen d'arranger les choses. Et je vais commencer par ne pas m'en aller quand il me le demande.

Je croise les bras, déterminé, et demeure assis là, les pieds fermement plantés dans le sol, jusqu'à ce que les pleurs d'Aja s'apaisent, que son souffle ralentisse, et qu'enfin, enfin, il s'endorme.

Thanksgiving arrive sans tambour ni trompette. Étant anglais, Dinesh et Kate ne le fêtaient pas vraiment, et Aja s'en fiche un peu. J'ai acheté du blanc de dinde et de la purée au supermarché bio, et on a dîné dans le salon en regardant des rediffusions de *Star Trek*.

Quand Aja s'éclipse dans sa chambre pour jouer à des jeux vidéo, je prends mon courage à deux mains et décroche le téléphone pour appeler Ellie. Comme elle ne répond pas sur son portable, je compose le numéro de la maison.

Stéphanie décroche à la troisième sonnerie.

— Joyeux Thanksgiving, dis-je d'un ton aussi aimable que possible.

— À toi aussi.

— La reine de la journée est là ?

— Oui.

— Je peux lui parler ?

— Éric…

— S'il te plaît ? Tu ne veux pas essayer ?

Séphanie pousse un soupir. De mon côté, je retiens mon souffle en l'entendant discuter avec Ellie. Elle a dû poser une main sur le combiné, car je ne distingue que quelques mots, mais je dois bien lui accorder ça : elle semble faire de son mieux pour convaincre notre fille. Et ça marche.

— Allô ?

Au simple son de sa voix, j'ai les jambes flageolantes. Elle a quinze ans aujourd'hui mais, au téléphone, elle paraît bien plus jeune, bien plus semblable à la petite fille qu'elle était malgré la colère que je perçois dans sa voix. Mais je n'y fais pas attention. Je suis si soulagé de pouvoir lui parler.

— Ellie, dis-je dans un souffle. Joyeux anniversaire ! Quinze ans déjà ! Je n'arrive pas à le croire. J'ai l'impression qu'on est sortis de la maternité seulement hier.

Je sais que j'en fais trop, que je dois la laisser respirer. Je serre mon téléphone entre mes doigts, comme pour l'empêcher de raccrocher.

— Tu as reçu mon cadeau ? Le journal ?

— Ouaip.

— Très bien. Je me suis dit que ça te ferait plaisir, puisque tu as si bien travaillé sur ton carnet littéraire. Et ça te fera un bon entraînement pour quand tu travailleras dans un magazine.

— Quoi ?

— Tu sais, tu as dit que tu voulais travailler dans un magazine après avoir lu *La Cloche de détresse*.

— C'était il y a, genre, un an ! s'esclaffe-t-elle d'un ton moqueur.

— Oui, c'est vrai. Les choses changent. Bien sûr. Tu as encore du temps devant toi pour savoir ce que tu voudras faire plus tard.

— Ouais, on s'en fout.

— Je lis *Carrie* en ce moment, et…

— Tu avais dit deux minutes, m'interrompt-elle.

Ce n'est clairement pas à moi qu'elle parle. J'entends la voix de Stéphanie au loin. Elle dit quelque chose comme : « Encore un peu. Ça ne va pas te tuer. »

— Non, refuse Ellie.

J'entends un cliquètement, puis la voix de Stéphanie dans le combiné :

— Éric, tu es là ?

— Ouais.

— Je suis désolée. Elle est… Enfin tu sais.

— Ouais. Bon, embrasse-la bien de ma part, d'accord ? Tu feras ça pour moi ?

— Oui, bien sûr.

— Bon. Bonne soirée.

— Bonne soirée.

Je raccroche et reste les yeux rivés sur le téléphone. *Comment en suis-je arrivé là ?* Je parcours du regard mon appartement. *Pas seulement ici, pas seulement dans le New Jersey, mais au point de ne plus savoir quoi dire à ma propre fille.* J'aurais voulu être avec elle. Trouver un moyen de l'obliger à me parler, tout recommencer comme avant. Mais je sais que c'est impossible.

Au moins, je suis arrivé à la moitié de mon contrat. Dans trois mois, je serai de retour dans la même ville qu'elle. *Et peut-être qu'alors, je saurai quoi faire, quoi lui dire. Comment retrouver ma fille.*

Après avoir éteint la lumière dans la chambre d'Aja et tiré la couverture sur son petit corps, je vais me coucher et rouvre le roman de Stephen King. Je vois bien qu'Ellie se fiche royalement que je lise ces livres, mais je refuse d'abandonner. C'est peut-être une mauvaise idée, mais c'est la seule que j'aie pour me rapprocher d'elle.

Je commence à lire, vite perdu dans l'esprit dérangé de cette adolescente. Mais parvenu au passage où Carrie arrête le cœur de sa mère, je repose le roman, mon propre cœur tambourinant dans ma poitrine.

Je vais dans la cuisine me servir un verre d'eau. Lasses de disséquer ma relation brisée avec Ellie, mes pensées s'aventurent en direction de Jubilee. *Que fait-elle en ce moment?* Sur un coup de tête, j'attrape l'annuaire posé sur le plan de travail. En tournant les pages, je me demande depuis quand je n'en avais pas ouvert un.

Je glisse le doigt sur la page des « J » jusqu'à trouver les Jenkins. Il y en a quatre, mais pas de Jubilee. Je suis sur le point d'abandonner, déçu, mais mon regard se porte alors sur le prénom de Victoria. *Le prénom de sa mère.* Je l'ai lu dans l'article du *Times*. J'arrache la page de l'annuaire, l'emporte dans ma chambre, et compose le numéro sur mon portable.

Jubilee décroche à la quatrième sonnerie.

— Tu avais raison. Ce roman est terrifiant.

— Quoi ? interroge-t-elle d'une voix rauque, fatiguée.

— *Carrie*. Je suis en train de le lire. Pardon, je t'ai réveillée ?

— Je crois, répond-elle dans un bâillement. Je lisais sur le canapé. J'ai dû m'endormir. Comment tu connais mon numéro ?

— L'annuaire.

— Sérieux ? Les gens se servent encore de ces trucs-là ?

— Je peux attester qu'au moins une personne s'en est servie au cours de cette année.

Elle rit, et je suis heureux d'avoir appelé.

— Qu'est-ce que tu lis ? lui demandé-je.

Un bref silence, puis :

— *Carrie.*

Je souris.

— Je croyais que tu ne faisais pas dans l'horreur ?

— J'ai fait une exception.

— Et comment tu as réussi à t'endormir en lisant ce bouquin ? Je crois que je ne vais plus trouver le sommeil pendant quelques années.

— Je ne sais pas, s'esclaffe-t-elle. Je ne le trouve pas si terrifiant.

— C'est insoutenable. Je n'en reviens pas que ma fille l'ait lu.

Jubilee rit un peu, et la conversation s'essouffle. Après quelques secondes de silence, je reprends :

— C'est son anniversaire aujourd'hui. À Ellie. Je l'ai appelée.

— Ça s'est passé comment ?

— Elle a prononcé quatre mots en tout et pour tout. Donc ça va mieux.

— Je suis désolée.

— Ouais. Moi aussi.

Un nouveau silence s'installe, et je me surprends à tenter de me la représenter : si elle est assise ou debout, ce qu'elle porte, si elle est seule… Je tends l'oreille pour déterminer si j'entends quelqu'un derrière elle, même si je sais que c'est peu probable. Soudain, je suis triste à l'idée qu'elle passe Thanksgiving seule. J'aurais dû penser à l'inviter.

— Et donc, poursuis-je pour changer de sujet, si *Carrie* ne te fait pas peur, qu'est-ce qu'il te faut ?

— Pardon ?

— Dis-moi une chose qui te fait peur.

— Hum… Être touchée, évidemment.

— Oui, je m'en doute.

Je change de position sur mon lit, passe ma main libre derrière la tête, puis ajoute :

— Quelque chose de moins évident ?

Le silence entre nous se fait plus sérieux. Quand elle reprend la parole, elle parle d'une voix si faible que je dois serrer le téléphone sur mon oreille pour mieux l'entendre :

— J'ai peur d'avoir oublié ce que ça fait.

— D'être touchée ?

— Oui.

Je retiens mon souffle. Je ne sais pas trop ce que j'attendais comme réponse. Et j'ignore comment réagir à ça.

— J'ai peur d'en avoir bâti une représentation dans mon esprit, poursuit-elle.

— Comment ça ? questionné-je, moi aussi à voix basse.

— Je ne sais pas trop… Tu vois, il y a une vidéo YouTube que j'ai regardée pour un de mes cours, « Religions du monde ». C'était un groupe de moines tibétains qui psalmodiaient et méditaient tous ensemble. La vidéo durait une heure, et même s'il suffisait d'une minute ou deux pour en comprendre l'idée, je l'ai regardée en entier. Je ne sais pas pourquoi. J'étais comme hypnotisée. Je sentais littéralement les vibrations de leur chant dans tout mon corps. Comme un courant électrique. Ça me terrifiait, mais en même temps j'adorais ça. Je sais que ça n'a aucun sens.

— Si. Si, c'est parfaitement sensé.

De nouveau, elle se tait. Puis, juste au moment où je me dis qu'il faudrait peut-être que j'ajoute quelque chose, que je change de sujet, elle me demande :

— Alors, c'est bien l'effet que ça fait ?

— D'être touché ?

— Oui.

Je réfléchis un instant.

— Oui, j'imagine… Quelquefois. Enfin, ça dépend où on se touche, observé-je avec un sourire.

Je regrette la plaisanterie à la seconde même où je la prononce, craignant d'avoir ruiné l'instant, ou qu'elle pense que je me moque d'elle ou que j'essaie de la mettre mal à l'aise – de la faire rougir, comme ça arrive si souvent. Mais alors que j'ouvre la bouche pour lui présenter mes excuses, j'entends quelque chose. *Une sorte de reniflement.* Mon cœur cesse de battre. *Oh, non ! Je l'ai fait pleurer.* Je plaque ma main sur ma bouche, dévasté, me creusant les méninges pour trouver quelque chose à dire.

Puis un gloussement retentit à mon oreille, suivi d'un autre, et encore un autre. Elle rit. Et ce bruit, à la fois incongru et familier comme le chant d'un oiseau de retour après un long hiver, est comme un rayon de soleil dans ma poitrine.

Le mois qui suit est frais mais clément. Quelques chutes de neige, mais rien ne tient. J'en suis heureux pour Jubilee, car même si je passe la chercher tous les soirs, elle doit prendre son vélo pour aller au travail. Je lui ai proposé une nouvelle fois de faire remorquer sa voiture au garage, et même de payer les réparations, mais elle n'a rien voulu entendre. Et je me dis que Connie a peut-être raison. Les femmes de ma vie partagent une caractéristique : elles sont terriblement têtues.

Mais assis à côté de Jubilee à l'avant de la voiture, soir après soir, je suis bien obligé de songer à l'autre théorie de Connie. Je me rends compte que mon attirance pour Jubilee n'a fait que grandir depuis qu'elle m'a parlé de son allergie. Mais c'est certainement malgré cet obstacle et pas à cause de ça. Elle me plaisait déjà avant que je sois au courant, mais maintenant… depuis notre conversation téléphonique le soir de Thanksgiving… je ne cesse plus de penser à elle.

J'ai envie de la toucher.

Et pas seulement là où tout homme voudrait poser ses mains. Je veux toucher sa clavicule. La naissance de ses cheveux. L'intérieur de son poignet, que j'aperçois entre le haut de son gant et la manche de sa chemise. Je suis submergé de désir.

Je ne pense pas pouvoir imputer ça au fait que je n'ai pas désiré une femme depuis longtemps. Je suis un homme, après tout, et voir une actrice manger un hamburger d'un air suggestif à la télé suffit à éveiller mon intérêt. Mais j'ai rarement ressenti un désir tel que celui-ci.

Une partie de moi veut en discuter avec la psy d'Aja, en discuter avec quelqu'un, mais je sais que je ne suis pas là pour parler de moi.

Je cale mes coudes sur les accoudoirs de la chaise en bois qui fait face au bureau de Janet, prêt pour notre bilan mensuel.

— Alors, comment va-t-il ? demandé-je.

Elle m'observe de son regard scrutateur.

— Comment pensez-vous qu'il aille ?

Bon sang ! Comment ai-je pu m'attendre à une réponse simple de la part d'un psy ?

— Bien. Il va mieux, je crois.

Pas de crise majeure à rapporter depuis l'incident du site Internet. Je vois ça comme une victoire.

— Lui avez-vous parlé de ses parents ?

Je m'agite sur mon siège. Elle aurait pu au moins y poser un coussin.

— J'ai essayé.

— Comment ça s'est passé ?

— Mal.

— Hmm.

Le silence est tel que j'entends cliqueter l'aiguille des secondes de la pendule accrochée au mur.

— Qui est Jubilee ?

Je réprime un sursaut.

— Quoi ?

— Il me parle beaucoup d'elle.

— C'est une bibliothécaire. C'est elle qui lui a sauvé la vie. Quand il a sauté dans la rivière.

— Il paraît beaucoup l'apprécier.

— Oui, acquiescé-je en me grattant la tête. J'ai l'impression qu'ils se comprennent.

Elle hoche la tête d'un air songeur.

— Cela dit, réplique-t-elle enfin, je crains qu'il ne nourrisse des pensées délirantes à son sujet également.

— Comment ça ?

— Il semble croire qu'elle est allergique aux êtres humains.

— Ah.

Étrangement, je suis aussitôt sur la défensive, comme si je voulais protéger Jubilee. Sa vie, son état ne regardent pas Janet. Mais je ne veux pas non plus qu'Aja paraisse plus bizarre qu'il ne l'est déjà. Ma loyauté en tant que père l'emporte.

— C'est la vérité.

C'est au tour de Janet de hausser un sourcil. J'avoue y prendre un certain plaisir.

— Vraiment ?

— Oui, c'est une maladie génétique. Une mutation. C'est très rare.

J'ai lu l'article du *New York Times*. Deux fois. La première, abasourdi, comme si je découvrais l'histoire d'une inconnue. Puis je l'ai relu en pensant à Jubilee, en essayant de comprendre ce qu'a dû être son existence. Ce qu'elle est toujours.

Janet se recompose un visage avenant.

— Mais elle ne possède pas de capacités... psychiques, à votre connaissance ? me demande-t-elle avec un petit sourire, comme si nous partagions une plaisanterie.

Je ne lui rends pas son sourire.

— Non. Pas à ma connaissance.

Elle hoche la tête.

— Aja semble croire que la mutation qui a causé son allergie – je l'avoue, je n'y croyais pas – fait d'elle un miracle de l'évolution. Il pense qu'elle est dotée de pouvoirs surnaturels, exploités ou non.

Je sais que je suis censé m'en inquiéter, mais je ne peux m'empêcher de sourire en me représentant Jubilee en super-héroïne prête à sauver le monde. Puis l'instant passe, et je me demande de combien de séances chez le psy Aja aura besoin. *Bien sûr, il a quelques... problèmes depuis le décès de ses parents. Mais cette histoire de pouvoirs psychiques n'est-elle pas simplement liée à l'imagination hyperactive d'un enfant de dix ans ?*

C'est ce que j'explique à Janet, et je conclus par un :

— Il lit beaucoup de *X-Men*. Ce sont ses comics préférés. Et c'est exactement ce que sont ces héros : des mutants génétiques aux capacités extraordinaires.

— Je vois, réplique-t-elle en levant une main. Mais étant donné les choix passés de votre fils, je ne veux rien laisser au hasard. Je souhaite m'assurer qu'on fait tout ce qu'on peut pour lui.

Je baisse un peu ma garde.

— Je sais, je comprends. Moi aussi.

Je me redresse et reprends mon manteau posé sur le dossier de ma chaise. Mais alors que je me dirige vers la porte, Janet m'appelle :

— Éric ?

Je me retourne.

— Oui ?

Elle m'observe de son regard à la fois doux et sévère.

— Parlez-lui. Vous ne devez pas abandonner. Avec les enfants, il faut souvent s'y reprendre à plusieurs fois.

Je hoche la tête en songeant à Ellie. *À qui le dites-vous.*

Chapitre 20

JUBILEE

Le mois de décembre est plein de surprises. La première semaine, Madison m'a obligée à acheter un téléphone portable.

— C'est bizarre de ne pas en avoir un, m'a-t-elle fait remarquer. C'est presque obligatoire.

Un demi-Xanax et une heure plus tard, j'étais tout excitée d'être en possession d'un Smartphone. Mais maintenant, je ne vois plus tellement l'intérêt vu que la seule personne qui m'appelle, c'est Madison.

La deuxième semaine, Éric m'a invitée pour Noël. Je ne pense pas qu'il en ait vraiment eu l'intention. Il a dû se sentir obligé.

— Qu'est-ce que tu fais pour Noël ? m'a-t-il demandé pour faire la conversation, un soir où il me ramenait en voiture.

— C'est quand, vendredi prochain ?

Il a éclaté de rire, et j'ai compris qu'il était sérieux.

— Euh, oui, a-t-il répondu. Tu ne fêtes pas Noël ?

— Non. Je déteste Noël.

Je n'avais pas l'intention de le dire, mais c'est sorti tout seul.

— Tu « détestes » Noël ?

J'ai hoché la tête.

— Pourquoi ?

Les premières années après le départ de maman, j'ai fait un effort. Je mettais le CD *Aujourd'hui, c'est Noël!* une affreuse compilation de chansons pop de Noël qu'elle écoutait toujours en dansant dans toute la maison. Je sortais la boîte de décorations défraîchies, et en accrochais çà et là. Mais quand le jour J arrivait, cette vision me déprimait – surtout le père Noël en plastique à qui il manquait la moitié de sa barbe en coton. J'ai toujours aimé vivre seule – ou presque – sauf le jour de Noël. Ce jour auquel on n'échappe pas, où le moindre programme à la télé, la moindre pub, la moindre chanson vous rappelle que vous êtes censé être avec quelqu'un. Quel intérêt de célébrer une fête fondée sur l'échange de cadeaux quand on n'a personne à qui en offrir ? Mon anniversaire ne vaut pas beaucoup mieux, mais au moins, le monde entier ne conspire pas pour me rappeler que je suis seule ce jour-là.

Mais tout ça semble assez pathétique, même pour moi, alors j'ai tenté de m'en sortir avec un :

— Je ne sais pas… Le côté commercial… Cette fausse joie… Oh, et les lumières ! Bon sang, les lumières ! Regarde-moi ce quartier ! me suis-je écriée en balayant la rue d'un geste de la main. On dirait une piste d'aéroport. Comme si les gens s'attendaient à ce qu'un 747 atterrisse à tout moment.

Éric a éclaté de rire.

— Un vrai Grinch ! Je n'aurais jamais cru. Est-ce que tu vas te glisser dans toutes les maisons pour voler les cadeaux des enfants ?

— Peut-être, ai-je répondu en lui accordant un demi-sourire.

— Tu devrais venir chez nous, a alors proposé Aja. Éric fait la cuisine.

Et c'est là qu'Éric s'est agité sur son siège mal à l'aise et s'est raclé la gorge avant de surenchérir :

— Oui, tu devrais venir. Tu es la bienvenue. Enfin, si tu en as envie. Je ne te mets pas la pression.

Voilà pourquoi je ne pense pas qu'il ait vraiment eu envie de m'inviter, et voilà pourquoi j'ai refusé avant de sortir de la voiture.

— La proposition tient toujours ! a-t-il crié derrière moi. À moins que ton cœur ne puisse le supporter !

La plus grande surprise, cependant, est arrivée la troisième semaine du mois, quand je suis entrée dans la bibliothèque pour trouver Roger derrière le comptoir de prêt, l'air seul et abandonné. *Ou perplexe. Je ne sais pas trop.*

— Louise s'est fait virer, m'annonce-t-il.

— Quoi ?

— Ça s'est passé ce matin, à la première heure. Elle est arrivée. Maryann l'a appelée. Et c'était fini.

Je ne trouve pas les mots. *Louise? Et moi qui la prenais pour un élément de mobilier permanent de la bibliothèque!*

— Depuis quand elle travaillait ici?

— Depuis plus longtemps que moi. Et je suis arrivé il y a huit ans. Je dirais au moins quinze ans. C'était horrible, ajoute-t-il en secouant la tête avec une mine navrée. Si tu l'avais vue… Et un lundi, en plus. Elle était en larmes. Et moi aussi, je me suis mis à pleurer.

Sa voix tremble. Il pose un doigt sur ses lèvres. Les larmes aux yeux, il soutient mon regard une seconde avant de s'en aller dans la réserve.

Sidérée, je reste là, mon sac à la main, derrière le comptoir. Je ne sais pas quoi faire. *Comment Louise a-t-elle pu se faire virer? Pourquoi?* Si le conseil municipal nous avait coupé les vivres, c'est moi qui aurais dû partir. « Dernier embauché, premier viré », comme disait Louise.

Maryann sort de la réserve et s'arrête quand elle m'aperçoit. Elle se raidit.

— Bonjour, dit-elle.

Elle est étrangement froide, mais après tout, elle vient de renvoyer une femme qui n'était pas seulement une collègue, mais était aussi une amie. Je me doute bien qu'elle ne doit pas être d'humeur joviale.

— Bonjour, lancé-je à mon tour.

— Tu as entendu la nouvelle?

Je hoche la tête.

— C'est terrible.

Elle hoche la tête à son tour et se mord la lèvre inférieure, comme pour s'empêcher de pleurer.

— On va devoir mettre les bouchées doubles maintenant qu'on est en sous-effectif, ajoute-t-elle.

— Bien sûr. Tout ce qu'il faudra.

Elle s'éclaircit la voix, vient prendre un dossier sur le bureau et repart dans la réserve sans ajouter un mot.

La journée passe dans un brouillard, et même si Louise et moi n'avions pas toujours le même emploi du temps, ça me fait tout drôle de ne pas la voir. De savoir qu'elle ne reviendra pas. Je me sens émotionnellement vidée. Quand Aja arrive à 16 heures, je lui adresse mon habituel signe de tête et le laisse s'occuper seul pour l'après-midi. Je n'ai pas l'énergie pour nos discussions habituelles.

— Qu'est-ce qui ne va pas ? s'enquiert Éric sur le trajet du retour.

— Quoi ? interrogé-je, l'esprit toujours occupé par Louise.

— Tu n'as pas l'air… toi-même.

À ces mots, je me demande qui je suis à ses yeux. *Qui je suis. Ce qu'il pense de moi quand je suis « moi-même ».*

Je lui parle de la bibliothèque et de nos difficultés de financement, et de Louise, qui n'aurait jamais dû être renvoyée.

Éric m'écoute attentivement, puis me dit :

— Mieux vaut que ça tombe sur elle plutôt que sur toi, non ?

Je m'agite sur mon siège mais ne réponds pas.

— Désolé. C'était maladroit.

Je hoche la tête.

— Si ça peut t'aider, moi aussi, j'ai eu une journée de merde.

— Tu n'es pas censé dire « merde », intervient Aja de la banquette arrière.

— Toi non plus, réplique Éric.

— Qu'est-ce qui s'est passé ? lui demandé-je.

— Un de nos clients s'apprête à acquérir une S&P 100, et l'audit préalable me casse les…

Il jette un coup d'œil à Aja dans le rétroviseur et se reprend :

— … me casse les pieds. Comme je suis nouveau au bureau, je ne connais pas mon équipe, et je ne sais pas si je peux lui faire confiance pour calculer l'EBITDA et les flux de trésorerie. Ça fait beaucoup de choses à superviser. Et beaucoup de pression.

Je le regarde avec des yeux ronds.

— C'était du français, ça ?

Il rit et esquisse un geste vague de la main.

— Peu importe. Assez parlé travail.

Mais il semble que nous ayons épuisé nos sujets de conversation, car un silence s'installe dans la voiture pour tout le reste du trajet.

Le jeudi de cette semaine, Madison m'envoie le premier texto de ma vie.

Je t'ai laissé un petit quelque chose sous ton porche.

J'ouvre la porte d'entrée pour découvrir une douzaine de donuts au cidre de pomme dans une boîte blanche, avec un Xanax et une carte où je peux lire :

Je sais que j'en aurai besoin pour Noël. Je me suis dit que toi aussi. P.-S. : ne prends qu'une moitié à la fois, Bobby McFerrin.

Je vais me coucher avec les gâteaux, en engloutis quatre en relisant *Jurassic Parc*, et m'endors dans une mer de miettes.

Le matin suivant, je me réveille à neuf heures et quart. Je grogne, m'étire, et jette un coup d'œil à la table de nuit. Ma pilule de Xanax est toujours là. Je reprends mon livre et l'ouvre à la page où je me suis arrêtée hier soir. À midi, mon regard se pose de nouveau sur la pilule. Je n'en ai pas vraiment besoin : je ne vais nulle part aujourd'hui. *Mais après tout, pourquoi pas ?* Si ça m'a aidé à calmer ma peur de la ville, ça m'aidera peut-être à moins détester Noël. Je la pose sur ma langue et l'avale, avant de me rappeler l'instruction de Madison. La couper en deux. *Oups !*

Je me rallonge et attends que la sensation relaxante fasse effet. Je n'ai pas à patienter très longtemps.

À 15 heures, je me rends compte que je suis affamée et que je n'ai rien mangé de la journée. Lassée des donuts, je descends dans la cuisine pour fouiller dans le frigo. À court de provisions – je n'attends pas ma prochaine livraison avant lundi –, je me retrouve debout devant le plan de travail, à manger une tranche de pain sec sans goût. Et soudain, je me souviens de ce qu'Aja m'a dit quand il m'a invitée : « Éric fait la cuisine » ! Mon ventre gronde.

Je retrouve la carte de visite d'Éric posée sur mon bureau, et je compose son numéro. Il répond à la troisième sonnerie.

— Ton offre tient toujours ?

Je me rends compte, un peu tard, que je frôle la grossièreté et que cette attitude ne me ressemble pas du tout. Mais peu importe. *Don't Worry, Be Happy* me tourne en boucle dans la tête.

— Euh… Jubilee ?

— Oui. Pardon. C'est moi.

— Est-ce que tu… euh… tu vas bien ? Tu manges un peu tes mots.

— Oh. C'est les médicaments. J'ai faim.

— Les « médicaments » ?

— Oui.

— Quel genre ?

— Juste un Xanax. Pour m'aider à me détendre. Je crois que ça marche.

— OK…

Instantanément, je l'imagine en train de se passer une main dans les cheveux. Il fait toujours ça quand il réfléchit.

— On arrive à la fin du repas, mais il y a plein de restes. Tu veux que je vienne te chercher ?

— Non, je peux venir à vélo. Quelle est ton… ton… *(Le mot ne me revient pas.)* Où est-ce que tu habites ?

— Je passe te prendre.

Une demi-heure plus tard, j'ai réussi à me changer et à me brosser les dents, et je me rends compte que je suis censée apporter quelque chose à Éric et Aja. *C'est Noël !* Alors que je me demande encore si j'ai le temps d'aller à l'épicerie à vélo, j'entends Éric se garer devant la maison. Et, juste à temps, je me souviens des donuts. Je grimpe les marches quatre à quatre pour m'emparer de la boîte posée au bout de mon lit. Comme il ne reste plus que huit gâteaux à l'air un peu triste, je prends le temps de mieux les disposer pour combler les espaces vides.

Puis j'enfile mes gants et mon manteau, et j'ouvre la porte d'entrée juste au moment où Éric s'apprête à frapper.

— Bonjour, dis-je, un peu hors d'haleine.

— Bonjour, répond-il avec un sourire.

J'aime son sourire.

Je lui tends la boîte de beignets.

— Joyeux Noël !

— Oh ! Merci !

— J'en ai déjà mangé quatre. Hier soir.

Je ne sais pas pourquoi je me sens obligée de lui dire la vérité, mais tant pis.

Il éclate de rire et secoue la tête amusé.

— Tu es prête ?

— Oui.

Quand on arrive à son appartement, je suis Éric à l'intérieur en m'attendant à trouver Aja. Je n'étais pas prête à voir tous ces visages tournés vers moi.

Je me fige.

— Oh, mon Dieu, murmuré-je. Tu as de la compagnie… J'aurais dû…

L'agréable sensation flottante du Xanax vient de disparaître. Soudain, je regrette que Madison ne m'ait pas donné un second comprimé.

Éric se retourne vers moi et me regarde dans les yeux.

— Ça va aller, dit-il gentiment. Tu connais Rufus, ajoute-t-il en me montrant le chien qui lui mordille les pieds.

J'ai un peu la tête qui tourne.

— Tu lui as donné un vrai nom !

Il me fait un petit clin d'œil.

— Et tu te souviens de Connie, bien sûr.

— Bonjour ! me lance Connie du canapé.

Je lui adresse un signe de tête.

— Et voici mes parents, Gary et Déborah.

Son père est assis sur une chaise pliante dans la salle à manger ; sa mère est debout à côté de la télé. Elle s'avance vers moi, les bras grands ouverts.

— C'est Noël, dit-elle. C'est le jour pour s'étreindre !

Un chœur de « Non ! » l'arrête net.

Abasourdie, elle se tourne vers Éric et Connie. Tous deux se mettent à parler en même temps :

— Elle est terriblement enrhumée !

— Elle n'aime pas qu'on la touche.

— C'est une mutante ! ajoute joyeusement Aja, qui vient d'entrer dans la pièce.

La mère d'Éric écarquille un peu plus les yeux à chaque explication, une main plaquée sur son cœur comme pour en ralentir les battements effrénés. Mal à l'aise, je lui souris en agitant mes doigts gantés.

Elle me dévisage, l'air de demander : « Quelle explication est la bonne ? »

Je prends mon courage à deux mains et me lance :

— C'est Aja qui a raison. Plus ou moins. Je souffre d'une allergie très rare. Je suis allergique aux... aux autres personnes. On ne peut pas me toucher.

— Oh ! s'écrie le père d'Éric, discret jusqu'à présent. Comme ma femme ! N'est-ce pas, Déborah ?

Il rit de sa propre blague, son gros ventre tremblotant sous l'effort.

— Gary ! le réprimande-t-elle sèchement. Je pense qu'on a bu assez de Glenlivet, tu ne crois pas ? ajoute-t-elle d'un ton plus doux.

— Absolument pas, ma chérie.

Il se tourne vers moi et me fait signe d'approcher.

— Venez. On s'apprêtait justement à passer au dessert.

Je regarde Connie, qui lève les yeux au ciel, puis Éric, qui soupire en gonflant les joues. Il se faufile à côté de moi et me murmure :

— J'ai oublié de te dire : moi aussi, je déteste Noël.

Une fois tout le monde assis sur les chaises pliantes, Déborah sert des parts de tarte aux pommes sur des assiettes en carton. Le chien est couché à mes pieds, immobile, et m'observe avec ses grands yeux tristes.

— Cette tarte est délicieuse, Éric, dit Déborah en se tapotant les lèvres avec sa serviette.

— C'est Connie qui l'a apportée.

— Oh, reprend-elle en se tournant vers sa fille. Les pommes, ce sont des Pink Lady ?

— Oui, je crois, répond Connie, rayonnante.

— La prochaine fois, essaie avec des Granny Smith. Elles tiennent mieux à la cuisson.

— Ah. Je m'en souviendrai, réplique Connie en jetant à Éric un regard lourd de sens.

Éric rit doucement.

— Je peux aller dans ma chambre, maintenant ? demande Aja.

Ébahie, je contemple son assiette vide. Je n'en suis qu'à la première bouchée.

— Non, dit Éric. Grand-mère et grand-père ne sont là que pour l'après-midi. Ils ne t'ont pas vu depuis des mois.

— Ce ne sont pas mes grands-parents, rétorque Aja d'un ton calme. Et Iggy a le nouveau *King's Quest*. Il m'attend pour qu'on joue ensemble.

— Oh, ce n'est pas grave, Éric, intervient Déborah. Laisse-le y aller. C'est Noël, après tout !

Éric soupire pour la troisième fois.

— Très bien.

Aja saute de sa chaise et court dans sa chambre.

— Tout le monde a tout ce qu'il lui faut ? s'enquiert Éric. Ça va ? ajoute-t-il à mon intention, d'une voix plus basse.

Je hoche la tête.

— Jubilee, pardonnez ma curiosité, mais je n'avais encore jamais entendu parler de votre allergie, me dit alors Déborah. Vous ne supportez vraiment pas le moindre contact ?

— Comme dans *Bubble Boy* ! déclare Gary, quelques décibels au-dessus de toute la tablée.

Il s'apprête à reprendre son verre de whisky, mais Déborah pose doucement une main sur son bras.

Tout le monde s'est tu, et je sens tous les regards braqués sur moi.

— Euh… Pas vraiment, réponds-je. Bubble Boy souffrait d'une déficience immunitaire qui le rendait très sensible aux microbes dans son environnement. Dans mon cas, ce n'est qu'une allergie, comme on peut être allergique aux arachides ou aux œufs. Sauf que moi, je réagis aux cellules cutanées humaines.

— Fascinant, souffle Déborah entre deux gorgées de café. Mais qu'est-ce que ça signifie, exactement ?

— Ce que vous avez dit. Je ne supporte pas le contact peau contre peau.

Mes yeux se posent sur Éric. Je me sens rougir. J'espère qu'il ne s'en rend pas compte.

— Ça me provoque des éruptions cutanées assez graves, et il y a un risque de choc anaphylactique.

— Oh, mon Dieu !

De nouveau, Déborah met une main sur sa poitrine. Je prends une bouchée de ma tarte, priant que l'interrogatoire soit terminé.

— Votre pauvre mère ! ajoute-t-elle alors.

J'avale de travers et suis prise d'une violente quinte de toux. Les yeux emplis de larmes, je bois une gorgée de café.

Éric en profite pour prendre la parole.

— Maman… Euh… Jubilee aime beaucoup Emily Dickinson. Ce n'est pas aussi ta poétesse préférée ?

Je lui jette un regard que j'espère empli de reconnaissance pour avoir changé de sujet.

— Oui, elle en fait partie.

— Maman a fait des études de lettres.

— De brillantes études, même, surenchérit Connie. Dommage qu'elle n'en ait jamais rien fait, achève-t-elle en chuchotant.

Déborah fusille sa fille des yeux.

— Encore heureux qu'une femme ait d'autres manières de se réaliser dans la vie, Connie.

Je glisse au chien un morceau de croûte sous la table.

— Jubilee est bibliothécaire, dit Éric.

— Assistante de prêt, précisé-je.

— Merveilleux ! s'écrie Déborah. Vous devez aimer lire au moins autant que moi.

— Si tu voyais sa maison, s'esclaffe Éric. On ne peut pas faire un pas sans renverser une pile de livres.

— Qui sont vos auteurs favoris ? me demande Déborah. Je sors tout juste d'une période T. S. Eliot. Un homme fascinant.

— « La Chanson d'amour de J. Alfred Prufock », dis-je en me souvenant d'un cours de littérature américaine du XIXe siècle que j'ai suivi en ligne.

Le professeur avait donné son cours avec passion, serrant le poing pour appuyer les mots. « Ce n'est pas un poème d'amour (poing serré), mais plutôt un poème sur le désir (poing serré). Eliot veut un amour romantique, certes. Mais plus que ça, il veut une véritable connexion (poing serré). Il veut trouver du sens (poing serré) dans sa routine bêtifiante, tasse de thé après tasse de thé. »

— J'aime beaucoup ce poème, conclus-je.

Déborah m'observe un instant en inclinant la tête.

— Oui, dit-elle d'un ton très doux. Moi aussi.

La conversation se tarit, on n'entend plus que les bruits des cuillères raclant les assiettes. Tout le monde semble à l'aise, et je me dis soudain que ce doit être ça. *La famille. Être ensemble.* Je sais que je suis une intruse, mais je me permets un instant de faire comme si j'étais des leurs. Lentement, je regarde leurs visages, un à un, jusqu'à tomber sur Éric.

Éric.

À cet instant, une voix claironnante m'arrache à ma rêverie.

— « Allons-nous-en donc, toi et moi. Lorsque le soir est étendu contre le ciel. »

Connie se tourne vers son père, abasourdie.

— Papa ?

— Oh, Gary, s'esclaffe Déborah. Sérieusement ! Il récite le poème, explique-t-elle à Connie. Celui d'Eliot.

— Oui, mais on doit vraiment y aller, déclare Gary. Une longue route nous attend.

On débarrasse la table à grand renfort de politesses et de « c'est moi qui m'en charge », puis Déborah et Gary enfilent manteaux et bonnets.

— Aja ! appelle Éric.

— Oh, ne l'embête pas, proteste Déborah. On va passer dans sa chambre lui dire « au revoir ».

Quand ils reviennent dans l'entrée, Connie en profite pour annoncer qu'elle non plus ne va pas tarder à partir. Un méli-mélo d'embrassades s'ensuit. Je reste en retrait à côté de la table basse sans plateau, le chien assis à mes pieds. Déborah comble les vides entre les « au revoir », les « Joyeux Noël » et les « je t'aime » par des banalités comme : « Vous avez vu le blizzard qui arrive pour la semaine prochaine ? » ou « Cette table pliante et ces petites chaises étaient parfaites pour ce repas, Éric. Charmant ! » À ces mots, Connie laisse échapper un petit rire aigu et donne un coup de coude à Éric.

Puis Déborah s'avance vers moi, les mains levées.

— Pas d'accolade cette fois, c'est promis.

Je souris.

— J'ai adoré vous rencontrer, poursuit-elle. À bientôt peut-être ?

— Ça me plairait bien.

Une fois tout le monde parti, Éric se tourne vers moi et hausse les épaules, comme pour dire : « La famille. Qu'est-ce qu'on y peut ? » Je me contente de lui sourire, mais à l'intérieur, je me sens submergée par un raz-de-marée de sensations inattendues. Nous sommes seuls dans la pièce, et même si j'ai déjà été seule avec lui, quelque chose a changé. L'atmosphère est différente. Je me demande s'il ressent la même chose. Si oui, il n'en laisse rien paraître.

— Tu as toujours faim ? J'ai de la dinde, et des restes de tarte.

— Avec plaisir, réponds-je, toujours affamée. De la dinde, c'est parfait.

Je le suis dans la cuisine, le chien sur les talons, et Éric se met à sortir des victuailles du frigo.

— Ta mère semble très gentille, lui fais-je remarquer tandis qu'il dépose des tranches de dinde sur une assiette avec deux fourchettes.

— Oui. Mais ne dis surtout pas ça à Connie.

— Elles ne s'entendent pas ?

— Oh, tu sais, les embrouilles typiques entre mère et fille.

Il s'interrompt dans son mouvement, les fourchettes en l'air.

— Je suis désolé. Je suis un con. Ta mère vient de… et je…

— Ce n'est rien. Vraiment.

J'ai beau dire, une boule est en train de se former dans ma gorge. Je retiens mes larmes. Depuis ma dernière discussion avec Éric, je songe beaucoup à ma mère, et je commence à me demander si ma colère n'était pas en partie due à la rébellion de l'adolescence, que je n'ai jamais eu l'occasion de dépasser avec elle. Ou que j'ai refusé de dépasser. Je repense à toutes ces fois où elle m'a invitée à Long Island au fil des années, et à la déception que je percevais dans sa voix quand je refusais. Mais aussi, tout tournait toujours autour d'elle. C'était si irritant…

Mais peut-être qu'en personne, ç'aurait été différent. Peut-être qu'en mûrissant, on se serait mieux entendues. Je ne lui ai jamais donné sa chance. Et après avoir observé Connie et Déborah aujourd'hui, je me dis que peut-être, les mères sont toujours irritantes, quel que soit l'âge qu'on a. Et peut-être qu'on les aime malgré tout.

Je mange en silence pendant qu'Éric enfile une paire de gants en caoutchouc pour attaquer la montagne de vaisselle entassée dans l'évier. Profitant qu'il me tourne le dos, je glisse à Rufus quelques morceaux de dinde.

Quand j'ai fini, je vais racler mon assiette au-dessus de la poubelle et la pose à côté de l'évier.

—Merci, dit Éric.

Je m'empare d'un torchon et d'une casserole qu'il vient de finir de laver. Les gouttelettes d'eau qu'elle contient pénètrent aussitôt dans mes gants, que j'enlève pour ne pas les tremper. Éric me regarde faire.

—Est-ce que c'est bien prudent ?

—Je ne sais pas. Est-ce que tu vas résister à la tentation de toucher des mains aussi sexy ?

J'agite les doigts devant lui. J'ignore d'où me vient cette soudaine assurance, mais je suis heureuse de le voir rire. Un courant électrique me parcourt l'échine. Je reprends la casserole et me remets à l'essuyer. Nous nous affairons en silence, travaillant à la chaîne, jusqu'au moment où j'exprime enfin une chose qui me tracassait :

— Tu en as beaucoup appris sur moi en lisant cet article du *New York Times*.

— Oui.

Éric me regarde, attendant de voir où je veux en venir.

— Ce n'est pas très juste. Dis-moi une chose que je ne sais pas sur toi.

Il continue à faire la vaisselle, récurant énergiquement son plat en Pyrex. Son silence est si long que je commence à croire qu'il n'a pas entendu ma question. Mais soudain, il cesse de frotter.

— J'ai tué mon meilleur ami, déclare-t-il.

J'en reste abasourdie.

— D'accord, dis-je, le choc initial passé. Je m'attendais plutôt à un truc du genre : « Ma couleur préférée est le violet » ou « J'ai six orteils au pied gauche. »

Il ne rit pas.

Je prends une cuillère en bois pour l'essuyer, puis m'enquiers d'une voix douce :

— Qu'est-ce qui s'est passé ?

Il rince son plat, le pose sur le plan de travail pour que je l'essuie, et ferme le robinet.

— J'avais un client, Bilbrun & Co, qui voulait acheter une usine d'aluminium dans le Kentucky. Une petite usine de cinq cents ouvriers. Mon équipe était responsable de l'audit préalable, et je pensais que l'usine surévaluait sa propriété. Comme j'ai dû engager une professionnelle de l'immobilier que je ne connaissais pas dans le Kentucky, j'ai voulu y aller moi-même pour faire la visite avec elle et m'assurer que tout était réglo.

Il s'interrompt pour poser les deux mains sur le plan de travail entre lui et l'évier, puis reprend :

— Ellie avait un match de foot ce week-end-là, et j'avais déjà raté plusieurs matchs de la saison. Alors j'ai demandé à Dinesh s'il voulait bien aller dans le Kentucky à ma place.

— Vous travailliez ensemble ?

— Oui. Pas dans la même équipe, mais on se rendait tout le temps ce genre de petits services. Quand je le lui ai demandé, il m'a dit : « J'ai toujours rêvé de visiter le Kentucky. Je vais peut-être même emmener ma femme, on pourra en profiter pour se faire une balade à cheval. »

Le souvenir arrache à Éric un petit sourire.

— Bilbrun a fait affréter un avion. Je ne savais même pas que Dinesh avait emmené Kate jusqu'à... jusqu'à ce qu'on m'appelle pour m'apprendre que l'avion s'était crashé. Une panne de moteur.

— Oh, mon Dieu !

Je voudrais en dire davantage, mais un hurlement animal retentit alors derrière moi, me coupant le souffle. Aja est entré dans la cuisine, hurlant comme un putois, ses petits poings serrés, les yeux fermés, le visage écarlate. Puis les hurlements se changent en mots :

— Tu les as tués ! Tu les as tués ! Comment tu as pu faire ça ?

Les larmes s'écoulent de ses yeux en un flot continu, et ses mots commencent à se fondre les uns dans les autres comme s'ils en avaient assez d'être des mots et cherchaient à reprendre une forme primitive :

— Tulesastués.Tulesastués.Tulesastués.Tulesastués.

— Mon Dieu, Aja ! souffle Éric.

Il fait un pas vers lui, mais Aja s'enfuit dans sa chambre et claque la porte avec une telle force que le bruit résonne dans tout le couloir.

Éric le suit, et je l'entends frapper doucement à la porte en murmurant des paroles que je ne comprends pas. Mais une minute plus tard, il est de retour dans la cuisine et s'agrippe des deux mains au dossier d'une chaise.

— Et merde, soupire-t-il.

— Il va bien ?

— Je ne sais pas. Il refuse de me parler. Il refuse d'ouvrir la porte.

— Tu veux que j'essaie ?

C'est les lèvres crispées qu'il me répond :

— Je ne crois pas. Laissons-lui un instant pour se calmer.

Puis, soudain, il se redresse de toute sa hauteur.

— J'ai besoin d'un verre, dit-il.

Il va prendre la bouteille de Glenlivet dans la salle à manger et répartit ce qu'il en reste entre deux petits verres.

— Oh, je ne... je n'ai jamais...

— Bu de whisky ?

— Bu tout court.

Il hausse un sourcil.

— Tu te contentes des drogues dures ?

— Ce sont des médicaments sur ordonnance, répliqué-je en baissant la tête.

Nous nous sourions, et la tension retombe d'un cran.

Éric ouvre le congélateur et ajoute quelques glaçons dans l'un des verres, qu'il me tend.

— Laisse la glace fondre un peu avant d'y goûter.

Sans l'écouter, je porte le verre à mes lèvres. *Ça ne doit pas être si terrible, non ?* Je prends une gorgée.

Si. C'est abominable. Je me mets à tousser et à cracher, la gorge brûlée comme si je venais d'avaler une pleine gorgée d'essence avec une allumette.

Éric semble à la fois désolé et amusé.

— Têtue comme une mule, murmure-t-il.

Il m'apporte un verre d'eau, que j'accepte avec reconnaissance. Puis il s'assied avec moi à la table de la cuisine et nous sirotons nos boissons en silence, moi devant mon verre d'eau, lui devant son whisky.

— Aaaaaaaaahhhhh, se lamente-t-il, à mi-chemin entre le soupir et le gémissement. Encore une fois, je fais un tabac en tant que parent…

Je le regarde… et même si je m'inquiète pour lui, je ne peux m'empêcher d'éclater de rire.

— Quoi ? interroge-t-il.

— Tu « fais un tabac » ?

— Ben, quoi ? Ça veut dire…

— Je sais ce que ça veut dire. Mais… tu te crois dans les années 1950 ? Je ne te voyais pas si vieux !

À ma grande joie, un vrai sourire se peint sur ses lèvres.

— Oh, pardon ! s'esclaffe-t-il. Navré que mes expressions ne soient pas assez branchées pour toi !

Je lui rends son sourire, et profite d'un silence complice pour rejouer dans ma tête notre conversation. Puis j'avale une gorgée d'eau et me lance :

— Donc c'est comme ça qu'Aja est devenu ton fils ? Il m'a dit que tu l'avais adopté après... Mais je ne savais pas exactement ce qui s'était passé.

— Oui, soupire-t-il. Stéphanie était contre. Contre l'adoption, je veux dire. Ça a été notre dernière grosse dispute. Enfin, en tant que couple.

— Quoi ? Pourquoi ? Comment peut-on ne pas vouloir d'un enfant comme Aja ?

Il m'observe un instant, un petit sourire aux lèvres, puis avale une nouvelle gorgée de whisky.

— Selon elle, il valait mieux qu'il soit avec sa famille. En Angleterre. Mais ce n'était pas la volonté de Dinesh. Et puis...

Il se tait et jette un coup d'œil dans le couloir pour s'assurer qu'Aja n'y est pas réapparu comme par magie, puis reprend :

— Elle s'inquiétait pour Ellie. Elle craignait que ça ne l'affecte trop. Je m'en souciais aussi, bien sûr, mais les enfants savent s'adapter. Je me disais que ça lui ferait du bien, au contraire. Que ça lui apprendrait que parfois, la vie est imprévisible. Et qu'il faut être présent pour les personnes qu'on aime.

Il se passe une main dans les cheveux, oubliant qu'il n'a pas enlevé ses gants en caoutchouc. Quand il s'en rend compte, il repose la main sur la table.

— Stéphanie n'était pas d'accord. Elle disait qu'elle ne pouvait pas gérer ça. Et moi non plus.

— Ah, oui, quand même !

Éric vide son verre et reprend la parole.

— Cette affaire a marqué la fin de notre mariage. On a divorcé quelques mois après leur mort.

Je serre mon verre entre mes deux mains, laissant le récit d'Éric faire son chemin dans mon esprit. *Toutes ces épreuves qu'il a subies… J'ai mal pour lui comme je n'ai jamais eu mal pour moi-même.* Je le regarde. Je le regarde vraiment, sans m'arrêter à sa « belle structure osseuse » ni à ses yeux vert olive : les ridules qui marquent les coins de sa bouche ; ses épis toujours indomptables malgré tous les efforts qu'il déploie pour se coiffer ; son col ouvert, qui révèle la base de son cou ; les gants jaunes parfaitement ridicules qu'il n'a pas enlevés.

C'est alors que je le remarque.

L'un des gants jaunes se déplace. Vers moi. Sur la table.

Je retiens mon souffle. J'attends.

Il s'immobilise à un millimètre de ma main, toujours posée sur le verre.

— Je n'y arrive pas, murmure-t-il d'une voix rauque.

— Tu n'arrives pas à quoi ? demandé-je, persuadée que la terre a cessé de tourner, que le temps s'est figé dans sa course.

— À résister à tes mains si sexy.

Il s'empare doucement de mon poignet, m'obligeant à lâcher mon verre. Je regarde ses doigts se promener de la base de mon pouce à mes doigts nus, en passant par la paume de ma main. Bientôt, nos doigts sont entremêlés comme les racines d'un très vieil arbre.

Éric pousse un profond soupir.

— J'ai vraiment tout gâché avec Aja, non ?

Oui, mais il n'a pas besoin de l'entendre. Alors je me tais. Nous restons assis là, à nous tenir les mains sur la table de la cuisine, comme un couple ordinaire par un soir ordinaire dans un appartement ordinaire.

Mais ce n'est pas un soir ordinaire. C'est Noël.

Ma fête préférée.

À mon arrivée à la bibliothèque ce lundi matin, Shayna est assise derrière le comptoir de prêt. Elle a la tête baissée, un rideau de cheveux satinés dissimulant son visage. En m'approchant, je vois qu'elle est en train de se vernir les ongles. En noir, apparemment. Je ne pense pas qu'elle m'ait aperçue passer, jusqu'au moment où je l'entends me dire :

— Tu es au courant pour ce blizzard qui s'approche ?

Elle ne lève pas les yeux. Elle continue à se faire les ongles comme si de rien n'était.

— On va se prendre soixante centimètres de neige sur la tête.

— Oui, j'en ai entendu parler.

Je me souviens que la mère d'Éric en a touché un mot.

— Mais si ça se trouve, ce ne sera rien du tout, poursuit-elle avant de souffler sur les ongles de sa main droite. Tu te rappelles, l'année dernière ? Il était censé tomber, genre, un mètre de neige, et on n'a eu que vingt centimètres.

— Ouais, dis-je, même si je ne m'en souviens pas.

Je vais dans la réserve pour y déposer mon manteau et mon sac à main. Maryann est assise à son bureau, la porte ouverte. Je lui fais un petit signe.

— Tu as passé un bon Noël ? demandé-je.

Elle lève les yeux vers moi, puis les repose sur son dossier.

— Très bon, dit-elle.

— D'accord.

Je ne m'attends pas à ce qu'elle me retourne la question. Elle est devenue très sèche et irritable depuis qu'elle a renvoyé Louise, et j'essaie de lui laisser un peu d'air. Ce n'est pas facile de renvoyer une amie, surtout après avoir travaillé avec elle pendant de longues années.

La neige se met à tomber juste après le départ de Shayna, à 15 heures. De petits flocons épars, comme des grains de riz jetés lors d'un mariage.

Vers 16 heures, je vois entrer dans la bibliothèque un Aja couvert de neige. Les flocons se sont multipliés de manière exponentielle, et les petits grains de riz se sont changés en de gros Chamallows qui se collent à ses cheveux et à son épais manteau d'hiver.

Je le salue d'un signe de tête, et il va s'asseoir devant un ordinateur.

À 17 heures, Éric m'appelle.

— C'est le bordel à la gare. Tout le monde veut partir en même temps. J'arrive dès que possible.

— Pas de problème. Tout va bien ici. Ça n'a pas l'air si terrible.

Éric me répond quelque chose, mais sa voix est couverte par des parasites. Puis la communication est coupée.

Je raccroche et parcours la salle des yeux, surprise de constater que je suis seule avec Aja. Même le golfeur au coussin a quitté les lieux.

— Hé, dis-je en m'approchant de lui. Tu veux jouer à un jeu ?

Il me regarde d'un air incertain.

— Allez, insisté-je. Ça va être marrant. Va chercher une pile de livres. Entre cinq et dix. N'importe lesquels.

J'en prends quelques-uns moi aussi, et nous nous asseyons par terre devant le comptoir de prêt, entourés d'ouvrages. J'en choisis un.

— Maintenant, je vais te donner trois phrases. J'en aurai inventé deux, et la troisième sera une vraie phrase du livre. Tu devras deviner laquelle est la bonne.

Aja se prend au jeu, et nous continuons pendant une heure. Nous rions si fort que je n'entends pas la porte s'ouvrir.

— Suis là ! Suis là ! s'écrie soudain une voix étouffée.

Je me retourne et aperçois Éric, plié en deux devant la porte, peinant à recouvrer sa respiration. *Enfin je crois.* C'est difficile à dire, car tout le bas de son visage est enfoui dans les plis d'une écharpe, et son bonnet est enfoncé jusqu'aux yeux. Je me lève. Il a les yeux écarquillés, le souffle court. Je commence à me demander s'il n'est pas en train de nous faire une attaque.

— Ça va ? Qu'est-ce qui s'est passé ?

Il se redresse et s'avance vers moi en déroulant son écharpe. Il s'arrête à un mètre de moi pour me répondre :

— Tu as regardé au-dehors ? Jamais vu un tel blizzard ! J'ai dû laisser ma voiture à trois rues d'ici.

Soudain, les lumières clignotent, comme pour ponctuer son récit.

— Je n'y voyais pas à cinq centimètres. J'ai eu de la chance de ne pas me perdre en venant ici.

La curiosité me pousse vers la porte vitrée. Je n'ai pas jeté un coup d'œil à l'extérieur depuis que la nuit est tombée, il y a une heure. Je sonde l'obscurité et n'en crois pas mes yeux. Je ne distingue pas le lampadaire à l'autre bout du parking, mais la faible lueur qu'il émet suffit à révéler un monde baigné de blanc. Impossible de distinguer le ciel du trottoir couvert de neige.

Je plisse les paupières, tentant d'apercevoir la silhouette de mon vélo, à moins de cinq mètres de la porte.

— Où est ta voiture ? On va devoir la rejoindre à pied ! m'écrié-je, comme s'il n'y avait pas déjà pensé avant moi.

Il hausse les sourcils.

— Euh… on ne va nulle part, dit-il. En tout cas, pas ce soir.

J'ai tellement l'impression de vivre le début d'un film d'horreur qu'un rire étranglé me monte à la gorge.

Aja en rajoute :

— Je parie qu'il va y avoir une coupure de...

À cet instant, toutes les lumières s'éteignent. Aja se tait, comme si sa voix était elle aussi alimentée par le courant. Je ne bouge pas. Il fait noir comme dans un four.

— Éric ?

J'attends que mes yeux s'habituent à l'obscurité, espérant percevoir des formes et des ombres.

Soudain, en réponse à mon appel, un hurlement déchire la nuit, si perçant, si effrayant, que je sens mes cheveux se dresser sur ma tête.

Chapitre 21

ÉRIC

— AJA ! CRIÉ-JE EN FOUILLANT MES POCHES À LA recherche de mon portable.

Je le sors de ma poche, mais il m'échappe et tombe par terre. Le hurlement persiste. Le même que la fois où j'ai voulu lui parler de Dinesh.

— Ça va ? Tu es blessé ?

Je me mets à quatre pattes et tâtonne dans l'obscurité. Un grand cri retentit dans l'ombre juste au-dessus de moi, s'ajoutant à la cacophonie.

— Pardon, c'était ton pied, dis-je à Jubilee en retirant ma main. Je cherche mon portable.

Je ne sais même pas si elle m'entend : les hurlements d'Aja me font penser à ceux d'un chanteur de heavy metal en train de brailler directement dans son micro. Dans mon oreille.

— Je l'ai !

À la seconde où je trouve l'application lampe de poche et l'allume, le silence retombe.

— Aja ?

Je pointe mon téléphone dans la direction d'où semblait provenir le bruit, mais il n'est pas là. Lentement, je décris un cercle avec mon portable. Lorsque je passe devant Jubilee, elle m'adresse un regard inquiet.

— Ne bouge pas, lui dis-je.

— Je crois qu'il y a une vraie lampe de poche dans la pièce du fond. Je vais vérifier, réplique-t-elle.

Oui, c'est sûrement une meilleure idée. Sauf que…

— Attends. Tu ne vas rien voir !

— Mon téléphone est sur le bureau.

— OK.

J'éclaire ses pas en direction du comptoir. Puis, dès qu'elle a trouvé son portable, je me retourne vers les rangées d'ouvrages qui s'étendent devant moi.

— Aja, où es-tu ? Viens ici tout de suite ! lancé-je de ma voix la plus sévère, essayant de dissimuler au mieux mon état de panique.

Je crois entendre un gémissement et m'avance vers les rayons. J'éclaire chaque rayonnage jusqu'à le découvrir dans la quatrième rangée, roulé en boule, le dos contre les livres. Il lève les yeux vers moi, ébloui. Ses joues sont trempées de larmes.

— Je suis désolé, je suis désolé, ne cesse-t-il de répéter. C'est ma faute.

Je cours vers lui et m'agenouille pour me mettre à sa hauteur.

— Qu'est-ce qui est ta faute, mec ?

— Les lumières ! C'est moi qui les ai éteintes !

— Mais non. C'est la tempête. Une ligne électrique a dû tomber quelque part. Ce n'était pas toi.

Je pose une main sur son épaule, mais il se dégage d'un mouvement brusque. Je choisis de m'asseoir en face de lui et pose le téléphone par terre, la lumière tournée vers le plafond comme un signal lumineux au milieu de l'océan. Aja secoue la tête.

— C'était moi ! crie-t-il. C'était moi !

Il se remet à pleurer, pour de bon cette fois.

— Je me suis… entraîné… pour ce qu'il ne fallait pas, poursuit-il entre deux sanglots.

— Quoi ? Essaie de respirer plus posément, que je puisse te comprendre.

— Où est Jubilee ? Je veux lui parler.

— Non, répliqué-je en frottant ma barbe naissante sur mon menton. Non. C'est à moi que tu dois parler, Aja. Tu dois me parler.

Il baisse les yeux, mais ne dit rien. J'attends. Je ne sais combien de minutes s'écoulent avant qu'enfin… enfin… il se décide à expliquer :

— Pendant tout ce temps… je pensais… avoir des pouvoirs télékinétiques. C'est ce que je tentais de… de maîtriser. Mais je me trompais. C'est l'électricité que je peux commander… comme… Bolt.

Je m'efforce de comprendre ce qu'il raconte, mais en vain.

— Qui est Bolt ?

— Un des X-Men.

Même dans son état, je perçois un vague agacement dans le ton de sa voix. « Sérieusement, semble-t-il soupirer, tu ne sais même pas qui est Bolt ? »

Je souris, un peu rassuré. C'est bien là le Aja que je connais.

— Son vrai nom, c'est Bradley. Il travaille pour Stryker.

— Qui est Stryk…

— Le méchant ! m'interrompt-il.

Puis il baisse la voix, comme s'il se parlait à lui-même plutôt qu'à moi.

— C'est logique, en fait. Je savais que j'étais méchant. Je suis un méchant.

Sur ces mots, il se met à se frapper la tête de ses poings fermés. Je l'attrape par le bras.

— Aja ! Aja, ça suffit. Tu n'es pas méchant, enfin ! Tu n'es pas un méchant. Pourquoi tu t'es mis ça dans la tête ? Arrête ! Calme-toi, mec.

Aja s'immobilise, mais des larmes coulent sur ses joues. Je m'approche de lui.

— Tu dois me parler, Aja. Je m'inquiète pour toi. Il faut me dire ce qui ne va pas.

Il ferme les yeux en serrant fort les paupières, et se met à secouer la tête.

— Non, je ne peux pas. Peux pas, peux pas, peux pas.

— Aja ! S'il te plaît ! Je veux t'aider !

De nouveau, il se roule en boule, les poings crispés contre les joues. J'ai peur qu'il ne se remette à se faire du mal. Je m'apprête à lui saisir les bras, mais il murmure quelque chose.

Je me penche vers lui.

— Qu'est-ce que tu as ?

— Ce n'est pas ta faute. Ce n'est pas ta faute. C'est la mienne.

— Quoi… les lumières ? Non, je te l'ai dit, c'est la tempête. Tu n'as pas…

— Mes parents ! hurle-t-il, me faisant reculer. C'est ma faute s'ils sont morts !

— Tes parents ? Non ! Non, Aja. Comment veux-tu que ce soit ta faute ?

Ses larmes coulent à flots continus, à présent. J'attends sa réponse, l'esprit en ébullition.

— Je ne voulais pas qu'ils s'en aillent, balbutie-t-il enfin. Papa…

Sa voix se brise, mais il s'oblige à poursuivre :

— Papa… m'avait promis qu'on irait voir le dernier *X-Men* au ciné. Il sortait ce week-end-là. Mais papa a dû partir pour le travail.

— D'accord, dis-je pour l'encourager.

— Alors quand ils sont partis, je ne cessais de me répéter que quelque chose allait peut-être arriver. Que l'avion ne pourrait pas voler, ou qu'une tempête l'empêcherait de décoller. Je ne cessais pas d'y penser ! J'y pensais, encore et encore, et… et…

Il s'effondre, la tête sur les genoux, les épaules tremblotantes. J'essaie une nouvelle fois de poser une main sur son épaule, mais il me repousse.

— Je me suis dit que je devais avoir des pouvoirs télékinétiques, conclut-il d'une voix quasi inaudible, et qu'il fallait que j'apprenne à les maîtriser pour ne plus faire de mal à personne.

— Alors, c'est pour ça que tu t'entraînais ?

Il hoche la tête.

— Mais maintenant, je pense que c'est l'électricité. J'ai dû couper le moteur de l'avion, comme je viens de couper l'électricité dans la bibliothèque.

— Aja, dis-je en l'attrapant par les deux épaules pour l'attirer vers moi.

— Ne me touche pas ! s'écrie-t-il.

— Pardon ! Je suis désolé.

J'attends qu'il se calme, qu'il me regarde, et je poursuis :

— Ça me fait mal d'être celui qui te l'apprend, mais… tu n'as pas de superpouvoirs. Ce qui s'est passé dans cet avion…

— Tu ne me crois pas ! m'interrompt-il, les poings serrés. Tu ne m'as jamais cru ! Mon père… lui, il me croyait toujours.

— Non, je te crois.

Il me foudroie du regard.

— Mais, ajouté-je plus doucement, je crois surtout en toi. Et je crois… non, je sais… que tu n'as pas causé le crash. Personne ne l'a causé. C'était un accident. Un accident de merde aux conséquences dramatiques, mais ce n'est la faute de personne.

Il m'observe d'un air sceptique. Je sais qu'il n'est pas entièrement convaincu, et qu'il me déteste sûrement un peu pour avoir mis ses parents dans cet avion. Mais je me déteste aussi un peu pour ça, alors je suppose qu'on est quittes.

Les yeux humides d'Aja brillent à la lumière de mon iPhone.

— Tu as dit « merde », me fait-il remarquer en reniflant.

— Oui.

— On ne doit pas dire ce mot.

— Je sais. Mais parfois, c'est le seul qui convienne.

Jubilee n'a pas trouvé de lampe de poche, mais elle a déniché deux couvertures dans le bureau de la directrice. Nous installons notre campement dans la section enfants, et la lumière de mon portable nous sert de feu de camp. J'ai plié une couverture afin d'en faire un matelas pour Aja et ai drapé la seconde sur son petit corps, même si je pense que Jubilee aurait dû la garder pour elle.

— Ça ira, m'a-t-elle assuré en me faisant signe de m'éloigner. J'ai des sous-vêtements thermiques.

Je lui ai souri, bien qu'elle ne puisse pas vraiment me voir dans la pénombre.

— C'est une tentative de séduction ? ai-je demandé, à voix basse pour qu'Aja ne puisse pas m'entendre.

Elle a éclaté d'un grand rire sonore.

J'enroule Aja dans la couverture, remerciant intérieurement Jubilee pour sa générosité car je le sens déjà trembler un peu. J'espère que ça suffira à le maintenir au chaud pour la nuit.

Jubilee et moi nous asseyons à côté du téléphone, aussi loin l'un de l'autre que possible. Je brûle de combler les quelques dizaines de centimètres qui nous séparent, et mon esprit ne cesse d'inventer des excuses pour me rapprocher d'elle. Nous parlons du blizzard à voix basse, essayant de prédire quelle quantité de neige va tomber. Nous en discutons avec légèreté pour ne pas effrayer Aja, mais je vois bien que Jubilee s'inquiète.

Dès que la respiration d'Aja s'apaise et que je suis certain qu'il s'est endormi, je me tourne vers Jubilee.

— Tu as tout entendu ?

Elle hoche la tête.

— Quasiment tout. Pendant deux ans, il s'est cru responsable de la mort de ses parents ?

— Oui.

Je baisse la tête. Je me sens coupable de ne pas avoir essayé de lui en parler plus tôt, de ne pas lui avoir posé les bonnes questions. Mais tout est sorti à présent, et j'en suis soulagé.

— Un garçon si adorable, soupire Jubilee en posant une main sur son cœur.

— Je sais.

Nous nous perdons tous deux dans la contemplation de la lumière.

— Dommage que ce ne soit pas un vrai feu de camp. On gèle, ici, déclare-t-elle en frottant ses mains gantées l'une contre l'autre.

— On pourrait sautiller sur place. Faire circuler le sang aide à se réchauffer, non ?

— C'est toujours mieux que se mettre à poil.

Je relève brutalement la tête, certain d'avoir mal entendu.

— Pardon ?

Elle hausse les épaules.

— Si deux personnes sont coincées au-dehors dans le froid – au camping, par exemple –, elles sont censées se déshabiller entièrement et se serrer l'une contre l'autre sous une couverture ou dans un sac de couchage. Plus il y a de contact peau contre peau, plus on transfère à l'autre sa chaleur corporelle.

Je sens que j'ai la bouche sèche, et je me rends compte qu'elle est grande ouverte. Je m'efforce d'occulter l'image d'une Jubilee entièrement nue, mais la tâche est ardue. Puis une autre pensée me vient à l'esprit, et je me mets à rire.

— Qu'est-ce qu'il y a de drôle ?

— C'est l'ironie de la situation. La seule chose qui pourrait t'empêcher de mourir d'hypothermie risquerait de te tuer.

Elle glousse un peu.

— Autant oublier tout de suite le camping, ajouté-je.

Je voulais plaisanter, mais le silence qui s'ensuit me fait regretter ma phrase. Je n'ai réussi qu'à lui rappeler une autre chose qu'elle ne peut pas faire, comme si elle n'était pas au courant. Puis je me demande si elle a conscience de tout ce que j'ai envie de faire sans pouvoir le réaliser. Si elle sait que sa seule proximité me coupe le souffle, que je rêve de passer mes doigts dans ses cheveux, que caresser sa peau à mains nues – même simplement le creux de son coude – serait pour moi la définition même du bonheur.

— J'ai envie de te toucher, dis-je dans un souffle.

Elle ne répond pas. Nous regardons tous les deux la lumière, comme s'il s'agissait d'un feu de camp. Les minutes passent, et je me demande si j'ai vraiment parlé à voix haute.

Puis elle prend la parole.

— Il y a peut-être un… traitement.

Je retiens mon souffle.

— Vraiment ?

Elle hoche la tête sans croiser mon regard. J'attends la suite. Soudain, le monde semble tourner au ralenti. Mes mouvements sont apathiques, mon cœur bat au rythme des pas d'un vieillard de quatre-vingt-quatorze ans.

— Le docteur Zhang… mon médecin… l'allergologue de New York… Elle veut essayer l'immunothérapie.

Elle m'expose en deux mots de quoi il s'agit et ajoute que le processus pourra prendre un an, voire plus, simplement pour isoler la protéine à laquelle elle est allergique.

J'enregistre l'information, et j'ai le cœur au bord des lèvres quand j'ouvre la bouche pour poser la question. Je ne sais pas pourquoi j'ai l'impression que toute ma vie en dépend, mais je la pose tout de même :

— Et tu vas le suivre, ce traitement ?

Elle ne répond pas tout de suite. La pièce est si silencieuse que j'entends Jubilee respirer. Soudain, mon téléphone sonne, nous faisant sursauter.

Je le ramasse. C'est Connie.

Ça va ? Je suis toujours chez toi. Je vais dormir ici.

Je me félicite d'avoir eu la bonne idée de lui demander de sortir Rufus au cas où je rentrerais tard. Je n'avais pas pensé que je ne rentrerais pas du tout. En hâte, je lui explique où je suis. Au moment où j'appuie sur « Envoyer », j'entends Jubilee me répondre :

— J'ai peur.

Je me tourne vers elle.

— On va s'en sortir.

Je m'approche un peu d'elle dans l'espoir de lui offrir le réconfort de ma proximité – du moins, c'est comme ça que je me justifie.

— Dès qu'il ne neigera plus, les chasse-neige passeront dans les rues. Peut-être même que tout sera dégagé d'ici à demain matin.

— Non, murmure-t-elle.

C'est alors que je comprends ce qu'elle a voulu dire. Ce qui l'effraie.

— Pourquoi ?

Elle se mord la lèvre inférieure.

— Je ne sais pas. Quand j'étais petite, je ne rêvais que de ça. Être normale, ajoute-t-elle avec un petit rire. Quoi que ça signifie. Mais maintenant…

Elle marque une pause, cherchant ses mots.

— Tu vois, dans *Virgin Suicides*, les garçons se font une idée de ce que sont les sœurs Lisbon. Mais ils ne les connaissent pas vraiment. Ils les admirent de loin et finissent par les mettre sur un piédestal en les réinventant pour en faire des créatures fascinantes – des images d'une perfection que les filles ne parviendront jamais à égaler.

Je fronce les sourcils, tentant tant bien que mal de comprendre sa métaphore.

— Tu imagines depuis toujours ce que serait ta vie sans cette allergie, et tu as peur que tes attentes ne dépassent la réalité ? Comme ce dont tu me parlais avec les moines tibétains ?

Elle hoche lentement la tête, les yeux emplis de larmes.

— Et si je suivais tout le processus pour que finalement ça ne marche pas ? Si je faisais tout ça pour rien ?

Je me penche vers elle, essayant d'accrocher son regard à la lumière de mon iPhone.

— Mais et si ça marche ? lui demandé-je.

Elle se met à secouer la tête. Sans réfléchir, je tends une main pour la poser sur sa joue. Par chance, je porte mes gants. Elle ne me regarde pas.

— Et si c'était ta chance ? dis-je dans un murmure.

Enfin, ses yeux croisent les miens.

Elle me scrute d'un regard interrogateur, mais je refuse de baisser les yeux. La bibliothèque, le tapis où nous sommes assis – le temps, même – disparaissent, et je suis perdu. *Dans mes pensées, dans ses yeux. En elle. Je veux l'embrasser. Non, c'est faux. Je veux la dévorer.* Mais à la seconde où je comprends que je ne peux pas… que je ne vais pas pouvoir me retenir un instant de plus, elle se dégage brutalement, brisant le sortilège. Je reste assis là, le bras en l'air, honteux de ce que j'essayais de faire, honteux d'être aussi peu capable de me maîtriser. Le souffle court comme si je venais de courir un marathon, je m'accroupis en m'obligeant à respirer lentement. À cet instant, je remarque qu'elle aussi semble hors d'haleine. Elle a les doigts serrés sur sa poitrine, que je vois s'élever et retomber au rythme de sa respiration. Et pour la première fois, je me dis que la situation est peut-être aussi dure pour elle que pour moi. Le fardeau me paraît soudain un peu plus léger à porter.

Un silence s'installe pendant que je m'éloigne sans mot dire, mettant de nouveau près d'un mètre entre nous. Puis, une fois à peu près sûr que ma voix ne trahira pas ma faiblesse, je brise le calme des lieux.

— Jubilee ?

— Oui ?

— La prochaine fois que tu veux avoir une discussion profonde, tu peux oublier toutes ces métaphores littéraires. Tu sais que je suis trop bête pour ces choses-là.

Elle rit doucement – un son qui me fait songer à un carillon éolien par un jour de grand vent. Ça me fait penser à quelqu'un. *Kate, la femme de Dinesh, et son rire capable de remplir toute une pièce. Mais en mieux.*

— On devrait dormir un peu, dis-je.

— Ouais.

Nous nous couchons par terre dans des bruissements de manteaux. Je regarde par la fenêtre et m'étonne de voir le ciel plus lumineux. La neige a cessé de tomber, la lune perce les nuages. Parfait : les chasse-neige vont se mettre en route et nous auront libérés au matin. J'ignore pourquoi, mais cette idée me crée un pincement au cœur. Comme un enfant, je voudrais que le temps s'arrête. Revivre à jamais cet instant où Aja dort paisiblement, où je suis avec Jubilee et où tout semble aller pour le mieux dans le meilleur des mondes.

— Je n'arrive pas à dormir, murmure Jubilee.

Je la regarde. La lumière embrasse doucement sa joue. Je suis jaloux de la lune.

— Moi non plus.

— Tu veux bien me faire la lecture ?

Étonné, j'essaie de me rappeler la dernière fois que quelqu'un m'a demandé ça. Probablement Ellie, quand elle était petite. Je revois ses grands yeux, entends son zézaiement d'enfant.

— Euh... oui, bien sûr. Je peux te faire la lecture. Qu'est-ce que tu as envie d'entendre ?

— Je ne sais pas. Peu importe. Il y a une pile de livres à côté de toi, je les regardais avec Aja cet après-midi.

Je tends une main dans la direction qu'elle m'indique et m'empare du premier volume de la pile. L'image de couverture dépeint une fille en robe rouge, coiffée d'une queue-de-cheval.

— *Le Petit Monde de Charlotte*. Oh, non ! C'est ce film déprimant où le cochon se fait tuer à la fin ?

— Non ! Le cochon ne meurt pas.

Je repose l'ouvrage.

— C'est malin, tu m'as dévoilé la fin !

— Non ! s'esclaffe-t-elle à voix basse. Lis-le. Je l'aime beaucoup.

Je reprends le roman, l'ouvre à la première page et cale mon menton sur ma main. Puis je m'éclaircis la voix et fais la lecture à Jubilee à la lumière de la lune qui se déverse à flots par la fenêtre. Lorsque j'entends son souffle se faire profond et régulier, je continue à lire comme si de rien n'était. Pas seulement parce que j'aime l'histoire, mais surtout parce que j'aime savoir que mes mots la touchent. Se glissent dans ses oreilles pendant qu'elle dort.

Chapitre 22

JUBILEE

Les lumières se rallument avec un bourdonnement sonore qui nous réveille en sursaut. J'ai le dos en compote d'avoir dormi par terre.

— Quelle heure il est ? demandé-je en m'étirant.

Éric pousse un gémissement, et je devine que son dos est au moins aussi raide que le mien.

— Je ne sais pas, répond-il. Je n'ai plus de batterie.

— J'ai faim, dit Aja.

— Moi aussi.

Éric et moi avons parlé en même temps. Nous échangeons un sourire. Les radiateurs ne se sont pas encore remis en route, mais je me sens au chaud sous son regard. Je repense à hier soir, et je suis un peu gênée de tout ce que j'ai raconté. *Pourquoi l'obscurité nous pousse-t-elle toujours aux confidences ?* Puis je me souviens de sa main sur ma joue. *De ses mots.* Et une étrange sensation se répand en moi.

— Je vais voir dans la réserve si on a des donuts, dis-je.

— D'accord, réplique Éric en branchant le chargeur de son portable. Je vais aller à ma voiture pour voir si les chasse-neige ont libéré la voie.

Pendant son absence, je laisse Aja manger les muffins que j'ai dénichés dans la réserve et je range notre campement de fortune, pliant les couvertures et rangeant les livres dans leurs rayons respectifs. Quand j'arrive au *Petit Monde de Charlotte*, je le garde en main un peu plus longtemps, comme si j'y sentais toujours l'empreinte de la main d'Éric, comme si ses mots résonnaient toujours à mes oreilles.

Puis il revient. Le bruit de la porte me fait lever les yeux.

— Si tu voyais la taille des congères ! s'exclame-t-il, essoufflé. Ça m'a pris une éternité pour tout traverser !

— Et ta voiture ?

J'ai un peu honte, mais j'espère secrètement qu'elle est encore bloquée et que les chasse-neige ne sont pas arrivés. J'ai envie de le garder encore un peu avec moi dans cette bibliothèque idéale.

— Presque enfouie sous la neige, mais les chasse-neige ne sont pas loin.

— Parfait, dis-je en m'efforçant de dissimuler ma déception.

Il prend un muffin dans la boîte posée sur le comptoir de prêt, et je fais semblant d'être très occupée à faire redémarrer les ordinateurs.

— Hé ! s'écrie-t-il après avoir englouti un gâteau et s'être emparé d'un second. Qu'est-ce que tu fais pour le nouvel an ?

— Euh… Rien.

— Tu veux passer la soirée avec nous ? Connie m'a dit qu'il y aurait un feu d'artifice lancé du pont. On pourrait se trouver une place pour le regarder.

Je m'apprête à objecter que je dois à tout prix éviter les bains de foule, mais il ajoute :

— Une place à l'écart, bien sûr.

Je n'ai encore jamais eu de rendez-vous galant, et je me demande si c'en est un. Même si un enfant de dix ans nous accompagnera. Je me mords la lèvre inférieure pour m'empêcher de trop sourire, mais j'échoue lamentablement.

— Oui, réponds-je en baissant la tête. Oui. Ça me semble très bien.

Deux jours plus tard, Madison arrive chez moi les bras chargés de vêtements sous plastique.

— Mon Dieu ! s'écrie-t-elle en entrant. Tu es hideuse !

— Je suis malade, répliqué-je avant de moucher mon nez rouge enflé pour la centième fois de la journée.

— Tu ne peux pas ! On est le 31 décembre ! Tu as un rencard !

Je regrette d'avoir appelé Madison pour lui parler de l'invitation d'Éric après son départ de la bibliothèque. Elle s'était tout de suite mise à parler fringues et maquillage, et je m'étais sentie submergée. Paniquée. Et puis après tout, peut-être qu'Éric ne voyait pas ça comme un rencard.

— Je n'irai pas. J'ai la grippe, ou le pire rhume que j'aie jamais eu.

— Bien sûr que si, tu y vas ! Prends un Actifed.

— Les médicaments sont la réponse à tous les problèmes ?

Elle fait mine d'y réfléchir, puis hoche la tête.

— La plupart du temps, oui.

— Eh bien, j'en ai déjà pris, et ça n'a pas aidé. J'ai juste besoin de dormir.

Elle fait la moue.

— D'accord. Gâche mon plaisir. Je te laisse quand même cette merveille, parce que c'était la tenue que je voulais te faire porter.

Elle sort un vêtement de son étui en plastique transparent : une sorte de sweat noir avec des sequins à l'avant, une espèce d'empiècement en cuir sur les côtés, et de la fourrure aux extrémités.

— On dirait un chat crevé. Avec des paillettes.

— Mais non ! C'est super sexy ! Crois-moi.

— Et il y a un pantalon qui va avec ?

Elle me regarde comme si j'avais perdu la tête.

— C'est une robe.

J'éclate de rire malgré la migraine.

— Non, pas possible.

— Comme tu veux, réplique-t-elle en posant la tenue sur le canapé. Je dois aller chercher les enfants chez Donovan avant que sa dernière pute… oups ! je voulais dire sa dernière copine en date… arrive chez lui. Soigne-toi bien. Et mets cette robe !

Sur ces mots, elle se retourne pour s'en aller.

— Je n'irai pas ! crié-je dans son dos, mais elle a déjà refermé la porte.

Je me mouche et me laisse tomber sur le canapé. J'ai l'impression que ma tête va exploser. Je dois appeler Éric pour annuler, mais je suis épuisée. J'ai besoin de dormir. Et puis, peut-être qu'après une sieste, je me sentirai mieux. Je m'étends, pose la tête sur un coussin et ferme les yeux.

—Jubilee ?

J'ouvre les paupières pour découvrir le visage d'Éric, tête en bas. *Suis-je en train de rêver ?* Je cligne des yeux. Ses cheveux emmêlés et ses joues rasées de frais sont toujours là. Il est particulièrement mignon, dans ce rêve.

—La porte n'était pas fermée à clé.

Oh, non ! Le nouvel an. Ce n'est pas un rêve. Je me redresse d'un bond.

—J'ai frappé à plusieurs reprises, mais tu ne répondais pas. Alors je suis… On avait bien dit 19 heures ?

—Il est 19 heures ? croassé-je, la gorge sèche et douloureuse, comme si le rhume avait migré pendant mon sommeil.

Je me passe les mains sur le visage et sens un filet de bave sur ma joue. Je l'essuie en hâte, espérant qu'Éric n'a rien vu.

—Je suis désolée, j'aurais dû t'appeler, dis-je en reniflant. Je suis malade.

—Je vois ça, observe-t-il d'un air inquiet. C'est à cause de ton allergie ?

—Oh, non. Ce n'est qu'un mauvais rhume.

—Pas de feu d'artifice, alors ?

—Non. Je ne suis pas en état. Mais allez-y sans moi. Aja t'attend dans la voiture ?

—Non. Il… euh… il avait envie de passer du temps avec Connie. Il est chez elle.

Mon ventre se noue. Quelque chose dans sa façon de le dire me pousse à croire que tout était calculé. Qu'il voulait être seul avec moi. *Mais non, c'est stupide. Ce n'est pas comme si on pouvait faire quoi que ce soit ensemble.*

Un petit chatouillement dans ma gorge se fait sentir, et je me mets à tousser sans pouvoir m'arrêter. Éric esquisse un pas en avant, puis s'arrête en se rendant compte qu'il ne peut rien faire. Il passe dans la cuisine. Quand il revient, un verre d'eau dans sa main gantée, mes quintes de toux se sont calmées. Reconnaissante, je prends le verre d'eau. Après quelques gorgées, je recouvre enfin l'usage de la parole.

—Tu sais, tu ne devrais pas être ici. Je ne voudrais pas te contaminer.

—Je peux prendre le risque. Je te promets de ne pas trop m'approcher, dit-il avec un clin d'œil qui me réchauffe instantanément.

Pendant que je termine mon verre d'eau, il enlève son manteau et son écharpe, qu'il pose sur le fauteuil, mais je remarque qu'il a gardé ses gants.

—Bon, reprend-il, qu'est-ce qu'il te faut ? Un thé chaud ? Du bouillon de poule ?

Je le regarde me parler. *Que fait-il ici ? Pourquoi fait-il ça pour moi ?* Je ne comprends pas. Et je me dis que peut-être, je n'ai pas envie de savoir. Je n'ai plus envie de tout analyser. Je veux me laisser aller à tout ce que je ressens, même si je ne peux pas me laisser aller à tout ce que j'aimerais faire. Je rougis, priant pour que mes pensées ne se lisent pas sur mon visage.

— Un thé, ce serait très bien. J'en ai dans le placard à droite du four.

Il hoche la tête.

— Mets-nous le compte à rebours du nouvel an à la télé, comme ça on ne ratera pas le groupe pourri qui va jouer. Je reviens tout de suite.

Je me lève pour prendre la télécommande à côté de la télé, et je zappe jusqu'à tomber sur le sourire Colgate et le brushing parfait de Ryan Seacrest. Lorsque je me rassieds sur le canapé, je sens quelque chose me frôler la nuque. Je sursaute et porte une main à mon cou, craignant d'y trouver une grosse araignée, mais ce n'est que la robe-sweat délirante de Madison. Je la pose sur mes genoux.

— Tu veux du sucre ? me demande Éric sur le pas de la porte.

— Juste un peu. Merci.

Ses yeux se posent sur la tenue.

— Qu'est-ce que c'est ?

— Une robe. À ce qu'il paraît. C'est Madison qui me l'a apportée.

— Une « robe » ? répète-t-il avec un sourire. On dirait plutôt un vieux raton laveur crevé.

— Ah, tu trouves, toi aussi ?

Je soulève le vêtement pour lui montrer les empiècements de cuir et les sequins.

— La vache ! s'esclaffe-t-il. C'est hideux. Pourquoi elle t'a donné ça ?

— Elle voulait que je la porte ce soir.

Il écarquille les yeux.

— Quoi ? Nooon ! C'est énorme ! Tu comptais la mettre ?

— Bien sûr que non.

— En tout cas, maintenant, tu dois la mettre. C'est obligé.

— Quoi ? Non !

Je commence à rire, mais me mets à tousser.

— Je refuse !

— J'insiste, réplique-t-il en croisant les bras. Ne serait-ce que pour me prouver qu'il s'agit réellement d'un vêtement et non d'un animal mort. Allez ! ajoute-t-il en me montrant l'escalier d'un geste de la main. Va la mettre pendant que je finis de faire le thé.

Il retourne dans la cuisine tandis que je serre la robe dans ma main, le sourire aux lèvres. *C'est ridicule.* Mais je suis curieuse de voir à quoi elle ressemble une fois portée. Je monte dans ma chambre, où j'enlève mon tee-shirt et mon pantalon de jogging. Puis j'aperçois mon reflet dans le miroir et ne peux m'empêcher de faire la grimace. Mes cheveux sont terriblement emmêlés, j'ai le teint blafard et des cernes bleuâtres sous les yeux. Je souffle dans ma main, et je sens un mélange de maladie et d'haleine du matin. Je me rends dans la salle de bains pour me brosser les dents, puis me passe un peu d'eau fraîche sur la figure et me pince les joues afin de leur rendre un peu de couleur.

De retour dans ma chambre, je mets des sous-vêtements propres et reprends la robe de Madison. Au début, je crois qu'elle est beaucoup trop petite – alors que Madison et moi faisons à peu près la même taille – mais après quelques minutes à tirer dessus, j'arrive enfin à l'enfiler correctement. Je me regarde dans le miroir et m'aperçois qu'un peu de fourrure est restée collée à mes lèvres. Je m'en débarrasse en crachotant, des poils sur la langue, avant d'examiner le reste de mon reflet. La robe est moulante, mettant en valeur la moindre de mes courbes. Elle rend sûrement sexy une fille comme Madison, à la poitrine largement plus généreuse que la mienne, mais sur moi, elle ne fait qu'attirer l'attention sur tout ce qui me manque. *Quant à la fourrure et aux sequins...* J'éclate de rire. *C'est vraiment hideux.*

—Jubilee ? m'appelle Éric en bas de l'escalier.

—Oui ?

—Tu descends ?

—Non ! C'est encore pire que ce que j'imaginais.

—Tu dois descendre. Tu as promis.

—Non, m'esclaffé-je.

Il ne répond pas, mais j'entends le grincement d'une marche.

—Et ne t'avise pas de monter ici !

Je parcours la pièce du regard, un peu paniquée, cherchant où me cacher ou quoi mettre par-dessus la robe. *Trop tard.*

—Je ne t'entendais pas bien d'en bas. Qu'est-ce que tu disais ?

Il me sourit de l'entrée de la chambre. Puis il pose les yeux sur la robe et retient son souffle.

— C'est laid, hein ?

Il ne répond pas. Il me regarde, la bouche ouverte, un peu haletant d'avoir monté les escaliers si vite. Je sens mon corps s'échauffer sous son regard. J'ai peur de virer au rouge pivoine, ce qui semble être mon réglage par défaut quand il est devant moi.

— Éric ? interrogé-je, la gorge sèche.

— Tu es tellement…

Il fait un pas vers moi, puis deux. Il baisse la tête. Marmonne quelque chose que je ne comprends pas. Puis il croise de nouveau mon regard et, lentement, l'air pensif, parcourt les deux derniers mètres qui nous séparent.

Je hausse les sourcils, aussi surprise par sa demi-déclaration que par sa soudaine proximité.

— Elle te plaît ? murmuré-je.

— Non. Grand Dieu, non. Cette robe est ignoble.

Je ris, et il m'adresse un grand sourire. Puis il lève timidement sa main gantée vers mon visage.

— Toi, en revanche…

Je ne sais pas ce qui me prend, mais au lieu de le repousser, je pose ma joue sur la paume de sa main tel un chat de gouttière en manque de caresses. Il écarte les doigts comme une étoile de mer et les glisse dans mes cheveux, son pouce sous mon menton, et je voudrais par-dessus tout sentir la chaleur de sa peau sur la mienne. Mais je sais que je devrai me contenter de la laine de ses gants. Je ferme les paupières et demande à mon cœur de ralentir la cadence. Je déglutis avec difficulté.

— Jubilee, dit Éric.

— Oui ?

— Ouvre les yeux.

Je le regarde. Ses yeux vert olive s'approchent des miens. Le temps s'écoule au ralenti. Il va m'embrasser. Je le sais, et je ne peux rien faire pour l'en empêcher. Parce que j'en ai envie, plus que je n'ai jamais souhaité quoi que ce soit dans ma triste vie solitaire. Je veux sentir ses lèvres gercées sur les miennes, sa langue dans ma bouche, la chaleur de son souffle. Je sais que ça me tuerait. Aussi sûr que je m'appelle Jubilee. Mais en cet instant, il y a une autre chose dont je suis certaine : je mourrais avec joie.

Puis, à la dernière seconde, il s'immobilise, son visage à quelques centimètres du mien. Il plonge son regard dans le mien, frôlant ma lèvre inférieure de son pouce ganté. Je m'oblige à ne pas fermer les paupières et m'abandonne à la sensation de ces milliers de terminaisons nerveuses qui s'enflamment les unes après les autres tandis qu'il me caresse doucement les lèvres. Quand il s'arrête, ma bouche me semble nue, vulnérable. Ses doigts se promènent de ma joue à mon cou, ouvrant un chemin encore inexploré sur ma peau.

Il suit avec douceur ma clavicule, et son pouce s'attarde dans le creux juste au-dessus de ma poitrine. Je n'entends plus qu'un souffle haletant, mais je suis incapable de dire à qui il appartient. Puis sa main reprend son exploration, plus bas, sur le tissu de ma robe, suivant le contour de mon soutien-gorge, jusqu'à – enfin, comme si j'avais toujours su quelle était sa destination – tenir mon sein dans sa paume. Lorsque son pouce effleure les deux couches de tissu qui couvrent mon téton, je retiens mon souffle. Je comprends alors que la respiration haletante est la sienne, puisque la mienne s'est arrêtée. J'ai la tête légère, comme un dirigeable prêt à décoller d'une seconde à l'autre, et mes genoux sont des plumes incapables de porter le poids de mon corps.

— Éric, murmuré-je.

Ou peut-être l'ai-je seulement pensé. Je fais rouler son prénom dans mon esprit comme un bonbon sur ma langue. Je le savoure.

C'est alors qu'une sonnerie étouffée retentit. Elle commence comme le bourdonnement d'un moustique, puis devient de plus en plus sonore. Nous nous immobilisons.

— Je… euh… Il faut que je prenne cet appel, dit-il d'une voix rauque.

Je déglutis et m'oblige à hocher la tête.

— Oui.

Il éloigne sa main de ma poitrine et fait un pas en arrière en sortant son portable de sa poche.

Il parle pendant une minute, mais je ne prête pas attention à ses mots. Je n'arrive à penser à rien en dehors de ce qui vient de se passer. Et même ça, je peine à l'intégrer.

Quand il repose son téléphone, je l'interroge du regard.

— C'était Connie. Aja veut rentrer à la maison. Apparemment, son iPad n'a plus de batterie et il a oublié son chargeur. Connie lui a proposé d'aller le chercher, mais il a répondu que de toute façon, il voulait jouer sur son ordinateur. Impossible de lui faire changer d'idée. Elle m'a dit que ça ne l'embêtait pas de le ramener et de le surveiller chez moi, mais je devrais probablement… je pense qu'il faut…

— Oui, bien sûr, répliqué-je, soudainement mal à l'aise. Vas-y. Va t'occuper de ton fils.

Mais il ne bouge pas. Il demeure là, immobile, ses mains gantées pendant innocemment de chaque côté de son corps comme si elles ne venaient pas de bouleverser mon entière conception de l'univers.

Il s'éclaircit la voix.

— Viens avec moi.

— Chez toi ?

— Oui. Enfin, si tu veux. Je dois avoir un sachet de nouilles chinoises dans mon placard pour toi, ajoute-t-il avec un sourire.

Je reste songeuse un instant. Bien sûr, je tousse et j'ai mal à la gorge… et tout mon corps est tremblotant, mais je sais que ça n'a rien à voir avec le rhume. Je sais aussi que le seul endroit où j'aie envie de me trouver ce soir, c'est là où il sera.

— OK, dis-je. Le temps de me changer.

— Oui, acquiesce-t-il avec un petit rire. Il vaut mieux. Je t'attends en bas.

En route pour chez Connie, je me surprends à contempler le profil d'Éric – sa mâchoire carrée, ses bras, ses mains posées sur le volant – en rejouant dans ma tête ce qui s'est passé dans ma chambre, encore et encore, comme un disque rayé. Je me demande ce qui aurait suivi si son téléphone n'avait pas sonné. Et je me demande si Éric se pose la même question.

Quand nous arrivons chez sa sœur, il laisse tourner le moteur.

— Je vais chercher Aja et j'arrive, dit-il. Tu peux rester dans la voiture. Je reviens dans une minute.

— OK.

Il claque sa portière et je le regarde s'éloigner, submergée d'une nouvelle vague de chaleur. À peine a-t-il disparu dans la maison que son portable s'illumine sur la plage avant, braillant son insupportable sonnerie.

— Saleté, murmuré-je.

L'appareil se tait quelques secondes avant de se remettre à sonner, s'illuminant et vibrant comme un fou. Lorsque enfin Éric revient à la voiture avec Aja, son correspondant a tenté de le rappeler six fois.

— Ton portable est devenu dingue, lui dis-je quand Éric s'assied derrière le volant.

— Quoi ?

— Ton portable, répété-je juste au moment où il se remet à sonner.

Il s'empare de l'appareil et décroche.

— Salut, Aja, lancé-je en me tournant vers l'arrière de la voiture.

— Salut.

Je m'apprête à lui demander s'il est au courant que le jour de l'an est celui où on vole le plus de voitures, mais la panique dans la voix d'Éric attire mon attention.

— Qu'est-ce qui se passe ? Ralentis… ralentis ! Quand ?… Comment ? Oh, mon Dieu… OK, OK… Bordel…

Il semble pâlir à chaque mot qu'il prononce, et je perçois dans sa voix un tremblement que je n'avais encore jamais entendu. Je l'observe, l'estomac noué, et il finit par croiser mon regard.

Je hausse les sourcils d'un air interrogateur, et sa réponse tient en deux syllabes :

— Ellie.

PARTIE III

« On doit se retrouver dans une autre vie, on doit se retrouver dans l'air, toi et moi. »

Sylvia Plath

(Vingt ans plus tôt)

New York Times

(Suite de la page 19B.) La question se pose : que l'avenir réserve-t-il à une petite fille privée de tout contact humain ?

« Pour commencer, pas de sports de contact, nous dit le docteur Benefield. Eh oui, Mme Jenkins devra prendre garde à ne pas câliner sa fille et à ne pas la toucher là où sa peau ne sera pas protégée par des vêtements. Les allergies sont imprévisibles, il ne faut donc prendre aucun risque. Un jour on s'en sort avec une éruption, le lendemain c'est le choc anaphylactique – la vie ou la mort.

— Une perspective effrayante pour n'importe quel enfant, mais que se passera-t-il quand elle grandira ? Je parle là des garçons et des rites de passage habituels de l'adolescence : se tenir la main, les premiers baisers… et enfin, avoir une vie sexuelle.

Le docteur Benefield semble mal à l'aise.

— La science connaît parfois des avancées fulgurantes. Il est fort possible qu'en menant les bonnes recherches, on découvre un remède dans les cinq à dix ans.

— Et si ce n'est pas le cas ?

Il s'éclaircit la voix.

— Alors Jubilee restera incapable de supporter le moindre contact direct.

— Donc pas de baiser, ai-je clarifié. Ni de sexe.

Le docteur Benefield hoche la tête.

— C'est cela.

— Cette maladie est difficile à appréhender. Beaucoup comparent le cas de Jubilee à celui du "garçon dans la bulle de plastique" dépeint dans un téléfilm de 1976 avec John Travolta. L'intrigue est librement inspirée de la vie de David Vetter et Ted DeVita, deux garçons nés avec des systèmes immunitaires extrêmement déficients : tout contact avec de l'eau, de la nourriture ou des vêtements non stérilisés pouvait se révéler mortel. Les garçons ont vécu confinés dans des chambres stériles pendant la totalité de leurs courtes vies (Vetter a survécu treize ans, et DeVita a atteint son dix-huitième anniversaire).

À la mention des "garçons-bulles", le docteur Benefield hoche la tête. Ce n'est manifestement pas la première fois qu'il entend cette association.

— C'est totalement différent. Jubilee peut sortir dans le monde. Elle ne peut simplement pas se rapprocher des gens qu'elle y rencontre. »

Par « se rapprocher », il entend bien sûr « toucher », mais on peut se demander s'il ne s'agit pas là d'un lapsus révélateur. Après tout, si on ne peut ni toucher, ni étreindre, ni embrasser quelqu'un… à quel point peut-on se rapprocher de cette personne ?

Pour l'heure, Jubilee ne semble pas se soucier de ce que l'avenir lui réserve. À la fin de notre petite interview, quand elle a fini de faire ses devoirs sur la table de la cuisine, elle regarde sa mère et lui demande : « Est-ce que je peux aller lire, maintenant ? »

Cette histoire fait partie d'une série d'articles traitant de la montée spectaculaire des allergies infantiles dans le monde, avec un regard sur les cas les plus rares. La semaine prochaine : « Le garçon qui ne pouvait voir le soleil ».

Chapitre 23

JUBILEE

Si on m'avait dit il y a six mois que dans un avenir proche, je serais en train de rouler à tombeau ouvert sur l'autoroute 95 la nuit du nouvel an en compagnie d'un homme et d'un garçon de dix ans, j'aurais ri à n'en plus pouvoir – après un instant de panique à l'idée de quitter ma maison. Mais personne n'aurait pu me le dire, puisqu'il y a six mois, j'étais seule.

Et maintenant? Je ne suis plus seule du tout, mais je regrette à chaque panneau qui passe de ne pas avoir été un peu plus économe avec ce Xanax que Madison m'a offert pour Noël.

Je jette un coup d'œil à Éric, qui affiche toujours le même regard intense que lorsqu'il a reçu ce coup de fil. Il a démarré aussitôt après avoir raccroché, est sorti en trombe de l'allée de chez Connie et s'est mis à foncer comme un fou dans les rues de Lincoln. Ce n'est qu'en voyant passer le terrain de golf abandonné, plongé dans les ténèbres, que j'ai compris qu'il ne me ramenait pas chez moi. Et que je me suis mise à paniquer. Juste au moment où je pensais m'être enfin habituée à sortir de chez moi – au moment où je commençais à croire que j'avais vaincu mon agoraphobie –, me voilà coincée dans une boîte de conserve lancée à toute allure en dehors de la ville, et je me rends compte que je n'ai pas tout à fait surmonté ma peur de l'inconnu.

— Euh…, dis-je d'une petite voix. Du coup, je suppose que je t'accompagne ?

Éric, le coude calé contre sa portière, se tire les cheveux par poignées. Perdu dans ses pensées, c'est tout juste s'il me jette un regard en m'entendant parler. Puis il ouvre de grands yeux affolés.

— Merde ! s'écrie-t-il, sans toutefois ralentir l'allure. Je n'ai même pas… Je ne pensais qu'à elle. Tu veux que je fasse demi-tour ?

Oui, mais je sais qu'il n'en a pas vraiment envie.

— Non, ça ira.

— Tu es sûre ? Je peux m'arrêter à la prochaine sortie et t'appeler un taxi.

Me trouver seule dans un endroit inconnu m'effraie encore plus que de rouler vers un endroit inconnu en compagnie d'Éric et Aja.

— Non, non, ça ira.

Éric hoche la tête et serre le poing dans ses cheveux.

— Qu'est-ce qui s'est passé ? lui demandé-je doucement.

Il pousse un soupir avant de me répondre :

— Une overdose. Ellie a fait une attaque.

— Oh, mon Dieu ! Qu'est-ce qu'elle a pris ?

— Je l'ignore. Je savais qu'elle fumait du cannabis, mais je ne pensais pas… Je croyais que c'était tout. Putain ! J'ai pourtant dit à Stéphanie…

Il s'interrompt, de nouveau plongé dans ses pensées.

J'attends quelques minutes, puis m'enquiers :

— Est-ce qu'elle va s'en sortir ?

— Je ne sais pas.

Nous faisons une halte pour faire le plein et prendre une collation au bout d'une heure, mais les quatre heures de trajet qui suivent s'écoulent quasiment en silence. Lorsque nous passons la frontière du New Hampshire vers 3 heures du matin, Aja demande :

— Vous savez que Vénus met deux cent quarante-trois jours à effectuer une rotation complète sur son axe, mais seulement deux cent vingt-cinq à terminer son orbite autour du soleil ? Du coup, un jour sur Vénus est plus long qu'une année.

J'essaie de me rappeler ce que j'ai appris sur Vénus à l'école, mais seule me revient cette affreuse histoire de Ray Bradbury où la fille se fait enfermer dans le placard.

Quand on arrive à l'hôpital, Éric se gare juste devant l'entrée, ignorant le panneau « Réservé aux véhicules d'urgence », et se rue hors de la voiture. Comme il a pris les clés, Aja et moi n'avons pas d'autre choix que de le suivre dans l'air froid. Nous le rattrapons dans l'ascenseur. Il y a quelques autres personnes avec nous dans la minuscule boîte rectangulaire, alors je retiens mon souffle en tâchant de me faire aussi petite que possible. Au moment où je commence à avoir l'impression que les murs se rapprochent peu à peu, l'ascenseur s'arrête au cinquième étage et Éric en sort. Il regarde à droite, puis à gauche, et hoche la tête comme s'il avait repéré quelque chose de familier avant de se remettre en marche. Au milieu du couloir, une femme se lève de son siège en plastique moulé en nous voyant arriver.

— Comment va-t-elle ? interroge Éric avant même de l'avoir rejointe.

— Ça va. Ça va aller, répond la femme.

Éric hoche la tête, mais je sens l'angoisse presque palpable qui émane de lui.

— Pourquoi tu n'es pas dans sa chambre ? Je peux la voir ?

— Elle dort. Je la laisse se reposer.

— Steph, qu'est-ce qui s'est passé ?

— Je ne sais pas.

Sur ce, le visage de la femme s'affaisse et elle semble soudain très fatiguée. Épuisée. Tous deux se laissent tomber sur les chaises placées devant la porte.

— Apparemment, ils croyaient fumer du cannabis mais un des gamins avait apporté une merde synthétique. La police a parlé de K2, mais j'ai entendu une des filles appeler ça du Spice. J'ai cherché sur Google, ça a l'air assez sérieux. Mais elle ne savait pas, Éric. Elle ne savait pas.

De grosses larmes lui roulent sur les joues. Puis, comme si elle venait seulement de saisir toute la portée des événements de la journée, elle murmure :

— Oh, mon Dieu… Elle aurait pu mourir !

Éric la prend dans ses bras pour la laisser pleurer et murmure, le nez dans ses cheveux :

— Ça va aller… Elle n'est pas… Elle va bien.

À ces mots, la femme s'effondre contre lui.

La scène est si intime que je détourne le regard, le posant sur un grand dessin encadré accroché au mur. C'est un dessin au crayon d'un arbre, avec « Edna, 7 ans » inscrit d'une écriture d'enfant en bas de la page. Je le contemple comme s'il s'agissait de *la Joconde*, et je n'ai jamais rien vu d'aussi fascinant en clignant furieusement des paupières. Mes yeux ont commencé à me brûler, et je sais que ça n'a rien à voir avec Ellie.

Je suis gênée d'avouer, même à moi-même, que je suis jalouse. Je me trouve dans un hôpital où la fille d'Éric a failli mourir, et je n'arrive à penser qu'à la chaleur de ses bras. *Je voudrais qu'ils m'étreignent, moi. Qu'ils me touchent. Je voudrais sentir son souffle dans mes cheveux. C'est injuste. Je ne sentirai jamais sa joue contre la mienne, sa peau contre ma peau. À moins que…*

— Qui êtes-vous ?

La question me fait sursauter. Je me retourne et me trouve face à face avec Stéphanie.

— Oh, bonsoir. Je suis…

— C'est une amie, intervient Éric. Une bibliothécaire.

Sa réponse me laisse sans voix.

— Elle était dans la voiture quand tu m'as appelée, et je n'ai même pas… j'ai paniqué.

— Oh ! lâche Stéphanie.

L'air toujours aussi perplexe, elle se tourne vers Aja.

— Bonsoir, Aja. Tu as grandi.

Il ne la regarde pas.

Stéphanie hoche la tête, comme si elle s'y était attendue, et s'adresse à Éric :

— Ellie ne dormait pas encore il y a une demi-heure, donc je suppose qu'elle va se reposer toute la matinée. Le docteur a dit qu'ils allaient sûrement la laisser sortir en fin de journée ou demain matin au plus tard. Il veut s'assurer qu'elle ne risque pas de faire une seconde attaque. En attendant qu'elle se réveille, allez donc à la maison manger quelque chose et vous reposer un peu. Je sais que la route a été longue.

— Plus longue qu'une orbite de Vénus autour du soleil, chuchote Aja.

Je réprime un sourire.

— Non. Je ne m'en irai pas, réplique Éric. Pas avant de l'avoir vue.

Stéphanie pousse un soupir.

— Emmène-les au moins à la maison, Éric. Aja semble épuisé.

C'est la seconde fois qu'elle le dit, mais je viens seulement de me poser la question. « À la maison. » *On ne va tout de même pas chez Stéphanie ? Je sais que leur divorce s'est fait à l'amiable, mais ce serait gênant !*

Pourtant, je ne prononce pas un mot dans l'ascenseur ni pendant le trajet jusqu'à la voiture – qui, par chance, n'a pas été emmenée à la fourrière pendant notre quart d'heure d'absence. La route se fait également en silence, et je ne doute pas qu'Éric ne cesse de songer à sa fille.

Alors que les premiers rayons du soleil commencent à percer le ciel nocturne, nous nous garons devant une petite bâtisse jaune avec une cheminée en brique qui se dresse à l'arrière du toit comme des oreilles de lapin sur une photo de classe. Les rues étaient dégagées, mais l'allée de la demeure est couverte de quinze centimètres de neige. Éric se gare le long du trottoir, et on se fraie un chemin en file indienne vers la porte d'entrée.

Je m'attends à être accueillie par une bouffée de chaleur quand on entre dans la maison, mais la température y est presque aussi glaciale qu'à l'extérieur.

— Je vais allumer le chauffage, marmonne Éric. Rouvrir l'arrivée d'eau, brancher le frigo.

Il poursuit sa liste dans sa tête pendant que j'en suis encore à me rendre compte que personne ne vit ici.

Laissant Éric s'affairer, je passe dans la cuisine avec Aja. Ce dernier branche son iPad à une prise murale et le pose sur le plan de travail.

— Aja, murmuré-je.

Il lève les yeux vers moi.

— On est chez qui, ici ?

Il fronce les sourcils et me regarde comme si j'avais perdu l'esprit.

— Chez Éric, répond-il enfin. Et chez moi aussi, je suppose.

— Mais vous vivez dans le New Jersey. Est-ce qu'il essaie de vendre cette maison ?

— Non, déclare-t-il d'un ton définitif, comme si ça expliquait tout.

— Aja, dis-je un peu plus fermement. Pourquoi Éric possède-t-il toujours cette maison ?

Il hausse les sourcils.

— Euh… Parce qu'on habite ici ? Le New Jersey, c'est temporaire. Pour son travail.

Il s'en va dans le couloir, probablement pour s'enfermer dans sa chambre, me laissant bouche bée dans la cuisine. Éric vit dans le New Hampshire, ce qui signifie que… *Éric va s'en aller.*

Mes genoux, plus très intéressés par la tâche de me maintenir en position verticale, se plient sous mon poids. Comme il n'y a pas de table dans la cuisine, je me contente de m'accroupir sur le carrelage.

— Je n'ai pas grand-chose pour le petit déjeuner, mais vous avez sûrement plus besoin de dormir que de manger. Ça vous ira, une pizza ou du chinois pour plus tard ? Ils livrent à…

La voix d'Éric perce le brouillard de mes pensées.

— Jubilee ? questionne-t-il en me voyant. Ça va ?

Je lève la tête pour le regarder, les bras appuyés sur les genoux. *Il semble si solide, si robuste. Il n'a rien d'un fantôme. C'est pourtant bien ce qu'il est.*

— Oui, réponds-je. Juste un peu fatiguée.

— Oui, bien sûr ! s'écrie-t-il, l'air sincèrement navré. Je suis désolé. Je ne sais pas pourquoi je t'ai emmenée ici. Je n'aurais pas dû te mêler à mes problèmes.

— Ça va, dis-je en rabaissant la tête pour la poser sur mes avant-bras.

J'ai envie de vomir.

— Non, ça ne va pas, réplique-t-il en s'approchant. Tu es malade, et je t'ai entraînée jusqu'ici. Bon sang, je suis un imbécile ! Qu'est-ce que je peux faire pour toi ? De quoi as-tu besoin ?

De toi, aurais-je voulu répondre. *J'ai besoin de toi.*

Mais c'est faux. J'ai vécu vingt-sept ans sans lui. Je peux encore en vivre vingt-sept.

— Ça va, je t'assure, répété-je en m'obligeant à me lever.

— Tu es sûre ?

Je fais « oui » de la tête.

Il étudie mon visage, et je vois bien qu'il ne me croit pas, mais il n'insiste pas.

— Très bien, dit-il. Euh… Fais comme chez toi. Les menus disponibles à la livraison sont dans le tiroir du haut, à gauche de l'évier. Si tu veux prendre une douche, j'ai rouvert l'arrivée d'eau mais elle mettra peut-être un petit moment à chauffer. Il y a des serviettes dans ma salle de bains. Des draps propres dans le placard. Tu peux prendre mon lit pour ce soir.

De nouveau, je hoche la tête, mais je ne le regarde pas.

Lorsque enfin je lève les yeux, il est parti.

Il y a deux canapés dans le salon, où Aja et moi nous installons après le départ d'Éric. Aja allume la télé, mais il s'endort en moins de dix minutes. Je reste seule avec mes pensées, ruminant encore ce qu'il vient de m'apprendre.

Au début, j'étais en colère. *Comment Éric a-t-il pu omettre de m'informer qu'il comptait repartir ? Comment a-t-il pu me laisser me rapprocher de lui ?* Puis je suis revenue à la réalité : *Pourquoi m'en aurait-il parlé ? Ce n'est pas comme s'il me devait quoi que ce soit.* Je ne suis qu'une fille qu'il a ramenée chez elle en voiture pendant quelques mois. Les mots qu'il a prononcés à l'hôpital résonnent encore à mes oreilles. Je ne suis qu'une « bibliothécaire ». Une « amie ». Soudain, j'ai honte d'avoir cru qu'il y avait autre chose. Mais alors, une autre partie de moi intervient : il a essayé de m'embrasser. *Et hier soir… ses mains. Ses mains étaient… là où elles étaient.* Je secoue la tête pour me débarrasser de ce souvenir. *Non… Ça ne signifie rien.* Je suis assez grande pour savoir qu'un baiser n'est pas un contrat. Alors que dire d'une simple intention ? Et une main sur mon sein, par-dessus ma robe ? Même les gamins de quinze ans en font plus sous les gradins lors des matchs de football. *Comment ai-je pu m'en faire toute une histoire ?* Les gens se laissent parfois entraîner dans l'instant, mais ce ne sont justement que des instants. Ils ne veulent rien dire. Je me rends compte qu'avec Éric, je n'ai vu que ce que j'avais envie de voir, ce que j'espérais. Mais on ne peut pas me toucher – ni sous ma robe, ni nulle part. Et il le sait. Alors comment pourrait-il désirer autre chose ?

Et franchement, j'aurais dû me douter qu'il s'en irait. Pas seulement parce que c'est un bon père qui ferait toujours le choix de rester auprès de sa fille, mais aussi parce que M. Walcott répétait toujours : « Cherchez le schéma régulier. » Bien sûr, il parlait de problèmes mathématiques, mais c'est une stratégie qui fonctionne aussi bien dans la vie. Dans le cas présent, le schéma régulier est : tout le monde finit par partir. Ou, plus précisément : tout le monde finit par me quitter. Et je ne dis pas ça de la manière triste et pathétique de la fille qui s'apitoie sur son sort – même si je me rends bien compte que cette phrase est totalement triste et pathétique. Ce sont simplement des faits, le schéma de ma vie. *Mon père. Maman. Même Louise, bordel ! Quand je m'attache à quelqu'un, même de loin, il finit par s'en aller. Je suis sûre que Madison ne va pas tarder à disparaître à son tour.*

J'ai dû finir par m'endormir car je me réveille un peu plus tard sur le canapé, vaseuse, l'esprit embrumé. Aja est réveillé et regarde la télé.

— Quelle heure est-il ? lui demandé-je, non sans remarquer que ma gorge est déjà un peu moins douloureuse.

— Cinq heures.

— Du soir ?

Je n'en reviens pas d'avoir dormi si longtemps.

— Oui. Je meurs de faim.

— Moi aussi.

Je me lève pour aller chercher les menus, et une demi-heure plus tard, Aja et moi engloutissons des nouilles chinoises au poulet baignant dans une espèce de sauce épaisse et beaucoup trop sucrée, assis par terre dans le salon. Il y a une table et des chaises dans la salle à manger, mais Aja voulait qu'on reste devant la télé pour me faire découvrir *X-Men*. Il me désigne le personnage de Jubilé quand elle apparaît à l'écran.

— Ce n'est pas un personnage principal dans ce film-ci, explique-t-il, la bouche pleine de riz. Ni dans les deux suivants. Mais tu auras un rôle plus important dans *Apocalypse*. Enfin, pas toi. Mais tu vois ce que je veux dire.

— *Apocalypse* ? Ça ne fait pas rêver.

À la fin du film, Aja change de chaîne pour regarder Discovery Channel. Il y a un documentaire sur les mystères de l'océan, où une caméra sous-marine filme en gros plan une baleine bleue occupée à filtrer du plancton à travers la grande grille qui lui sert de bouche.

La baleine me rappelle quelque chose.

— Tu sais que des scientifiques ont découvert une baleine qui chante à une fréquence beaucoup plus élevée que toutes les autres ? Ils ont mesuré le son en hertz, il me semble. Du coup, elle parcourt les océans toute seule, incapable de communiquer avec les autres baleines.

— C'est vrai ?

— Oui. J'ai appris ça sur Internet il y a quelques années. Je crois que c'est l'une des choses les plus tristes que j'aie jamais lues au sujet d'un animal.

Aja demeure silencieux une minute, puis réplique :

— Je ne crois pas que ce soit la chose la plus triste.

— Ah, non ?

Il se redresse dans son canapé et reprend :

— Tu sais comment meurent les koalas ?

Je me creuse la tête, m'efforçant de rassembler toutes les informations que j'ai pu amasser sur les koalas au cours des années.

— Non, je ne sais pas, dis-je enfin.

— Leurs dents sont faites pour manger des feuilles d'eucalyptus, d'accord ? Mais après en avoir mangé pendant des années et des années, ils ont les dents qui finissent par s'user et ils ne peuvent plus les mâcher. Alors, ils meurent de faim.

— Sérieux ?

— Oui. Pour moi, c'est ça, la chose la plus triste.

Je réfléchis un instant.

— Tu savais que les chimpanzés ne savent pas nager ?

— En fait, ce n'est pas vrai, réplique-t-il.

— Ah ?

— Oui. C'est une erreur communément admise, mais des scientifiques ont observé des chimpanzés en train de nager il y a quelques années. Donc si, ils savent nager. Mais ils évitent de le faire s'ils ont le choix.

— D'accord, dis-je, sincèrement surprise par cette information. En tout cas, j'ai lu que si un chimpanzé tombe dans une rivière, un autre va plonger pour le sauver, même si ça signifie qu'ils mourront tous les deux. C'est arrivé dans des zoos. Des chimpanzés se sont noyés dans les fossés qui entouraient leur enclos.

Aja hoche la tête, l'air songeur.

— J'ai toujours trouvé ça très triste, poursuis-je. Et aussi assez romantique.

Aja reste silencieux pendant une minute. Puis :

— Je pense toujours que le koala gagne.

Sa tournure d'esprit toute particulière me fait sourire.

Et soudain, alors que je me retourne vers la télé, une nouvelle vague d'angoisse me paralyse. *Quand Éric s'en ira, Aja partira avec lui.*

Je ne crois pas au spiritisme, mais à minuit, debout dans la chambre d'Éric, je comprends pourquoi les médiums dans les films veulent toujours qu'on leur apporte des objets ayant appartenu à la personne disparue – une chemise, un portefeuille, un bijou. C'est comme si une part d'eux y était demeurée attachée. C'est la raison pour laquelle je sens la présence de ma mère chaque fois que j'entre dans sa chambre. Et maintenant, c'est pour ça que je m'attends à voir Éric se matérialiser devant moi à chaque seconde alors que je sais qu'il est toujours à l'hôpital. Je me déshabille et prends une douche dans sa salle de bains, tentant en vain d'ignorer le fait que c'est là qu'il se tient, que c'est cette eau qui caresse les angles et les courbes de son corps, que ces serviettes ont pu le toucher en des endroits que je n'ai jamais vus.

Qu'est-ce que je fais là ? Dans le New Hampshire ? Dans cette maison qui me rappelle à chaque instant tout ce que je n'aurai jamais. D'un seul coup, j'ai envie de rentrer chez moi. Le sentiment est si fort, si viscéral, que je songe à appeler un taxi sans me soucier de ce que me coûterait une course de cinq heures, sans penser à ce que j'éprouverais sur la banquette arrière d'une voiture inconnue, conduite par un étranger. J'ai juste envie de sortir d'ici.

Puis je me souviens qu'Aja dort dans la chambre voisine. Et je sais que je ne peux pas l'abandonner.

Je me sèche, et enfile en hâte un tee-shirt et un pantalon de sport que j'ai dénichés dans la commode d'Éric – j'ai pris soin de les renifler pour m'assurer qu'ils étaient bien propres ; ils embaument la lessive. Je recouvre le matelas nu d'un drap et de couvertures, puis me couche et ferme les yeux. Mais je ne trouve pas le sommeil. Éric est partout. *Son odeur, ses affaires, le creux dans le matelas…* Sa présence est obsédante, semblable à l'air qui m'entoure : omniprésente et intouchable.

Chapitre 24

ÉRIC

Ellie semble à la fois plus âgée et plus jeune. Ses cheveux lissés sont striés de mèches bleues, de la couleur que prenaient ses lèvres quand elle dévorait ces glaces au goût chimique en été. Sa préférée, à la framboise, était d'une inexplicable teinte bleue.

Mais elle est minuscule, incroyablement minuscule dans ce lit d'hôpital, comme Alice au pays des merveilles après avoir bu sa potion de rétrécissement. Les épaules rentrées, elle semble prête à se faire avaler par le matelas.

Je porte mon attention sur son nez, où brille un petit diamant dans la courbe juste au-dessus de la narine, et j'essaie de ne pas faire un infarctus à l'idée que Stéphanie l'ait laissée se faire un piercing. Au moins, ce n'est pas un tatouage.

Pendant que je l'observe, soulagé que son corps soit toujours plein de vie malgré les ornements qu'elle a choisi d'y ajouter, elle ouvre les yeux et soutient froidement mon regard. J'attends. *Est-ce qu'elle me déteste encore?* J'ai peur d'ouvrir la bouche. Peur de dire ce qu'il ne faut pas.

— Papa, murmure-t-elle soudain.

Je manque de m'effondrer de soulagement.

— Ellie.

— Papa, je suis désolée.

Son visage se voile de tristesse et des larmes lui coulent sur les joues.

— Oh, ma chérie, dis-je en la prenant dans mes bras.

Je m'assieds au bord de son lit, la laissant tremper mon épaule de ses larmes. Je caresse ses cheveux bleus jusqu'à entendre son souffle haché reprendre une cadence régulière.

Elle se dégage de mon étreinte et s'appuie sur ses oreillers en s'essuyant le nez d'un revers de son bras nu. Je lui tends un mouchoir trouvé sur la table de nuit.

— Qu'est-ce qui t'a pris? demandé-je en repoussant derrière son oreille une mèche collée sur sa figure.

— Je ne sais pas, gémit-elle en baissant les yeux. Darcy m'a affirmé que c'était de l'herbe ordinaire.

— Mais même l'herbe, Ellie. Ça ne te ressemble pas, dis-je en donnant une chiquenaude aux mèches bleues qui retombent sur ses épaules pour appuyer mon propos.

Elle se recule brutalement, un éclair de colère dans les yeux.

— Tu ne sais pas qui je suis!

Je laisse tomber ma main. Je la regarde. Je laisse ses mots se frayer un chemin dans mon esprit.

— Tu as raison. Je ne sais pas qui tu es. Je ne le sais plus. Mais, Ellie, j'essaie. Je veux vraiment savoir.

— Quoi, en lisant ces stupides bouquins ? rétorque-t-elle sèchement.

Je réprime un tressaillement.

— Oui, en lisant des livres, réponds-je en prenant soin de parler calmement. En lisant ton journal. Je n'avais pas vraiment le choix, tu ne crois pas ? Ce n'est pas comme si tu me parlais.

— Je me demande bien pourquoi, réplique Ellie en levant les yeux au ciel.

— Ellie, je sais que j'ai dit des choses horribles, et je suis désolé. Je t'ai présenté mes excuses des centaines de fois. Tu sais, les gens disent parfois des choses qu'ils ne pensent pas. Ça arrive. Les gens font des erreurs. J'ai fait une erreur.

— Tu crois que tout ça, c'est à cause de ce que tu as dit ?

— Euh… oui. Ce n'est pas le cas ?

— Oh, mon Dieu, ricane-t-elle. Maman avait raison. Tu ne piges que dalle aux émotions.

Je m'efforce d'ignorer la pique et attends qu'elle poursuive. Mais elle se tait. Elle se contente de tourner la tête pour regarder par la fenêtre, comme si le lampadaire de la rue était un incroyable ouvrage technologique qu'elle n'avait encore jamais vu.

— Est-ce que tu vas…

— Tu m'as abandonnée ! hurle-t-elle, me faisant sursauter. Tu es parti ! Quand tu as divorcé avec maman, tu as assuré que ça ne changeait rien, que tu serais toujours là pour moi. Que la seule différence, ce serait que tu ne vivrais plus dans la même maison. Tu as menti !

L'image de Jubilee s'impose à mon esprit. Son corps affaissé sur le siège du passager de ma voiture, ses épaules secouées de sanglots alors qu'elle se remémorait la trahison de sa mère. *Était-ce donc ce qu'avait ressenti Ellie pendant tout ce temps ?* Cette idée suffit à m'anéantir.

— Et lui, tu l'as emmené avec toi.

— Aja ?

— C'est tout ce que tu as toujours voulu, non ? Un fils. Quelqu'un qui ne serait pas compliqué ni émotif. Un enfant facile à comprendre. Alors tu as eu Aja, et ensuite tu as eu l'occasion de partir. De vivre une vie facile, sans moi. Et tu as saisi ta chance.

Je tombe un peu plus des nues à chaque pensée qu'elle exprime. Quand c'est à mon tour de parler, je ne sais même pas par où commencer.

— Aja n'a rien de simple, et il est extrêmement émotif. Et j'ai l'impression d'être encore plus nul avec lui que je ne l'ai été avec toi, si ça peut te consoler. Et ce travail pour lequel j'ai déménagé ? Ce n'est qu'une mission temporaire. Six mois. Ta mère ne t'a pas dit ça ?

— Si. Mais c'est toujours comme ça que ça commence, et après les patrons veulent que tu restes parce que tu fais du bon travail.

— Qu'est-ce qui te fait croire ça ?

— C'est Darcy qui me l'a dit. Son père les a fait déménager ici pour une mission « temporaire » d'un an.

Elle mime des guillemets en prononçant le mot « temporaire », et je trouve le geste terriblement adulte. Je me demande si c'est Darcy qui lui a appris ça.

— Et maintenant, poursuit-elle, ça fait deux ans qu'ils sont là et ils ne sont pas près de partir.

Quel dommage, pensé-je avant de me mordre la langue.

— En tout cas, pour moi, c'est réellement temporaire. Je remplace la responsable pendant son congé maternité, et elle va revenir. On est déjà en train de préparer la transition. Et, même si on me demandait de rester, je refuserais. Je ne t'abandonnerai jamais. Pas pour de bon.

Elle renifle.

— Même si on te proposait de devenir partenaire ?

Je regarde ses yeux tristes. Son piercing brille à la lumière des néons. Alors, je réponds avec une entière confiance :

— Même si on me proposait de devenir partenaire.

Elle hoche faiblement la tête et baisse le regard sur ses mains. Je ne sais pas trop quoi faire. Je ne sais pas vraiment si elle me croit. Je ne sais pas vraiment si je peux réparer les dégâts que j'ai causés sans le vouloir. Mais je suis sûr d'une chose : je reviendrai dès que possible. Et je ne la quitterai plus jamais.

Alors, pour la seconde fois dans cette chambre d'hôpital, je pense à Jubilee.

Je rentre à la maison vers 3 heures du matin, harassé de fatigue malgré une brève sieste des plus inconfortables, assis dans un fauteuil de l'hôpital au cours de l'après-midi.

La maison est plongée dans l'obscurité, mais heureusement mieux chauffée que quand je suis parti. Je traverse le couloir, jetant un coup d'œil au passage dans la chambre d'Aja. La lumière est éteinte, et son corps endormi forme une bosse sous les couvertures. Je continue vers ma chambre, le vieux parquet grinçant sous mes pieds. Tout en marchant, je défais les premiers boutons de ma chemise. Une odeur âcre s'en dégage, me rappelant que je ne me suis pas douché depuis près de quarante-huit heures, mais je suis trop épuisé pour m'occuper de ça maintenant.

J'arrive au pied de mon lit et reste là un instant. Jubilee, comme Aja, n'est plus qu'une forme frêle enfouie sous les draps, mais je sens comme une force qui me tire vers elle, comme si elle se trouvait du côté des gagnants d'un jeu de tir à la corde. J'aurais donné n'importe quoi pour accepter cette défaite. Pour me glisser à côté d'elle sous les couvertures, sentir tout son corps serré contre le mien, la chaleur de sa peau, les battements de son cœur. Je me demande si elle y pense aussi.

Et soudain, je suis pris du désir irrépressible d'obtenir une réponse. De savoir si je suis seul dans mon désir, tel un phare illuminant une mer désertée.

— Jubilee, murmuré-je.

Le cœur battant, j'attends sa réponse. Elle ne bouge pas. J'essaie une nouvelle fois.

— Jubilee.

Je scrute l'obscurité, et distingue à peine son visage et le contour d'une moue boudeuse sur l'oreiller. Je fais le tour du lit *king-size* avant de m'arrêter, hésitant. En théorie, deux personnes peuvent dormir sur ce matelas sans jamais se toucher au cours de la nuit. Je suis bien placé pour le savoir : Stéphanie et moi avons réussi à nous éviter pendant des mois dans un lit de cette taille.

Mais l'idée d'avoir Jubilee à une longueur de bras se révèle trop tentante pour être supportable. Je m'empare du second oreiller, récupère une couverture en haut du placard resté grand ouvert, et m'étends sur le tapis au pied du lit. Je l'écoute respirer en attendant le sommeil, mais ce dernier ne vient pas avant de longues heures.

Le lendemain matin, je me réveille avant tout le monde, et cours au supermarché pour acheter du café et des bagels. À mon retour, Jubilee est dans la cuisine, occupée à se servir un verre d'eau du robinet.

— Bonjour, dis-je en posant mon sac sur le plan de travail.

Elle porte un de mes maillots de corps blancs et un pantalon de sport beaucoup trop grand pour elle.

— Bonjour, répond-elle avant d'avaler son verre d'eau.

— Je vais devoir retourner à l'hôpital ce matin, pour aider Ellie à rentrer. Après ça, on pourra repartir. Ça te va ?

— Très bien, dit-elle d'une voix glaciale.

Je ne l'ai encore jamais entendue parler ainsi. J'en reste tout bête.

— Je peux me servir de ton lave-linge ? demande-t-elle alors.

— Bien sûr. Tout ce que tu veux. Oh, et j'ai acheté des bagels, ajouté-je en tapotant mon sac. Tu tiens Aja au courant ?

— Ouaip, répond-elle en se servant un nouveau verre d'eau.

Comme je ne sais pas quoi dire, je quitte la pièce. Après tout, j'ai entraîné cette femme sans la prévenir à des centaines de kilomètres de chez elle, au milieu de la nuit, dans ma maison du New Hampshire. À sa place, j'aurais aussi été un peu contrarié.

Après une embrassade un peu raide et la promesse de revenir un week-end sur deux avant de redéménager pour de bon en février, je laisse Ellie chez Stéphanie.

— Et tu réponds à mes textos, lui dis-je en lui adressant mon regard paternel le plus convaincant.

— Seulement si tu cesses d'envoyer des messages idiots.

— Tu rêves.

Elle me fait un demi-sourire, et bien que j'aie envie de crier : « Plus de drogue ! Plus de Darcy ! Ne quitte même plus la maison ! », je me dis qu'il vaut mieux m'en aller sur une note optimiste. Étonnamment, Stéphanie a accepté de la consigner pour un mois. J'ai donc au moins l'assurance que dans les semaines à venir, elle ne sortira que pour se rendre à l'école.

Sur la route du retour, Aja tapote sa tablette pendant que j'analyse les événements de ces derniers jours. Ce n'est qu'à mi-chemin que je me rends compte que Jubilee n'a pas prononcé une parole depuis notre départ.

— Tu as prévenu la bibliothèque ? lui demandé-je.

Je viens de calculer qu'elle est probablement ouverte aujourd'hui – le lendemain du nouvel an – et que Jubilee est en train de manquer le travail.

— Oui. Shayna me remplace, répond-elle avant de se perdre dans la contemplation des arbres qui passent et des collines couvertes de neige.

— Encore une fois, je suis désolé de t'avoir entraînée dans tout ça. Mais je suis content… je suis content que tu aies été là…

— Pas de problème, m'interrompt-elle.

— Oui, mais…

Je cherche mes mots, les bons mots, mais ils refusent de venir.

— Ne t'en fais pas. Il n'y a pas de problème, répète-t-elle d'un ton définitif.

Je commence à me demander si je n'ai pas mal compris ses signaux pendant tout ce temps. *Les regards furtifs, les joues rougissantes, la tension palpable entre nous… Aurais-je tout imaginé ? Aveuglé par ma propre attirance, aurais-je pu inventer de toutes pièces celle de Jubilee ?* Alors, je me souviens des mots d'Ellie, restés au fond de mon esprit comme un caillou dans une chaussure : « Tu ne piges que dalle aux émotions. » Mais quand j'étais dans sa chambre, quand j'ai touché sa joue, sa clavicule, son sein au galbe parfait… *Je le sais. Je sais qu'elle ressentait la même chose.*

Mais ensuite? On n'en a pas reparlé. On n'a parlé d'aucun de ces moments, sauf cette fameuse nuit à la bibliothèque, lorsqu'elle a évoqué un éventuel traitement qu'elle pourrait peut-être suivre. Je repense à ce que m'a dit Connie : je désire toujours l'inaccessible. Peut-être devrais-je accepter cette réalité : je désire Jubilee, mais je ne peux pas l'avoir. Et peut-être que Jubilee, un peu en avance sur moi, l'a déjà compris.

Lorsque nous arrivons enfin à Lincoln, je lui propose de m'arrêter dans une boutique pour lui prendre de la soupe et des médicaments – son rhume semble en bonne voie de guérison, mais je me sens coupable de ne pas l'avoir proposé plus tôt.

— Je veux seulement rentrer chez moi, réplique-t-elle.

Je hoche la tête.

— C'est juste que je t'ai promis des nouilles chinoises, dis-je en espérant lui arracher un sourire. Je n'aime pas revenir sur une promesse.

Elle ne répond pas. La fin du trajet se fait en silence.

Je me gare dans son allée et enclenche le frein à main. Jubilee s'apprête à ouvrir sa portière, et sans trop savoir ce que je fais, je touche la manche de son manteau. Elle écarte brutalement son bras comme si ma main était aussi dangereuse qu'un cobra royal.

— Qu'est-ce que tu fais ? demande-t-elle en me regardant dans les yeux pour la première fois depuis que nous avons quitté le New Hampshire.

— Rien. Je ne... Je suis désolé. C'est juste...

Je prends une grande inspiration, m'efforçant de maîtriser le désespoir qui s'enroule autour de moi comme une plante grimpante.

— On se voit demain ?

— Non, répond-elle.

— Quoi ?

Perdu et confus, je hausse les sourcils avant de les froncer.

— Je n'ai plus besoin qu'on me ramène chez moi.

— Bien sûr que si. Il fait toujours fr…

— Je ne suis pas une damoiselle en détresse que tu dois sauver ! s'écrie-t-elle.

J'ai l'impression que tout l'oxygène présent dans l'habitacle vient de s'échapper d'un seul coup.

— Je n'ai pas besoin que tu m'apportes de la soupe, je n'ai pas besoin que tu répares ma voiture, je n'ai pas besoin que tu me reconduises chez moi ! J'allais très bien avant de te connaître, et je vais très bien maintenant.

Je reste assis là, hébété, hors du temps, trop abasourdi pour bouger, pour répliquer.

Elle baisse le regard sur ses mains gantées posées sur ses genoux, et quand elle reprend la parole, c'est d'une toute petite voix.

— Tu en as fait plus qu'assez. Merci.

Sur ces mots, elle ouvre sa portière et disparaît.

Je demeure immobile, oublieux du temps qui passe, jusqu'au moment où j'entends la voix d'Aja s'élever de la banquette arrière :

— Éric ?

Je regarde dans le rétroviseur et croise ses yeux. Il semble aussi ébahi que moi.

—Je pourrai toujours aller à la bibliothèque ? demande-t-il d'une voix tremblante.

—Je ne sais pas, mec, dis-je en passant la marche arrière. Je ne crois pas.

Chapitre 25

JUBILEE

Cette nuit-là, je n'ai pas du tout dormi. Ni la suivante. Comment aurais-je pu trouver le sommeil alors que mes propres mots se répétaient en boucle dans ma tête comme sur un disque rayé, et que je revoyais sans cesse l'expression blessée d'Éric qui me regardait, assis derrière le volant ?

Épuisée, je suis ma routine du lundi matin. Je me lave le visage, j'enfile mes sous-vêtements thermiques. Avec un pincement au cœur, je me souviens de la réponse d'Éric cette fameuse nuit à la bibliothèque, quand je lui ai confié que j'en portais : « C'est une tentative de séduction ? » Et je me demande combien d'instants je vais revivre ainsi ; combien de souvenirs j'ai créés avec lui ; à quel point il a envahi ma vie en aussi peu de temps.

J'envisage de me faire porter pâle à la bibliothèque, mais j'ai besoin de me changer les idées.

La journée s'étire en longueur, et j'ai l'impression que l'univers conspire contre moi pour me rappeler tout ce qui est allé de travers. Le golfeur au coussin, Michael, qui ne m'a jamais adressé plus de quatre mots, veut soudain savoir où est passée Louise.

— Elle a pris un congé ? Ça fait un bail que je ne l'ai pas vue, dit-il.

Je remarque qu'une fois debout, et non tout voûté devant son écran, il est loin d'être repoussant. À condition de le croiser dans la rue sans savoir qu'il passe ses journées à la bibliothèque, assis sur un coussin.

— Virée, réponds-je. Le conseil municipal a réduit notre financement.

Il me regarde, ses yeux sombres cherchant les miens, et je suis sûre qu'il se pose la même question que tout le monde : pourquoi elle et pas moi ?

— Sale nouvelle, commente-t-il enfin.

J'émets un petit bruit évasif et rabaisse les yeux sur la pile de livres que j'étais en train de trier, espérant qu'il comprenne le message.

— Oh, c'est un super livre, reprend-il en désignant l'ouvrage que je tiens dans la main droite. *Sur la route*, de Jack Kerouac. Je ne l'ai jamais lu.

— Vraiment ?

Je hausse un sourcil, étonnée qu'il aime lire. Étonnée qu'il fasse autre chose que jouer à ce stupide jeu de golf.

— Vraiment, affirme-t-il d'un air triste. C'était le livre préféré de mon père.

Je repose les yeux sur l'ouvrage, et quand je relève la tête, Michael est reparti.

À seize heures trente, la porte s'ouvre. Du coin de l'œil, j'aperçois Aja. Je me tourne vers lui, mais me rends compte que ce n'est qu'un garçon que je ne connais pas, de même stature qu'Aja mais aux cheveux châtains bouclés. Je manque de fondre en larmes. J'étais si en colère contre Éric, j'avais si hâte de l'écarter de ma vie, que je n'ai pas songé à Aja. *Que doit-il penser de moi ?* J'ai envie d'appeler Éric, de lui dire qu'Aja peut toujours venir à la bibliothèque, mais je ne parviens pas à m'y résoudre. Aja va me manquer, mais c'est mieux comme ça. Une rupture nette et franche.

Pourtant, je ne m'explique pas pourquoi, pendant le reste de la semaine, chaque fois que la porte s'ouvre, mon cœur se met à battre à coups redoublés dans ma poitrine, plein d'espoir de voir l'un d'entre eux apparaître. Éric ou Aja.

À la fin du mois de janvier, je me suis enfin résignée. Quoi qu'il y ait eu entre nous, c'est terminé. J'ai cessé de surveiller la porte, cessé d'espérer qu'Éric s'apprête à faire une apparition comme un amant tout droit sorti d'un film hollywoodien.

Et c'est là qu'il est arrivé.

Pas Éric.

Donovan.

Je cligne trois fois des paupières en le voyant. *Donovan dans ma bibliothèque. Donovan en costard. Donovan tout court.* Donovan n'existe à mes yeux qu'en tant qu'adolescent dans la cour du lycée, avec sa casquette ridicule et ses lèvres qui m'ont donné mon premier et unique baiser, un ado arrogant qui a failli me tuer pour un simple pari.

Le temps ralentit tandis qu'il s'avance vers moi, et je me demande s'il va me reconnaître. Puis je me demande si j'aurai le temps de courir me cacher dans la réserve. Un plan qui aurait pu fonctionner si mes pieds n'étaient pas rivés au sol.

— Jubilee, dit-il, répondant à ma première question de sa voix veloutée comme du sirop d'érable.

Elle est un peu plus grave, mais je la reconnaîtrais entre toutes. Il s'arrête devant le comptoir, et je sens son regard glisser du sommet de ma tête à mes mains gantées. Je dois faire appel à toute ma force de volonté pour rester immobile et stoïque pendant cette inspection.

— Madison m'a dit que tu travaillais ici, poursuit-il, un lent sourire se dessinant sur son visage. Je devais venir voir ça de mes yeux. Excuse-moi d'avoir mis si longtemps.

Seul Donovan pourrait croire qu'après tout ce temps, j'aurais été impatiente de le voir, comme si sa présence était désirée de tous.

— Tu es jolie, dit-il.

La remarque me prend par surprise, en premier lieu parce qu'il a laissé tomber ses airs grandiloquents. Il ne s'est pas servi de son ton enjôleur, même si d'après ce que m'a confié Madison sur ses activités extraconjugales, il a dû passer maître dans l'art de complimenter une femme.

— Merci.

Malgré ce que pourraient laisser croire les battements erratiques de mon cœur, je suis soulagée de constater que son opinion ne m'importe pas. Ne m'importe plus.

Je voudrais lui retourner le compliment, mais il n'a pas changé. Ce n'est qu'une version plus adulte, plus développée, de l'ado dans la cour du lycée. Son pantalon est à sa taille, et non plus porté bas sur les hanches pour exhiber le logo Hollister de son boxer.

— Je ne vais pas t'embêter plus longtemps. Je voulais juste te dire que je suis très content qu'elle ait pu faire tout ça pour toi, reprend-il.

— Qui ? demandé-je, inquiète d'avoir pu manquer une partie de la conversation.

— Madison.

Ah, d'accord. Il doit savoir qu'elle m'a aidé à trouver ce travail.

— Pendant toutes ces années, elle s'est sentie tellement coupable…

Je fronce les sourcils, maintenant certaine d'avoir raté quelque chose.

— Quoi ? De quoi tu parles ?

— Le pari, répond-il comme si ça expliquait tout. Tu sais bien, c'était son idée. Quand elle a entendu dire que tu étais morte – je ne sais pas qui a lancé cette rumeur –, j'ai cru qu'elle allait devenir dingue, s'esclaffe-t-il. Enfin, c'était il y a longtemps. L'eau a coulé sous les ponts, pas vrai ?

Mon corps devient froid. *Madison?* C'est absurde. Donovan était son copain. Pourquoi aurait-elle voulu qu'il m'embrasse ? Mais alors, d'autres pièces du puzzle se mettent en place. Son empressement à m'aider quand je suis tombée sur elle à la station-service. La facilité avec laquelle j'ai obtenu ce poste alors que Louise disait qu'il était vacant depuis quatre mois… *Louise.*

Je plonge mes yeux dans ceux de Donovan.

— Pourquoi Louise s'est fait virer ?

— C'est qui, Louise ?

— Elle était bibliothécaire ici. Elle a été renvoyée il y a quelques semaines.

— Ah. Oui. Techniquement, c'est peut-être un peu ma faute. Je ne savais pas comment elle s'appelait. Madison m'a téléphoné, toute paniquée, pour me dire que les financements avaient été réduits et que le directeur s'apprêtait à te renvoyer, mais qu'elle ne pouvait pas laisser faire ça parce que tu avais vraiment besoin de ce travail. La banque fait une donation de 10 000 dollars chaque année à la bibliothèque, alors je n'ai eu qu'à passer un coup de fil pour prévenir que je ne signerais pas le chèque si on te virait. Je n'étais pas sûr que ça marcherait… Dix mille dollars, ce n'est pas si énorme. Mais j'ai réussi. C'était le moins que je puisse faire.

Je le dévisage, incapable de dissimuler ma stupéfaction.

— Tu… tu es vraiment… quelqu'un, observé-je d'une voix lente.

— Merci, réplique-t-il avec un sourire en tirant sur le revers de sa veste.

— Je veux dire… Madison m'avait bien dit que tu étais un connard, mais à ce point-là…

Son sourire s'évanouit.

— Hé, pas besoin de m'insulter. J'essayais de te rendre service.

— Ah, oui ? Et embrasser la pestiférée de l'école, c'était lui rendre service ? Écoute, la prochaine fois qu'il te viendra l'idée d'un geste généreux, oublie-moi.

— Jubilee, répond-il d'un ton plus doux. Je suis désolé. Écoute, j'étais un petit con à l'époque. Je le sais. Mais je n'ai jamais voulu... J'ignorais.

Il baisse les paupières et prend un air chagriné des plus convaincants.

— Tu n'as jamais été une pestiférée, ajoute-t-il d'une voix si basse que je dois me pencher vers lui pour l'entendre. Pas pour moi.

Il prend une grande inspiration, la relâche lentement, et poursuit :

— Madison m'a entendu dire que je te trouvais... sexy, ou je ne sais quoi. Belle. Et ça l'a énervée. Elle était jalouse. Je crois que ça a été sa manière de se venger. Je n'aurais jamais dû accepter.

— Non. Tu n'aurais pas dû.

J'essaie de mettre de la vigueur dans mes propos, mais je ne parviens qu'à y infuser une vague colère. Je n'ai plus la force de me battre. Toutes ces nouvelles informations, mêlées aux vieux souvenirs, tourbillonnent dans ma tête. Soudain, je me sens terriblement triste en mesurant à quel point les lycéens – et les adultes – peuvent être cruels. Non, peut-être même que les adultes sont encore plus cruels.

Je peux pardonner les actes immatures d'une élève de terminale. *Mais ça ?* Apprendre qu'elle est devenue mon amie par obligation, qu'elle m'a menti pendant tout ce temps, me fait encore plus mal que sa faute initiale.

Donovan garde la tête basse, comme si elle était reliée au sol par un fil invisible.

— S'il y a quoi que ce soit que je puisse faire pour toi…

— Tu en as assez fait, dis-je sans acrimonie.

Nos regards se croisent, et même s'il est probablement toujours un petit con, je lui pardonne. Je me rends compte qu'il n'a aucune importance à mes yeux. *Plus maintenant.*

L'un des avantages à vivre seule, c'est que personne n'est témoin de nos attitudes les plus pathétiques. Ce soir-là, j'ignore les trois coups de fil de Madison – deux sur mon portable, un sur ma ligne fixe (du moins, je suppose que c'était elle, mais il aurait aussi bien pu s'agir d'un démarcheur souhaitant discuter de mes parfums préférés de crème glacée) – et me lance dans une bonne séance d'apitoiement sur moi-même. La tenue ? Le sweat d'Éric. Il ne sent plus comme lui puisque je l'ai lavé, j'en remonte tout de même le col sur mon nez afin de respirer mon souvenir de lui.

Puis je descends dans la cuisine pour me réchauffer une fournée de pain perdu qui suffirait à nourrir une famille de six personnes, et j'emporte ma collation sur le canapé. J'allume la télé et m'empiffre de pain perdu d'une main pendant que je zappe de l'autre, jusqu'à tomber sur un documentaire sur le projet Montauk. Je m'arrête net en plein milieu d'une bouchée. Les extraterrestres me font penser à Aja, et je fonds en larmes. Je sanglote à n'en plus finir dans un mélange de larmes, de morve et de sucre à la cannelle.

Il me manque, plus encore que je ne le pensais. Éric aussi me manque, même si je me déteste pour ça. Je me sens si pathétique, comme cette stupide lycéenne qui rêvait d'embrasser Donovan. Et on sait comment ça a fini. Mais ce que je déteste par-dessus tout, c'est de me sentir encore plus seule que pendant les neuf ans où je l'étais réellement.

J'aurais voulu n'avoir jamais quitté la maison. Je serais arrivée à court d'argent et serais morte de faim après avoir épuisé mes provisions. On aurait retrouvé mon corps en voulant m'expulser. J'aurais peut-être même eu droit à un nouvel article dans le *New York Times* : « La fille qu'on ne pouvait pas toucher retrouvée morte sur une pile de livres. »

Abattue, je m'allonge sur le canapé et enfouis mon nez dans le col du sweat d'Éric. Une seule chose me réconforte : au moins, j'ai appris pour Éric avant de tenter l'immunothérapie. Je n'en reviens pas de l'avoir envisagé. Et si ça avait marché ? Bien sûr, ç'aurait été trop tard pour lui. Il serait reparti depuis longtemps dans le New Hampshire. Mais en théorie, si on avait pu se toucher, si j'avais pu sentir la puissance de ses bras pendant qu'il m'aurait pressée contre lui, la rugosité de sa barbe naissante contre ma joue, ses lèvres sèches et gercées sur les miennes – au lieu de simplement l'imaginer –, ç'aurait été bien pire. Non ?

Je serre dans mon poing le tissu du sweat-shirt, de plus en plus fort, dans l'espoir que la tension dans ma main amoindrisse la douleur cuisante du trou béant qui me perfore la poitrine.

En vain.

Ce dimanche, je suis réveillée en sursaut par des coups violents frappés à ma porte. Je sais que c'est Madison. J'ai ignoré ses appels pendant quatre jours, et elle est passée à la bibliothèque hier quand j'étais dans la réserve. J'ai demandé à Roger de prétendre que je n'étais pas là.

— Mais je viens de lui dire : « Elle est dans la réserve. Je vais la chercher », a-t-il protesté.

— Dis-lui que tu t'es trompé.

Il a levé les yeux au ciel mais s'est exécuté.

Je sais que je vais bien devoir finir par l'affronter, alors autant le faire maintenant. Après tout, ça vaut mieux que de risquer de faire une scène à la bibliothèque.

Je descends l'escalier d'un pas traînant et ouvre la porte pour découvrir…

Éric. Il me regarde, d'abord mon visage à l'air ahuri, puis le reste de mon corps.

— Joli haut, commente-t-il.

Merde. J'espère que je n'ai pas encore dormi dans son sweat. Je baisse les yeux et retiens un soupir de soulagement. Je porte le sweat à capuche que j'avais acheté sur eBay il y a quelques années, un jour où je me sentais d'humeur ironique. Il y est écrit en lettres capitales : « ON NE TOUCHE PAS. »

— Qu'est-ce que tu fais là ?

Il enlève son bonnet et le tient devant lui. Il est littéralement sous mon porche, son chapeau à la main. Je ne sais pas trop pourquoi, mais je trouve ça drôle.

— Aja et moi… on repart dans le New Hampshire. La semaine prochaine.

— Je sais.

— Ah, bon ?

Je hausse les épaules.

— J'ai deviné.

— Écoute, je… Est-ce que je peux entrer ? J'ai besoin de te parler.

Je sais que ce sera plus difficile si je le laisse franchir le seuil, mais je sais aussi que j'ai envie de le faire entrer plus que toute autre chose au monde. Et je veux qu'il reste. Je m'écarte du chambranle et ouvre grande la porte.

— Très bien, dis-je en passant dans le salon.

Il me suit, et chaque pas que j'entends derrière moi fait battre mon cœur un peu plus vite.

Je m'installe dans mon fauteuil, ne lui laissant pas d'autre choix que le canapé. Il s'assied et observe le cendrier posé sur la table pendant une minute avant de prendre la parole.

— Pourquoi tu es si en colère contre moi ?

Son ton très calme fait exploser un barrage en moi.

— Tu m'as menti !

— Quoi ? s'écrie-t-il, l'expression ahurie. Comment ?

— Tu ne me l'as jamais dit ! Que tu partais. Je ne savais pas ! Pendant toutes ces semaines... comment as-tu pu ne pas m'en parler ?

— Je ne sais pas. Je n'y ai pas pensé.

J'ouvre la bouche pour répliquer, furieuse, mais il lève une main pour m'interrompre.

— Non. Ce n'est pas... Je ne voulais pas dire ça. C'est juste que... je suppose que je n'avais pas envie d'y penser.

Soudain, il me regarde intensément, comme si c'était la première fois qu'il me voyait réellement depuis que j'ai ouvert la porte.

— Attends... pourquoi ça te met dans un état pareil ? me demande-t-il.

— Qu'est-ce que tu entends par là ?

— Ce que j'ai dit.

Il ne me quitte pas des yeux. Mal à l'aise, je bafouille :

— Je me suis beaucoup attachée à... Aja.

— Mmm, commente-t-il en baissant enfin la tête, déconfit. C'est ce que je me disais.

— Tu es tellement... impossible ! m'écrié-je, à bout de nerfs.

Il relève la tête d'un air choqué.

— Moi ? Moi ?! Je suis... Je ne vais même pas...

— Qu'est-ce que tu veux que je te dise ? l'interromps-je dans un hurlement. Que chaque fois que tu me regardes, que tu me touches avec ces stupides gants, j'ai l'impression que le souffle me manque ? Que je brûle d'envie de sentir ta peau contre la mienne, même si ça doit me tuer – littéralement ? C'est ça que tu veux entendre ?

Je prends une grande inspiration, à la fois soulagée et tentée de me jeter sous le canapé pour disparaître. Mais c'est sorti, et je ne peux pas revenir en arrière.

— Oui, répond-il. Parce que même si tu as de grandes chances d'être la femme la plus têtue que je connaisse, que tu n'as jamais appris à te servir d'un peigne pour discipliner ta crinière sauvage et que tu passes ton temps à raconter des anecdotes inutiles, pour une raison que j'ignore, je n'ai qu'une envie, c'est de te toucher avec mes stupides gants.

Je le regarde, abasourdie.

— C'était censé être un compliment ?

— Non. Mais ça, c'en est un : te ramener chez toi en voiture était de loin le meilleur moment de ma journée. Et malgré tes cheveux hirsutes – ou peut-être grâce à eux, je n'en sais rien – tu es la plus belle femme que j'aie jamais rencontrée. Mais plus que ça, tu es devenue la lumière qui éclaire le tunnel sombre et étroit qui a été ma vie ces dernières années. Et je ne veux pas te laisser.

Le souffle me manque.

— Ah, non ?

— Non.

Les larmes me montent aux yeux alors qu'on se dévisage. Un lourd silence retombe sur nous, empli d'une tension palpable. J'attends qu'arrive la bouffée d'euphorie, la joie de savoir que je n'ai pas tout imaginé, qu'il ressent la même chose que moi, mais rien ne vient.

— Je ne vois pas l'intérêt de me dire tout ça, reprends-je, de nouveau en colère à l'idée qu'il va s'en aller.

— Même avec le traitement ?

— Quoi, le traitement ?

— Tu ne veux pas au moins l'essayer ?

— Pour quoi faire ?

Malgré tout, je reste consciente qu'il y a moins d'un mois, quand la pensée de ne pas pouvoir toucher Éric était devenue insoutenable, je m'étais presque convaincue de suivre ce traitement. *Presque.*

— Quoi… Tu vas attendre dans le New Hampshire de voir si ça marche ?

— Pourquoi pas ? Ce n'est qu'à cinq heures de route. On pourrait toujours se voir.

Je suis flattée, mais je sais qu'il ne fait que se raccrocher au fantasme que j'ai cultivé ces derniers mois. *Il est temps d'affronter la réalité.*

— Éric, écoute-toi parler ! Toute ta vie est là-bas, ta fille ! Mon existence est ici. Mais même sans tenir compte de ça, le docteur Zhang m'a dit que ça pourrait prendre jusqu'à un an ne serait-ce que pour isoler la protéine, et je ne te parle même pas du temps qu'il faudra pour suivre le traitement. Et si ça ne marchait pas ? Tu passerais ta vie à m'attendre ?

Je pousse un soupir, laissant la colère s'évacuer.

— Je n'attends pas ça de toi. Je ne te laisserais jamais t'infliger ça, conclus-je.

— Alors, ne le fais pas pour moi ! explose-t-il soudain. Fais-le pour toi. Cesse de vivre comme si la vie te faisait peur, terrée dans ta maison avec tous tes livres ! Tu mérites mieux que ça, Jubilee ! Tu mérites tellement mieux que ça !

Je le regarde, abasourdie. Je voudrais répliquer avec véhémence. *Comment ose-t-il me dire quoi faire de mon existence ?* Mais quand je croise son regard vert olive, empli de passion et d'une douleur qui fait écho à la mienne, toute ma fureur s'évanouit.

Une boule se forme dans ma gorge.

— Tu vas me manquer, murmuré-je, les yeux embrumés de larmes.

— Pas forcément. On peut rester en contact. Je t'appellerai. On échangera des mails. Je veux avoir de tes nouvelles. Savoir comment tu vas, ce que tu fais de tes journées. Ce que tu lis, ajoute-t-il avec un sourire.

Je demeure silencieuse un instant, l'esprit en ébullition. L'idée est tentante. *Rester dans sa vie. Entendre sa voix au téléphone.* Mais je me rends compte que je ne veux pas me contenter de sa voix. Je suis peut-être trop gourmande, mais je le veux en entier. Et c'est impossible. Et, inévitablement, quelqu'un d'autre finira par l'avoir. Que se passera-t-il s'il se met à sortir avec une femme ? Suis-je censée sourire et le supporter comme n'importe quelle amie ? À cette seule pensée, j'ai l'impression de me faire poignarder dans le ventre.

Doucement, je secoue la tête.

— Je ne peux pas. C'est juste que… Je ne peux pas.

Je voudrais lui dire pourquoi, lui expliquer que ce n'est pas juste pour moi – ni pour lui – mais qu'est-ce que la justice a à voir là-dedans ? Le monde est injuste. Éprouvant et sans merci. Et à la souffrance que je lis dans son regard, je comprends qu'il le sait déjà.

Il hoche la tête avec lenteur, comme un bateau qui se balance sur une mer paresseuse. Puis il se passe les deux mains sur le visage. Je ne peux m'empêcher de les observer, leurs jointures noueuses, les veines qui courent de ses doigts à ses poignets, et je prends conscience avec une certitude dévastatrice que je ne sentirai jamais leurs caresses sur ma peau.

— Alors c'est tout, dit-il.

Il a parlé d'un ton définitif que je savais inévitable, mais auquel je n'étais pas prête pour autant. Une douleur sourde s'éveille au creux de mon ventre et irradie dans tout mon corps comme l'écho d'un gong frappé par un géant. Alors, je me rends compte que je n'ai jamais eu mal. Pas vraiment. Ni quand les autres enfants venaient m'embêter sur mon banc pendant la récré, ni quand Donovan m'a embrassée et que ma trachée s'est refermée, ni même quand ma mère est morte. Pas avant ce moment, les yeux plongés dans ceux d'Éric, où je ressens pleinement l'injustice de cette fin qui ne nous a même pas permis d'avoir un début.

— On fait quoi, maintenant ? demandé-je d'une voix brisée.

J'ai à peine conscience de mes larmes, qui s'écrasent au sol.

Éric se lève, et je sais que c'est terminé. Nous allons nous dire « adieu ». Je regrette presque qu'il soit venu. *Presque.*

— Maintenant, répond-il en s'emparant du plaid posé sur le dos du canapé, je vais t'étouffer sous une couverture.

Il déplie le plaid pour en tenir un coin dans chaque main, et écarte les bras.

Par réflexe, je recule. Puis je me souviens de notre conversation dans la voiture, de mon radotage au sujet de ma mère. Un petit rire m'échappe, puis un autre, et bientôt je ris aux éclats.

— Viens là, dit-il.

Les jambes flageolantes, je me laisse tomber dans la couverture, contre lui. Il m'enveloppe comme un burrito et me serre fort contre lui. Je suis toujours secouée d'éclats de rire, mais il ne me lâche pas.

Pas même quand il se met à rire à son tour. Pas même quand nous reprenons notre sérieux.

Chapitre 26

ÉRIC

QUAND J'ÉTAIS EN SECONDE, LORSQUE JE SUIS RENTRÉ de mon rendez-vous avec Penny Giovanni, ma mère m'attendait à la table de la cuisine en buvant un café. Dans son infinie sagesse, elle avait senti que quelque chose clochait. Je lui avais confié à quel point j'étais déçu ne pas avoir pu tenir la main de Penny, et à quel point j'avais peur que quelque chose n'aille pas chez moi – bien sûr, c'était avant de savoir qu'il y avait vraiment une chose qui n'allait pas chez moi aux yeux de Penny : j'étais un garçon. Maman avait chassé mes inquiétudes d'un geste de la main.

— L'amour, c'est avant tout une question de timing, avait-elle déclaré.

Cette explication avait parlé à mon esprit rationnel. Elle m'avait rassuré. Elle avait démystifié les papillons dans le ventre et les cœurs palpitants qu'évoquaient toujours les filles dans les films et les livres.

Mais en quittant la maison de Jubilee, je me rends compte qu'elle aurait dû dire : « Les relations amoureuses, c'est avant tout une question de timing. » *Parce que l'amour…* Il fait son apparition au moment où on l'attend le moins, sans qu'on l'ait cherché, au beau milieu de la bibliothèque d'une petite ville, avec une femme en chemise de nuit et aux cheveux de sauvageonne. *Le timing, l'amour n'en a rien à cirer.*

— J'ai trouvé un psy dans le New Hampshire qui serait parfait pour Aja, me dit Janet en posant devant moi une carte de visite. Il a beaucoup avancé, je ne voudrais pas qu'il régresse.

Je prends la carte et me redresse sur mon siège pour la glisser dans ma poche arrière.

— Oui, bien sûr. Je l'appellerai dès qu'on se sera réinstallés.

C'est vrai qu'Aja a progressé : il me laisse lui raconter des histoires sur son père. Il a même ri à certaines d'entre elles (comme la fois où Dinesh avait mangé trente-six hot dogs en voulant battre le champion de Coney Island, après quoi il avait été malade pendant trois jours). Il semble également avoir abandonné la télékinésie, ainsi que son idée de maîtriser l'électricité – j'avais craint qu'il ne s'y mette après l'incident de la bibliothèque.

Pourtant, ses grands yeux sombres sont toujours emplis de tristesse, et certains soirs, tard, je l'ai entendu pleurer. Cela dit, pour être honnête, je ne suis pas non plus un modèle de joie de vivre depuis ma dernière entrevue avec Jubilee. À nous deux, on forme un vrai duo de bras cassés, comme dirait ma mère.

— Ce... cette période de deuil, ça dure combien de temps d'habitude ? questionné-je, sans trop savoir si je parle d'Aja ou de moi-même.

— Plus longtemps que vous ne pourriez le croire, répond Janet avec un sourire amical. Ça s'arrange avec le temps, mais on ne s'en débarrasse jamais vraiment.

Je hoche la tête.

— Continuez à communiquer. Et surtout, restez présent. Continuez comme vous faites.

Je pose mes mains sur mes genoux pour me lever.

— Merci beaucoup, dis-je.

Comment fait-on ses adieux à un psy ? En lui serrant la main ? En lui donnant l'accolade ? J'opte pour un petit signe de la main.

— Vous nous avez été d'une grande aide. À tous les deux.

Je m'avance vers la porte et tends une main vers la poignée.

— Oh, Éric ? lance Janet derrière moi.

— Oui ?

— Au sujet de Jubilee...

Je me fige.

— Je crois que ça ferait du bien à Aja de lui dire « au revoir ». Il semble un peu... endeuillé quand il parle d'elle et de la fin... brutale de leur relation. Ils semblaient très proches.

Elle me lance un regard en coin, et je me demande ce qu'elle sait – ou soupçonne. Je hoche la tête.

— Merci, dis-je.

En rejoignant ma voiture, j'envoie un message à Ellie. Je lui en écris tous les jours, même si elle ne répond pas chaque fois. Certains sont sérieux, d'autres ressemblent à celui-ci :

J'envisage de me faire percer le nez. Tu me conseilles un anneau ou un diamant ? Papa.

Je glisse mon téléphone dans ma poche et me tourne vers Aja.

— Pizza pour ce soir ? lui proposé-je en entrant dans la voiture.

— Peu importe, marmonne-t-il en bouclant sa ceinture de sécurité.

Nous roulons en silence pendant quelques minutes. J'aurais voulu m'être échappé du bureau de Janet sans lui laisser le temps de rien dire, mais je sais qu'elle a raison. Je ne peux pas balayer la relation d'Aja et Jubilee comme un tas de poussière, quelle que soit mon envie de passer à autre chose au plus vite. Ce ne serait pas juste pour Aja.

— Hé, dis-je.

Il lève les yeux.

— Tu sais, ce n'est pas la faute de Jubilee si tu n'as pas pu retourner à la bibliothèque.

— Ah.

— Non. C'est la mienne.

Il ne me demande pas pourquoi, et je lui en suis reconnaissant.

— Je sais qu'elle te manque. Est-ce que tu veux essayer de la voir une dernière fois avant qu'on s'en aille ?

Il se mord la lèvre inférieure et se tourne vers la fenêtre. Au bout de quelques minutes, il me répond enfin :

— Oui.

— D'accord.

Je suis terrifié à l'idée de devoir lui refaire mes adieux, mais en même temps, je brûle de la revoir.

— On ira samedi.

Mon téléphone vibre dans ma poche. Au feu rouge, je lis le message :

Tu es vraiment un gros nul.

Je souris.

— Et Rufus ? m'interroge Aja ce soir-là, pendant que nous finissons les derniers cartons de la cuisine.

J'écris « TASSES À CAFÉ » en lettres capitales noires sur le carton où je viens de ranger ma collection, pour être sûr de ne plus les perdre.

Le chien aboie en entendant son nom.

— Quoi, Rufus ? demandé-je en refermant le carton.

— Je pense qu'on devrait le laisser… avec elle.

— Qui ça ?

Mais je ne sais que trop bien de qui il parle.

— Jubilee, dit-il.

— Pourquoi ?

— Elle l'aime bien, répond-il en haussant les épaules. Et puis, ajoute-t-il en baissant la tête, j'ai peur qu'elle ne se sente seule sans nous.

J'opine. Ma peur à moi, égoïstement, jalousement, c'est tout le contraire. J'ai peur qu'elle ne reste pas seule bien longtemps.

— Oui, bien sûr. On peut lui donner le chien.

Et sur un aboiement de Rufus, la question est réglée.

Le samedi soir, je m'arrête devant chez Jubilee, mais je ne me gare pas dans son allée. Même si j'en meurs d'envie, je ne peux pas la revoir. Pas en face à face.

Aja sort de voiture, et j'ouvre la portière arrière pour libérer Rufus.

Je scrute la pénombre tandis qu'Aja traverse le jardin pour frapper à la porte d'entrée. Le porche s'illumine. La porte s'ouvre. Rufus se jette sur Jubilee, manquant de lui faire perdre l'équilibre. C'est la première fois que je me rends compte à quel point il a grandi en quelques mois. Jubilee s'agenouille pour le laisser lui lécher le visage avec sa langue rose. Elle éclate de rire et le caresse pour calmer ses ardeurs, puis je vois ses traits reprendre leur sérieux pendant qu'Aja lui explique la raison de sa présence.

Par deux fois, elle fait « non » de la tête. Puis Aja lui dit quelque chose qui semble la convaincre, puisqu'elle sourit.

Elle disparaît alors à l'intérieur et referme la porte. Je grimace, comme si je venais de recevoir un coup de poing dans le ventre. Elle ne m'a même pas regardé. Ne m'a pas fait un signe. Je me demande, même si ça ne fait qu'une semaine, si elle n'a pas déjà tourné la page. Peut-être que ses sentiments n'étaient pas aussi intenses que les miens.

À cet instant, je me rends compte qu'Aja n'a pas bougé. Il ne revient pas à la voiture. Alors j'attends avec lui la suite des événements.

Soudain, la porte s'ouvre. Jubilee apparaît dans l'embrasure, une couverture tendue entre les mains. J'ouvre la bouche pour dire quelque chose. *Crier. La prévenir qu'Aja déteste les embrassades. Mais c'est déjà trop tard.* Elle l'engloutit dans la couverture et le serre fort. Par miracle, Aja ne bouge pas. Il reste là, sous le porche, acceptant d'être aimé.

Au-dessus de la tête d'Aja, dissimulée sous la couverture, j'aperçois Jubilee qui regarde la voiture, qui me cherche dans le clair-obscur. Je ne sais pas si elle me voit, mais je lui souris si largement que j'en aurai sûrement mal aux joues pendant des décennies. Et je mesure que j'ai été bête de ne pas comprendre que de tous les habitants de la terre, Jubilee serait la seule à pouvoir le toucher.

Chapitre 27

JUBILEE

Au lieu de me lamenter sur mon sort comme tous les soirs de la semaine, hier, après le travail, j'ai décidé de me changer les idées en lisant *Sur la route*. J'ai été tellement captivée que je suis restée éveillée jusqu'à 3 heures du matin, quand mes yeux ont commencé à se fermer tout seuls. Ce vendredi matin, je suis en train de finir les dernières pages quand Madison surgit dans la bibliothèque.

— Où est-ce que tu étais passée ? s'écrie-t-elle.

Je pose mon livre. Lève les yeux vers elle.

— J'étais ici, rétorqué-je calmement.

— Oh, ne joue pas à ce jeu-là. Tu vois très bien ce que je veux dire. Tu ne réponds pas au téléphone, et tu as même demandé à Roger de me mentir. Je sais que tu étais là.

Je pousse un soupir. Je savais que ce face-à-face finirait par arriver. En fait, je m'étonne même qu'il n'ait pas déjà eu lieu.

— Et toi, tu étais où ? C'était quand… il y a deux semaines ?

— Les enfants étaient malades.

Aussitôt, je culpabilise.

— Oh. Est-ce qu'ils vont bien ?

— Oui, ils ont juste vomi partout, et surtout sur moi, répond-elle avec une grimace. Hannah a été touchée en premier, mais les petits, c'est comme les dominos : ils tombent tous les uns après les autres.

— Je suis désolée.

— Pas autant que moi.

À la façon dont elle me regarde, je sais qu'elle ne parle plus de ses enfants.

— Donovan m'a dit ce qu'il t'a raconté. Quel connard.

— Et c'est vrai ? interrogé-je, me raccrochant encore au faible espoir que Donovan ait pu mentir.

— Oui, reconnaît-elle en baissant la tête.

— Pourquoi tu as fait ça ?

— Par jalousie.

— Tu étais jalouse de moi ? Tu avais tout ce que tu voulais au lycée. Je ne comprends pas comment c'est possible.

— Je ne sais pas. Tu étais tellement jolie, et si mystérieuse… Et Donovan… Enfin, ça n'a plus d'importance. C'était stupide. J'ai été stupide.

— J'aurais voulu que tu m'en parles. J'aurais préféré ne pas l'entendre de sa bouche.

— Je sais. J'aurais dû.

— Et ton amitié, elle était réelle ? Ou est-ce que tu te sentais juste coupable ? Tu avais pitié de moi, c'est ça ?

— Non ! Jube… Je… Oui, ça a commencé comme ça, mais…

Je l'interromps. Je m'y attendais, mais ça fait toujours mal de l'entendre.

— Et Louise ? Elle s'est fait virer ! Elle a travaillé ici toute sa vie. Qu'est-ce qui t'a pris ?

— Je sais, je sais, dit-elle en baissant les yeux d'un air piteux. Je me sens terriblement mal. Je trouverai une solution. Je te le jure. Mais tu dois comprendre…

— Je pense que j'ai très bien compris. Et je pense qu'on en a fini toutes les deux.

— Jubilee !

Comme elle ne semble pas avoir l'intention de s'en aller, je me lève brusquement et pars me réfugier dans la réserve. Elle ne me suit pas.

Une colère sourde gronde en moi. Elle me picote le nez et inonde mes yeux jusqu'à ce qu'ils débordent de grosses gouttes salées qui coulent le long de mes joues. Je me sens si stupide. *Pour Madison. Pour le départ d'Éric et Aja. Pour tout.* J'ai dû me croire dans un lycée fantastique où la fille la plus populaire de l'école voulait être mon amie, et où je pouvais tomber amoureuse et avoir un petit ami comme une personne normale.

— Grandis, chuchoté-je, honteuse de ma propre naïveté.

La vie était tellement plus facile quand j'étais seule… Mais par chance, en dehors de ce travail, je vais retourner à mon état originel : seule. Et ça me va très bien. Ça me rassure, même. Je me redresse, essuie mon visage et prends une grande inspiration. Puis je regagne le comptoir de prêt.

Madison a disparu.

Plus tard dans la journée, je suis occupée à ranger le rayon des biographies quand je remarque Michael, le golfeur au coussin, qui murmure tout seul debout devant l'imprimante. Ça fait bizarre de le voir autrement qu'assis devant un ordinateur, les yeux rivés sur ce ridicule écran vert.

Je m'approche un peu pour mener l'enquête.

— Fait chier ! marmonne-t-il avant de taper doucement du poing sur la machine.

Je sursaute. Il lève le regard.

— Oh, pardon ! dit-il.

Il a des airs d'écolier surpris en train de graver son prénom sur son bureau. Si je ne me sentais pas si mal, j'aurais trouvé ça adorable.

— Puis-je vous aider ?

Il ouvre de grands yeux étonnés, comme si demander de l'aide ne lui serait jamais venu à l'esprit.

— Oui, acquiesce-t-il. Si vous pouviez... J'essaie d'imprimer ce truc depuis une demi-heure, et le papier ne cesse de se coincer. J'ai déjà perdu 4 dollars en pièces de 20 cents.

— Cette machine est capricieuse.

Je me souviens que Louise m'a montré le truc lors de mon premier jour. Je m'accroupis pour tirer un tiroir en bas de l'imprimante, où on stocke le papier. Michael se tient juste à côté du bac d'alimentation.

— Pouvez-vous reculer un peu ?

Il fait un pas en arrière.

— Encore un peu ?

Il recule de deux pas.

— Merci, dis-je avant de remplir le bac jusqu'en haut. Elle doit être au moins à moitié pleine de papier, sinon elle ne marche pas.

— Ah. J'adore la technologie. Vous devriez mettre un panneau dessus.

— On l'a fait. Plusieurs fois. Les gens le déchirent, écrivent dessus… Une fois, quelqu'un l'a même volé. Alors on a cessé d'essayer.

— Ah, oui, quand même ! C'est fou.

— Un peu, oui. Écoutez, je vais chercher les clés au bureau et on va récupérer votre argent.

— Non, ce n'est pas grave. L'argent n'a aucune importance, je veux seulement imprimer ma feuille.

— Qu'est-ce que c'est ? demandé-je, curieuse malgré moi. C'est en rapport avec votre jeu vidéo ?

Il baisse les yeux, l'air gêné.

— Non, euh… Pas du tout. Ce n'est qu'un… un projet d'entreprise.

— Vraiment ? dis-je, étonnée qu'il ait d'autres ambitions que de gagner à son jeu de golf. Quel genre d'entreprise ?

— Vous voyez ce vieux terrain de golf, en dehors de la ville ? Celui qui est abandonné ?

— Oui.

Je me rappelle être passée devant au milieu de la nuit, sur la route du New Hampshire. Avec Éric. Mais je ne dois plus y repenser.

— Je veux l'acheter. Le faire renaître. C'est un super emplacement.

À présent, il me regarde en face, les yeux brillants d'excitation.

— Ah. Je suis contente pour vous. Je vais chercher la clé.

Je reviens quelques minutes plus tard. Il est debout devant son ordinateur, occupé à remettre en ordre une liasse de papiers – son projet d'entreprise, j'imagine. J'ouvre le réceptacle de l'imprimante pour y récupérer 4 dollars en petite monnaie et verse les pièces dans un gobelet en plastique que j'ai récupéré sur le comptoir.

— Voilà, dis-je en posant le gobelet à côté de son clavier.

— Merci, répond-il en se rasseyant devant son jeu.

Je reste encore là quelques instants en silence, jusqu'à ce que ma curiosité prenne le dessus.

— Pourquoi venez-vous ici tous les jours ? Juste pour jouer à ce jeu ?

Je regrette aussitôt ma question. Je ne voulais pas paraître aussi intrusive.

— Je suis désolée. Je ne voulais pas…

— Il n'y a pas de problème, dit-il.

Sans rien ajouter, il se retourne vers son écran. Au bout de vingt ou trente longues secondes, je m'apprête à m'en aller quand il reprend la parole.

— Mes parents sont morts. L'an dernier. Ma mère a succombé à un cancer du sein. Puis mon père est décédé quelques mois plus tard. Un accident stupide.

— Accident de voiture ?

— Non, il est tombé de son échelle en voulant nettoyer la gouttière, répond-il avec un petit rire sans joie. Maman lui répétait sans cesse d'engager quelqu'un.

— Mon Dieu, je suis désolée.

— Ouais, dit-il. En tout cas, mes parents étaient des gens assez importants. Du coup, après ça, il y avait tout le temps des personnes qui m'appelaient, passaient à la maison ou à mon bureau sans prévenir pour voir comment j'allais, m'apportaient de petites douceurs… Je ne pouvais plus le supporter. Les souvenirs. Leur pitié. Alors j'ai pris un congé. Un jour, je suis entré ici pour échapper à tout ça. Et je n'ai pas cessé de revenir. Je n'y réfléchissais pas vraiment, mais c'était une bonne distraction. C'était plus facile que d'affronter le monde extérieur, de toute façon. Ça doit vous paraître un peu fou.

— Non. Pas pour moi.

Il lève les yeux, surpris.

— Ah, bon ?

— Oui.

— Cool.

Il se tourne de nouveau vers son écran et je retourne à mon comptoir, les larmes aux yeux pour la seconde fois de la journée.

Les semaines qui suivent, Madison me harcèle de coups de fil, de textos et de visites-surprises à la bibliothèque et à la maison. J'essaie de l'ignorer, mais elle ne me facilite pas la tâche. Et enfin, un jour, elle m'attend carrément sous mon porche quand je rentre chez moi. Je dépose mon vélo derrière la barrière, m'avance vers le perron et m'arrête au bas des marches.

— S'il te plaît, va-t'en, déclaré-je en sortant mes clés de mon sac.

— Pas tant que tu ne m'auras pas écoutée.

Je croise les bras et la regarde sans un mot.

Elle prend une grande inspiration et se lance :

— Quand je t'ai aperçue à la station-service il y a quelques mois, j'étais sous le choc. Ça a fait remonter tellement de souvenirs, tellement d'émotions que j'avais tenté d'oublier avec les années… En particulier ma culpabilité pour ce pari débile et ses conséquences.

» Alors, quand tu as expliqué que tu avais besoin d'un travail, oui, j'ai voulu te donner un coup de main. J'ai voulu faire tout mon possible pour toi, pour me racheter. Et quand j'ai su pour ta maladie et pour ce que tu avais vécu… quand j'ai compris que Donovan avait dit vrai… je me suis sentie encore plus mal. Alors oui, j'ai peut-être agi par pitié, comme tu dis. Pour atténuer mes remords, comme une égoïste.

À ces mots, je hausse les yeux au ciel, mais Madison lève une main pour m'interrompre.

— Je reconnais tout ça, poursuit-elle. Mais, Jube, plus j'apprenais à te connaître, plus je t'appréciais. Et j'étais si contente d'avoir une amie… Tu n'imagines pas à quel point ça a été dur pour moi après mon divorce. On affirme que c'est dans ce genre d'occasions qu'on reconnaît ses vrais amis, et c'est vrai. Apparemment, tous nos « amis » nous fréquentaient parce qu'ils nous prenaient pour un couple parfait, ou pour l'influence de Donovan. Après le divorce, je me suis retrouvée seule. Et puis tu es arrivée. Et tu avais besoin de moi. Mais moi aussi, j'avais besoin de toi. Plus que tu ne peux l'imaginer.

Je réfléchis à sa confession. Je me rends compte que j'ai toujours supposé que Madison avait des milliards d'amis, comme au lycée. Je n'ai jamais pensé qu'elle pouvait être aussi seule que je l'étais. *Que je le suis.*

Je me mords la lèvre inférieure. J'ai envie de rester en colère – *je sais que je devrais être en colère* – mais quand elle me regarde, je sais que je vais lui pardonner. *Que c'est même déjà fait.* Et puis, M. Walcott ne répétait-il pas toujours : « Faute de grives, on mange des merles » ? Madison est la seule amie qu'il me reste.

— Bon Dieu, Madison, soupiré-je en laissant retomber mes bras le long du corps. Tu ne peux pas te pousser de mon porche ?

Elle me regarde avec tristesse.

— Si, dit-elle la mine défaite en commençant à descendre les marches.

— Ne sois pas si dramatique. J'ai besoin que tu te décales pour pouvoir ouvrir la porte et te laisser entrer.

— Vraiment ?

— Oui. Vraiment.

— Oh, mon Dieu ! Je voudrais pouvoir te serrer dans mes bras !

— Ne nous emportons pas. On vient à peine de se réconcilier. Et comme je suis ta seule amie, ce n'est pas une très bonne idée de m'envoyer à l'hôpital.

Plus tard, alors qu'on est installées sur le canapé autour d'un café, Rufus affalé à mes pieds, je lui raconte les derniers rebondissements de mon histoire avec Éric.

— Oh, Jube ! soupire-t-elle. C'est trop nul !

Voilà qui résume bien la situation. Je lâche un petit rire triste, puis lui pose la question qui me taraude depuis qu'Éric est parti de chez moi :

— Ça t'arrive de regretter d'avoir rencontré Donovan ?

Elle m'observe, l'air pensive.

— Parfois, oui.

Elle prend une gorgée de café. L'avale. Puis :

— Mais quand je regarde Sammy, Hannah et Molly, je me dis que ma rencontre avec Donovan est la plus belle chose qui me soit arrivée.

Je hoche la tête.

— Mais si tu n'avais pas eu d'enfants ? Si tu avais épousé Donovan, qu'il t'avait trompée, et c'est tout ?

— Qu'est-ce que tu veux savoir ? Si l'amour vaut le coup ?

— Je ne sais pas… Oui, je suppose que c'est ça.

Elle pousse un long soupir en riant un peu.

— Écoute. L'amour, ça peut être un vrai merdier. Surtout si tu regardes ma vie amoureuse. Si j'avais su que

Donovan et moi allions finir comme ça, est-ce que j'aurais agi de la même manière ? Je ne sais pas. Mais c'est justement ça, le truc. On ne sait jamais. Aimer les gens, leur faire confiance… C'est toujours prendre un risque. Mais il n'y a qu'une façon de découvrir si ça valait le coup.

Je reste songeuse. Puis, sans savoir pourquoi, je pense à Michael. À ce qu'il m'a dit à la bibliothèque : la vie est plus facile quand on se coupe du monde, de la douleur. C'est ce que j'ai fait pendant neuf ans. Et quand je suis enfin sortie de mon trou, j'ai rencontré Éric. Et même si ça m'a fait mal – même si j'ai toujours mal, chaque seconde de chaque jour qui passe –, aurais-je vraiment préféré ne jamais l'avoir rencontré ? En neuf ans d'existence solitaire, je n'ai pas une seule fois vécu la joie, l'exaltation que j'ai ressenties lors de ces instants passés en sa compagnie.

Alors je me demande : *Si je m'enterre de nouveau, si je me protège du monde et des gens qui y vivent, quels autres moments vais-je rater ?*

C'est alors que je sais que Madison a raison. Il faut prendre des risques.

Ce dimanche, je me réveille, fais sortir Rufus et mange un œuf poché sur un toast coupé en petits bouts. Mon agoraphobie va beaucoup mieux, mais je garde une peur profonde de mourir étouffée. Après le petit déjeuner, je remonte à l'étage et m'arrête un instant à la porte de la chambre de ma mère. Je parcours la pièce des yeux comme pour créer une image mentale du couvre-lit festonné, des flacons de parfum de contrefaçon posés sur sa commode, des boîtes débordant de bijoux… et je me mets au travail.

Ça me prend toute la matinée et une partie de l'après-midi. Je trie les affaires entassées dans son placard et dans ses tiroirs : une pile à donner aux œuvres de charité, une pile à jeter, une pile à garder – la plus petite des trois. Rufus m'observe avec une vague curiosité de son poste à l'entrée de la chambre. Je démonte le lit, et pousse le cadre, le matelas et le sommier dans le couloir, où ils retrouvent la commode et la table de nuit. Puis je me plonge dans la première de ses trois boîtes à bijoux. Je sais que ce n'est que du toc – elle a emporté à Long Island les rares belles pièces qu'elle possédait – mais je les passe en revue, ne serait-ce que pour les serrer dans mes mains une dernière fois. Pour invoquer le souvenir de la dernière fois où je l'ai vue les porter.

Arrivée au fond de la troisième boîte, je la découvre : une lettre adressée à Kimberly Yount, de Fountain City. L'adresse de l'expéditeur est celle de ma mère – la mienne quand on vivait encore là-bas. Un tampon noir apposé sur le devant de l'enveloppe indique :

RETOUR À L'EXPÉDITEUR

Elle n'a pas été ouverte.

Je me demande bien de qui il s'agit. Ma mère ne m'a jamais parlé d'une Kimberly, même lorsqu'on vivait à Fountain City, à quelques kilomètres de chez cette femme.

Je m'assieds sur le parquet et décolle sans effort le rabat de l'enveloppe. J'en sors une feuille de papier arrachée à un carnet, la déplie et commence ma lecture :

Kimmy,

Je sais que tu ne veux plus entendre parler de moi, mais tu ne réponds pas au téléphone.

Je ne t'en veux pas pour ça. J'ai besoin de quelqu'un. Et tu es la personne qui, pour moi, se rapproche le plus d'une amie.

Jubilee – c'est ma fille, c'est comme ça que je l'ai appelée, tu es peut-être déjà au courant, je ne sais pas –, bref, les médecins disent qu'elle est atteinte d'une terrible maladie. Et j'ai peur. Ils disent que je ne peux pas la toucher. Que personne ne peut la toucher.

Elle a toujours été une petite fille anxieuse, même avant que ces problèmes commencent. Elle se réveillait au milieu de la nuit en hurlant comme si on allait l'égorger. Je n'avais jamais entendu ça. « Des terreurs nocturnes », ont déclaré les docteurs. Mais je sentais que c'était plus compliqué que ça. C'était comme si, dès la naissance, le monde la terrifiait. Comme si elle avait toujours su ce qu'elle avait, avant même que je sois au courant. Je me suis dit que c'était ma faute. Je ne crois pas en un Dieu qui punit les pécheurs, mais je sais que ce que j'ai fait est mal. Et que Jubilee paie peut-être pour ça. C'est le karma.

Maintenant qu'elle a cette maladie, elle est encore plus effrayée qu'avant, et je ne peux pas lui en vouloir. Elle ne me laisse pas l'approcher. Les médecins affirment qu'elle ne risque rien si je porte des gants, qu'il faut juste éviter les contacts peau contre peau, mais elle a trop peur.

J'ai acheté une chemise de nuit, un truc hideux avec de longues manches et environ dix kilomètres de tissu. (Je me demande bien qui peut dormir dans ce genre de trucs... Non, quand j'y réfléchis, c'est tout à fait le style de vêtements que tu pourrais porter. Sans vouloir te vexer.) Et parfois, la nuit, quand Juby dort, je me glisse dans sa chambre et la prends dans mes bras, délicatement, pour ne pas la réveiller, pour ne pas toucher sa peau. Oh, elle sent si bon. Comme quand elle était bébé, même si elle a maintenant six ans. Ça me brise le cœur.

Je ne sais pas pourquoi je te raconte tout ça. Peut-être parce que tu te sentiras mieux en apprenant mes malheurs. Je suppose que je le mérite, après avoir brisé ton mariage. Ou peut-être que je veux juste que tu sois navrée pour moi. J'ai terriblement besoin d'une amie, même si elle a pitié de moi.

En tout cas, pour ce que ça vaut, je suis désolée.

Vicki

Lorsque j'ai terminé, je relis la lettre. Et la relis encore. Bien qu'elle contienne des indices sur la possible identité de mon père et des informations sur le passé de ma mère que je n'aurais jamais espéré – ni même souhaité – obtenir, je ne cesse de penser à cette chemise de nuit ridicule que j'ai trouvée dans sa penderie et dont je me suis servie comme costume de Halloween. Et je ris aux éclats, les mains tremblantes, les joues inondées de larmes. Ma mère – qui possédait beaucoup trop de chemisiers moulants, fumait comme un pompier et était loin d'être parfaite – m'avait serrée dans ses bras. Elle m'avait aimée. Comme elle avait pu.

Au bout d'un long moment, je me relève, pose la missive de ma mère sur le tas des affaires à garder, et poursuis le tri. Quelques heures plus tard, les muscles douloureux, je descends au rez-de-chaussée, satisfaite du devoir accompli. Je m'installe sur le canapé, prends un livre au hasard en haut d'une de mes piles vacillantes, et décide de passer le reste de la soirée à lire, la tête de Rufus posée sur mes genoux.

Demain, je déménage mes meubles.

Dès que j'aurai appelé le docteur Zhang.

Épilogue

(Sept ans plus tard)

— *Qu'y a-t-il de miraculeux dans une toile d'araignée ? demanda Mme Arable. Je ne comprends pas pourquoi vous parlez d'un miracle. Ce n'est qu'une toile.*

— *Avez-vous déjà essayé d'en tisser une ? répliqua le docteur Dorian.*

E.B. White, *Le Petit Monde de Charlotte*

New York Times

À MALADIE RARE,
TRAITEMENT RADICAL

Par William Colton

Chaque jour au cours des dix-huit derniers mois, Jubilee Jenkins a bu du thé. Mais pas n'importe quel thé : il s'agit d'une infusion spéciale, d'un mélange d'herbes chinoises aux senteurs entêtantes concocté par le docteur Mei Zhang. Jenkins applique ce même mélange en lotion sur sa peau deux fois par jour, et s'y baigne tous les soirs.

Non, il ne s'agit pas de la dernière cure de rajeunissement à la mode, mais d'un traitement pour une maladie rare qui a contraint Jenkins, trente-trois ans, à vivre toute sa vie à l'écart du reste du monde. Une allergie. Aux êtres humains.

On se croirait dans un roman de Michael Crichton, mais la situation n'est que trop réelle pour Jenkins, diagnostiquée à l'âge tendre de six ans. « Le diagnostic a été dévastateur, raconte-t-elle. Je n'ai pas pu avoir une enfance normale, de peur que quelqu'un ne me touche. »

La maladie (décrite pour la première fois dans le *New York Times* il y a vingt-huit ans) n'a fait qu'empirer avec l'âge, l'obligeant à se confiner dans sa maison pendant des années. Puis elle a rencontré le docteur Zhang, qui a eu une idée : le séquençage génétique, permettant d'isoler la protéine humaine qui lui manque – celle (ou celles) que son corps attaque lorsqu'il la (ou les) détecte sur sa peau après un contact avec une autre personne – et de l'introduire peu à peu dans son système sous forme d'immunothérapie, un traitement qui a connu quelques succès dans des cas d'allergies alimentaires particulièrement sévères.

Au début, Jenkins ne s'est pas laissé convaincre. « J'avais vécu toute ma vie ainsi, nous confie-t-elle en haussant les épaules. J'étais terrifiée. » Cependant, un événement a fini par lui faire changer d'avis : « J'ai rencontré quelqu'un, avoue-t-elle en baissant la tête. Il m'a aidé à me rendre compte que j'avais envie de vivre dans ce monde, avec ou sans mon allergie. Mais sans elle, ce serait plus facile. »

L'équipe de généticiens du docteur Zhang a isolé la protéine relativement rapidement – en moins de cinq mois – mais les cinq années de traitement qui ont suivi se sont révélées décevantes. « Elle tolérait des quantités minuscules, mais elle réagissait chaque fois qu'on tentait d'augmenter les doses. Au bout de quelques années, on a enfin pu augmenter le dosage, mais on était très loin d'une guérison. Elle ne pouvait toujours pas serrer une main sans que cela provoque une grave réaction. »

Alors, l'allergologue a décidé de tester une nouvelle approche pour laquelle elle conduit des recherches depuis plus de dix ans : le HFAT-3, ou *Herbal Food Allergy Treatment* (traitement à base de plantes pour les allergies alimentaires). Il s'agit d'une combinaison d'herbes chinoises et d'extraits de plantes connues pour réduire les inflammations, bloquer la production d'histamine, et même modifier la composition moléculaire des cellules du système immunitaire. En d'autres mots, ce traitement réduit la réaction réflexe de l'organisme à un allergène donné et peut même prévenir les chocs anaphylactiques.

« Mon traitement à base d'herbes connaît d'excellents résultats – un taux de guérison de quatre-vingts pour cent – pour diverses allergies alimentaires. Alors je me suis dit : "Pourquoi pas ? Qu'avons-nous à perdre ?" »

Apparemment, rien. Et tout à gagner.

En février de cette année, Jubilee a reçu la nouvelle dont elle rêvait autrefois : « "Vous êtes guérie." C'est ce que m'a dit le docteur Mei Zhang. Je crois que je ne l'ai pas vraiment crue. Même quand elle m'a serrée dans ses bras, nous raconte Mlle Jenkins. C'est un miracle. »

Avec cela, le docteur Zhang ne peut être d'accord. « Ce n'est que de la science, déclare-t-elle. Additionnée d'un peu de chance. »

JUBILEE

— BONTÉ DIVINE, QUELQU'UN A DÉCHIRÉ UNE PAGE DU *Petit Monde de Charlotte* ! s'écrie Louise en fouillant le tiroir à la recherche du Filmoplast.

Je lève les yeux, et mon cœur remonte dans ma gorge. *C'est le livre. La même couverture bleue. La petite fille à la robe rouge.*

— Je m'en charge ! dis-je en m'emparant de l'ouvrage, posant mes mains là où il a posé les siennes il y a sept ans, quand il me faisait la lecture dans la pénombre de la bibliothèque.

Je porte le livre à mes narines, même si je sais qu'il ne sent que le vieux papier, et prends une profonde inspiration. Louise me regarde d'un drôle d'air et prend son sac à main.

— Je pars déjeuner.

M. Walcott disait toujours : « Le temps guérit toutes les blessures. » Mais c'est faux. Le temps ne guérit rien du tout. Il ne fait qu'assourdir les souvenirs, jusqu'à ce qu'un objet – comme un roman pour enfants – amplifie le signal, vous coupe le souffle et fasse remonter à la surface les sentiments enfouis.

Je m'accorde un instant pour m'en délecter, puis repose le livre sur le comptoir et colle soigneusement un morceau de Filmoplast sur la page déchirée. Alors que je referme l'ouvrage, un aboiement attire mon attention. Je tourne la tête et aperçois Rufus qui entraîne Madison dans la bibliothèque.

— Qu'est-ce que tu fais ? Tu devais l'attacher au-dehors !

— Bien sûr, comme si j'étais capable de le maîtriser. Tu es prête ? me demande-t-elle.

J'éclate de rire. Je ne sais pas comment elle fait, mais je suis incapable de me mettre en colère contre elle. Même il y a des années, alors que je me sentais terriblement trahie, j'avais cédé dès ses premières excuses sincères.

Quelques semaines plus tard, Louise avait retrouvé son travail. Pas grâce à Madison – elle n'y pouvait rien – mais grâce à une donation anonyme de 400 000 dollars, une somme ahurissante qui avait mis Maryann de si bonne humeur qu'elle avait aussitôt oublié qu'elle était furieuse contre moi. Le personnel avait longuement discuté de la possible identité du mystérieux donateur. Au début, j'avais pensé à Donovan, mais Madison s'était mise à hurler de rire lorsque je lui avais fait part de mes soupçons.

— D'accord, il gagne bien sa vie à la banque, mais son salaire est très loin d'atteindre de pareilles sommes, s'était-elle esclaffée.

Je m'étais ensuite demandé si Éric avait quelque chose à voir dans cette histoire. Je ne pensais pas qu'il dispose d'une telle somme, mais je m'étais dit qu'il avait pu convaincre une des grandes entreprises pour lesquelles il travaillait d'effectuer la donation. L'idée, bien qu'improbable, m'avait beaucoup plu. Elle m'évoquait la scène de fin d'une comédie romantique.

Ce n'est que des années plus tard que nous avons découvert que notre donateur n'était autre que Michael, le golfeur au coussin – même si, à présent, ça me fait tout drôle de l'appeler ainsi. Quand il m'avait confié que ses parents étaient des gens « assez importants », il voulait dire par là qu'ils étaient immensément riches – et qu'il était leur unique héritier.

—Allez, Jube. On y va.

—Ne t'excite pas, répliqué-je en feuilletant *Le Petit Monde de Charlotte* avant d'entrer le compte-rendu des dégâts dans l'ordinateur.

Au-dehors, le soleil est une orange géante suspendue dans le ciel, répandant une douce chaleur et beaucoup de bonheur sur cette journée de juillet.

—Merci d'avoir pris Rufus, dis-je à Madison tandis que nous marchons d'un pas tranquille sur le trottoir. Je te promets que je vais bientôt lui trouver un nouveau promeneur de chiens. Mais c'est dur de remplacer Terry. Il adorait Rufus.

Terry était mon facteur – il ne s'appelait pas Earl, finalement. Je l'ai rencontré en sortant Rufus, et il m'a annoncé – en extirpant de sa poche une friandise pour chiens que Rufus a attrapée avec joie – qu'il prenait sa retraite et que son nouveau passe-temps serait de s'occuper de chiens. Je l'ai aussitôt engagé, et c'était lui qui promenait Rufus les jours où je travaillais. Mais maintenant, lui et sa femme déménagent en Floride pour vivre sur la plage.

Quand nous arrivons chez *TeaCakes*, j'attache Rufus au poteau prévu à cet effet, à côté duquel le patron a laissé un grand bol d'eau et quelques jouets à mâcher pour les chiens de ses clients.

— Jube, sérieusement ! Tu avances à la vitesse d'un glacier !

— Et alors ? Qu'est-ce qui presse ? demandé-je en entrant dans le salon de thé.

C'est alors que je les vois.

— Joyeux anniversaire ! s'écrie un chœur de visages familiers.

Mais c'est Michael qui crie le plus fort et le plus joyeusement. Il s'avance vers moi, un grand sourire aux lèvres.

— Tu es surprise ?

Je pose une main sur ma bouche, stupéfaite de voir tous ces gens rassemblés devant moi : Louise – *comment est-elle arrivée là si vite ?* –, Roger, Mei Zhang – *je n'en reviens pas qu'elle ait quitté New York* –, et même Terry et sa femme. De nouveau, je me tourne vers Michael.

— C'est toi qui as fait ça ?

— Oui. Enfin, avec l'aide de Madison.

Je lui tends une main, qu'il serre dans la sienne. Mon cœur se gonfle dans ma poitrine, et je songe à la chance que j'ai. *Pas seulement pour Michael, mais aussi pour toutes les personnes présentes dans cette pièce. Pour la famille que je n'aurais jamais cru avoir.*

Je le regarde d'un air suspicieux.

— Attends, tu n'étais pas censé être à Chicago ?

Ça fait bien un mois qu'il me parle du meeting annuel de l'Association nationale des propriétaires de terrains de golf. Fidèle à son projet, il a racheté le terrain de golf abandonné en périphérie de Lincoln, et en a très vite fait un lieu de prédilection des hommes et femmes d'affaires de New York.

— Un petit mensonge innocent, répond-il. Le meeting aura lieu le mois prochain.

J'éclate de rire.

— Dans ce cas, je te pardonne.

— Est-ce que j'ai raté le gâteau ? demande une voix derrière moi.

Je me retourne.

— Maryann !

Je l'enlace, puis recule d'un pas.

— Attends... si tu es là, qui est à la bibliothèque ?

— Je l'ai fermée, repartit-elle avec un clin d'œil. Pour une petite heure.

Elle laisse son bras posé sur mon épaule, et Louise vient me prendre par la taille pour m'entraîner vers une longue table ployant sous le poids d'un gâteau aux dimensions spectaculaires.

— Viens, dit-elle. À table !

Plus tard ce soir-là, assise sur le canapé du salon, j'essaie de relire *Northanger Abbey* pour la centième fois mais suis incapable de me concentrer. Comme tous les soirs depuis deux semaines, mon esprit ne cesse de s'égarer en direction de Michael. L'évolution de notre amitié au cours des sept dernières années me laisse rêveuse. À la suite de ce fameux jour où je lui ai réparé l'imprimante, nous nous sommes mis à discuter de plus en plus souvent – des conversations profondes sur le sens de la vie, qui nous faisaient rester à la bibliothèque longtemps après l'heure de la fermeture. Il était toujours là, comme une ampoule au plafond. Stable, fiable, un ami sur qui j'ai pu compter au cours des années. Il m'a soutenue tout au long des traitements qui ont échoué les uns après les autres, m'a laissée m'apitoyer sur mon sort quand j'en avais besoin, et a su me pousser quand il était temps de me reprendre. De mon côté, j'ai été là pour lui quand il a commencé son vrai travail de deuil et qu'il est peu à peu revenu à la vie pour acheter le terrain de golf et repartir de zéro.

Nous sommes devenus très proches, mais je n'ai jamais pensé avoir ce genre de sentiments pour lui ; rien de comparable à ce que j'avais ressenti pour Éric. Du moins, jusqu'à ces deux dernières années. Il y a deux ans, il m'a emmenée visiter le *club-house* fraîchement rénové de son parcours de golf, et au beau milieu d'une conversation sur la lasure qu'il a choisie pour le parquet – un mélange d'ébène et de jacobéen –, il a soudain lâché : « Je t'aime. » J'ai mis quelques instants à comprendre ce qu'il venait de dire. Puis j'ai posé les yeux sur son visage, et je me suis sentie pleine de… je ne sais pas… d'amour, je pense. Bien que ce soit un amour différent de celui que j'ai éprouvé pour Éric. Mais peut-être que chaque amour est différent, unique, comme les nœuds dans les planches de bois sur lesquelles nous nous tenions. Et c'est peut-être ça qui rend la chose si belle.

J'ai marmonné que la lasure faisait très naturelle, et j'ai quitté le *club-house*. Et Michael – parce que c'est Michael – n'en a pas reparlé depuis.

Mon portable se met à sonner, interrompant le cours de mes pensées. *Madison.* Je décroche.

— Tu es prête pour la semaine prochaine ? Le grand déménagement ?

Après des années d'argumentation et de sourires enjôleurs de la part de Madison, j'ai fini par accepter de vendre la maison.

« Le marché profite aux vendeurs, m'a-t-elle dit il y a quelques mois. Lincoln est très recherché, avec son ambiance de petite ville et la proximité de Manhattan. Toutes les familles de Prospect Park quittent leur appartement hors de prix pour se payer un jardin et envoyer leurs enfants à l'école dans des bourgades comme celle-ci. Ils vont s'arracher ta demeure. »

Elle avait raison. J'ai vendu au bout de deux jours sur le marché, 32 000 dollars au-dessus du prix demandé. Je savais que je devrais être aux anges – et j'avais envie de l'être – mais quelque chose me retenait. Probablement le fait que j'avais vécu là pendant si longtemps. Que c'était la maison de ma mère. Que j'y avais accumulé tant de souvenirs.

— Oui, acquiescé-je. Je crois.

— On se voit demain matin.

Après avoir raccroché, je parcours la pièce des yeux en songeant à ma mère. Sa présence est moins palpable qu'avant, mais je ne pense pas que ce soit dû au temps ni à la nouvelle décoration. Je crois que c'est parce que j'ai fait la paix avec elle. Cette lettre que j'ai découverte il y a des années m'a apporté autant de questions que de réponses, mais elle m'a surtout apporté la certitude que ma mère m'avait aimée. Elle ne savait juste pas comment le montrer. Je repense alors à Michael.

Une douce chaleur se répand dans mon corps quand je m'imagine son sourire de travers et sa silhouette dégingandée. Je repose mon livre, enfin capable de formuler ce que je ressens quand je suis avec lui : de la satisfaction.

Le lendemain, Michael passe la porte de mon nouveau loft en briques rouges qui surplombe la rivière dans le centre de la ville. Il porte deux cartons.

— Les derniers, annonce-t-il.

Madison lui fait signe de les poser à côté du canapé.

— Merci beaucoup, dis-je tandis qu'il se relève en grognant. Tu n'étais pas obligé.

— Je me serais abstenu si je m'étais rappelé combien de livres tu possèdes, réplique-t-il.

J'éclate de rire et parcours des yeux toute la longueur de son corps, m'arrêtant aux muscles bien dessinés de ses bras qu'il masse à grand renfort de gestes dramatiques. À cet instant, je suis à deux doigts de lâcher un : « Moi aussi, je t'aime. » Mais les mots restent bloqués dans ma gorge.

Je baisse les yeux sur le carton que je suis en train de déballer, puis je relève la tête.

— Hé, il fait un temps superbe ! Et si on allait chez ce nouveau glacier à côté de *TeaCakes* ? Je vous invite.

— Il va me falloir quelque chose de plus fort qu'une glace italienne, rétorque Michael.

— Allez ! insisté-je avec un sourire. Et on passe chez le caviste sur le chemin du retour.

J'attache la laisse de Rufus à son collier, puis tout le monde dévale les trois étages pour se retrouver dans la rue. On est vendredi après-midi, et la ville est quasi déserte. Tout le monde est au travail.

Sur le chemin du glacier, Michael raconte à Madison une anecdote de son travail : un golfeur a fait une crise cardiaque sur le green, mais au lieu d'interrompre la partie quand l'ambulance est arrivée, un autre golfeur a demandé à l'ambulancier de se pousser pour lui permettre de continuer à jouer. « J'aurais pu faire un parcours parfait ! » a-t-il crié pendant que son ami se faisait embarquer sur une civière.

— Mon Dieu, quelle horreur ! s'écrie Madison.

Je ris de nouveau, même si c'est la seconde fois que j'entends l'histoire. Madison s'esclaffe également, mais son rire s'interrompt soudain. Elle cesse même de marcher.

Je m'immobilise à mon tour et me tourne vers elle pour m'assurer qu'elle va bien. Elle a les yeux braqués droit devant nous, blanche comme un linge. On jurerait qu'elle a vu un fantôme. Elle m'attrape par le bras. Espérant qu'il ne s'agisse pas encore de Donovan qui se pavane dans les rues avec une fille qui pourrait être la sienne (sa relation avec Madison s'est apaisée avec le temps, mais il reste un sale con), je suis son regard. Et quand je repère ce qui a attiré son attention, je me sens mourir sur place.

Éric.

Nos regards se croisent. Il ralentit le pas, mais ne s'arrête qu'à une longueur de bras de moi. Si je le voulais, je n'aurais qu'à tendre le bras pour le toucher. Mais je n'en fais rien. Rufus, lui, ne se gêne pas.

— Salut, mon gros !

Éric, un grand sourire aux lèvres, s'accroupit pour gratter la tête du chien. Une fois leurs retrouvailles terminées, il se relève et regarde Michael, qui lui tend la main.

— Michael, se présente-t-il.

J'ai l'impression d'être passée dans une étrange dimension parallèle où deux soleils, Éric et Michael, viennent d'entrer en collision.

Éric lui serre la main.

— Éric, dit-il.

Je sens que Michael commence à comprendre de qui il s'agit. Nous avons beaucoup parlé d'Éric une fois devenus amis. Il sait qui il est, mais ignore à quoi il ressemble.

— Ravi de te rencontrer, répond Michael.

Éric hoche la tête et pose les yeux sur Madison. Cette dernière lui adresse un petit signe de la main.

— Madison, se présente-t-elle. Et je viens de me rappeler que j'ai une course à faire avant d'aller manger des glaces.

— Je viens avec toi, déclare Michael, qui a compris que j'ai besoin d'être un peu seule avec Éric.

Il me presse doucement le bras. Je le remercie du regard et laisse Madison s'emparer de la laisse de Rufus.

Je les regarde s'éloigner, mais je sens que les yeux d'Éric sont toujours posés sur moi. Une fois que mes amis ont tourné au coin de la rue, je me tourne vers Éric. Il me sourit.

— Est-ce que c'est la fameuse Madison ? demande-t-il.

— Comment ça ?

— Celle qui t'a donné cette robe hideuse ?

J'éclate de rire. Cette soirée-là paraît à la fois dater d'hier et d'un million d'années.

— Oui, c'est bien elle.

— Et Michael ? demande-t-il en haussant un sourcil, l'air un peu plus sérieux.

— Un ami, réponds-je en rougissant.

Éric hoche la tête, le regard intense, son expression indéchiffrable. Puis il s'éclaircit la voix et se redresse, les mains dans les poches.

Comme je ne sais pas quoi dire, je me tais. Nous nous regardons sans un mot, les politesses oubliées, un lourd silence comblant l'espace qui nous sépare. J'en profite pour l'observer. Ses yeux sont toujours verts comme des olives ; ses cheveux châtains, bien que striés de nouvelles mèches grises, sont toujours pleins d'épis qui partent dans tous les sens, comme si une grand-mère venait de les ébouriffer. Il s'est laissé pousser la barbe, mais ça ne semble pas volontaire. On dirait plutôt que son rasoir s'est mis en grève. Je concentre mon attention sur sa barbe – le reste est trop familier, trop douloureusement fidèle à ma mémoire.

Soudain, le silence se fait insoutenable, et je lâche :

— Où est Aja ?

Au même moment, il s'enquiert :

— Comment vas-tu ?

Nous rions tous les deux, et la tension s'apaise.

— Toi d'abord, dis-je.

— Aja est chez Connie. On l'aide à déménager à New York. Je suis venu en ville pour racheter des cartons.

Je hoche la tête.

— Et comment va-t-il ? demandé-je.

Ce n'est qu'une question de façade : quelques semaines après leur retour dans le New Hampshire, Aja m'a envoyé un mail. Je ne sais toujours pas comment il s'est procuré mon adresse, mais nous sommes demeurés en contact. Plusieurs fois par an, nous échangeons des articles amusants, des faits étonnants et des plaisanteries. J'ai toujours été tentée de lui poser des questions sur Éric, surtout les premiers mois, mais je savais que ça n'aurait pas été juste pour Aja. Je ne devais pas le mettre au milieu de nos histoires. Et de toute façon, je n'étais pas vraiment sûre d'avoir envie de savoir – surtout si Éric avait tourné la page.

— Bien. Très bien. Il part pour la fac cet automne.

— Dartmouth, c'est bien ça ?

— Oui. Je suis content que vous soyez restés en contact. Tu lui manquais tellement quand on est partis…

Ses traits redeviennent graves, et le verbe « manquer » demeure comme suspendu en l'air. C'est un mot idiot, loin d'être assez éloquent pour exprimer tout ce qu'il signifie. On peut manquer une frappe au base-ball, mais à une personne…

— Lui aussi m'a manqué, dis-je, une boule dans la gorge.

Ses yeux parcourent mon visage. Je ferme les miens, mais ça ne change rien. Je sens toujours son regard qui me brûle. Je mentirais si je prétendais ne pas avoir rêvé de cet instant. Un jour, il y a des années, je suis tombée sur Connie à l'épicerie. Nous avons échangé de simples politesses, mais j'en suis restée secouée toute la journée, à me demander ce que j'aurais ressenti si Éric s'était trouvé avec elle. *Quand on aime quelqu'un – car j'avais compris, au cours des mois suivant son départ, que c'était bien là la nature de ce que je ressentais –, où vont les sentiments ?* Ce jour-là, j'ai eu la réponse à ma question : *Ils ne vont nulle part.* Et aujourd'hui, malgré toute ma tendresse à l'égard de Michael, j'ai l'impression d'avoir deux cœurs. Et celui qui a hébergé mes sentiments pour Éric pendant toutes ces années bat comme un fou dans ma poitrine.

— Où sont tes gants ? s'enquiert-il.

À ces mots, j'ouvre grands les yeux.

— Je ne… je ne les porte plus.

Je pensais qu'Aja lui en aurait parlé en février, mais je commence à me demander si Éric n'a pas suivi la même philosophie que moi : mieux vaut ne pas savoir.

Il étudie mon visage.

— Tu veux… tu veux dire que tu…

Il déglutit.

— Oui.

Quelque chose me chatouille la joue. *Une goutte.* Je lève le regard pour inspecter le ciel, mais il n'y a pas un nuage à l'horizon.

Je lève une main pour l'essuyer, mais celle d'Éric surgit comme un boulet de canon pour saisir mon poignet. Un léger halètement s'échappe de mes lèvres. *Il me touche.* Je plonge mes yeux dans les siens tandis que ses doigts enserrent ma peau. Leur tiédeur me rappelle celle du soleil un jour de printemps. *Une chaleur parfaite.*

En cet instant, une partie de moi ne peut s'empêcher de songer à quel point la vie est injuste et cruelle. Cet instant – sa peau sur la mienne –, j'en ai rêvé pendant des semaines, des mois, des années. Mais ça fait sept ans. *Alors pourquoi maintenant ? Pourquoi est-il là, à me faire subir ce tourbillon d'émotions alors que je pensais avoir remis ma vie en ordre ?*

Puis je songe à ma mère, à Madison, à Donovan, et même à ma relation avec Michael. Si j'ai appris une chose, c'est que l'amour est chaotique. Il ne nous est pas livré dans un joli paquet-cadeau. Il ressemble plutôt au cadeau d'un enfant, tout froissé et gribouillé au crayon. *Imparfait. Mais toujours un cadeau.*

Seulement, tous les cadeaux ne sont pas faits pour durer éternellement.

Le visage de Michael m'apparaît de nouveau, et je ne sais plus où j'en suis. *Il m'aime. Et je… une partie de moi… tient beaucoup à lui. Mais l'autre partie…*

Je regarde Éric, et je ne peux m'en empêcher. Je lui souris avec abandon. Il me rend mon sourire. De sa main libre, il me caresse le visage. Du pouce, il essuie la goutte d'eau qui s'est écrasée sur ma joue.

— Jubilee, dit-il d'un air émerveillé, comme si mon prénom était un secret qu'il brûlait de révéler depuis des années. Tu pleures.

Figés dans le temps, nous nous observons, sa main droite toujours posée sur ma figure, la gauche tenant mon poignet. De ma main libre, j'attrape son bras. Nous restons immobiles, accrochés l'un à l'autre, formant un étrange puzzle.

Je me penche vers lui jusqu'à poser mon front contre le sien, jusqu'à ce que mes yeux se noient dans les siens, que son souffle réchauffe mon visage. Mais ce n'est pas assez. Je pose ma main sur sa nuque, l'attirant plus près de moi, et mets mes lèvres sur ses lèvres.

Et nous nous embrassons.

Enfin ! Nous nous embrassons.

Nous nous embrassons pour rattraper les centaines de baisers que nous n'avons pas pu partager, et peut-être pour les centaines d'autres que nous ne partagerons pas.

Nous nous embrassons à en perdre haleine.

Et soudain, nous rions à en perdre haleine. La bouche grande ouverte, nos rires résonnant dans toute la rue. Nous ne nous soucions pas de qui nous entend, ni du ridicule de la situation. Nous rions aussi fort que je pleure. Et alors que je me concentre sur la chaleur de ses mains posées sur mon visage et sur mon poignet – sa peau contre ma peau –, quelque chose se libère en moi comme un animal sauvage qui s'échappe de sa cage.

C'est le chant d'un millier de moines tibétains.

C'est un courant électrique.

C'est la vie.

Note de l'auteure

Il n'y a aucune preuve de l'existence de l'allergie de Jubilee. Cependant, une bonne partie des anecdotes contenues dans ce roman, ainsi que la peur quotidienne de Jubilee, sont des scénarios bien trop réels pour les personnes et les familles qui se battent contre des allergies alimentaires graves et potentiellement mortelles. L'immunothérapie et la médecine chinoise auxquelles Jubilee a recours pour combattre sa maladie se fondent sur les recherches de deux pionniers de l'allergologie, le docteur Kari Nadeau de l'université de Stanford et le docteur Xiu-Min Li du Mount Sinai Hospital. Les traitements qu'ils ont mis au point sont très prometteurs dans le monde encore mystérieux des allergies alimentaires. Lors de mes recherches, l'article du *New York Times Magazine* « Allergy Buster », de Melanie Thernstrom (7 mars 2013) et « Inside the Search for Chinese Herbal Food Allergy Treatments » de Claire Gagne sur AllergicLiving.com (18 février 2015) m'ont grandement aidée.

Remerciements

Tout d'abord, merci aux lecteurs qui ont lu, aimé et soutenu *Before I Go*. Vos mails et vos courriers m'ont encouragée à écrire un autre livre, vous êtes donc responsables de celui-ci.

Ensuite, merci à toutes les personnes qui suivent.

Mon agent, Emma Sweeney, dont les précieux conseils m'ont aidé à changer en roman une idée un peu folle.

Mon éditrice, Karen Kosztolnyik, dont la patience, les encouragements et les talents sont sans pareils dans le monde de l'édition.

Également sans pareille : l'équipe de Gallery Books, pour son immense enthousiasme – en particulier Jen Bergstrom, Carolyn Reidy, Louise Burke, Meagan Harris, Wendy Sheanin, Liz Psaltis, Abby Zidle, Melanie Mitzman, Diana Velasquez, Becky Prager et Molly Gregory. J'ai beaucoup de chance de vous avoir.

Mes éditeurs à l'étranger, avec un grand merci à l'équipe de Allen & Unwin, y compris Annette Barlow et Sam Redman.

Kira Watson, qui parvient avec brio à gérer les contrats, les mails et les questions.

Les experts qui m'ont donné de leur temps et de leur savoir sur de nombreux sujets, des allergies aux travailleurs sociaux, en passant par la comptabilité : docteur Leo Sage, docteur Mark Livezey, Mike et Jessica Chamlee, Maribeth Nolan, Johnna Stein (et Katie Garrison pour ses contacts). Toute inexactitude ou tout enjolivement est de mon fait.

Amy Carlan et tous les employés de la bibliothèque publique de Jefferson, merci d'avoir donné de votre temps, et de m'avoir fait découvrir votre bibliothèque et vos anecdotes hilarantes.

Ma sœur, Megan Oakley, pour avoir lu et relu ce livre au moins un millier de fois. Merci de faire partie de mes experts en allergies, même si j'aurais souhaité de tout mon cœur que tu n'aies pas besoin de ces connaissances.

Mes parents, Bill et Cathy Oakley (surtout toi, maman, pour avoir fait naître en moi l'amour des mots, des livres et des bibliothèques), ma grand-mère Marion et tout le reste de ma tribu de fous (les Tull, les Wyman et les Oakley) pour votre amour et votre soutien.

Mes copines débutantes : Karma Brown, Amy Reichert, Sona Charaipotra et Shelly King. Ce qui se passe à Flowdock reste à Flowdock.

Mes amies et bêta-lectrices : Karma Brown (oui, je dois te remercier deux fois), Kimberly Belle, Shannon Jones, Caley Bowman, Kelly Marages, Brooke Hight et Kristen Palladino. Merci.

Les remarquables blogueurs, critiques, bibliothécaires et libraires, qui non seulement ont soutenu mes romans, mais travaillent aussi sans relâche à promouvoir les auteurs et les livres qu'ils aiment. Vous êtes des personnes exceptionnelles et rendez le monde meilleur.

Mes enfants : Henry, Sorella, Olivia et Everett, dont les histoires sont bien plus créatives et plus amusantes que les miennes. Comme le panier à linge sale à la maison, mon amour pour vous déborde en permanence.

Et enfin, mon mari Fred. Sans toi, rien n'a de sens.

Aubin
IMPRIMEUR

Achevé d'imprimer en décembre 2017
N° d'impression 1711.0064
Dépôt légal, janvier 2018
Imprimé en France
81123210-1